U0711264

朱门

The Vermillion Gate

林语堂 著

湖南文艺出版社
HUNAN LITERATURE AND ART PUBLISHING HOUSE

博集天卷
CS-BOOKY

先知
CLASSICS
体 味 经 典 的 重 量

目 录
Contents

自序

自序

本书人物纯属虚构，正如所有小说中的人物一样，多取材自真实生活，只不过他们是组合体。深信没有人会自以为是本书中的某个军阀、冒险家、骗子或浪子的原版。如果某位女士幻想自己认识书中的名媛或宠妾，甚至本身曾有过相同的经历，这倒无所谓。

不过，新疆事变倒是真实的。历史背景中的人物也以真名方式出现，例如：首先率领汉军家眷移民新疆的大政治家左宗棠；一八六四至一八七八年领导"回变"的雅霍甫伯克；哈密废王的重臣尧乐博斯；日后被自己的白俄军逐出新疆，在南京受审的金树仁主席；继金之后成为传奇人物的满洲大将盛世才；曾想建立一个中亚回教帝国，后来于一九三四年远走苏俄的汉人回教名将马仲英等等。记载一九三一至一九三四年间回变的第一手资料有斯文·赫定的《马仲英逃亡记》和吴艾金的《回乱》等书。本书只叙述这次叛乱在一九三三年的部分。

第一部

大夫邸

01

李飞坐在茶楼中靠近里面的座位上，注视着大街两侧的铺子。茶楼的正对面是一间卖绸缎绵丝的大店。好冷的二月天，刮着风沙，门上厚重的布帘也垂了下来。右侧是一间羊肉餐馆。夏天时馆子前门是完全敞开的，但是天冷的时候就用隔板和小门将它封起来，上半截装上玻璃窗框，可以看到里面的动静。

狂风从那已被骡车压成沟槽的人行道上刮起尘土。下雨的时候，污水流不进人行道与柏油路之间的水沟，于是把骡车的压痕化成一片泥沼，天一放晴，轻风又扬起灰尘，抹得行人一脸的灰。在传统的束缚下，老骡车仍行驶在人行道上，避免走上中央的柏油大道。或许是当局严禁他们行驶柏油路吧！也可能是这些骡车夫走了一辈子的泥浆路，习惯了。这条街有四十尺宽。为什么市政府只铺设中间呢？李飞向来爱发问。也许把整个街道铺设起来太昂贵了，也可能是当局认为这些骡车生来就注定该走泥路。箍着铁的大木轮会弄松嵌好的石块，破坏这条专门行驶汽车和黄包车的道路。这条路像是件进行了一半的工程，把人行道弄上了两三尺的泥土，这座城也脏脏的。他不喜欢这个样子，他向来不喜欢半途而废的东西。

刚才他的心里并非特别在意地想这个问题。他是在古城西安长大的，以它为荣，希望看到它改善和现代化。他觉得眼见这座城随着自己的成长而改变是件有趣的事。他记得在念书的时候，曾经为了南北大道装上街灯而兴奋不已。中央公园的设立，几条铺上柏油的道路，橡胶轮胎的黄包车和汽车都曾经令他兴奋过。他看过一些外国人——主要是路德教会的传教士、医生和老师，还有不少穿着西裤和衬衫的长腿的欧洲旅客或工程师，他们的脸像是半生不熟的牛肉。他常常在思索那牛肉肤色的起源。

他看着这座沉静的古城，唐朝的首都，犹豫、不情愿地，但又显而易见地改变。西安位于内陆，是中国西北的心脏。他称西安是"中国传统之锚"。这是他的故乡，他爱这里的一切。西安不会温文地转变。人们、风气、政治和衣着的改变都是紊乱的，他就爱这一片纷乱的困惑。

现在他听到乐队在演奏，心中正纳闷。今天是星期五，又不是假日。他移向门口想看个清楚。警察乐队刚过去，后面接着一大排学生，朝东大街走去。这条街已经正式改名为中山路，以纪念孙中山先生。但是，对当地老百姓来说这条街仍是东大街。尽管有一位热心拥护国民党的年轻好事者写信给报社，建议警察该处罚那些把中山路说成东大街的人们，没用，连警察都继续用东大街的名字，除了正式的公文以外。

李飞凝视着街上，那是一幅活动的画面。尘土飞到学生的脸上，太阳也照耀着他们。高举的竹竿上横着白布帆，学生手上拿着的纸旗在风里飞着，上面写有壮观的标语。"支援第十九军！""全国上下一致团结！""支援抗日！""毋忘九一八！"这是拥护一九三二年第十九军抗日的示威，结果并没打成。

李飞暗自欢喜，尤其是看到警察乐队。这表示有市政府在后面支持学生的行动，听说在北平警察殴打学生呢！

他走出门外。学生们的脸在阳光下微笑着。队伍有些乱，不过并无妨。人们都围着街道看游行，兴奋地谈论着。也有小学生参加，每一队都由校旗引导。有一队男童子军，制服被厚厚的内衣弄得鼓涨起来，大多数的人都被他们的笛子和铜鼓吸引住了。还有一列中学生的队伍里，一个男生敲打着煤油桶，把群众逗笑了。

有一队女师范学院的学生。大部分穿着冬季长服，但是前面有十二个女生头发剪得短短的，穿着白领衬衫、黑灯笼裤和布鞋。她们是排球队的。看到她们白白的小腿，几个老妇人连忙用手遮脸。

"羞死人了！这么大的姑娘也不穿长裤！"其中一个说。

男人——店员啦，街上游荡的小伙子啦——一个个都看得呆了。一切都显得混乱——就像近代中国——新旧错综，杂乱不堪。

李飞转身跟在女学生行列的后面。他喜欢这噪声、乐队、学生脸上的阳光、童子军和煤油桶。新的中国正向前迈进，虽然困惑，但是却怀着希望。他感到和第一次看到汽车飞驰过东大街时同样的兴奋沸腾。

少女们在咯咯大笑。几位稍长的女生穿着高跟鞋，似乎有些吃力地跟在队伍后面，当她们随着大家微弱地喊口号时，有点害羞。他也喜欢这点。不过多数的女生都年轻，十七岁到二十岁之间。她们的短发、笑脸、各种羊毛围巾——深红色居多——看起来好美。狂风不时由后面吹乱她们的头发，打到脸上，风沙滚过街道，吹进了她们的眼睛。有些人用围巾遮住鼻子，有些人在咳嗽。她们的辫子和鬐发看起来像煞了风中的牧草。

李飞是国立新公报社的西安特派员。他纯粹是为了兴趣才跟在队伍的后面，而不是因为记者的身份。他觉得一定会有妙事发生，如果游行完全平静地进行，不出事，那才是奇迹呢！

警察大队队长热忱地派出管弦乐队，因为他自己也是拥护抗日的青年。这并非意味着西安的警察局一定赞成这项举动，事实上西安是一省的省会，省主席是个半文盲的军阀，他早听说学生将要示威，于是打电话给警察局局长，也就是他的小舅子，要他去驱散游行的队伍。

游行的队伍来到了"满洲城"的东南角。因为清朝总督和他的满洲侍卫都住在这里。义和团之乱时，慈禧太后逃出八国联军的重围，曾经到过这里。所以才取了这个名字。

李飞看到一条巷口站着有三五十人的警察队伍，用长竹竿武装着。乐队已经走到弯路前五十码处。一声哨音，警察从各条巷子冲了出来，一边喊着"嗬！嗬！嗬！"，一边追赶学生。

李飞向后退了一些，双手在胸前交叉，观看着。好怪。他自忖。竹竿的劈啪声和"嗬！嗬！嗬"的吼叫，好像是赶鸭子嘛！

接着发生一场滑稽可笑、故作英雄状的战斗。竹棍打不死人，学生们便英勇地对抗了一番。有些学生抓紧竹棍的尾端不放，展开了一场拔河赛，双方谁也不肯放手。一根竹竿被弹了起来，在空中翻了二十尺的筋斗。很多棍子被弄断，更危险，会把人刮伤流血的。双方肉搏、刺戳、拖拉、拔河、拍打、脚踢了一会儿。灰尘遮住了双方的视线。大致上学生觉得棒透了，警察就显得荒唐可怜了。

混乱开始的时候，女师范的学生已经走到街角。她们不能前进，又不愿意回头。

现在有几个警察转向她们。

"我们去抓女生！"

"不要。"

"当然要去。我们的任务不就是要阻止示威游行吗？不是挺好玩的吗？"

"我们去赶那批娘子军！"

十一二个年轻人冲向那些女生。"嗬！嗬！嗬！"他们拿着长竹棍前进，有的仍完整，有的已经断裂了。

少女们尖叫着转身逃跑。谁都忍不住要看看排球队丰润雪白的膝盖。

说起来这些警察脱下制服，和其他年轻人没啥两样。也可以说，当他们穿着制服集体行动时，往往会做出单个人穿便衣时不会做的事情。再说，一个优秀警察应该具有追赶任何逃犯的本能。他们之中有很多人从来没有机会和女大学生说话，更别说为公事追捕她们，抓她们的身体，从她们雪白的手臂上夺下旗帜，和她们腰、臂如此接近了。

李飞热血沸腾，这根本连逗英雄都谈不上，卑鄙懦弱。他冲向警察，消失在拳打脚踢的混战中。

一个年轻警察追着一个排球队员，抱住她的大腿，一块儿跌倒在地上。

少女坐起来，发怒地对他吼道："你不要脸！"

"奉命行事嘛。"年轻警察边说边笑着站起来，懒洋洋地拍掉制服上的灰尘。

少女看到警察的帽子落在地上。

"这可好了！"她起身捡起帽子，挂有校徽的白衬衫肩膀被撕破了。

"别发火，小姐。我们是奉命维持和平与秩序的。帽子还给我。"年轻的警察说道。

少女仍然狂怒。"不！"她绷着脸、撅着嘴。

"给我！"

"过来拿呀！"

警察走过去。少女挥舞着帽子，用帽子捆他耳光，随着优美的旋律一左一右，然后转身就跑。李飞大笑。她跑得很快，可是有一群人横在她面前。警察跑来从后面抱紧她，根本看不见他是否在和她抢帽子。李飞看准了用力把那个人踢倒，少女挣脱了他的纠缠。

李飞若无其事地走开，像个没事儿人似的。警察爬起来，啪的一声戴上帽子，向周围张望，神情很激动。

"是你踢的？"

"没有哇，我干吗要踢你？"

少女们一面尖叫、咒骂、呻吟，一面快速地解散。有些女孩子跛行。那位警察也跛着脚。他神情激动，显示着雄性野兽肉搏中的原始乐趣。

有位警官旁观。一声哨音，浑身脏兮兮的警员都退回巷子里。

"这些摩登的女大学生妙透了！"一个人说。

"什么时候还会有女学生加入的示威游行，长官？"另外一人问道。

警官看看李飞。

"你在这儿干吗？"

"我是记者。"李飞说着，转身走开。

警官追上他："你不会把这些都写出来吧？嗯？我们可是奉命制止示威的。"

"可是你们大可不必对女孩子那么粗鲁呀。何况，她们在跑。"

"我向你保证，这只是执行任务。"

警官转身，招手示意其他人跟上来。

混乱结束了。真是一大讽刺，警察乐队又开始演奏了。因为乐队在街上就是要吹奏音乐，正如警察应该追捕逃犯，这些都是理所当然的。

女学生不见了。地上满是刚刚还神气地在阳光下飞舞的纸旗。中国年轻一代的神圣进展，竟落得如此沮丧的下场。还有女性风味哩！到处都有发夹和发带。李飞还看到一小撮头发，必定是哪个女孩头上掉下来的。

他看到一位穿黑棉袍的少女独坐在树下的一张长椅上，头发散落零乱，正用手揉着膝盖。

李飞朝她走过去。

"需要我帮忙吗？"

女孩抬头看了他一眼。她右边太阳穴上有一抹滑稽的污泥，但是她的眼睛又大又黑。

"不用了，谢谢你。"

"受伤了吗？"

"不很严重。"

他看到她耳朵后面有个伤痕，正渗着血。

"流血呢？那儿。"

"不知道什么东西从后面打了我一下，我正在找我的手表，应该就在这附近。"

"只要没被踩碎，应该是不难找。"李飞巡视零乱的现场，踱来踱去，有秩序地把纸片踢开。

"金的吗？"他转向少女。她已经卷起长袍在检查膝盖上的淤伤，此刻立刻盖住膝盖。

"是的，金壳的。一定是掉在这里。绝不会掉在路上。"

树叶将片片飞舞的碎影投射在光亮的地上。少女站了起来，想要走动。显而易见，膝盖上的淤伤一定很痛。

这地方不大，发亮的东西应该是不难找到。一阵风吹过，把大部分的纸片刮起来旋转。李飞把剩下的碎片堆积起来，仍未看到手表。他慢慢地走向少女。她弯着身，一只手捂着膝盖。他看到摇曳的树影中有个东西在发亮。

"在那边！"手表有一部分被埋在土里。他拿起来，把它靠在耳边。停了。

"真谢谢你！"当他把表递给她，她感激地道谢，跛着走向长椅。她有一张小圆脸，匀称的下巴，苗条而优雅的身材。

"你的伤口还在流血。"

"没关系。"她咬着唇，拂着发丝，想把它弄整齐。

"你的太阳穴上有一块污迹。"

他把自己的手帕拿给她擦污斑。她没能把污斑全部擦掉。

"我帮你擦吧。"他轻轻地用手帕擦她的太阳穴。

"我看起来一定很恐怖。"

"不。你看起来很勇敢。"

她对他笑笑："刮点伤算不上勇敢。"

他想开个玩笑："你是为国家流血呀！来，伤口一定要洗干净，包扎好。隔三条街那儿有一家医院，我带你去。"

她眼中现出犹豫的神色，勉强地站了起来。他招来一辆黄包车，扶她坐上去。

"我陪你去，你不能单独去。"

"那么再叫一辆车。"

"不！我宁可走路去。不远嘛！"

李飞告诉车夫拉慢一点，他要用跑陪着她。

"我还没好好地谢你呢，你也还没告诉我贵姓。"

"李。"他说。

她又看看他，不过没继续问下去。

"你呢？"

"我姓杜。"

"我如果知道你的名字，到了医院比较方便。"

"柔安。温柔的柔，安详的安。"她脸红了一下。

她脸色苍白，耳朵后面的伤口痛得很。激动、流血、蓬乱的仪表使她觉得很不舒服，现在她感到有点冷。她咬紧牙，在风里前进，然而有这次经验也蛮有意思的。李飞走在她身边。被人家看成淑女真好。

她试着找个话题。

"你在这儿出生的？"

"是的，我在这儿长大的。住在北城。"他的声音坚定、自信，有点粗率，他的态度潇洒自在。

"我听得出你的口音。"李飞自从上海回来之后，又开始讲本地的方言。"住"的发音像"十"。

"我也听得出你的口音。"

"你做什么工作？"

"我是记者。"

采访、特派员、编辑都算记者，连名编辑也自称记者。

"原来你是作家呀！"

他们来到市立医院的门口。有些受伤的女生脸上、手上缠着绷带走出来，柔安向一位同校同学打招呼。她觉得下车要比上车还困难，伸出一只手要人搀扶。李飞把手伸给她，她慢慢地滑下来。他扶她上台阶。

他们走进候诊室。还有一大堆男女学生等着疗伤。进到屋子里，避开了冷风和尘土，柔安觉得舒服些了。

"恐怕要等等很久才轮到我们哟！"李飞要她把头靠着椅子后的墙壁，自己到挂号台去替她挂号。

"她住哪里？"护士长问道。

他想了想，写下"女师范"。护士长很多事，爱挑剔。她已经被这突而涌至的大批病人弄得很光火了。

"她的身份证明，拜托。"

"她的伤口就是她的证明。"他不耐烦地说。

护士长抬头看他："我没时间跟你瞎扯。她父亲的名字、年龄和地址呢？"

李飞没想到挂急诊还跟病者的父亲有关。他勉强按捺住怒气，拿着挂号单走回长椅边。

柔安把头靠着墙，这是第一次仔细打量这个年轻人。他中等身高，英挺的姿态。轮廓清晰突出，感性的嘴唇，眼睛闪着一股特殊的光辉。迅捷的动作，举步果决灵敏，还带着一股毫不在乎的味道。一撮任性的头发落在额头上。

四目相交，她垂下眼睑。认识这么一位青年真好。她仍然用他那条沾满血迹的手帕按在头上。

"你看，他们想知道你父亲的名字和你家地址。我可以帮你填写。你住哪里？"

"东城，大夫邸。"

李飞的眼睛闪着惊疑。住在西安的人都知道"大夫邸"是杜恒大夫所建的古老宅寓。大夫邸就是"大官的官邸"，"大夫"是她爷爷的官衔哩！李飞一面快速地想着，一面写下地址。他真希望自己救的不是前任市长杜范林的女儿。他离开西安直到一年前才回来，他并不知道杜范林有个女儿。

"你父亲的大名是？"他的声音有点颤抖。

"杜忠……忠心的忠。"她很快地加上一句，看着他的表情。

李飞听说过杜忠是个大学者，杜范林的哥哥。杜忠在民国初年写过些激烈、锐利的文章，以表达他对"君主立宪"的信心，李飞曾经熟读过这些作品。杜忠是保皇党，自从参加猪尾将军张大帅拥立幼皇复辟的事失败以后，就没再发表论说，完全脱离了政治圈。虽然有过那一段不幸的际遇，大家却仍尊敬他的诚信忠心，当一个王朝极不受欢迎的时候还如此狂热地拥护它。他又是一位大学者，帝制时代做过翰林，是殿阁大学士。他和梁启超交情很好，但是当梁启超转向拥护共和时，他还固执地效忠那个大势已去的王朝。他是最后才剪掉辫子的人之一。

柔安察觉到李飞在写下她父亲名字时迅速地向她看了一眼。

他拿着卡片去挂号，然后走回来："你看起来很苍白，真希望能弄到一杯水给你喝。"

她轻松地笑了笑："医院的候诊室是没有茶水供应的。"她脸又红了。

李飞四处走动，听说有个男生肚皮给戳穿了，要花很多时间，护士都忙得很。他满面怒容地回到她身边。

"个个都是笨蛋。"他说。

"不是笨，他们必须先医治病重的人。"

"我不是说护士，我是指警察。一些警察领头游行，而另一些却来破坏。这就是西安，什么怪事都有。他们应该砸烂自己的乐队！"他突然高谈阔论。

她大笑，这一笑引发了伤口的疼痛。她猛然吸了一口气。

"对不起。"

"没关系，说下去，我喜欢听。"

"还有，如果警察知道大夫邸市长的侄女也受了伤，局长一定会亲自向你叔叔道歉呢。市长是你叔叔，对不对？"

她的脸突然紧张了起来："是的。这也正是我所不希望的。不能让我叔叔知道这件事。"

他向后仰首大笑。

"你不了解他。"她说。

"这个我知道，不过我想警察也没工夫去清查伤者的名单……他们真不该让你等这么久。"

他又走到医疗室，敲着玻璃门。有个护士走出来。

"这儿有个女孩。她已经等了半个钟头，血还没有止住。你能不能替她想想法子。"

护士抬头看看他，含着笑说："带她过来吧。"

李飞愉快地回来告诉她。他只能待在玻璃门外。当她进去时，回过头来对他笑了笑。

过了几分钟，她走出来。脸擦洗过，头发也梳理好了，耳朵后面贴着一块干净的纱布。他看着她那深邃抑郁的眸子。她伸出手向他道谢。她黑长的睫毛、圆小的脸庞、诱发哀愁的眼神，都令他觉得不该就此分手。

"我还不知道你名字呢。你帮了我这么大的忙，我应该知道你叫什么名字。"她说。

"单名一个飞。李飞。"

"飞翔的飞？"

"是的。"

"奇怪！我一直不晓得，你就是那位名记者！"她默默地看了看他。

"别损我了。现在你真的该好好休息。一定饿了吧？"他看了看手表，"早就过十二点了。经过这么一场混乱，他们该不会等你回去吧？"

她虚弱地回答："不会。"

"午饭时间过了，而且这里离你家还有一大段路。我有这份荣幸请你吃饭吗？"

她欣然接受了，就像面临一次奇遇。他们来到一家馆子，他叫了壶热茶、饭、鲜鲤鱼汤和葱炮羊肉。柔安觉得自己复原了。她欣赏他的文笔，却做梦也没想到会遇见他本人。她发现自己正坐在一个内心思想都为她所熟悉的男人身边。

她说："我想起来了，你有一篇讨论有关磕头的文章。"

"你喜欢吗？"

"我一面读，一面大笑呢！"

他记得自己曾大谈磕头对身体柔软度的价值。他把磕头看做一种体操。下跪、手臂外弯而后合掌，加上一再地伏倒，使得全身的肌肉都运动了。这和游泳差不多，不过比游泳更妙。有人凭磕头可以找到一份差事，游泳可起不了这么大的作用。他奉劝凡是有志于从政的人都要练习磕头，尤其是可靠的官员更该每天勤练。他还附带地建议女士们把它当做减肥韵律操。他引用了先圣的名言："听到皇上下令，第一声则低头，第二声则俯胸，第三声则弯腰。接着贴墙而走，别人也不敢对我无礼。"

"做官的人都该读读这篇文章。"他说。那是一篇轻松、诙谐，具有讽刺意味的文章。

"你怎会替报纸写东西呢？"她的眼睛黑亮，声音充满热诚。

"不知道，人往往不知道自己为什么做那件事……特别是一些对生命具有重大意义的事。其实我是在偶然的机会下进去了。我毕业的时候，刚好有家报馆缺人，我就接受了这份工作。"

"难道你当初志不在写作？"

"也许我曾经想过吧。我真的不知道。接受这份工作只是因为我必须养活自己。"

"现在你喜欢上了这份工作？"她天真地追问道。

"喜欢。它使我有机会到处旅行，我爱旅行。特别是现在我发现有一位这么漂亮的女孩爱读它，我更喜欢写了。"

她想谢谢他的恭维，但是没说出来。她喜欢他用简单、自然的态度来谈论自己的作品。她又好奇又兴奋，但是不能不克制下来。

"别谈我了。你父亲人呢？"

"他住在三岔驿。"

"那是在哪里？"

"甘肃的南部。我们在那边有一块地。"

他的眼睛表露出对她的心意。李飞不是保皇党——而且恰好相反。然而身为一个作家，他不由自主地被这个知名度极高、又能使读者感受强烈的学者的女儿所吸引着。

李飞招伙计来结账。柔安说由她来付钱，但是他坚持要请客，同时准备离开。

"帮个忙好吗？如果你要报道今天早上的事情，别提到我的名字。"她的声音微颤着。

"为什么？"

"因为我叔叔会生气的。他一向是和市政府站在同一条线上。如果他发现他的侄女参加示威对抗警察而见了报，他会不高兴的。"

"难道你回到家，他还会不知道吗？"

"我告诉他全体学生都去了，他就不会怪我。只要我的名字不见报，就没关系。"

李飞听说过这个肥胖、乖僻的前任市长杜范林，他是西安社会的支柱，也是舆论、法治的热心拥护者。"我了解。"李飞体谅地看着她说，"你很好。"他带着倾心的眼神加上一句。

他为她叫了一辆黄包车。她转过身来投给他一个刻骨铭心的微笑。她的眼睛好黑好黑。

02

短短的上海战役，丝毫没有惊动到内地，却给西安带来了巨大震撼。南京国民政府暂迁到洛阳，大批的政治领袖、常务工作人员、将军们、报社记者，和一些所谓的"知识分子"——大学校长啦，外国政治专家啦，经济学者啦，名学者，等等——都蜂拥而至。

几乎每天都有重要人士到达车站，军乐队在月台上奏乐迎接他们。如果来者太重要，那么就会有两组乐队，一组是警察局派的，另一组是省政府派的。从火车入站直到那位重要访客离开月台，特别是当他跨上轿车的那一刻，两组乐队一齐吹响不同的曲子和不同的调子，反正声音愈响，就表示愈热烈的欢迎。

一次全国紧急会议计划在洛阳召开。代表团正考虑建西安为"西都"。因为西安是中国古代的名都，从洛阳坐火车来只要花几个小时而已，大多数的首长都趁机来访参观，乘陇海铁路运行的钢铁车身的"蓝色特快车"。那位不识字的军阀、西安警察局局长、铁路管理局局长，都忙得不可开交。警察穿上崭新的春季制服。街道上的汽车也明显地增加。军队也大幅度地调动。满身灰尘、衣衫褴褛的士兵打着绑腿，穿着草鞋，在城里游荡，有些还戴着那种毛茸茸附有耳罩的"满洲帽"。

国际联盟指派李顿调查团来调查"九一八事变"时，日本正继续对东北各省进行大肆侵略。而当李顿爵士奔波于日本和上海之间时，废帝溥仪遭挟持，"满洲国"宣布独立。满洲的中国士兵被逐出故乡，越过万里长城到内地来，变成了一支没有根据地的军队。很多人流寓西北。有位著名的满洲司令也来了，暂时驻在离西安不远的潼关。戏园、茶楼、饭馆生意都很兴隆，因为有很多男女优伶和女艺人也逃到西安。

和柔安吃完午饭，李飞花了二十分钟走到家。他爱散步。虽然他生长在这里，这个城市仍然令他迷惑。从上海回来之后，他开始用成熟的眼光来看它。整座城充满了显眼炫目的色彩，像集市里村姑们的打扮那样，鲜红、鸭蛋绿和深紫色。在西安的街上你可以看到裹小脚的母亲和她们在学校念书、穿笔挺长裙、头发烫卷的女儿们同行。这座城市充满了强烈的对比，有古城墙、骡车和现代汽车，有高大、苍老的北方商人和穿着中山装的年轻忠党爱国志士，有不识字的军阀和无赖的士兵，有骗子和娼妓，有厨房临着路边而前门褪色的老饭馆和现代豪华的"中国旅行饭店"，有骆驼商旅团和堂堂的铁路局竞争，还有裹着紫袍的喇嘛僧，少数因没有马匹可骑而茫然若失的蒙古人和数以千计包着头巾的回教徒，尤其是城西北角处更易见到这些对比。

　　李飞回到家乡，替那家国立报馆写"西安通讯"，至今已一年了。在此以前，他曾写过一系列的"洛阳通讯"。他的报道很不凡。他向来不喜欢把任何事情写得记录化、统计化，而是在字里行间表达他个人的感触。上海的编辑为此抱怨了好多次。有一回，当他寄出一篇文章之后，收到了编辑打来的一份挖苦的电报："亲爱的李飞，可否请您慷慨地来电告知这段插曲发生的地点和时间，以及当事人的全名和籍贯？您的文中只说明事理和起因而已。"令编辑感到意外的是，读者纷纷来信说他们喜欢李飞的文章，说是他的文体和评论中体现出他个人的感觉，这使得他写的故事独具风格，值得一看。李飞真的塑造出他自己的格调，半认真、半捉弄，往往带有讽刺意味，读者喜欢他的评论意见甚过他报道的事实。他替自己立了些名气，编辑也就任他写些自己独特的报道。他仍不喜欢当个新闻特派员，他想写小说。他之所以继续干下去，只是为了谋生，况且，毕竟报社的工作是以写作为主。他爱写作，有些作家把小说写得像市政报告，而李飞却喜欢把他的新闻报道写得像小说。虽然这对记者写作的规则而言是不正确的，非职业性的和不被承认的。但是他喜欢这样。

　　其实他写过只有两百页的短篇小说，是根据他追随国民党自广东北上讨伐各省军阀的亲身经验。心怀着青年对国民革命的狂热，誓讨军阀、统一全国，他放弃了大学第三年的学业，和许多大学生一样投入这个行列。这本书描写政工人员的口号、独特的仪式和讲演方式，把政工人员变成了人们的笑料，几乎有点像是政工人员的手册似的。当国民党的军队一路打下来收复城池之际，主角却高谈张贴标语的技术，糨糊的制作方法，偏爱选用蓝色的糨糊刷、糨糊罐和扶梯，以及如何在城墙和桥梁上漆上大字；简言之，就是要引人们注意标语。还有些逗趣的段落描写国民党的仪式、行礼、鞠躬，特别是在演讲之后的"鼓掌"。党员会议中的会议事项往往包括了这几个部分：主席致词；观众鼓掌；介绍上级指导员；观众起立鼓掌欢迎；上级指导员致词；观众鼓掌；主席赞美上级指导员的演说，并称颂孙中山先生。

因为老百姓对标语生厌，痛恨看到四处张贴的海报破坏了城市和乡下的景观，所以那部小说大受欢迎，甚至政工人员也暗地观赏。那本书成了北伐时期最好的讽刺文章。

李飞厌烦了革命，回到学校去完成大学学业。他已经稍有名气。他毕业的时候，一位在北伐时认识的朋友把他介绍到《新公报》工作。现在他已经当了三年的特派员，由他自行选择工作的职务和地点，因此他从未重复其他记者的报道。

他家在古城墙的东北角里，是一块比较便宜的地段。屋子后街上有些蔬菜摊子，是由邻近的农人经营的，还有几家肉铺、杂货店，一间回教清真馆和两三家平民小吃店。

房子是用黏土或干砖盖的，有些刷了洋灰，有些没有。蜿蜒街道的那边有个大池塘，邻家的鸭鹅常泡在水中，池塘边长满了浮萍和沼泽植物，他小时候常来这里玩耍。夏天一到，池塘就枯缩一半。他常在烂泥上走，掘取贝壳。把双脚浸泡在凉快的泥浆里，让软泥透过脚趾缝，这股感觉真令他难忘。他爱这个池塘、古城墙以及延伸着的墙被沃草覆盖的这幅美景。

他家的房屋比别家的好些，是一幢古老、坚固的红砖房，坐落在寂静的巷子里。他可以闭着眼走过巷子，摸索到家门口。他在这长大，也是在这和邻居男孩玩耍，念大学时每次他从上海回来，总是明显地看出这条巷子愈来愈短，愈来愈窄。

大门边有两根红砖柱子，伸出白粉墙。小时候他喜欢闭着眼，沿着墙拿根棍子划。当棍子碰到红砖柱子，就知道到家了。当他母亲叫他去买青菜豆腐，他就这样走，母亲会在门口看着他。他睁开眼，往往会撞进母亲的怀里，母亲总是笑笑，即使他压碎了手中的豆腐，她也不生气。

现在他母亲已届中年，而他也不再闭着眼走回家了。他稳健快速地走上去敲门，通常都是老妈子李妈来开门。小时候，家里请不起女佣。他父亲是个铁路局的员工，在他很小的时候就过世了。他母亲洗衣煮饭，一手把两兄弟抚养成人。现在他们请得起用人了。小时候他说过要送给母亲"一个地球的铜板"。当他第一次把稿子卖给报馆，把三块半稿费换成了一毛、两毛的零钱。他买了个地球仪，在北极的地方穿了个洞，开始存铜板。念大三的时候，地球仪几乎满了，他把它带回家送给母亲。

"妈，这是我送你的一球铜板。"他把球摇得叮当响。母亲笑得脸皱成一团了。长大后他仍继续寻母亲开心，用各种故事来愚弄她，有真有假，她被弄得糊里糊涂，从来不知道该不该相信他的话。而这种顽皮不羁、真假参半的个性，不知不觉地塑造成他的风格。

有时候是他大嫂端儿来开门。她的身材娇小，声音像银铃般悦耳。端儿是个零售商的女儿，是他母亲做主替哥哥娶过门的。他觉得，这么一个小女人竟生下了三个男娃，简直是不可思议，他哥哥一百八十厘米，还比他高出两厘米呢。他哥哥李平不常开口，很少让情绪表现在外。他现在是个成功的羊毛皮货商了。他母亲辛辛苦苦地抚养两兄弟长大，让大的能在商场上立足，小的能够完成大学学业，这是他认为女人比男人强的许多原因之一。至少在养育子女方面，父亲根本可有可无。李飞深信自然法则，人类永远无法达成大自然所预定的一切。公鹅无法抚育小鹅，公鸡也是滑稽的父亲。他还相信，即使是个没教养的街头少女，只要她有良好的天赋，不论他是名将或是学者都能获得男人的心，因为自然界从未要求女孩子用文凭去赢得男人呀！

他回到家总是先去看母亲。

"吃过午饭了吗？"虽然他已经二十五岁，她仍然把他当小孩子看待。因为他是幺儿，而且还没成亲。

"是的，我和一个漂亮的小姐一齐吃午饭。"

母亲的眼睛露出阴郁不相信的神色。他又说："学生和警察发生斗殴。妈，你知道吗？真可笑。警察乐队引导学生游行，却偏又有警察来阻止游行。"

"干吗游行？"

他母亲不识字。他不想作太多的解释，因为那只会弄得她更糊涂。在她窄小的天地里，只有西安和她的亲人。

"我们在上海和日本人打仗。有一部分军队在和日本对抗，有一部分却没有。学生们想要支持那支在对抗敌人的军队。"

"你说你和女孩吃午饭，别又是在骗我的吧？"

"不，妈。很多男女学生都受了伤。有一个女孩受伤被落在后面，我只好帮她的忙。我带她上医院，之后请她和我一块吃饭。"

"是不是个好女孩呀？"母亲真不该用这个字眼，天底下的女孩都应该是好的。

"是的，我想是吧！"

母亲很重视这件事。幺儿成亲她看得比什么都要紧。她不是那种专制的女人，她只是静静地等着。

"你应该多多留意女孩子了。你哥哥已经给我生了三个孙子，而你还不结婚。告诉我，她是谁呀？"

"一个大学生。"

"长得什么样子？"

李飞虽然很会说话，却不知道该怎么形容她。"叫我怎么说呢？她是个很端庄的女孩，漂亮的脸蛋，乌黑的眼睛。"

"你喜欢她吗？"

"喜欢。我看她独自坐在树下揉膝盖，表情有点难过。"

"你会不会再见到她？"

"噢，妈，别催我嘛！我今天早上才认识她。她父亲是位学者，是大夫邸杜市长的亲戚。"

"这我不喜欢。我不认为一个有钱人家的女儿会成为我们家的好媳妇。"她母亲绷着脸。

"但是她不一样，您还没见过她呢！"

"我只是不想再看到你受伤害，记得吗？"

她母亲记得很清楚。他在上海念大学的时候，有个同窗好友叫做蓝如水。他曾经全心地用柔情和理想去爱蓝如水的妹妹。但是蓝如水的父亲是个工厂老板，一心想找个有钱的女婿。女孩对他的印象不错，总是对他微笑，他们也曾约会过几次。然而他一直没有机会。那女孩和一个有钱的少爷定亲了。他尝到了心碎、失眠、绝望的滋味。

那年夏天，他可怜、难过、失魂落魄地回西安。他没告诉任何人，只是单独受折磨。他大嫂看得出来，他母亲也看出来了。

在一个夜晚，全家人都入睡了，他醒着躺在床上。他祈祷那个少爷善待她，使她快乐，祈求老天别让她吃苦。这是他唯一的期望。那样他就感到快乐了。

他听到母亲的床嘎吱作响，然后是划火柴的声音。她的脚步向他接近，手上拿着蜡烛，走过来坐在他的床边。

她温柔地抚摸着他："孩子，你到底有什么烦恼？"

经她这么抚摩，泪水不禁夺眶而出，他伤心地哭，像小时候那样大哭。自从长大以后，那是他第一次哭。

他把一切告诉母亲。她温柔地只想帮助他。

"你一定要回上海去吗？你可以留在家里，我替你找个好女孩。"

他还是回上海了，表面上忘记了这件事。但是他母亲一直牢记在心里。

"飞儿，你还是小心一点的好。"现在她端详儿子的表情说。

她没有多说什么，但是心里一直惦记着这件事。说起来她很高兴见他又恋爱了，自从那次失恋之后，他就一直对女孩提不起兴趣。

现在他并不想写稿子。他知道读者想明白刚才的事件，可是他不急着写。他和《新公报》约定每个月至少写六篇稿件，他是按件拿最低的稿费。除非有特殊的事故，他才打电报。他的文章可以依靠其他记者的报道，在看完当地第二天的晨报，再去找一切的实情、当事人的名字和出事地点。他把这叫做"记者的骑墙作品"。他提纲挈领地记载事实之后添油加醋，再用空邮寄出稿件。西安每个星期只有星期三递送一次航空邮件，现在离星期三还早呢。这次学生示威评述起来真没意思，不过倒是个很精彩的戏本哩！

他可以把一连串这种戏剧写成一本《西安史录》。西安大大小小的事他都知道。很多事情不但他知道，而且每个人都知道，清楚得不用在报上发表。省主席是个不识字的军阀，身高一百七十八厘米，在爬上今天这个地位以前，吃过多少风沙。民国初年有许多人大字认不了几个，却高居省府和中央的要职，他就正是其中之一。有一回他亲自颁布了戒严令，自己想通过一个哨岗，却因为穿着便服受到哨兵的盘问。

"干你娘的！"他咆哮着。

哨兵又再次盘问："口令！"

"干你娘！"他又说那句脏话，把哨兵推到一边，当场就把他枪毙了。

所以其他官员也学他。凡是有勇气咒骂他们老娘的，哨兵们都不敢拦阻了。后来连老百姓也依样画葫芦。可怜的哨兵又怎么知道哪个才是穿了便衣的长官呢？

想着今天早上认识的那个女孩，他突然有个巧妙的主意，傍晚他就去找蓝如水。蓝如水是个很特殊的人，大约二十八岁。当李飞参加北伐时，蓝如水为了继续他的学业，到巴黎念艺术去了。回国时他带着满腹的法国菜烹饪技术和法国"油炸苹果"的做法。

说起来，他们个性完全相反。蓝如水像个富家少爷，整天玩照相机、画画、下下棋和逗逗他的金鱼。但是他有一张敏感的脸孔，雪白的皮肤。他对生意和政治都不感兴趣，连只苍蝇也不敢打。回国之后，他深深认为中国的生活方式中一定有某些地方优于别的国家，只不过他说不出个所以然来。李飞却刚好相反，他从来没到过外国，可是他认为中国必须改变才能在现代化的世界中生存。李飞会对军阀的作为感到可笑或者愤怒，但是蓝如水却平淡冰冷，根本没兴趣。虽然对事情看法不同，他们还是最好的朋友。两个人都酷爱旅行。李飞劝蓝如水来古都西安看看。如水本来打算只住几个月，结果快一年了还没走。

李飞招了一辆黄包车直奔东大街。他在接近满洲区的地方下了车，走过几条窄巷，穿过拥挤的人群，才来到如水和一个朋友麻子范文博的屋前。

文博的个儿不高，声音沙哑，有一头浓密、粗硬的头发。虽然有点麻子，不过他的五官匀称，长得不算难看。你若经常看一个朋友的脸，就不会注意他的缺陷了。通常长麻子的人都很能干，但也很顽固，很难打交道。也许他们从小习惯了被人咒骂、愚弄，于是长大后采取攻击的姿势。文博就是老练世故，对人冷淡嘲弄，对自己充满信心，并且很健谈。他没什么特殊的成就，但交游广阔。他打进了艺术圈、社交名人圈，并且结交了不少朋友。

李飞和他很熟，文博是个单身汉，住着一幢大房子，所以李飞托他招待蓝如水。文博爱交朋友。他对李飞很直爽，常给他坦率的建议，偶尔也会讽刺地幽人一默。

"怎么啦？"李飞一进门，文博就问他。

"我想和如水谈谈。"

"为什么不跟我谈谈？如水在睡觉。"

他们的说话声把隔壁的如水弄醒了。他揉着眼走出来，扣好长袍的扣子，粗厚的毛线袜鼓在大布鞋的外面。他放弃西装，走路摇头晃脑的，好像老学究似的。嘴角留有两道短髭，一小撮胡子，加上那锐利、有趣的眼神，更令人们觉得他是个有教养的人。如水从不像文博那么粗率，他用温柔的声音说话。他椭圆形的脸，白白的皮肤以及眼中发出来的温柔高雅，让人一看就认为是个艺术家，也就是一个情绪丰富、不假思索、没记性的人。

他坐在一把罩着黑罩的硬椅上，就在这把椅子上，如水和文博曾经下了几小时的棋，直到入夜。

一个男佣走进来倒茶。

"有什么有趣的事吗？"如水问道。

"没有。今天早上我去看学生示威游行，吃了午饭没事做。我想顺道来看看你。"

"他可有特别的事要跟你说，不想让我知道。"文博说。

"我没这么说呀！"

"差不多啦！"

"他们和警察打了起来。很多学生和警察受了伤。他们拿竹棍打。有些女生的衣服都被扯破了。"

"我真恨不得能看看。"文博说。

"别这么没良心。他们是为了上海的战事示威的。"

"不会打很久的。"

"你怎么会这样想的？"

"不可能嘛！别欺骗自己了。没错，日本鬼子是已经被赶到边界，但是他们的海军还没开动呢。我们何不到市集逛逛，在那儿喝杯茶？"

三个人走出来。如水和李飞喜欢走路，文博说什么也不肯劳动双腿。他们乘黄包车来到市集的一间茶馆，找了张桌子坐下来，透过玻璃看着午后的人群。说书的时候还早，屋里客人只有五成满。他们坐在棉垫发硬了的木椅上，前面摆着一张摇晃的方桌，上面放着几碟瓜子、花生、榛果和五香豆腐干。如水叫了些高粱酒和一盘熏鱼，他喜欢在午后浅酌一番。

李飞啜了一口高粱酒，觉得很舒服。他酒量小，必须要慢慢喝才行。

"昨晚你真该来听听崔遏云姑娘说书，她是从北平来的。"文博说。

文博一向爱捧戏子。崔姑娘是个说书的，随着小鼓的节奏叙述着历史逸事。奇怪的是这面鼓叫做"大鼓"。

"小小年纪还真不简单，你真该来听听。她在笛笙楼。"

"她说的是哪段书啊？"

"李香君的故事。"

"那应该不错。"李飞带着兴趣说。

"她怒斥阮大铖强逼李香君，折磨她。说得好极了。"

"你们在女师范有没有熟人？"李飞突然问起。

文博正眼看着他："是和你记者的身份有关，还是别的事？"

"也许两者都有。你有没有熟人在那儿？"

"女师范没有。如果你是替报社找新闻，我可以帮你挖到一点资料。"

"别费事了。我和一个女师范的受伤学生吃午饭。"

"不过你是个和尚。我从来不晓得你会对女孩发生兴趣。"

李飞不喜欢他的语气。他本来想和如水谈柔安的事。对文博来说天底下的女人都是一样的，但是如水会了解，也不会拿这事寻他开心。他觉得自己像个天文学者，必须找个人谈谈刚刚发现的一颗彗星。

"她的膝盖受了伤，所以落在队伍后面。我送她上医院，之后又请她吃顿饭。"

"长得怎么样？"如水问道。

"年纪很轻，个子娇小，不过眼睛好黑，好美。她是那种看了一眼就不想失去的女孩子。"

"完了。"文博咋舌说道。

"会不会再遇到她？"如水问道。

"试试看，也许可以。她是前市长杜范林的侄女。"

"这下真完了。你根本不会有机会，除非你开工厂，开银行。"

"不过我可以试试呀！"

"是的，你可以去试试。但是我可不鼓励你到这位杜小姐的叔叔家去找她，门房会把你丢出来的。"

李飞感觉出自己目前的处境。他深信，如果柔安能自己做主，一定会给他一个再见的机会。他相信彼此之间有很多话要说。他几乎敢确定，她虽然畏惧叔叔，但是在某些地方，一定有她自己独立的思想。在告诉他别把她的名字登在报纸上时，他看出了在那双灵巧的眼睛后隐藏着的忧虑。

"你见过她父亲杜忠翰林吗？"

"见过，他的书法很有名。当他在碑林观察古代铭文时，我遇过两次。"

"他应该是个很风趣的人。"如水说。

"对。如果你能引经据典，对古代思想表示同情，那么他会和你谈话。很多保皇党都过世了，他可能是最后的残余分子之一。"

"难怪他有个这么特别的女儿。"

话题转到柔安父亲的身上。杜忠是个暴躁、难相处，但是很特殊的人。身为儒家信徒，他对已逝的王朝具有莫名的忠诚，对民国毫无好感。虽然他坚持实行帝制，但是袁世凯称帝时，他拒绝为他做事。他认为袁世凯出卖了光绪皇帝，是篡位者。光绪被慈禧太后囚禁时，他和翁同龢、康有为都是保皇党，极力反对孙中山先生领导国民革命。

杜忠有两条信念。一是即使中国革新，也该和日本一样保持帝制。二是"中学为体，西学为用"——"西学"，他是指汽船、枪炮、电气和水管之类的东西。后来这成为流行的公式，没有人能动摇他的这两条信念。

对这种坚决的保皇分子真是一点法子都没有，他宁愿被风暴淹没，也不肯随波逐流。现代乱世促使他对自己的信念深信不疑，他孤独地为目标奋斗，寂寞地支持着艰涩的理想。然而，高耸挺直的老橡树也许会被斧头砍倒，内部却不腐烂。面对混乱的共和政府、不识字的军阀、不学无术的官员，和受了现代教育却对自己国家的文化历史陌生的半文盲——好比他的亲侄儿祖仁，他当然鄙视这些了。他把这一切归咎于帝制的废止。原因也许不在这，可是国民政府的政治分裂使他坚信，中国已经没落了。他单纯地以为日本之所以崛起，是因为他们仍有个天皇，人们心中的忠诚尚未消逝。

晚饭后，他们到笛笙楼去听崔遏云说书。崔姑娘要八点才出场，但是茶馆已经座无虚席了。文博和茶房很熟，茶房特地为他们保留了一张台子。

范文博在这儿仿佛回到家一样，看起来好像城里的混混。他把毡帽歪着一边戴，直到屋里热得吃不消才脱下来。屋里充满了男男女女的喧嚷声，大家都是来听这个北平来的人说书的。茶房熟练地越过客人的头抛递热毛巾，忙着把铜壶里的开水倒进客人的茶杯里，分送瓜子、糖果、五香牛肉干，找零钱，搬凳子，为晚到的客人在新板凳上挤出个位子。没有人注意舞台上的动静。杂处的客人里从衣着华丽的妇女到一般的劳工，大家共聚一堂同享今晚的节目，准备为这位女艺人在完美旋律中的圆润嗓音所动容。

崔姑娘出场了。她前额覆着刘海儿，体态非常轻盈，穿着浅蓝色的衣服。观众热烈地鼓掌，打从丹田发出典型、有力的"哟嗬"声。喝彩声像一串炸裂的爆竹。西安的观众热情又疯狂。崔姑娘熟练地向小鼓走去。她对台下的观众扫视了一下，带着毫不掩饰的笑容看着观众，眼睛在灯光下闪亮。然后她收回笑脸，喝了一口桌子上的热茶，之后转向和她一块出场的老头儿。等他调好三弦的音，她敲了三下鼓，观众渐渐安静了下来。她宣布要说的是《空城计》，这是叙述孔明凭智慧以空城计退敌的故事。这个故事早就说过千百遍，可是观众百听不厌。在对白中她扮演各种角色，完美的手势，清晰的声音，抑扬顿挫的语调带给观众意想不到的美感。整段故事都是以显著的韵律道出，由鼓声当节拍。她稍稍地改变鼓声的节奏，就使得观众兴奋、心动。讲到情绪激昂的篇章时，她会突然大唱一首短短的歌。她的歌声一点都不像她的名字，圆润而不尖锐，有如大珠小珠落玉盘。观众感到心情舒畅，尽情地欣赏这柔美的音韵。

在寂静里，李飞被音乐、歌声、诗句和少女灵巧优美的手势弄得神魄出窍了。今天的遭遇，晚饭时喝的一点酒，这女孩的声音，使他陷入沉思中。他很少让自己沉浸在这么慵懒、舒服的状态中。他只是在欣赏女孩说书的声音，却没把内容听进去。他的魂都飘到柔安的身上去了，想到她低垂的头、她的眼睛——那双深邃、黑亮得令人窒息的眼睛——和她的笑容。当他清醒时，才发现崔姑娘已经打住了。

表演结束后，文博站起来，示意他俩跟他走。他领他们到楼上的一个房间，敲敲门，发现年轻的说书姑娘正在跟老头子说话，原来他正是她爹。文博说他是特地来道贺的，如果姑娘有什么需要，他都会尽力帮忙。他建议姑娘在城里该去些什么地方看看，譬如说戏剧学校，那里专门训练八岁以上的男童成为演员。

"这是你们头一次到西安来吧？"

做父亲的点点头。

"您的女儿真是棒极了，倒是西安亏待了她。"

老人虽有礼，但有些困惑："我觉得观众对咱们很热情，很捧咱们的场。"

"观众是很好，但是那还不够，她应该要比现在更出名。你们要叫上流人士和大官都来听她表演，也该登个报。如果你们运气好，说不定主席还会请她到官邸表演呢。"文博热情地说。

"谢谢您的好意。我们这样也过得很好。"

"可是只要摸清门路，她应该会在西安造成轰动。这不需花什么钱，只要送几张招待券给一些显赫的人家就行了，茶楼掌柜的会替你们办妥。我开些名单给你们。"

他写下几个地址。杜家是其中之一，只是很简单地写着"东城大夫邸"。

他把那张纸交给老头儿，说道："请老板去送票，下星期六晚上一定要保留几张好台子。我这位朋友是个记者，我会请他在报上写些东西。"

老头儿和崔姑娘颇为感动。

"真不知道该怎么谢您呢。"崔姑娘说。她才十七岁，在台下穿得很朴素。她的眼睛很明亮，脸散发着自然的光润。除此之外她就跟干活儿的女孩一样。她这一流的艺人不会装腔作势，也要不起派头。和有分量的人打交道，是她们职业的一部分。

下了楼梯，李飞问他："你为什么那么有兴趣捧她？"

"你真是白痴！我在帮你的大忙呀！何况我自己也想见见那位杜小姐。所以我挑了星期六，我希望杜小姐会来。"

03

柔安从学校出来后，第二天才回家。她心花怒放，声音也轻快多了。有人说，每个人的生命都相似，只是点缀在生命里的希望和梦想使它有所差异。柔安很任性。因为她空洞、梦幻的目光，学校里大家给她取了"观世音"的绰号。谁也不知道"观世音"在幻想什么。

她这次才认识李飞。他对她很好。他似乎不喜欢她的出身，但是他会骄傲且故作屈尊地说："你很好。"如此而已，不过这已经使她心满意足了。多令人兴奋的经验。她抱着大胆的热情，希望他们还有机会再碰面。

她不费力地掩饰着微跛的动作。她知道绷带是自己勇敢的标记，而当叔叔联想到受伤的起因时，这绷带是绝对不受欢迎的，到家门口时，她故意把红围巾提高一点。

午后严静的阳光照着大夫邸高耸的大门。这是一幢六七十年前官邸格局的大宅，横卧在大门上的绿色匾额上写着烫金的"大夫邸"，顶端有"皇恩"两个小字。

这一类大宅都没有供马车停放的空地，现在停着一辆漆黑的派克轿车。面对大门口的是一面一百二十度角的照壁，两座石狮子并列在台阶的两侧。抄手游廊中是门厅。正门的后面，直通往正院，只有在正式宴会时才敞开，平时都是由边门进出。

朱红色的大门最近才漆过一层，那镀金的手扣环在门上闪闪发光。这座大门高约十二尺，宽约十尺，炫耀着建这幢大宅的大官气派。地砖泛着深红色，似乎不是现在铺的，每块是一尺半见方。门厅两侧的门房屋子特别宽敞，令人忆起几十年前，房子是房子，空地是空地的时代。正门上的隔板和边门都漆成黑色。杜范林很留意大门的外观，他要保持这股古典的高贵气派，指派门房老王保持门环的光泽。虽然有人揶揄说：

"那幢房子连那对石狮子都令人唾弃。"可是看到门上的朱红色和金黄色，都会不由自主地羡慕这家人富裕。除了正式场合以外，这大门从不开放，可见它的装饰价值远超过实用价值，但是它确实博得了来访者的敬仰，被认为是这家人社会地位的显著象征。

第一个院子，铺着硕大精致的石板，走上三级台阶就是第一厅堂，这是接待客人用的。中央的镶板上挂着一张爷爷的水彩画像。细致的格子窗略泛金黄色和桃红色，可以进而瞥见第二个院子。家具都是雅朴的檀香木打造的，带有圆圆的角和大理石的面。墙上挂着几轴字体不凡的书法，西墙上挂的是柔安的父亲仔细临摹的"翰林"字体，东墙上挂的是光绪年间最后的忠臣之一，也是杜忠的好友——翁同龢题的对联，这副对联约有一尺高。对联的旁边是一幅马远的巨幅山水画，这可是稀世珍宝呢！

不过，整个古典庄严的气氛被廉价的油画复制品《巴黎之抉择》破坏无遗，画里是三个站在不同角度的裸体女神。这是前市长的儿子祖仁买回来当摆饰用的，他搬出去住在东城的住宅区。

一座椭圆镀金的穿衣镜框斜立在角落，是十八世纪闺房里摆的那种。这件进口艺术品叫做西洋镜，被人看成一种时髦高雅的玩意儿。据说平常看不见的妖魔鬼怪，一到镜子前就会现形，所以具有照妖驱妖的双重功用，又能让杜范林在出门办公之前，顾影自怜一番。他习惯在出门前站在镜子前面，捻捻胡须，研究一下他那圆肿易发胖的脸孔。

世上的事真虚伪。表面上，这家人都活在那位大政治家老祖宗的庇荫下。老祖宗那幅天庭饱满、和颜悦色、蓄留白须的画像正由墙上对子孙微笑呢！然而整个大厅的布置就像它目前的主人一样，刺眼、不调和以及充满了粗俗的自信。与其说这是大政治家、大学者后裔的房子，倒不如说是做咸鱼富商买卖——她叔叔就是——的房子更恰当。

她希望叔叔正在睡午觉。她迅速地穿过第一个院子，来到西边的回廊。春梅听到脚步声，从叔叔房里喊道："三姑，是你吗？"

春梅本来是婶婶的丫环，因为替前市长生了两个孩子，所以叫柔安"三姑"，但并没有确实的地位。古时候的家庭喜欢把堂兄弟姐妹加起来排行，这样显得人口较旺盛。所以柔安虽是独生女，排在一起也就变成老三了。

柔安到了后院，进了拱门走向西厢，那是她自己住的庭院。这个院落整洁幽静，小径铺着一块块十五尺长的蓝木纹石板，上面放了两个大的金鱼缸，缸里长了厚厚的青苔。旁边的两棵梨树光秃秃立在冬阳下。她在门廊徘徊了一会儿，欣赏着盆里的秋海棠。

一回到自己的院子，她就感到孤单。她曾和父母度过了快乐的童年。她是独生女，对祖父母还有印象。十四岁那年，母亲过世了，当时他们住在北京。更早以前，父亲到南方嘉兴出任道台，所以他们住在那。

如今一切都变了。母亲过世后，她就一直是孤孤单单的。当时她父亲在上海孙传芳的麾下任职；孙传芳被国民革命军击溃后，她家的财产充了公，于是父亲远走日本，把她送回西安上大学，因为这里是她的老家。飘泊了几年后父亲回到大夫邸。兄弟俩合不来，杜忠生性倔傲，虽然经济情况不佳，也绝口不提祖产分家之事，而是选择了三岔驿祖产附近的一座喇嘛空庙，在那里隐居。

唐妈正在和其他用人聊天，一听小姐回来了，急忙走到院子里。唐妈从柔安七岁时带她长大，自从她母亲过世后，唐妈就成为小姐的忠仆和伴侣，觉得自己有责任像个母亲般地对待她。唐妈是北平人，和其他用人不大合得来——只对杜忠一家人忠心。她来自农家，对皇上钦点的"翰林"具有特殊的敬意。结果呢，她对市长一家人的看法就跟柔安一样，柔安有很多秘密只对她一个人说。唐妈有朴实的脸孔、宽厚的肩膀和扭摆的小脚。她对柔安很尽责，随时留心着柔安的饮食、穿着和利益。柔安对她的信赖，不下于对自己父亲的信赖。一年前当父亲还住在这里时，他们三个人就像一个祥和的家庭。

"小姐，你回来啦！"唐妈说。

"唐妈，你看，我在街上和警察打架受了伤，所以才打电话告诉你，说我昨儿个不回来。"柔安摸着脖子上的膏药说。

唐妈拉着一张脸，检视伤痕。柔安将膝上的淤青指给她看，还告诉她打架的详情。

"他们怎么可以这个样子！"唐妈咋舌说。

她直到替柔安清洗膝部，仔细包扎后，才放下心来。柔安一拐一拐地上床时，春梅正走进来。春梅是个二十八岁的少妇，有尖挺的鼻子，高耸的颧骨和灵活的眼睛，从她的衣着看来，谁都会以为她是这家的小姐。她留着短短的烫发，身穿黑缎长裙，衬托出她优美的身段。她精力充沛，常过来找柔安聊天，毕竟柔安是这幢屋子里唯一与她年纪相仿的女人。她跨上台阶，就大声宣布自己的光临："三姑，真高兴你回来了。我听唐妈说你昨天没回来。"

她看到柔安的脚微跛，就说："怎么，出了什么事？"

"梅姐，您坐。"柔安拍拍床说。她叫她"梅姐"，因她的地位比仆人高，又是市长孩子的母亲。

春梅坐在床边。柔安想了想，说："梅姐，我想今天晚上吃晚饭时，和您换位子，不想让叔叔看到这个。"她指了指耳朵后面的纱布。

"怎么会受伤的？"

柔安把事情经过告诉她。

"那简单，你把头发放下来，老头子看不见的。"春梅总是在背后叫杜范林"老头子"。"老头子"比"老爷"亲密些，又不像"老古板"那么不敬。

"他昨天晚上问起你，我告诉他你要留在学校开会。"她对小姐眨了眨眼，接着说，"把手表拿给我，我会派人拿去修理。"

柔安好感激。春梅当家，总是为她做好事，并且替她节省开销。春梅继续说："你不必谢我。大夫邸的财产不是你爹和你叔叔共有的吗？我想你爹也不必觉得是在花他弟弟的钱。虽然老头子爱发脾气，不过我们这可是在分享祖先的财产呀。我从来没见过这么不相像的兄弟。就算所有的钱都是你叔叔赚来的，也全是靠那口大湖。俗语说'抓贼打虎靠血亲'，你爹自尊心很强，我知道，不过他是读书人嘛。家里面一个兄弟做学问，另外一个当商人赚钱，不是挺光荣的吗？"

柔安不好意思向春梅提起那个送她上医院的青年，告诉唐妈倒无所谓。

春梅起身要走："我来安排今天晚上吃饭的位子。老头子正在睡觉，我偷空溜过来找你聊聊，现在我得回去了。"

春梅走后，柔安不由得佩服这个美丽又能干的女人，虽然不认识字，又只是个丫头，但凭她个人的本事，终于爬上了这个家庭的一席重要位置。

过了一个星期，柔安的叔叔杜范林饭后正在他自己房里看报。第二个院子的格局和其他屋子一样，中间是客厅，两边是厢房。两厢房各用隔板隔成两间卧室，因为以前盖的房子都很宽敞，深达三十尺。太太的卧室在西厢，老爷的卧室在东厢，春梅和孩子睡老爷后房。

杜太太年届五十，正到达对自己家庭地位感到安全无虑，住得好、用得好，舒服但又寂寞的晚年。她替丈夫生了两个儿子。老大十六岁那年的夏天，在三岔驿的大湖里淹死了。后来老二祖仁又出国了。现在他长大成了家，却搬出去住，这是个令她难以接受的事实。她原以为在晚年能有儿孙绕膝，而今除了春梅生的两个儿子之外，屋里听不到小孩子的声音。虽然他们也奉命叫她"婆婆"，叫前市长"公公"，但不是她真正的孙子。

年轻的春梅掌管了她的家，在这生了根，证明了什么事都不能少她，而且聪明得难以匹敌，这实在伤透了她的心。唯一的好事就是丈夫不再来打扰她了。春梅很尊敬她，愈发使她感到无助。她不读书看报，以前常出去打打麻将，或是邀人来家里摆一桌。但是近来她常犯神经痛，不这么常出门了。没事的时候，她就翻翻箱子，看看自己的东西和丈夫的东西，然后监督一些家事，其实这些春梅都已经弄得有条有理了。她知道自己根本不是这个年轻女人的对手。

杜范林在桌灯下的一张广东运来的桃木躺椅上坐着，春梅则坐在后屋里做着女红，不去打扰他。但是他需要任何东西时，她一定唯命是从。他愈来愈少不了春梅，他被她年轻的风韵迷住了。春梅在附近时，他就觉得很轻松舒服。有时候他为自己找借口说，一个男人为公务忙了这么久，应该享有个人的一点娱乐。他觉得自己真有福气，能有春梅伴在身边，他对她的才干和自己的好命感到妙极了。他找不到比她更迷人、更聪明、更有用的妾了。一切都那么自然，虽然破坏了常规，他却觉得很舒服。

他对她喊道："春梅，你要不要去笛笙楼听个女的唱大鼓？北京来的。我接到四张明晚的招待券。报纸上提过这个女的呢！"

春梅说她很愿意去。"婆婆去不去？"她问道。她知道太太闹神经痛，正躺在床上。

"我想她不会去。"

"我想带三姑和孩子去。"

"你们年轻人去，那个地方孩子去不好。叫祖仁和香华跟你们坐我们家那辆车去。我要他们明晚过来吃饭，打电话说我有事要和祖仁商量，然后你们再一起去看戏。"

她打电话给祖仁的太太香华，香华很高兴。来西安后，她一直觉得无聊极了。

春梅回房后，范林拿出一封大哥刚来的信给她看。

"我大哥真是疯了，莫名其妙地写了这封怒气冲冲的信来。他是气我赚钱。"

"信上怎么说？"春梅把全家发生的大小事情都看成是自己的职责。

"哦，说到我们大湖边的回族邻居，他认为我们该拆掉水闸，好让水流向回人的谷地。"

所有的家事中，春梅最不了解三岔驿的大湖。她只知道他们咸鱼生意全靠那里得来，但从没去过那里。每回杜范林和杜太太去，她都得留在家里照料一切。

杜太太把她留在西安，还有一个理由——祖宗的祠堂在三岔驿。杜太太绝不让春梅参加祭祖，怕她成为家里正规的一分子，那样会产生微妙的问题。年轻聪明的春梅可能凭着是"孙子们"的母亲而压倒她，杜太太连一回合也没赢过这个丫头。

春梅知道老爷每回看到柔安的父亲在信里提到水闸，就冷冷发笑。她知道那道水闸替三岔驿的老百姓带来困扰，也引起他们兄弟俩的不和。

"告诉我咱们那些回族邻居的事吧，柔安她爹怎么说？"现在她说。

杜范林知道春梅在管家方面很能干，可是他从不和她讨论重大的决策。如何对付回人是他要和儿子商量的事，对女人来说，不大易理解。所以他笑笑："别让你这漂亮的头脑为这种事烦恼。"

春梅受了委屈，但是没说什么。

第二天晚上祖仁和香华来吃晚饭。祖仁是个方脸的年轻人，身材短小而精悍。他和时下的先进年轻人一样，穿一件扣着领口的海蓝色哔叽中山装，外衣口袋突出一支金笔。香华很时髦，穿一件紧贴的旗袍，瘦削的脸仔细地抹了胭脂。

祖仁来和他爹谈论生意。他不了解这些年轻女人为什么对听大鼓这么有兴趣。他从来不爱听音乐，管他是国乐或是西乐。在纽约大学念书的时候，他喜欢到露西剧院看表演。有一回别人带他去卡内基音乐厅听演奏，他在座位上局促不安，感觉像是被迫来听一小时不知道哪一国的讲演，而又不敢提早离席。今晚是因为香华很想去，他才勉强同行，他知道陪太太一块参加晚会是做丈夫的义务。

饭桌上他爹提起大伯的来信，他把信看了一遍。

"都是傻话。我们重视咸鱼的生意，唯一没做的当然是把湖水闸起来。自从我筑起那道水闸，湖里的水位升高了十尺左右。水量一增加呀，每年我们都抓到更多大鱼。现在我们的咸鱼还远销到太原、洛阳呢。生意将继续扩大，而且我们可以尽量地放鱼苗进去。只要不被河水冲走，鱼就会繁殖得愈来愈多。我真不懂大伯有什么好担心的。我已经要市政府的人在水闸上贴布告，凡是入侵者都要送法严办。几个士兵就够对付人了。"

"我爹就是担心这一点。他说士兵不能阻止战争，倒是会引来战争。他不相信我们可以凭武力去保护这个远在山里头的水闸。"柔安说。

祖仁带着急速、半谦虚的笑容看着堂妹。

"柔安，你爹是个大学者，但是他不懂得做买卖。"

他说得很客气，以免得罪了她。柔安知道水闸是他想出的鬼主意——他回来加入他爹业务之后所想出来的第一个赚钱计划已经发生效用了。她不想和他争辩，只说："我听爹说过，爷爷就是不依靠武力，才使得三岔驿躲过了一场流血战争。"

春梅专心地听，没有插嘴。香华则一向对丈夫的生意不感兴趣。柔安一心想去听大鼓。在北平的时候，她就很喜欢去听人说书。那些说书的都有一种专门的技艺，把歌曲和音乐揉进故事里去。崔遏云是北平来的。何况，柔安读过一篇文章谈及这个女孩的表演，文章上署名"飞"。一吃完晚饭，大伙儿都准备好到笛笙楼茶馆去。

04

茶楼还是和平常一样喧闹，空荡荡的墙，早几年前就该粉刷的斑驳柱子，变了色的桌椅，边上还有一道灰乎乎的废梯。但是在气氛上迥然不同，而且观众之中不乏衣着考究的人士。报上评论都在赞扬这位唱大鼓的艺人。星期六晚上总是比较叫座，有学生，有店员，连市政府和铁路局的职员们也带着全家大小出动。茶楼的生意是空前地卖座，掌柜的看着人们一批批地进来，好几次笑得嘴都合不拢。

李飞三人来得很早，占了中央一张离戏台只三两尺的好台子。座位经过特殊的安排，其他客人看到几张台子柱上"已订"的牌子，都猜到了会有重要人物来。

掌柜的亲自跑来和文博他们打招呼。文博很忙，他认为帮忙就该帮到底。首先他到后台自我介绍一番，想借着安排招待券的机会，看看杜小姐，然后把记者带去见这位唱大鼓的名伶。经过这么一宣传，遏云的声名大噪，茶楼夜夜满座，于是她延长了两个星期表演。这件重要新闻的大标题和李顿爵士到达上海的消息一样，用墨色的铅字印出来，而且还更吸引读者。观众里有不少是游客和穿灰色制服的军人。观光客到了西安，崔遏云的表演竟成为必看的节目之一。

李飞紧张极了，他希望能再见到柔安。范文博最先看到杜氏一家人走进来。

"他们来了，小杜和他太太。"

李飞转身张望。走在前头的是位梳着高髻的摩登少妇。接着是前市长的儿子，手上拿着手套，一副参加盛大舞会的派头。在后面走着的是穿黑衣的柔安，以及一位比她们都漂亮的少妇。

李飞想起了几年前曾经在上海的一个舞会中见过小杜，祖仁——旁人介绍说是杜恒的孙子——大概比他大四五岁吧。后来他听说小杜出国留学去了。李飞认为祖仁可能不记得他了。

柔安穿了一身简便的旗袍，除了玉耳环之外，再也没佩戴其他首饰。她正忙着愉快地和那位神秘而又美丽的少妇说话。

李飞的心兴奋得怦怦跳。少女脸上那种高雅的安详和快乐的热情交杂的神态，特别吸引着他。他把柔安指给文博看。

"你该谢谢我。"文博得意地说。

"那个和她说话的漂亮女人是谁？"

"从来没见过。"文博认为自己应该对西安的社会圈子了如指掌，答不出来似乎很没面子。

李飞背对着走进来的人。当杜家一行走过他身边时，柔安一眼看到他，霎时满脸羞红。她仿佛要说话，又忍住了，走向前坐在她的座位上。她兴奋地在春梅耳边说了一句话，然后离开座位走了过来。李飞立刻站了起来。

"你好吗，李先生？"

她并不想掩饰声音里的快乐。

"很好。你的伤怎么样了？"

就这样，他们像老朋友似的谈着。她打量着他，似乎要确定面前这个她一个星期前才认识的男人是活生生的。他的头发向后梳，仍是那顽皮的笑容，仍是那活泼的眼神。

"我猜你会来，收到招待券了？"

柔安眼睛一亮："是你送的？"

李飞点点头："我一直想再见到你，又不知道该怎么办。我的朋友文博认识这里掌柜，于是我们碰碰运气。我本想打电话邀你来，却又不敢。"

他转身介绍他的朋友。文博照例摆了一副庄严的表情，站起来鞠个躬。春梅和香华都回过头来看。祖仁正在看别处，似乎不希望被人打扰。这个从美国回来的留学生，看起来好像和茶楼的一切都格格不入似的。

柔安回到她的座位，向他们说明招待券是谁送的。当她瞥向李飞的台子时，并不掩饰隐藏在眼里、嘴里的笑意。

不久其他的台子也客满了。掌柜的走上前向贵客打招呼，然后走到李飞的台子，对文博说："范老爷，崔姑娘要谢谢您，她请您点一段您爱听的故事。"

文博征求两位朋友的意见，李飞朝柔安点点头："问问那桌的小姐要点什么。"

当掌柜的走近柔安，她有点吃惊地挺了挺腰。

"《宇宙锋》。"她大声地说。

这时祖仁注意了一下。他看了看范文博，问柔安那桌的客人是谁。他忘了《宇宙锋》是一出冷门戏。

崔姑娘出场了。她穿了一身袖子长而紧的蓝缎旗袍，头发卷成时下最流行的发式，面前摆了一张直径十二吋的小鼓。观众热情地鼓掌喝彩，范文博也随着其他人鼓掌。她爹则穿着褪了色的旧蓝袍，正在将三弦调音。她对贵宾席上的客人看了看，然后宣布故事的名字，并且说明这是客人特别点唱的。

她徐徐地开始，圆润的声音轻易地传遍了整个大厅。《宇宙锋》是在说宇宙界的疯狂，一个女子拒绝被封后的戏剧故事。命老百姓筑万里长城的暴君秦始皇死了，善良的太子因为反对父皇的暴政，正被放逐边疆。于是宰相赵高假传圣旨，拥护始皇淫荡的次子继承王位。为了巩固在皇帝面前的势力，赵高希望把自己的女儿送进宫里当皇后，这件事皇帝已经答应了。但是赵高的女儿知道老百姓都在暴政的统治下痛苦呻吟，而国家的政权也四分五裂了。她还知道那位善良的太子也已被假圣旨害死了。当皇上亲自下诏娶她为妻，她无法做主拒绝，于是她将计就计，装疯卖傻，使他们的计谋无法得逞。

崔姑娘把她装疯的那段学得惟妙惟肖。她不认父母；她吐着猥亵、淫荡的言语，带着歇斯底里的狂笑。对她而言，世界变得颠倒混乱。上了金殿见到圣上，她疯得更厉害。击鼓声愈来愈快。她说了一大串的激烈言辞辱骂他，嘲笑他。这些话也只有疯子才敢骂。她质问皇上到底是如何处置他哥哥的，他为什么被杀了呢？

有时她温柔婉转，有时她又愤怒地扯紧嗓门儿，皇上怒火填膺地恐吓说要将她处死，疯女仍然发笑，只是沉迷在自己的幻想中。皇帝相信她是真的疯了，于是决定不立她为后。崔姑娘用歇斯底里的获胜狂笑声结束了这段说书。

每当赵高的女儿冷嘲热讽地辱骂暴君一句，观众就鼓掌一次。崔姑娘伶俐的口舌、动人的语调，完全掌握了台下的情绪。

柔安似乎很受感动，在故事结束时她大声喝彩。她真的是被吸引住了。当观众七嘴八舌地赞美时，她回头看了看李飞。

崔姑娘喝了口茶，坐下来喘着气。台下闹哄哄的时候，她和她爹说了一些话，然后站起来继续说其他的故事。她早已带起了整个场子。观众欣赏她的举手投足、一颦一笑，以及她声音里的感情。光是那一面小鼓在她熟练的敲击下发出来的各种节奏，就够听的了。

李飞并没有专心地听。柔安现在也活泼乱动，不再全神贯注地听了。她笔直地坐在位子上，身体微微地向前倾，好看到他。在这一身简便的黑裙衬托下，雪白的脸上充满了青春的气息。他真希望自己有这份勇气走过去坐在她身边；但是她们的台子没空出座位，何况祖仁又是一脸神气活现的表情。算了。李飞这辈子最讨厌对自负的人多礼，生怕别人误会他。

崔姑娘又结束了一段精彩的表演，台下掌声如雷。跑堂的在场子里来回穿梭，卖些橘子、梨、花生和糖果。茶楼里面很热，柔安摇着白手帕扇凉。台上休息的时间很长，茶楼趁机赚了一笔。祖仁不耐烦了，他拿出香烟，放在镶了金边的烟嘴里，摆了一个适当的角度。

茶楼是公共场所，任何人只要花两毛钱买票，就有权利进来。在遏云表演的这些晚上，称这批人是争抢拥挤的群众总比叫"观众"要恰当得多了。这些人包括了三教九流，而且还有很多闲游的败兵夹杂其中，算起来观众的举止已经是很文雅的了。

范文博可不是那种姑息养奸的人，他的保护网广布茶楼的里里外外。虽然屋顶是坚固而又防水，但是总免不了有拳头来生事。范文博在"河南红枪会"中位居"大叔"，也就是说，在这个联盟组织里是第三号人物。秘密组织渗透到下层社会、戏园子、茶楼、酒馆，那种地方难免发生暴力纠纷，总是仰赖帮会来保护。

李飞向柔安招手，示意他这桌还有些空位。柔安和香华一块儿走过来。李飞和柔安说话，蓝如水则和香华聊天。春梅没和柔安她们一起过去，因为她知道自己的身份很难向人介绍。

"杜小姐，和你们坐在一起的漂亮姑娘是谁？"文博问道。

柔安看了看香华，犹疑了一会儿："她是替我叔叔照顾孙子的保姆。"

如水对香华谈及他在城里参观了一座回教庙宇，那是几世纪前元朝建筑的。他告诉她远在一千年前唐朝的时候回人自中亚来中国的经过。香华从来没进过回教庙宇，因为她丈夫不感兴趣，而她又不敢单身前往。她听得津津有味。

柔安的心思里只有李飞。

"让我看看你的表。"

柔安伸给他看。她的手又白又嫩。"还在走，我拿去修过了。"她愉快地对他笑着说。

"很高兴那时候你把表弄丢了。要不然你跟其他女生回学校，我也不会认识你。这叫做缘分。"

她盯着他的眼睛，低柔地说："你相信缘分？"

"大概吧。我也不知道，我宁可信其有。命运拉着线，而我们对它却毫不知情，这样比较有意思。主宰命运的神仙真是幽默大师，他喜欢捉弄人，看到一对男女为爱情受折磨，他就开怀畅笑，这才扭动了线，使他们团聚。等到那对男女顺利地定了亲成了婚，他就对他们失去了兴趣。有时候他也是个愚弄大师。"

李飞的眼光停在她身上。他喜欢刚才她走过来，只简单地说一声"你好吗？"的方式。那时她脸红了起来。他很健谈，她被迷住了。

"告诉我为什么点这段《宇宙锋》。"

"这出戏我曾经看过一次，过后一直忘不了其中的剧情。有些故事我不觉得怎么样，可是当初这出戏好令我感动。"

"我告诉你为什么。这出戏里面有位善良的太子和僭位的险恶王子。赵高的女儿爱上那位善良的太子，这就是为什么她疯了。"

"咦，我也是这么认为哩！别人从没有这种说法。那么她应该是真的疯了。真高兴我们的想法一样。"

"我们两个都对。"两人大笑。柔安很愉快地看其他人。李飞很孩子气。

"我可不可以再和你见面？"他问她。

"嗯？"

"我不敢打电话到你家。"

"你可以打电话说是要找唐妈。"

"你能不能出来和我吃顿晚饭？"

"出来是可以，不过不能吃晚饭。叔叔会找我，我又不想解释。"

祖仁在另一桌很沉不住气。他付了茶钱，丢一块大洋在桌上，然后点点头示意女士们跟他走。

香华还不想走，不理他。他多事地走过去拍拍她的肩。"走吧！"他说。香华恼极了，继续聊天。

这时候门口突然传来一阵喧闹。一个当兵的喝太多白干酩酊大醉，漏听了遏云的表演，他正用力地向前挤去。

"遏云，遏云，出来！你老子叫你出来！"

观众拍手大吼。

"喂，遏云，出来！"

掌柜的走上前："她已经唱过两回，累了。"

"她不认得她老子？你看她出不出来。"

这个醉鬼从腰带里掏出一把左轮手枪，向台上开枪。观众惊愕得大声尖叫。

一直在场观看的范文博站了起来，丢了一个眼色给满布在大厅里的"侄儿"们。他扬了扬头说："把他扔出去。"

这个当兵的伸着颈子瞪着台上看，有一块酷硬的东西自后面敲了他的头。他双膝一软，就瘫在地上了。帮会里的兄弟们拿走他的枪，把他拖了出去。紧张的观众这才松了一口气，开始疏散。有人大叫："干得好！"

祖仁已经开始向外面走，女士们跟着他。春梅经过时，迅速地朝李飞的两个朋友看了一眼。他们站起来笑着道别。当柔安走过李飞身边时，李飞问她："怕不怕？"

"还好，幸亏他被撵出去了。"她说。

她离开时深深地看了他一眼。

05

杜家人离开的时候，茶馆外面围了一大群人。祖仁很不舒服。他到过国外，也见过比说书更好的娱乐节目。他是纯粹陪太太来的。这里没有通风设备，空气很坏，不加罩的灯刺痛了他的眼睛。他走出来吸了几口清新的空气，这才感到好过些。二月的夜里空气冷冷的。祖仁把车开到门口，让女士们上车。几个乞儿围着他们讨钱，祖仁有点生气，原则上他不赞成向人伸手要钱的乞丐。"别对他们施舍。上车吧，咱们离开这儿。"

香华扣上皮包，坐到前座上，感觉很气馁。柔安和春梅坐在后座。祖仁砰的关上车门，走到另一边，坐在他的位置。围观的人们还站在那儿，目瞪口呆地望着这辆大型派克名车黑亮又精致的车身。祖仁打开前车灯，按着汽车喇叭。喇叭不是嘟嘟响，而是发出"索、哆、来、咪"四个音符的旋律。引擎先是咳了一会儿，然后发出了咕噜咕噜的声音。他的汽车又作怪了。他猛然一踩油门，车子晃向旁观的人群，几个小叫花都吓得跑开了。

"哦，老天爷。"香华差点叫出来了。

"咱们真不该到这个鬼地方来。"

"你这样会撞死人的。"

"我从来没出过事。"

祖仁面带怒容，觉得跟一个紧张兮兮的女人争执根本于事无补。前车灯摸索着街道，照亮了几条直直的窄巷，他们开到大街上了。大部分的店铺都打烊了。黑暗中没有人说话，只听到引擎的哼哼声。祖仁停车点了一根烟，香华一言不发地偏头看着他。

"我看不出那有什么好看，既不是唱戏又不是演戏。故事嘛，更多是枯燥乏味。"他说。

"除了你，大家都爱听。"香华说。

"我实在是被迷住了，不管她说什么故事，我都百听不厌。"柔安说。

对祖仁来说，要他喜欢这个他已经回到的都市，一直都是个挑战。他到美国留学，专攻企业管理，简言之，他对身边那股懒散、不求效率的调调儿感到很不耐烦。他已经尽全力帮助这里走进现代了，全西安只有他的办事处有一组橄榄绿的铁柜，存放档案的夹子和一张会回转的椅子。不过烦恼也开始了，他必须训练土里土气的职员去习惯使用档案卡。把卡片弄得有系统之后，他这才发现在中国字中竟然没有索引制度，没有一个可以操作现有的资料。他咒骂《康熙字典》，他在这本字典里找不到"为"和"包"这两个字。"为"是猴子的象形字，他又怎么知道这个字的语源呢？"肯"字好像是"月"部，结果他是在"肉"部找到这个字，因为这个字的原意是"著骨肉"。他自觉中国文字应该废除。职员们把他的档案夹弄得一团糟，继续回去做他们旧式的记录本子。

当他想起在纽约大学修会计、大众传播和推广销售等课程，不禁失望得喃喃诉怨。由于没有铺设铁路，他那三岔驿大湖里的咸鱼仍利用驮车、马车和舢板对外运销。他的血液中流着一种杜家人遗传的神秘天性，如果他发觉自己不适应西安，处处格格不入，那么他要西安来适应他。他要开发道路，所以他着手经营水泥工厂。最近他体重大增，仿佛有无穷的精力可用似的。他本来就不想来听大鼓嘛。其实也不是失望，那就跟他原来所想象的差不多——原始，不经修饰，几乎可说是半开化的玩意儿。

他叹了一口气，说："你们真该看看纽约露西剧院，那灯光、布景和舞群，一分钟都不用等，连一秒钟都算得好好的。"

一谈到美国，他总是很热烈。只有这时候他才有诚意和信心。车子里没有人搭腔，他不说了。真是对牛弹琴嘛！他觉得好孤寂。

香华没有反应，是因为刚才被弄得很气馁。再说，她多次听丈夫热烈地谈及美国。她没去过那里，根本接不上嘴，只有听的份儿。每次他因西安的某件事而作呕的时候，她心里都做了准备。平常柔安会问他一些美国情形，不过，她现在心不在焉。她正在想李飞，以及他说的缘分，尤其他说命运是位愚弄大师。车子转了好几个弯，在他们家大门停了下来。祖仁让柔安和春梅下了车，然后继续驶回自己的家。

春梅和柔安下了车，顺道经过门房看看一切是否正常，然后和门房老王笑笑道晚安。

老王年约五十岁，跟着杜家已经三十年了。他看了看天色说："梅姐，你们回来得挺早的嘛。"

"是啊，你现在可以锁上大门了，可别忘了西院的边门哦！"

"不会的，梅姐。"

老王眼看着"梅姐"十七岁那年进杜家当小丫头，又眼看她爬上有权势的地位，能干得可以独当一面了。她常常帮他的小忙，替他掩饰一些过失。他感激她，愿意在她手下干活儿。例如前一天晚上他忘记锁上边门，春梅发现了就直接来告诉他，没有向老爷报告。

春梅和柔安走进第一个院子，唐妈正独坐在那儿等柔安回来。春梅向她们道了声晚安，就走进老爷和太太住的第二个院子。

她先进房去看两个孩子，九岁的祖恩和七岁的祖赐睡得正熟呢。她摘下珠宝首饰，脱下晚礼服，换上棉袍，走进厨房看看用人有没有依照她交代的，十点钟的时候把药汤端给老爷喝。

杜范林正在太太的房里说着话。春梅进来，向床边走去，问道："婆婆，您需要些什么？我去泡杯茶来。"

"不用了，现在既然你回来了，你们两个可以走了，想睡了。"太太彩云说。

春梅的礼貌太周全了，彩云真是一点法子也没有。

春梅年轻有活力,她的脚步从早忙到晚没休息,家里大大小小的事情都留心处理,她已经成为这幢屋子里发号施令的灵魂人物了。虽然没进过学堂,可是她记得哪些日子该去收租,哪些日子该付款结账。很多地方她像是当家的少奶奶,只不过她还和老爷同榻而眠罢了。她懂得如何应付老爷,怀柔太太,赢得年轻一辈的好感。家里的用人都怕她,因为没人能瞒得过她,又因为她为人公正,不摆架子,他们也尊敬她。她很愿意亲自当家,而且避免责骂用人,所以每个人都做好自己分内的工作。相反地,太太觉得越来越有必要对用人严厉,来维护自己的权势。如此一来,用人们对春梅比对大太太更有好感。春梅的地位很"暧昧",这不是她本身的错。她对这点也有些不高兴,不过她真的应付得很好。

春梅的出头不单靠她本身的条件,也要归功于杜范林狡猾老练的特质。地方上仍公开流传前市长并未纳妾的虚言,如此一来,我们对书中混淆称谓更感困惑,读者一定也很好奇吧!

春梅到杜家那年,只有十七岁。她不但有令人侧目的身材,而且比其他女孩子有头脑。十八岁时她愈发标致艳丽。杜范林关心着公共道德,但却禁不住被这个聪明、貌美的少女给迷住了。他送给她大批的礼物,要她来侍候他,避开那些对他尊敬的众人的眼光,他向她求爱。

在帝制时代,丫头如果替老爷生了孩子,自然就会被纳做偏房。但是杜范林一向是公共道德的拥护者,身为现代先进的市长大人,他曾经对纳妾制度加以抨击哩。现在他不能公开地纳妾,可是他也不想不认自己的亲生骨肉呀。他暗想,要是他从未公开发表反对纳妾的言论该有多好。祖恩一出生落地,他匆匆把春梅许配给园丁,领养了孩子以继承亡故长子的香火。结果孩子的辈分降了一级,不过他不得不替长子的香火问题设想,于是他要孩子喊他爷爷,他一向想拥有做祖父的地位和尊严。那时他已经四十八岁了,如果祖正还活在世上,娶了一房媳妇,这时候杜范林是早就该当爷爷了。他把春梅安置在他卧室隔壁的后室里，就当做孩子的保姆。园丁一点也不喜欢这样。可是杜范林替自己免去了一场绯闻，立他的孩子为嫡嗣，而且也使自己升了一辈。

过了两年，祖赐跟着出世了，纸包不住火。他给园丁三百大洋，叫他自己另娶妻室。园丁一脚踢开了他的施舍，辞职不干了。"真是不识好歹的家伙，他哪儿还找得到三百块钱？"

妙的是，杜范林每天听到孩子一再地喊他"爷爷"，竟想使自己相信他真是这两个儿子的爷爷。这么一来全乱了，春梅的两个儿子只得叫亲哥哥祖仁"叔叔"，叫柔安"姑姑"。杜市长非但不受困扰，而且还引以为乐。一连串"姑姑"、"叔叔"、"爷爷"，把这个事实上只包括父子两代的家庭弄得像是三代同堂似的。

"我弟弟打牌都自创规矩。"有一次柔安的爹对她说。

杜范林利用杜恒大夫的名义替儿子命名，也正是显示他的一种天赋。四个儿子的名字第一个字都是"祖"，指的是杜恒大夫。祖正（祖父的正直）、祖仁（祖父的仁慈）、祖恩（祖父的恩惠）、祖赐（祖父的赐予）。

谈到"祖父的恩惠"（祖恩）和"祖父的赐予"（祖赐），"其实两个都是他自己的'恩赐'。他生的，他种的，他自己去享有。"柔安她爹说。

春梅是女佣，不过不管你怎么称呼她，她总是个女人。古老传统里，她会被收做偏房，不能穿裙子，只能穿旧长裤。问题是二十世纪二十年代的现代女性突然换下短衣长裙，改穿旗袍了。没有任何传统规定姨太太不能穿旗袍。有一回，春梅开玩笑地说，她很想做一件旗袍穿穿。当时正流行穿旗袍，况且穿上旗袍显得好高雅。杜范林喜欢这个主意，大表赞成。杜太太仍然穿短衣长裙，样式稍稍地改变一下——就像军人制服上加一条杠似的——这对杜太太来说，地位上充满了极大的影响。春梅不但变得更漂亮，更时髦，而且也使得正室和半妾半婢的姨太太之间的利益混淆不清了。太太稍稍失势，春梅的权势却很明显地升高了。

刚开始那几年，"祖父的恩惠"（祖恩）和"祖父的赐予"（祖赐）还小的时候，春梅站在餐桌旁边服侍老爷太太吃饭。一天春梅为太太裁着衣裳。杜太太为了杜范林到春梅屋里睡觉的次数比进她的房间还多而生气，她喃喃地发着牢骚。那天早上春梅做的每件事都不对劲，她忘记把毛巾换掉，把茶壶放下时，又溅了一桌子的水，她只好去换另外一个茶壶。一切就绪之后，太太又发觉开水还不热，温温的。

"你这小巫婆、丫头、狐狸精，如果你心不甘情不愿，那就不要做好了。你简直忘了自己的出身。当初要不是我收留你，现在你还不知在哪里呢！穷人家的丫头片子！你这个狐狸精盯着男人不放，勾走男人的魂，凭你淫荡的……"太太说。其他话实在不宜记下来。"彩云"是太太的名字，女人的名字常常把人骗住了。

春梅忍下一切的侮辱，向她赔不是。现在太太正瞪着她看，使她手里的剪刀不觉抖了起来。

"多彩的云霞"气炸了："你这个白痴、笨蛋，前世注定的万代仇家！"她拿下春梅手里的剪刀，不断地戳刺春梅的手臂。

那夜春梅伏在床上大哭，她再也受不了了，她求杜范林让她带着两个儿子搬出去住。

第二天午饭，春梅站在她两个稚儿身后，虽然臂上缠着绷带，仍然以女佣身份侍候大家吃饭。

"春梅，坐下来。"老爷说。

春梅吃惊地张大眼睛。

"春梅，这是我的命令。你是我孙子的娘。从今天起，你和祖恩、祖赐坐在一起。"

春梅胆战心惊地坐下来。彩云的眼睛在冒火，她知道这是丈夫在间接责备她的所作所为。

妻和妾之间的另一条界线又抹消了。在老爷嘴中，她是"祖恩的娘"。在太太眼里，她还是"春梅"。祖仁和柔安喊她"梅姐"。在两个孩子心目中，她是他们的"阿姆"，这在方言中意思是"娘"。要是老爷过世了，还非得要上海律师工会或者一流大学里的法学院才能判决春梅究竟算不算杜家合法的一分子。因为她既没迎娶入门，也不姓杜。

这是好几年前的事了，大家好在见惯不怪，接受了这个事实，您就甭去想这么多啦。春梅的伤心复原了，而且过了几年，连手臂上的疤也几乎看不出来了。

女人不知不觉中深受男人的宠爱，就如浪潮的升涨和森林的蔓延一样，细微而不易察觉。春天一到，森林就更接近田野。香华入杜家门之后，春梅不但开始搽胭脂、抹面霜，甚至头发也剪短、烫卷，像是个时髦的女人，当然这一切都博得杜范林的热烈激赏。他觉得十分得意。社会禁止他宠爱别的女人，他内心感受到一股反抗的胜利喜悦和报复快感。

彩云看着这一切事情的发生。为了报复，她故意雇用一个年轻漂亮的丫头。这个新丫头没做很久。春梅察觉了一切，没让她待下去。

香华第一次到杜家，有点看不惯这种情形。她是个受过大学教育的新时代女性，何况又出身上海的世家，家里的用人都很有分寸，而现在要她和一个女佣同桌，她觉得是一大侮辱。尤其，香华说话又直言无讳。能够安抚香华，把她争取到自己这条线上，才真正体现出春梅的本事。她跟着孩子们叫香华"二婶"，她坚持要谦逊得像个女佣似的侍候香华。香华一吃完饭，她敏锐的眼睛第一个注意到，立刻起身替她添饭。香华刚到西安的时候，春梅抽空陪她逛街买东西，把最好的商店介绍给她，总是微笑地喊她"二婶"，并且替她拿大包小包的东西。

那天晚饭时，春梅由父子二人的谈话和柔安被激怒的表情中，感觉出三岔驿谷地一定发生了严重的事情，引起家人的争吵。她一声不响地听着，因为她对三岔驿一无所知；杜范林也不愿意和她商量。第二天她来找柔安谈这件事。

"老头子收到你爹关于三岔驿水闸的来信，我搞不懂究竟是什么事让你爹和你叔叔这么一来一往地写信。"

柔安向她解释，又说她爹叫她在放春假时上三岔驿一趟。

"我已经将近一年没见到我爹了，不过他也曾在信上告诉我这件事。你也知道，祖仁打从美国回来后，就筑了那道水闸。回人住在湖西北的谷地里，那块谷地都靠湖水流下来灌溉。水闸一建好，河流的水位就降低了。我爹说，回人田里缺水闸灾荒，谷地里的居民都很反感，怨恨不已呢！"

"我懂了。当然，二叔建水闸是怕鱼群流入河里去。你还记得吧，他住在家里的时候，我们听他兴奋地说过这件事。他认为这是个了不起的计划哩！"春梅说。

"没筑水闸之前，鱼量还是有很多，根本用不着去截断回人谷地的水源。我觉得这么做真刻薄、恶劣、自私。我爹给我的信中说到，水闸会引起很多纠纷。"

春梅试图了解情况："我想，剥夺邻居的水源实在与我们的家风不合。"

"叔叔怎么说？"

"他说你爹疯了，他自己知道他该怎么做。"

"我听过爹告诉我一些新疆回变的故事。他这么担心，一定有他的理由。你想象不出来那边的情况，大湖以北全都是回人区，那边已经发生过流血事件了。"

柔安告诉春梅，她常常听她爹说起当年爷爷如何替三岔驿免除一场暴动叛变的经过。那边一向呈现一个不易处理、易爆发的状况，往往会引发民族间的战争和残杀。她也听过很多有关左宗棠把三岔驿产业送给杜家先人的好听故事。

柔安的曾祖父是一八六四年至一八七八年间追随左宗棠镇压回变的一员部将，大夫杜恒就是从他的手中继承了官职和三岔驿的产业。那时甘肃的回人侵犯西北两省，甚至攻入西安。整个新疆都在闹叛乱，由突厥名将雅霍甫伯克领导。

左宗棠是伟大的军事家，也是了不起的政治家。他是第一位成功地将汉人带入新疆的人。当部队向哈密沙漠西行推进时，他命令士兵种植树木，并且在沙漠边缘开垦了不少田地，作为他们的安全基地和粮食来源。为了传入养蚕事业，他叫士兵的眷属们利用腋窝及胸部挟带蚕卵。据说有些蚕卵在他们未到达新疆时，已经孵化了。士兵还带了柳树苗和弓箭、油布伞去。直到今天，新疆境内通往哈密的路旁的杨柳，还叫做"左公柳"呢。那是个伟大的成就。回乱弭平后，柔安的曾祖父得到甘肃南部大夫的荣衔，三岔驿的大湖封给他当私人产业。他死后，儿子杜恒继承他的官职、头衔和那片大湖产业。

虽然左宗棠是个行政人才，但是对土著却毫不留情。他认为千年以来，西北边疆上的突厥、龟兹、准噶尔、多萨克、鞑靼等十二部族产生的周期性大屠杀和宗教暴动问题，唯一解决的方法，只有建立汉人殖民地，强迫"蛮人"改变宗教信仰，以及接受汉人的生活方式。他杀回僧，毁寺庙。当武力镇压了叛乱后，许多部落被夷平，回人也被征服了，但是都怀恨在心，怨恨不已。所以他一死，叛乱又开始了。

三岔驿和西北的其他地方一样，南部的岷山稀稀疏疏地住了些藏族人，盖有一些城堡和喇嘛庙，北部在洮河上游的肥沃谷地里住了一支突厥的部落，他们是为了贸易和农业才流散到北边来的。杜恒手下的汉军本来也是动辄以征服者的姿态对付回人。但是，当剥削土著、残杀回人的事件传到杜恒耳朵里，他对手下一概严厉处分。钓鱼就是个问题。回人为了生活，想在湖里钓鱼，杜恒任他们自由地到他的湖里钓鱼，尽管这湖是他私人财产。他没有什么惊人之举，但是凭着公正待人，终于赢得回人的好感。

一八九五年西宁发生回变，为了报复左宗棠手下对回人施加的酷行，回人对汉人进行大肆屠杀。据说，无辜牺牲的汉人和回人多达二十万人！叛变眼看就要伸向甘肃南部了。杜恒把回人领袖"阿訇"叫到他的府衙，把整个局势告诉他之后，带着冷静的表情直直地看着他。阿訇微笑着，杜恒拍拍他的背，表示友谊。两个人什么话也没说，整个三岔驿就免掉了一场恐怖的屠杀，而其他地方却无一幸免。

春梅深受感动。"我不懂是什么促使二叔这么敏感、紧张、活跃，他眼中含着冷酷的眼神，脸上的肌肉也总是绷得紧紧的。"

"你也这么觉得？我觉得他对自己的所作所为倒是很满意。他一定是从美国学到了那种紧张、活跃的态度。他吃饭好快，好像把吃饭也当做成例行公事似的。当然叔叔很高兴他帮着扩展咸鱼生意。"

祖仁和香华住在东区的一幢屋子。身为杜恒的孙子，不陪父母在老宅里，在他父亲的眼里实在是不忠不孝的行为，但是他们也有充分的理由。那幢房子有个紧挨着邻居的小花园，但是这座现代化的花园有白色的墙和绿色的百叶窗。最正当的理由就是房子里有个瓷浴缸，浴室里的白瓷砖一直铺到半墙上。祖仁装了个淋浴喷头，幻想自己又回到美国。他总是使劲地擦洗身子。他一丝不挂的身子不很好看，而且总是溅了一地的水，香华常常被吓着。她不懂，既然有个浴缸，为什么男人连洗澡也不肯安静坐下来。

那天晚上从茶楼回来，香华走进她的房间，脱下衣服，觉得刚才玩得很愉快，又认为今晚的气氛被破坏了。这有点像当你口渴时正喝着一杯水，却有人抢走了茶杯。你喝了水，但是没全喝，没喝过瘾。祖仁很会赚钱。回国之后，他就接下他爹的生意，凭着远见和他所谓"进取的策略"扩展生意。他眼见着新纪元的来临，中国将会有更多的道路和新的建筑物，这些都需要水泥。他发展得很顺利，很快就成为西安的杰出青年才俊之一。

祖仁夫妇分房而睡。他走向冰箱，找他那瓶进口的"白马"威士忌。他太太不喝酒。她的舞姿很棒，但是他们已经很久没跳舞了。全西安市连一家高档的舞厅也没有，再加上很少有跳舞的机会。

冰箱常发生故障，停电或嗡嗡作响。一旦他放弃了，却又恢复原状。有时电线短路，西安竟没有一个人会修理，装船运回上海去修理又太贵了。今晚冰块总结不起来，所幸晚上凉快，他可以不加冰块。他喜欢在上床之前喝一杯威士忌苏打。他觉得自己好高贵，牺牲一切回到这里为故乡和祖国效命。不加冰块的威士忌！

"我能进来吗？"他敲敲妻子的房门。他拥有受西方教育的人士的所有礼貌，地道的中国丈夫会直接走进去。他总是在太太上车前替她开车门，在街上他也走正确的一边。这是一种习惯，不过似乎没啥差别，香华并不觉得他真正尊重女性。开车门让妻子先上并不表示温柔，那种女人内心所渴望的温柔。香华发现，一个男人在国外留学多年，接受了全套的现代教育，然而他对女人的方式仍然不会有所改观。我们无权要求一个纽约大学的毕业生自动变成一个理想丈夫，或者穿西装、打领带就能使男人脱离乡下人的粗里粗气。不过香华和许多时髦的人一样，总是对西方教育及出国旅游的好处抱着一种莫名、夸张的观念。

"你去睡吧。我累了。"香华在卧房隔着门说。

"我只是想在上床之前和你谈谈，达令。"这句话是中文，"达令"却是英语。香华的英语会话还马马虎虎过得去。这个字眼怎么啦？它还是那个英语字眼。当祖仁追求她的时候，这个昵称听起来那么温柔，那么美妙——简直涨满了女人的心房；而现在，同样的字眼却变得发霉而枯燥，像走了调的音乐似的。

"你去睡吧。"香华一向对他很直率，说起话来像是结婚两三年的夫妻似的。

祖仁转身走开，觉得比往常更寂寞。

她已经脱下了衣服，放下结髻的长发。因为消瘦，肩胛骨很明显地突出。她的双颊因为很特别地晕着——并不是她抹上的厚厚胭脂，而充满了温馨。她对着镜子看自己的脸孔。婚姻对她而言，像是在吃烘了一半的面包似的，一头是松软的，另一边却是生粗的。她对自己的华服和首饰相当自傲，总是对着首饰仔细看个半天才锁起来，衣服也是小心谨慎地挂在衣橱里。然后她换上饰着软毛的拖鞋，滑入丝被里。她的睡床镶有闪亮的铜柱。她熄灯后，看见丈夫卧室的门下透出一道白光。

那道细细的光线令她无法入睡，她还在为茶楼的枪声感到紧张呢。她听到丈夫在隔壁房里不停地踱着步，自己咯咯地笑了出来。"活该，要是他在茶楼行为不这么粗野，我会放他进来的。"

丈夫是否仍像从前那样爱着她呢？他似乎少不了她，需要她，而且让她过得舒适。但是任凭他娶哪个女子做合法的妻子，他都会需要她，让她过得很舒适。对祖仁而言，他学的是经济，虽然不懂得情调，不过却是个很好、很规矩的丈夫，和值得尊敬的公民。他们刚结识不久，她就发现自己嫁了一个相当乏味的男人，似乎他的脑袋只朝一个方向发展，他看不出妻子强烈感受的事情。他一心要建立个好家庭，他所谓的好家庭就是住一栋房子，让太太穿美丽的衣裳，客人来的时候做些像样的佳肴。然而他自己却从未在意美味的菜肴，连汤里是否有火腿味，他都吃不出来。这些他根本就不在乎。人的神经就像是底片，有些底片感光好，能捕捉一切色调、音调的细微差别，有些则粗劣简陋。他胃口很好，精力充沛，但就是无法欣赏遏云那轻快的旋律和美妙的音色。他听到的只是表达意思的噪声。那个唱大鼓的名伶说的某些话，都是华丽、冗长，故意虚张声势的废话——他感到很不耐烦，他向来对文学敬而远之，甚至还有些害怕。他也很纳闷为什么太太打开皮包，把钱施舍给那些在街头发抖的乞儿。他说过他不赞成乞讨，这会助长人们偷懒怠惰。大寒夜里，往往会有乞丐冻死在路旁。

扎稳根基、受人敬重，这是他私底下的理想。干净、进步和水泥则是他理想中的中国。"中国需要的是水泥，嘿，美国的水泥地都是那么地干净，躺在水泥地上都不会弄脏衣服哩。"他曾向太太说过一千遍。

她是在上海认识他的。那时候他刚从美国回来，带着那股受了西式教育的年轻人的吸引力。香华已经从学校毕业两年了。虽然他的皮肤粗黑，但是体格倒是蛮健壮，加上衣着完美华挺，从任何一方面看来，他都具有清醒、能干、庄重、严肃、上进的青年的神采。他为自己吹嘘，而且大谈美国，香华被冲昏了头，嫁给喝过洋水的人是时髦的举动，也是现代社会的上流阶层风气。香华觉得这个男人是天底下最好的男人。他们在上海快乐地度过了两个月，几乎每两天就到一些闪亮豪华、五光十色的夜总会跳舞。他们和朋友聚聚，到苏州、杭州、无锡旅行，最后才把他们的小家庭安顿在古都西安。

结了婚，女人会发现两个心灵。首先是丈夫的，深藏在大男人心里的想法和秘密都暴露无遗，不需要像在社交场合中掩盖和隐藏；人类性格里的限制、弱点、偏见、自我主义，以及无知都显露出来了。她通常也会发现她自己的心灵，找到自我，找到自己的命运，以及活下去的目标。第二个发现则要从孩子出生开始。香华已经发现了丈夫的灵魂和个性，却还没有找到她自己的。

她来到西安——奇异、陌生的西安——就迷失自己了。在这里，李白、杜甫、杨贵妃曾经住过；在这里，汉武帝建过都，远征匈奴；在这里，发生过多少战役，改朝换代，宫殿连烧数月，皇帝陵墓惨遭掠夺。

祖仁没帮上她什么忙。她听说城外有唐朝和汉朝的废墟——"唐宫"和"汉镇"，但是她从来没有去看过。她丈夫把那里说得一文不值："没啥好看的，不过是些土丘和村落罢了。"她在大学读过《景教碑》，一千多年前，由远来中国的景教基督徒建立的石碑，就竖在西安城外的一座庙里。她甚至也没见过景教碑。其实她丈夫根本不知道有这么一块碑存在。他老是强辩说，他所学的只限于经济嘛！

今晚蓝如水会提到在唐代来西安的基督徒、突厥人和波斯人。蓝如水还跟她提到"波斯关"——唐代波斯人住的特别区。当他说话时，他的热诚感染到她。他说，有一天他和朋友救出了六块古代雕刻的画板，那些画板被一个穷人家当做踏板铺在院子里，每天踩来踩去。每个画板上都雕了一个女人的全身像，显然是波斯女人。画里的女人穿着外衣，戴着帽子，脚上穿的是翘起的小鞋。"真不可思议，看起来好像是波斯帽。那几块石板一定是八世纪左右的遗物。"蓝如水说。就在这时候，她丈夫走到她身后，轻轻拍她的肩说："走吧？咱们回家！"他根本没有考虑到要坐下来，等他们把话说完。他天生就不会替别人着想，即使没有醉兵的出现。假如他坐下来等，他也不会对蓝如水的话感兴趣。

香华看着门缝下的光线，她在床上翻了个身，终于带着那种尝过半生不熟的面包的感觉睡着了。

如果有个甜甜的小宝宝躺在她身边，对她咕噜咕噜地撒娇，她就不会感到空虚了。唯有婴儿的小手能解开心结，打开女性潜能的水闸。没有人解开香华的心结，医生说祖仁不能生育。

06

柔安搭黄包车到火车站附近的"翠香楼"饭馆，心一直扑通扑通跳

个不停。外面下着雨，黄包车前面紧紧地遮着，只有眼睛上面射进一道
光线，好让乘客看到街景。虽然和李飞的约会并没什么不对，不过这样
没有人看得见她，心里更舒服些。天色已近黄昏，她是从边门溜出来的。
她必须回去吃晚饭。他到学校找过她几次，也打过电话给她，可是从来
都没有约她出来过。

　　这是她第一次正式地和男人约会。车到了饭馆，心跳得更厉害。那
天在茶楼李飞对她格外地坦白。她喜欢他说话的态度，仿佛他们已经认
识很久了。这就是他。她也喜欢那双大而清晰的眼里那股锐利的眼光。
从那篇谈碴头的文章里，就可以看出他的文笔，他充满才华和独立精
神。她喜欢爱旅行的男人，能对生命一笑置之，这和她见过的所有认真
沉着、能干的薪水阶级完全不同。她收过许多年轻人写来的情书，有的
她认识，有的她不认识，内容千篇一律，都是自作多情，令她恶心。

　　她披着红色的羊毛外套，下了黄包车，走进饭馆，努力压抑脸上的
兴奋，四处张望。李飞在等候她，立刻走上前帮她脱下外套。

　　后面的餐室正对着铁路广场，距离火车站五十码。雨已经转成微微
的毛毛雨了。旅客和挑夫在月台上来来往往，一辆火车正沿着边轨缓缓
前进。虽然只有他们两人独处，但是能看到外面的街景，柔安总觉得自
在一点。

　　柔安把皮包搁在桌上，望着他。

　　"你得几点钟回去？"他说。

　　"七点以前。"

　　"我好高兴。我可以叫你柔安吗？我不喜欢叫人家小姐。"他慢慢地
说道。

　　"随你。"表面上她实在比李飞还要兴奋。

　　"那么你喊我的单名吧。我打电话给你，是因为我要去趟兰州，想
在走以前见你一面。"

柔安露出诧异的眼神："要去多久？"

"不一定。这次远行是我自己向报馆要求的。我想去见识见识边疆，先探探新疆的情形。我总是对那片陌生的世界充满了幻想。"

"你的心定不下来，是不是？"

"我喜欢旅行，去了解其他民族。喏，咱们来谈个条件，你如果答应再和我见面，十天后我就赶回来。我可以搭飞机回来，报馆会替我付部分的旅费，这就是做记者的好处。我自己可付不起所有的费用，我是个穷光蛋，不像你。"

"我也不是很有钱呀！我爹的财产都被国民政府没收去了。"

"有这样的爹爹，一定很妙。"李飞说。

"我想是吧。我崇拜他。你知道，他是个保皇派。"她的眼睛直直地看着窗外。

李飞叫了两碗汤面。

"是的，我看过他的文章。你一定从你爹那儿学到不少东西。可以说，你出身于书香门第。"

"书香里还夹着咸鱼味哩。你知道我叔叔是'咸鱼大王'。"

李飞大笑。她喋喋地说："当然我听我爹说过许多康有为和梁启超的事。你喜欢梁启超的文章吗？"

"还不错。"

"近代作家里你最佩服谁？"

李飞很高兴，也有些吃惊，他早该料到"翰林"的女儿会问这个问题。不过他还得时时提醒自己，她是个爱幻想、睫毛浓密的聪明少女，她竟如此单纯地紧紧吸引着他。

"'佳音学派'，很可惜这份杂志停刊了。唯有佳音学派把古典的优雅和现代的强劲糅合为一体，合乎逻辑的推理。古典风格的缺憾就是讲理不精，往往失之泛论。"他犀利地说。

柔安很惊讶，就像发现了同好。《佳音》杂志很早以前就停刊了。自然没有人效仿，因为如果不是一个十分精通古典文学，同时又彻底受过西方逻辑推理训练的人，根本做不成。《佳音》的主编姓张，是留英研究法律的学生。她只由她爹的嘴里听过"佳音学派"。

"我爹也这么认为。"她说。

这对恋爱中的人而言，是个奇怪的约会。在她来赴约之时，会期待李飞向她示爱。她不会生气的。

外面仍下着毛毛细雨。他们吃完汤面，他说："想不想走走？我喜欢在雨中散步。"

她犹豫一下。她讨厌被雨淋湿，可是又不想让他失望，于是两个人一块儿走了出来。白昼很短，街灯疏疏落落地排了一串。她把两手插在口袋里，和李飞并肩漫步，迎面飘来一股新鲜泥土的芳香和令人舒服的蒙蒙雨滴。她发觉他的某些气质。雨中散步似乎能够刺激他的思考，他甚至没想到要去挽她的手臂。他看到路边一个个漏水的排水管，想起家里那漏水的水龙头。

"西方的东西总是做得比较耐用。蓝如水不相信西方的文明，我可相信。"

她回答说："我爹常说'中学为体，西学为用'。他仍然相信那套，你觉得怎样？"她急于知道他究竟接纳了多少她爹的看法。她见过他轻松愉快的一面，也见过他深沉严肃的一面。

和所有现代中国人一样，李飞深知中国正遇上优秀的西方文明，不论是在政治、机械、音乐、戏剧及医药方面都比中国优秀。

李飞不像蓝如水，他相信进化，相信该作某些调整。对现代中国而言，"调整"是一个温和的字眼，意味着社会和知识的巨大变动，人们不但面临了新的事物，而且也具有新的观念。最后总是又回到老问题上，中国的毛病出在哪里？或者是，中国该如何处理它？

两个年轻人在雨中专心地想着这个重大的问题。

李飞很熟悉"中学为体，西学为用"这个对句，光绪维新派最喜欢这个说法。中国学识为本，西洋学识为器。意思是说，当我们把科学的成果用于日常生活上的时候，应该保持中国文化的精髓。稍稍地暗示中国文明是属于精神方面，而西方文明则属于物质方面。我们应该让心灵上仍保持中国化。

"我不信那一套，"李飞回说，"一点也不通嘛。根本和功能是不可分的。你钦佩一个国家，你是佩服她的产物。可是东西是人脑创造出来的，你不能把脑子想出来的东西和脑子分开。总不能说发明收音机的脑袋比制造漏水水龙头的脑袋缺乏灵性吧。这好比一边读孔子的哲学，还一边擦西式肥皂、听收音机、拍发电报一样。哦，我们是主人，而替我们发明电报仪器和肥皂的西方国家是仆人。我们根本是在欺骗自己嘛！个人行得通，一个国家却行不通。不懂得电学，当然发不出电报。光知道用东西，却不知其所以然，实在很悲哀。缺乏机械常识，你连钢索电缆和一根简单的长钢电线都做不出来。"

"所以你认为中国必须改变？"

"这是毫无疑问的。举个简单的例子，就说水龙头、螺丝钉，甚至绣花针、铁钉，西方的针织、铁钉、螺丝钉和水龙头做得比较好，那是因为有机械理论的根据。一般的家庭主妇才不在乎那根针是外国货还是中国货，她要的只是一根好针。我们无法拒绝去使用它们，我们只能拒绝自己去制造。除非我们已经具有那种发明东西的脑袋，不然我们自己根本造不出来那些东西。"

"我说不过你，但是我爹相信一件事。他常说，失了魂的国家必然会完蛋的。"

李飞对这次争辩并不陌生，他读过她父亲登在杂志上的讽刺作品。

"这是个错觉。如果国家有灵魂的话，绝不可失掉它。不过我们要搞清楚一件事，用肥皂而不用豆渣的人不见得较缺乏灵性。要说一星期才洗一次澡的人比每天洗澡的人更有气质，简直是谬论，根本是假话。"

"但是我们可以一面享受现代的舒适生活，一面保有灵性呀。我爹可能也正是这个意思。他说，我们可以用搪瓷浴缸，只是别忘了我们的人生观。"

"谈到物质上的舒适，我倒不觉得西方有什么值得我们效法的。光说舒适，我支持中国。没有人知道，其实我们很重视物质文明。住大厦公寓，乘坐电梯的西方人以为在享受舒适的生活。他根本不懂什么叫做舒适。住在用不着电梯的平房里不更好吗？别以为西方人懂享受。他打领带、系皮带、吊裤带，把自己勒得透不过气儿，而我们不论在屋里屋外都穿着家居长袍和睡衣。"

"我爹一定很高兴听到你说的这番话。你为什么不写书谈这个问题呢？"

"我也不知道。当一个文盲军阀在咱们头上作威作福，想杀谁就杀谁的时候，谈论文明未免太腐弱了。也许临到我站出来说内心话的时候，我又宁可得罪每一个人。"

他们走近市政府办公处。天色已经全黑了。他们走了半个多钟头，她的腿很酸。

"现在我得回家了。"她说。

他止步转身面对她，两手还插在口袋里。"真的非走不可吗？"好像他们正坐在客厅里，他是主人似的。

"真的该走了。你什么时候动身？"

"星期五的飞机。我下星期就会回来。你会让我再和你见面吧？"

她点点头，眼睛在黑暗中闪闪发亮。

"那就这么说定喽！"

他为她叫了一辆黄包车，伸手握别。他那个时候可以吻她，为什么他不吻呢？多奇怪的人啊，她想。但是她为他而感到兴奋。如果他只是跟许多年轻人一样，和女朋友散步时说一些甜言蜜语，那她一定对他失望极了。

逐渐进入三月了。早晨的阳光投射在柔安房间的格子窗上。看到摇晃的树影，她知道今天的风很大。刮风的时候，她总是听到挂在正院屋檐下的小铁铃叮当叮当地响着，小时候她多么熟悉这种声响。现在只有如故的铃声，其他人事几乎全变了。俯在枕头上，她可以看见正院弯弯的屋顶和屋顶边上几只青绿色陶土小公鸡。虽然有些假近视，不过她脑海里清晰地映着它们的影子，因为小时候她常常抬头望着屋顶上的那几只小公鸡。

今天一大早她充满了快乐、期待和认真，因为李飞已经回来了，昨天傍晚在电话里说要带她见他的家人。她听见唐妈在走廊上给秋海棠浇水。她叫人把早餐送到房里，一大碗面，带着两个荷包蛋和一片火腿肉。她看着屋外院子前面的那道白墙，她看到风里的两棵大梨树冒出了嫩芽，春天来了。去年春天，就在这座寂寞的院子里看着梨树花开花谢，听着同样的铃声响，她感到寂寞得可怕。然而今天早上看到梨树含着苞，她的心雀跃不已。风很大，她不想再散步了，真高兴李飞在电话里说，他们要在屋里坐坐。

傍晚当她屋里的电话铃一响，她就奔上前去。

"我今天下午刚到。"

"一路上好不好？"

"虽然有点辛苦，但是我很快乐。本来要待久一点，可是我想你。柔安，我想请求你一件事。你愿不愿意来见我娘？"

"我还以为我们是单独见面呢。城南郊外的桃花都开了，为什么我们不到那儿走走？"

"柔安，拜托拜托。"

"是你娘说的？"

"不，是我提出来的。"

她犹豫了一下："我还是别去的好，我会紧张的。"

"你别紧张嘛。这件事对我来说很重要。"

"好吧。我倒很想看看你家，参观一下你的写作间。"

要到傍晚才和他见面，还有好几个钟头。她只期待能见到他，其他的事就都能忍受。她来到院子，观看梨树上的嫩苞，不再感到孤寂了。她希望李飞的母亲会喜欢她，而且她盼望这个显然是认真的年轻人能走进她的生命里，领她走出这个梨花盛开的时节的白色虚闷空间。唐妈透过窗口看看她，知道她恋爱了。

待在兰州短短几天，李飞已经探出回变的来龙去脉了。回变已经打了一年，最近在吐鲁番一带又重新燃起战火，从多方面的报道来看，很可能扩张战事，席卷整个中国新疆。

这回暴动的导火线是一个汉籍小税吏把一个回教女子带回家。回教女子是不能嫁给异教徒的。无法断定这次是两情相悦，还是仗势诱拐。但是哈密一带的回教徒早已心怀不满了。哈密王的大权被剥夺，专制的汉人金主席（注：指当时新疆省主席兼总司令金树仁）又开始重新划分土地。在这个伪善的借口下，这个地区的突骑施族——也信奉回教，占全新疆人口的百分之七十——被赶入一片贫瘠的土地上，而他们原来的富庶土地则划分给甘肃来的汉人和从满洲来的难民。回人愤愤地加以反抗。于是原是一场宗教事件竟把怨恨引发成毁灭的烈火。回教女子被中国官吏带走，整个哈密都起来反抗。据说，阿訇判决将中国官吏和那个他们自己族里的女孩双双处死，结果真的照办了。金主席把突骑施族人赶出哈密，他们只好退到吐鲁番平原。突骑施族的头领尧乐博斯向汉人回教徒名将马仲英求援，马仲英即刻带领五百名骑兵横越沙漠，前来助阵，和其他回人军队会合，围攻哈密城六个月之久。

马仲英是个传奇性的将领，年仅二十二岁，汉人叫他"尕司令"，回教徒叫他"死亡者守护神"。他一路打下来，直逼新疆省省会迪化。后来他受了伤，任性地宣告停战，回到甘肃省西北的肃州，抢夺西卓探险队基地的汽车、轮船、零件和发报机。然而和他保持联系的其他军队仍然继续作战。汉人省主席封锁了新疆边界，传出来的消息不多。

李飞本来要上肃州去见马仲英。这时有五位信奉回教的汉人大将，都姓马，都有亲戚关系。马仲英最年轻，最勇猛，野心也最大，在回人中间颇具盛名。然而肃州距离兰州有四百里，何况又有别的事占去了李飞的心——他答应过柔安，最迟也要在下个星期六回去。

一路上风沙滚滚，他坐了五天的车，走过四百多里的路。公共汽车翻山越岭，但是一过平凉气氛不同了。十天前他动身前往兰州的时候，景象仍充满着冬天的灰白。田野里泥土苍白，枝头也光秃秃的。现在他看到各处的麦芽都在萌发，有的已经一尺高了呢！拥挤的巴士越过土丘、田野和许多水渠，他真恨不得能飞回去，向那阔别了十天的女孩奔去。

到了家，他走回那间熟悉的房间。房里有一张他父亲用过的旧书桌，抽屉安有铜制的方形把手。墙上镶了一个没上漆的书架，还有几本纵列的书本排在地上。

晚饭时他对他母亲说："娘，我可不可以带杜小姐回家来看您？"

"谁啊？"

"我跟您提过的那个女孩，市长的侄女。我要带她来看您。您会喜欢她的。"

李太太有点难为情，毕竟她是个旧式的妇女。在她那个时代，就算女孩订了婚，也不好意思上男方家去；和未婚夫的母亲见面，那就更甭提了。

"我该怎么做？该怎么称呼人家呢？"

"您就喊她杜小姐好了。什么也别做，只要把她当做我的一位朋友就成了。"

他母亲真的想见见这个合她儿子心意的女孩："好，这个时髦的年头啊！不过，飞儿，娘很高兴。咱们什么事也不用瞒她。"

"您指的是什么？"

"我是说呀，咱们是穷苦人家。不像她家，咱们大门口可没有石狮子哦。如果她看到咱们家这样，还喜欢你，那她大概是个好女孩。你知道，咱们家可娶不起有钱人家的千金。"

他回到房里，坐下来写一些在兰州的所见所闻，回变和有关回人的所有话题他都感兴趣。他想写一系列的"新疆通讯"，每件事一定都很新鲜。新疆省的疆域广大，几乎是全中国的四分之一，然而却整个罩在神秘的气氛里。

第二天他没有去探望朋友，怕他们挽留他。他要把整天空下来。他到巷子口去接柔安。她发现自己被带进一栋朴实牢固的房子，心脏扑通扑通乱跳。她实在不该来这里，她抱着来探险的心情。她在想也许这就是李飞的作风吧：冲动、不落陈套，然而毫无邪念。

大门微开，他推门喊道："妈，杜小姐来啦！"

柔安看到这个通往屋里的院子，大约一二十尺见方。厨房延伸到接近大门，走上两级石阶就是堆放柴火和煤炭的地方。说这是大门，其实是后院。这栋屋子有东厢和西厢两翼，把南边围成一个小院子，正面对邻居屋后的一道墙。

柔安看厨房里一张少妇的脸，和客厅的窗栅后面的几张小孩脸。

李飞掀起厚重的门帘。里面院子的光线射进这个整洁而充满家具的房间。由蓝色的毛毡看来，这在陕西算得上是中等以上的小康人家。李飞注意到，嫂嫂把屋角的桌加盖了一层红色的绒布和一瓶鲜花，不禁露出笑容。

"喏，这就是我们的宅邸。"他笑着说。

三个孩子都站在附近，最小的才三岁。两个较大的，一个男孩，一个女孩，睁着圆眼好奇地盯着柔安。

李飞向柔安介绍孩子们。他们仍看着客人，开始咯咯傻笑。

"请坐。"他指着一张垫羊皮镶黑布边的旧藤椅说。

柔安很不自在地坐了下来。她看见一个少妇的身影晃过去，消失在东边厢房。听了半晌低声的交谈，这才见少妇搀着一个中年妇人缓慢地走出来。她的额上系着一条黑发带，中间镶有一块方形的翡翠，耳朵还戴着一列小小的玉耳环。

柔安立刻起身。

"妈！"李飞连忙上前搀她。他出去接柔安之前，他母亲就决定要穿上她那件最好的深蓝色镶有铜扣的长褛。他告诉母亲，这不是很正式的拜访；但是他母亲深受古老的传统礼节教育，对来访的小姐难免要正式点，何况她对她怀有一种特别的兴趣呢！李飞的大嫂端儿，在最后一刻奔进去，看看婆婆脸上的粉擦得匀不匀，足踝上的裙子是不是长度刚刚好。

柔安立身看着眼前的这个画面，愉快而尊贵的母亲由儿子和媳妇搀着走过来。她心中浮起一股暖流。李老太太挺挺地抬着头，看着这个有气质的小姐。柔安脸红了起来，不过她现在很高兴来到这里，看到他的家人，对他更了解几分。她羡慕李飞有个母亲。端儿迅速地看了她一眼。

"我娘。我嫂子。"李飞说。

柔安鞠了个躬，等老太太被搀上座位，这才小心翼翼地坐下来。

"我知道来看您实在很冒昧，可是令郎要我来。"这是柔安生平第一次尽力说客套话，根本不确定自己说错话了没有。

老太太的右耳不太灵光。她转向端儿，端儿把柔安的话重复一遍。

"正好相反，你的光临，是咱们家的荣幸。你可别见怪我们这破旧屋子。"老太太回答。

"娘！柔安！如果你们再说官语，我们根本插不上口。"李飞说。

"你可别见怪我这儿子，他不懂礼貌。我们这房子实在是不配招待像你这样的小姐。"老太太说。

"我娘要替这间陋室道歉呢。"他开玩笑说。

"杜小姐，过来坐，我右耳不太灵光，这样我们才好说话。"老太太指了指她左边的椅子说。

柔安的不安一扫而空。老太太虽然有皱纹，但是容貌仍然秀美，而且眼神清纯、明亮。柔安不再生畏了，端儿到厨房泡茶，几个孩子本来缠着她，这下全围到奶奶身边。李飞拿了一张椅子靠近坐。

"我说到哪儿了？"老太太问道。

"娘，您正在说人家到咱们家来是咱们家的荣幸，再回头说这间破旧屋子。"儿子说。

老太太慈爱地看看他，正经地对柔安说："你可别怪他没礼貌。如果熟一点了，你会知道他心地不坏。"

"他对我很好，我受伤的时候，他帮助过我。"柔安答道。

"是呀，他说他就是这样认识你的。"老太太说得缓慢而清晰。

"李伯母，您有个聪明绝顶的儿子。他名气很大呢！"

"我知道他很聪明，可不晓得他名气大。"

李飞起身到厨房去。

"嫂子，我来帮你忙。告诉我，你觉得她怎么样？"

"她是个态度很诚恳的女孩，不像我想象中那种神气活现的千金小姐。"端儿的爹是开店铺的，而丈夫事业也做得不错，她觉得自己蛮幸运。带三个孩子，又请了一个女佣帮忙，她对理家挺自得其乐。

李飞从砖灶上拿起一块抹布，动手擦一只旧茶壶的边缘，壶盖上有个缺口。他一手托着茶盘进入客厅，缓缓地把茶盘放在桌上，然后开始放茶杯和茶托。

"你该用那只好茶壶嘛！我们家有个新的。"他母亲说。

"这还好嘛，娘。每一只茶壶用久了都会裂的，对不对，柔安？咱们家这只茶壶已经用了十年呢！"

"我不希望客人以为咱们家里连个好茶壶都没有了。"

李飞倒茶，端一杯给柔安，然后又为他母亲端了一杯。

"别生气，娘。旧茶壶也没什么不好嘛！"他低头看母亲，手温柔地搭着她的背。

李飞的侄儿、侄女自然亲切。年纪最大的女孩小英走上前来，靠在柔安的椅子旁，用手指着她的发辫说："你的头发好漂亮！"

"烫过的。"柔安低头看着小女孩说。

"我喜欢妈妈和你一样头发卷卷的。"小英说。

端儿拿一盘热腾腾的包子出来，李妈端着另一盘走在后面。孩子们向美味的热包子冲了过去。"孩子们！"他们的母亲大声制止，然后把包子端给客人。

"喏，一人一个。"她对孩子说。

"咱们没什么好的东西招待你。"李太太说。

"您不知道现在我有多高兴。"柔安答道。

小英慢慢地咬着包子，她知道只能吃一个。但是三岁的小淘也不管自己嘴巴有多小，两三口就把包子吃完了。柔安还没动包子，小家伙就走过去看着那个包子。

"你没吃嘛。"小淘满眼疑惑。

"走开，小淘，不要贪心。今天晚饭你一定吃不下。"他母亲大喊。

柔安看小淘露出失望的表情，摇摆地走开。

"来，小淘。让他再吃一个好了。"小淘走了回来，肥胖的小手慢慢地伸向柔安给他的包子，满脸得意样。

"这几个孩子真叫我难为情。"端儿说。

"你们家好幸福。"客人回答说，眼中露出欣羡的神色。她一直渴望的就是这种温馨快乐的小家庭。

现在屋里充满了妇女们的家常话。李太太问起客人的家庭状况，孩子们更增添了热闹的气氛。只有小花立在母亲身边，静静地听大人们谈话。

时间过得很快，柔安站起来说她该走了。

"我可以参观你的房间吗？"她问李飞。

他带她到西厢的大房间，窗户正对着内院。她浏览书桌和地上的一堆书。书桌靠着里侧，窗户旁边。穿过卷起的窗纸，傍晚微暗的光线落在堆满书籍和纸片的书桌上。她看到桌上有一本翻开的《香妃志》。

"你在看新疆的资料。"她顺手在桌面上摸摸，"你还用油灯？"

"小时候用过，现在还很喜欢它。我喜欢闻煤油和臭气的味道，它能激发我的灵感。"

柔安大笑："你真奇怪。这里很安静。"

"只有小鬼们上了床睡觉，才会安静下来。"

他们走出房间，老太太正在等他们，柔安谢谢他们的招待。

"我送你一程。"李飞说。

走出巷子，李飞转过头看着她："你觉得我娘怎么样？"

"命好，有这么慈祥的母亲。谁都会喜欢这么一位亲切的老太太。"

"我好高兴。我好担心呢！"

"担心什么？"

"我希望在这世上我最关心的两个人能够彼此留下好印象。"

她脸红了。他是这么自然地脱口而出。她在考虑该说什么。

"我羡慕你有这样一个家庭。"

"是啊，家就该这么稍微挤一点，吵一点，乱一点。我嫂子也很单纯，但是她很满足。"

"我想象中的家就该像这样。我们家像座坟墓，外面看起来富丽堂皇，里面却是空荡、冷清。"

他们继续走着。夕阳柔化了那一律灰色的巷子和邻居房子。乌鸦在天空盘旋。在荒野开垦的庄稼汉结束了一天的工作，正走在回家的路上。温和的春风轻拂着他们的双颊，几棵桃树的枝头开满粉红色的花朵，伸出墙头看着他们。

他们走着，李飞谈到他去兰州的经过，以及他很想去边疆看看塞外民族。

"我对他们很感兴趣。"他说。

"如果你想去看他们，你应该到三岔驿去。那儿的湖水很美，附近还有座喇嘛庙。而且你会看到鸡、小狗在屋顶上走来走去呢！"

"听起来真有意思。"他叫了一辆黄包车，送她回家。

他一进屋，母亲就问他："咱们有没有给自己丢脸哪？"

"没有，娘！您不知道您看起来多美。"

他个子高，而他母亲的个子矮小。他把手放在她的肩上，赞美地俯视她。她甩开他的手说："嗟！我都是老太婆啦！你真不该拿出那只破茶壶。"

他大笑。屋角传来端儿银铃般的声音："杜小姐真漂亮。"

李飞高高兴兴地回房去了。

第二部

满洲客

07

　　遏云从小就继承她爹的衣钵，接受唱戏和说书的训练。戏子、女优、琴师的社会地位都很低。他们和圈内人结婚，生下的孩子就跟父母学戏。艺术家和琴师中，包括了名伶、高水准的戏子和一般卖艺的。子弟如果没有音乐天分，就让他们学拳习武。他们的世界那么小。卖艺的和打拳的人常在路上奔波，被称为"江湖客"。他们的范围只有舞台、骡车，偶尔也在有钱人家府邸的宴席上露面。"卖身"和"卖艺"之间有个微妙的差别，很难划定这道界线，在做与职业有关的社交中往往会跨越过去，这全得视他们在社会上受尊敬的程度了。女戏子的身体应该是不可侵犯的，当她接纳第一个男人的时候，会开出条件，还要开一个与她的名气相称的筵席来庆祝。

　　遏云是向她爹和娘学戏的。她娘已经去世了，生前也是个唱戏的。遏云在十三岁就显露出她的才华了。唱大鼓是个比较自由的职业，不靠任何戏班子。遏云的手势灵巧，加上她又有生动、富想象力的表演天分。她告诉范文博，去年春天她离开北平，被日本人赶出来以前，她在沈阳待了几个月。北平也不稳定，她就到了南京。后来上海附近发生战事，她又被迫离开。说起来，她真是个地地道道的难民。

遏云和她爹——熟人都喊他老崔——很感激范文博。范文博自以为是崔遏云的保护人，他觉得能邀朋友去见她，请她吃个宵夜，是件荣幸的事。他说他绝对没打歪主意，这倒是真心话。遏云是个爽朗的女孩，有一双母鹿般的大眼睛，她单纯无邪地为自己能有今天的成就而高兴。范文博每天晚上都坐在茶馆里那个老位子。他会和蓝如水、李飞再去听戏，蓝如水安静如昔，不过却被她深深吸引住。范文博也好几次单独去看她，回来后，蓝如水一直担心地追着他问，因为他知道文博玩女人的那一套。

"哦，我都老得足够当她的爹了。我只是很得意自己发掘了这个人才，我对她的兴趣只限于她精湛的演技。"范文博说。

虽然范文博说话爱装腔作势，不过他对朋友倒是很够义气。如水相信他。范文博不会对女人抱什么崇高的理想。他常上绿灯户，不过他总是忠言提醒他的朋友："千万别去惹良家妇女。你若要女人，到处都有，就是别惹良家妇女，这样你才不会有麻烦，因为这些女人将来是要结婚的。这是我的原则。"

范文博还有一个原则，就是"服从自然律"。每回他说他要去"服从自然律"，李飞和如水都知道他要到哪儿，也就不打扰他了。不过，他对遏云则近乎父兄般地，采取保护态度。

那天晚上，醉兵被扔出去以后，范文博带蓝如水追去看遏云父女的时候，他觉得自己行为很高贵。他双手扶在少女的窄小肩膀上。

"你怕不怕？"

"怎么不？"她的语调使人如醉似梦。

老崔倒了两杯茶，递给范文博和蓝如水，他的两手仍在发抖。然后他又替女儿和自己倒茶。他一面喝着茶，一面斜看着范文博。

"咱们多亏有范老爷在。"老崔对范文博说话，总是避免用"你"字。"茶楼里来了这么多当兵的，难免会发生这种事的，好在范老爷在场。"

遏云没精打采地跌坐在一张长条木椅上，手臂摔到桌上，把头枕在手臂上，一副筋疲力尽的样子。说书是一项很费力的艺术工作。在夏天的晚上，她表演完毕非得换内衣不可。看她表演中带着优雅的姿势和完美的节奏，观众一定以为这一行轻松愉快，因为每一个故事她都说过好几遍了嘛。其实不然。她提紧了神经，五官密切配合着。她必须全神贯注在故事里，而且每一个音节、手势、腔调和鼓声的时间都要算得刚刚好。

蓝如水看着她的头发随着那伏着的背一起一落，白皙的手臂伸在桌上。老崔缓慢地装好长嘴烟斗，把玉滤烟嘴放在唇上，点着后吐着烟雾。

"范老爷，咱们父女多亏了您。我想如果范老爷不嫌弃的话，就收咱们遏云为干女儿吧。"他说。

"遏云，出去吃点东西如何？"他又对女儿说。

遏云慢慢地抽回手臂，抬起头。"怎么？"她睡意浓厚地问道。

"咱们出去吃宵夜。我请范老爷做你的干爹。"

"正好我也想邀你们出去。"范文博说。

"她累了，何不让她睡觉休息一下呢？"蓝如水说。

遏云用手托着下巴，眼神呆然地说："没关系。"站了起来。

下了楼，走出去的时候看到门口站着两个人。他们是面带善良的百姓，但是长袍的领子和胸口都没扣上扣子。他们走向范文博，握抱他的双手，交换着秘密讯号。

"干得好。这里用不着你们了。"范文博把两张面额一元的钞票交给其中一人。

他们走进附近的一家小馆子，要了一间楼上的雅室。跑堂的认出了遏云，替她掀起门帘；房间的明亮靠天花板垂下的一盏电灯，灯泡上覆着一个普通的白瓷灯罩。房间中央摆了一张盖着白色桌布的方桌，还有三四张硬背坐椅和几张漆黑小几贴着墙壁。

今夜很暖。蓝如水走到窗前，打开窗户，对着夜色凝望。店小二走上来，替每个人倒了一杯茉莉花茶。

遏云习惯吃宵夜，很快就恢复精神了。范文博坐下研究菜单。偶尔他会征求遏云的意见，快速地写下几道菜名，看看再稍稍修改，然后把菜单交给小二。点了鱼头汤、竹笋炒扁豆、炸鸡翅、鸡油豆豉刹鲈鱼、南京板鸭和咸鱼。叫的酒是天津的五加皮。

"如水，你在那边干吗？"

蓝如水回过头来。那顶西伯利亚式的波斯毡帽是他回乡途中经过哈尔滨买的，使他看起来比实际上高一点。"没什么。我在看夜幕里的屋顶。"他过来在方桌旁找一个位子坐下来。

蓝如水看着遏云，她两手各持一根筷子，正玩得起劲儿呢。

"那一定让你吃了不少苦头。我听见你在说最后一段书的时候，声音抖了一下。"

"你听出来了？我只好继续把书说完，我还以为观众不会注意到呢。"

老崔又说了："如果不是范老爷，还真不知道那个醉鬼会闹出什么事来。"

"别担心，我们的弟兄每天晚上都保护那个地方。"范文博又转向姑娘，"只要我人在城里，你就安全。没有人敢动你一根寒毛。"

遏云感激地看着他："咱们卖艺的姑娘是不会怕那些街头的混混，笑笑看他们，也早就习惯了。当然啦，在北平咱们也有自己人，走江湖的人都是互相尊重。咱们只怕那些公子哥儿。"

她白皙的双手放在桌上。如水用两手叠在其上，表示他要保护她。

"想想你这么年轻的姑娘家居然要在粗汉面前抛头露面的。"

"你如果认识他们，就知道其实他们并不坏，如果你能以拳还拳，就可以自由来去，没有人会阻拦你。他们可是一点都不邪恶。世界这么大，有卖艺人的地方，自然就有花花公子和粗暴的汉子。也许你不喜欢他们满口的大蒜味儿，可是他们跟我们一样，也是出外谋生、追求快乐的人。除非你是乡下来的土包子，或者不懂规矩想压抑他们，不然他们是不会打扰你的。最难缠的是出身官门和富家的浪荡子。"遏云目光跃动地说。

如水笑笑："你年轻轻的，好像懂得很多嘛！"

"我是在江湖中长大的，咱们吃的是这行饭。我们卖艺的姑娘可以和那些粗鲁的家伙翻山越岭走上一百里，可是叫我们和一个斯文人在一间屋子里待上一夜，那我们就不安全了。"

她说的这番话和她那张稚龄的脸蛋、无邪的圆眼完全不相称。

"你是说你不信任我们？"范文博微笑地说。

"我不是指范老爷和蓝老爷你们二位。你们帮了我这么大的忙，如果我怀着一丝丝这种想法，那真是连一条知恩图报的狗都不如。"她咯咯地笑着。她懂得如何和高级绅士应对。

范文博赞许地说："这就对啦，不过也别恭维我。你可敢和我在同一间屋子里过夜？"

"敢。"

"你的意思是说我不是个斯文人喽？"

她皱眉："您真会寻人开心。书又读得多，我不能跟您咬文嚼字。我说您是个道道地地的斯文人。"

"你真不害臊，人家姑娘累了一晚上，想要吃顿饭，你偏跟人家耍嘴皮子。"蓝如水对范文博说。

"谢谢您，我不会这么说的。打从咱们来到西安，真多亏遇到你们。一个女孩子家，可能会有更坏的遭遇。如果我们连一个善意的小玩笑都开不起的话，那还不如放弃这一行呢！我只后悔没有像你们一样读那么多书。"遏云说。

"你认得多少字？"

"很难说，应该有几千个字吧！"

"真的？"蓝如水很惊讶。

"咱们要读逸事野史，也要读原文正史，总要认得几个字嘛！过不久你认出了这些个字，就会知道出现的老是那些个字。"

"你会说几篇书？"

"大约有五十篇。"

"你记性一定很好，才记得牢里面的每一行每一页。"

"那是我们的饭碗嘛。我不懂你们读书人怎么会一本接着一本地写书。话都被古代圣贤说完了，你们怎么还有这么多好说的呀？"

范文博正咬着一块南京板鸭。五加皮暖和了他的肠子，美味的鲈鱼抚平了他的舌头，润润的鸡翅濡湿了他的喉咙，他觉得好轻松，好舒服。

老崔又斟了一杯酒。他举杯说："敬范老爷，刚才说的话我可是认真的哟！遏云，敬你干爹一杯酒。"

遏云啜了一小口，就放下酒杯："您知道我不会喝酒嘛！真的不会。不是心里不愿意，是舌头不肯听话。如果要我喝茶，我就干三大杯以表敬意。"

"等一等，如果要做范老爷的干女儿，你就应该站起来，行三个鞠躬礼。"她爹说。

她侧走挨近范文博，两手贴着身体，深深鞠了三个躬。敬完了礼，她走回座位，举起一个茶杯，连续倒了三杯茶，一杯接一杯地喝完："干爹，我敬您。"然后把空杯子拿给每个人看，高高兴兴坐下来，毫不拘束。

"照规矩遏云应该到您家，让您在她头上放一根红线。"她爹说。

蓝如水斟了一杯酒，起身后简洁地说："敬遏云！"

姑娘很快地看一眼。

"你应该夸奖我这干女儿。"范文博说。

如水皎洁、灵秀的脸孔在灯光下微微发红："我没什么话好说。说了又有什么用呢？世上只有一个遏云。你不能把百合花给镀上金吧？"

遏云快乐地对他眨着眼，她真的喜欢这句恭维的话。她在享受着工作上的成就，现在又不必担心安全问题了。

蓝如水为遏云的清新活泼、文雅和纯真交织的气质倾倒。在巴黎的时候，他和一位花店送花的女孩同居。那个女孩子继续在花店里工作，他很佩服她的独立性。回到中国以后，时髦的女性令他倒尽胃口。他一直在寻找一位风趣、有灵气，又不依赖男人的女孩。他对一般的社交活动感到厌倦和不适，于是他深居简出。他设法在四周环境中追求美感。他一直认为穷人比较真诚，他所受过的艺术训练使他能够在街头衣衫褴褛的姑娘身上看到圣洁的本质。如今，他崇拜遏云头部美丽的造型，柔软的身段，所有灵活率真的姿势以及利落的谈吐。她好像他在巴黎认识的女孩。在谋生方面她谨慎、独立、乐观，有时候又任性、莽撞，像神话里那个半神半人的美丽少女。他也认为穷人家的女孩很勇敢，因为她们饱尝世故，不畏惧生命，而能和男人处于平等的地位。他看得出来，姑娘对他和他的朋友愉快有礼的背后，却带着骄傲、冷淡的暗示，这更是迷惑着他。

有一天，如水和文博带着遏云父女到南部郊区的杜曲去赏盛开的桃花。天气很暖和，含着开春的柔和气息。远处的终南山清晰晕蓝，所有通往山脚的乡间都布满了粉红色的花朵，桃树绵延好几里。这整个地区是因人们纪念大诗人杜甫曾到此一游而驰名。

他们来到距城三里的灞水岸边，大伙儿停下来休息。遏云坐在草地上，双腿弯在一边。她穿的是一件粉红和黑色相间的印花布衣，袖子又长又窄。阳光辉映着她的发丝，与其说那是黑发，倒不如说是蓬松如丝的棕发。

在街头和公共场合中长大，遏云已经习惯和男人相处了。并不是她没想过范文博和蓝如水都是年轻人，如水又特别殷勤体贴。不过，这并没有使她感到丝毫的不自在。她在台上、台下都看惯了打情骂俏的那一套，于是默默地把他们归入富家子弟的那一类，认为他们天生爱和姑娘们调情。她扮着鬼脸，说话又快速又大声，仿佛毫无忌惮，因为她认为蓝如水是和自己不同类型的人。她不过是宽容了这个意料中的小小挑逗罢了。

"我做梦也没有想到西安的春天这么美。说起来，打仗还不是挺坏的呢！要不然，我现在可能还在沈阳、北平，或者南京哩！"她以一种圆润而富有磁性的声音说话，每一句都显出悦耳、柔婉的韵味。

"那我就不会认识你了。"蓝如水说。

"那就会看上别的女孩啊！"她巧妙地回答他一句。

如水的眼中露出痛苦的表情："难道说，你一点也不高兴遇到我们？"

遏云开心地冲着他笑。

范文博斜靠着一棵树干说："嘿，遏云，唱首曲儿给咱们听听。唱首情歌吧！"

遏云看看这两个年轻人。她会唱很多首歌，女声的流行歌——肉麻、淫荡、自作多情而且都很下流。

"不，我为你们唱些别的。"她说。

她开始唱一首由老歌改编的歌，歌词是许多诗人填写上去的。老崔拾起一根杖子，在石头上打着节拍。小调的曲名是《行香子》，这是一首短歌，在每一节的最后都是三言的终止句。她的声音低柔，就在字里行间轻哼着伴奏的调子。

有也闲愁，无也闲愁，有无闲得白头。花能助喜，酒能忘忧，多乐则饮，醉则歌，倦则眠！

短短横墙，隐隐疏窗，畔着小小池塘。高低叠嶂，绿水近旁，也有些风，有些月，有些诗！

红了樱桃，绿了芭蕉，送香归客向蓬飘。昨宵谷水，今夜兰花，奈云溶溶，风淡淡，雨潇潇。

何妨到老，常闲常醉，任功名生事俱非。哀顾难强，拙语多迟，但酒同行，月同生，影同嬉。

也爱休憩，也爱清闲，谢神六教我愚顽。眼前万事，都不相干，访好林峦，好洞府，好滨山！

野店残冬，绿酒春浓，念如今此意谁同。溪光不尽，山翠无穷，有几枝梅，几竿竹，几株松。

水花之居，吾爱吾庐。石嶙嶙乱砌阶除。轩窗随意，小巧规模，却也清幽，也潇洒，也心舒！

范文博眯着眼听她唱歌，说不出是否赞成诗词中的心境，不过他沉浸到诗里的境界去了。他闭上眼，随她低声哼着。她唱完的时候，他还兴致高昂呢！

蓝如水却闭口不语，他完全没料到遏云居然也懂得正规诗人写的诗句。她的歌声有如乡间的云雀般高唱，树影映在她的脸上，产生出一个完美得令人不敢相信的幻影。他像是着了魔似的，用一只手肘撑着草地，凝视着她敏巧的唇和如丝的发，很难相信眼前的一切。遏云的身后是一个老渔夫，一动也不动，像是一座静观游鱼的雕像，还有几匹壮马在原野中奔跑嬉戏。在这幅背景的配合下，遏云那年轻的身段比在舞台上显得更匀称，更美丽。

"再为我唱一遍第一节。"

她应允后，他就随着她念歌词。

"人类的烦恼，就是乐而不饮，醉而不歌，倦而不眠。你记歌词的本事真好。"他说。

"从小啊，遏云就能把只听过一遍的歌词记熟。"她爹说。

如水对姑娘说："你可听过苏东坡填的同一首小调？"

"没有。"

"那我把他的《行香子》抄下来给你。"

"用不着写下来，念，试试看。"老崔得意地说。

如水缓慢而清楚地把苏东坡的诗背诵出来。

"你记下来了吗？"他热心地问道。

"我想是吧。不过，如果我忘了可别笑我哟。还是再念一遍，比较有把握。"

如水再念一遍，遏云嘴唇一张一合，默默跟着记。

"我记住了。"她开始唱。

　　清夜无尘，月色如银；酒斟时、须满十分。浮名浮利，虚苦劳神，叹隙中驹，石中火，梦中身！

她停了一会又唱：

　　虽抱文章，开口谁亲？且陶陶、乐尽天真。几时归去，作个闲人，对一张琴，一壶酒，一溪云。

"了不起！"蓝如水说。

老崔为女儿骄傲："可惜她生在我们这一行，从来没上过学堂。她只有一个缺点，就是固执！"

遏云不是那种温顺、甜美，满脑子教养的女孩子。

"您怎么这么说呢？爹，我才不固执呢。"

"你们听听她说的。她真是利嘴利舌。"

遏云把舌头伸出来："我就是靠这根舌头谋生嘛！不是吗？"然后大笑。

她爹看看如水说："去年在北平，有一个蔡少爷要娶她，她说什么也不肯。"

"哼！爹，别再提那个傻瓜了。"

她爹继续说："他每天晚上都来捧场，对她是一往情深，她就是不肯嫁给他。"

"人家当然不肯嘛！"

范文博问道："为什么不肯呢？"

"我才不喜欢纨绔子弟、公子哥儿呢！毕竟，这是我的终身大事啊！"

"她就是不愿嫁作商人妇。"她爹说。

"您不能怪她，崔先生。"蓝如水说。

"我会这么想，也只因为我是她爹。女儿长大了，哪个父母不关心她们的婚事？甚至替我自己想想，我也希望老了以后有个依靠啊。她不愿意嫁给咱们同行的，也不肯嫁给有钱人家的少爷。您两位待我们这么好，否则我也不会提起这件事。"老爹的目光落在如水的身上。

"爹，我们玩得正开心，您就开始担心我的将来了。我还年轻。如果到了中年我还是个老小姐，那我就会嫁作商人妇，您别担心。"

她从地上站起来，向河边走去。

"别那么悲观。"范文博说。

"回来。咱们正谈得起劲呢！"她爹说。

她回过头来，倚凭着河岸的苗条身材显现出黑影轮廓。

"你们再谈我的婚事，我就回去。"

说着，她慢慢地移着走回来，面颊上有些温和红晕。这时候她看起来就像个小孩子似的。

08

　　一个星期前，有位满洲将军来到西安。他率领一支满洲军，这支军队虽然被日本人赶了出来，落魄溃败，可是对老家满洲倒是忠心不贰，因此也效忠于他的领导。

　　西安省杨主席手下只有三万军队，很想和这位满洲将军结盟，所以他欢迎这支撤败的满洲部队来他的管区。西安车站里，年轻的将军受到空前的招待，三支乐队此起彼落地吹奏着纷乱嘈杂的欢迎曲，二十多位政府官员在月台上列队迎接他。从沈阳撤出来的时候，这位将军的夫人曾经用好几辆军用车来载运她的珠宝和皮货，这件事报纸上报道过，史料上也有记载。然而一支大军的统帅还是有他举足轻重的力量，为了顾及现实目的，他进入西安，就像是一个得到空前胜利、凯旋的英雄似的受到重视。

　　主席亲自到车站迎接贵宾，然后用汽车带他到自己的花园官邸。官邸占地好几亩，居于城北的一个幽静地点，主要是用来招待贵宾的。杨主席本来打算自己住这里，可是他的办公厅在满洲区，而且他常在那里用晚膳，待到深夜。他太太是个精明能干的女人，她断定丈夫有意躲避她的监视，于是她宁可住在办公厅的故居，也好就近控制丈夫的一举一动。说起来很难令人相信，这位身材高大、体格魁梧的主席，杀人不眨眼的统帅，竟会在一个女人面前发抖。而且大家都知道他太太曾经当着部下的面叱骂他，他却丝毫不敢违背她的意思。

　　杨主席想要尽一切可能来招待这位满洲将军，他把自己的私人厨师派到这里来，并且每天早上亲自到花园官邸里请安。有一次将军俨然说道，他住过唐代杨贵妃沐浴的华清池所在地，可是却从未尝过一道传说中杨贵妃吃过的奇怪菜肴。第二天晚上，他看到餐桌上摆了一大碗的清炖驼峰肉。这位满洲客尝了一口说："真可口，吃起来像是满洲熊掌，没那么油腻，但是略带腥味。你从哪里弄来的驼峰？"

"杀一只骆驼还不简单？只要你喜欢，每天都可以吃呀！"杨主席回答。

年轻将军被这种友谊的表示所感动。他喜欢跳舞，尤其喜欢玩女人，这是出了名的癖好。杨主席并没有忽略这一点。再者，主席自己也找到一个打不倒的借口，可以稍稍躲避太太严厉的监视。官员的太太都认为，能和这位满洲客同桌是一大荣幸。四周都是主席的书记官从官员太太中精挑出来的美人，面前桌上又摆着多汁美馔的驼峰肉，年轻将军频频扬杯，喝得醉烂如泥，口口声声矢志"收复满洲"！

光就这位满洲客本身来说，他是个迷人的青年。他受过良好的教育，有新潮的思想，喜欢骑马、运动，还是个跳舞的好手呢。他任性，但是能干，彬彬有礼，学习能力也强。人人都知道，他在满洲的时候和手下官员的太太们随便惯了。很多官员的太太被这个年轻的独裁者迷住了，心甘情愿任他玩弄。很多丈夫晋升了，只是因为舞池里、麻将桌上，或是照闲话的说法，卧床上的一句应允。他一手慷慨地赏赐礼物，另一手则接收奉献礼物。如果他看上了哪个女伶或名媛，只需要请她到家里小住几天就成了。有些女人出来后说，她们不过是玩玩麻将而已，有的则大吹大擂着欢乐时光，也有些人连一句话都不提。

如今杨主席正玩得痛快呢。他很少这么快乐地玩女人。他的头脑太简单，所以重要的决定都必须仰仗太太。他喜欢作战、名驹、美酒和女人。这四项嗜好中有三项被剥夺了。太太禁止他喝酒，不准他接近年轻的女人，她自己的年纪也快步入中年了。他居住的地方又没有战事发生。他默默地忍受一切的屈辱，听命于妻子。当他在自己的卧室里理头发的时候，四个卫兵手举刺刀从四边墙角对着理发师，当然，也是对着他自己。

"你的意思是说，我连一个理发师也对付不了？"

"你脖子一伸出去，当然无法自卫。我可不愿意冒这个险。"他太太回答说。

他叹了一口气，回想自己还是个班长的时候，盘桓各省，参加过多少战役，还在河边洗过伤口呢。那仿佛是很久以前的事了。"而现在剃个头，居然还要四把刺刀指向我！"

他太太会赞成这几天的狂欢，因为这对丈夫的权力颇具重要性。她丈夫如果能和这位满洲司令结成拜把兄弟，那么他就可以借重他的部分军队，增加自己的军力。所以杨太太容忍年轻女人在他的花园官邸进进出出，甚至加以鼓励。杨主席觉得好像是从牢里释放出来似的，尽管发誓要守规矩，但是这和婚前还没当主席的时候一样，要有多自由就有多自由。

主席思索着下一步应该怎样招待客人。

"城里有一个说书的姑娘很漂亮。您想不想听听？"

"如果她真的不错，那就听听吧。"满洲客说。

"她又年轻又漂亮，全西安都为她轰动呢。"

"你怎么知道她漂亮？"杨太太问道。

"他们这么说的嘛。"她丈夫望望四面的人，想找人支持他的撒谎。

"是啊，她很不错。"副官的太太说道。她是将军的熟朋友，她丈夫在满洲军队任职。

"那我们该去听听。她在哪儿表演呀？"

"就在笛笙楼里。不过用不着咱们去，把她叫到这儿来好了。"

"我喜欢去。美国人有句俗话说，宁为骆驼走一里。我倒愿意为一个年轻漂亮的娘们儿走一里呢。"

"真的不用去，将军。"

"那就拿我的名片去，邀她到我的官邸来做客。她只不过是个茶楼上说书的卖艺姑娘，我会派兵去带她来。"

副官的太太笑笑："将军，我想，这回您又有一张新菜单喽！"她狡猾地咯咯笑着。

"别胡扯。"将军温和地说道。

主席把副官召来，耳语了几句话，最后用响亮的声音命令："快去，别让我们等着！你……"那句脏话只骂到一半，并非他想在太太以及客人面前表示懂得社会礼节，而是因为人都有省略常用语的习惯，临时吞回去的脏话比说出来的还有分量。用屏息吞回来来取代咒骂那个副官的"娘"，这可是具有军令般的影响力呢。

我们已经提到过，主席喜欢动不动就骂一句"干你娘！"有一次一位将军应邀来参观他的军队，他特地举行了一次阅兵大典。他邀请客人发号施令。不过客人是广东人，用广东方言喊口令，士兵都不知道他在说什么。他下令"走"，听起来好像"早"。士兵们以为他要发表一篇爱国的演说，所以都站着不动。

杨主席气疯了。他一脚跨上前去："走哇！干你娘！"

这句脏话终于发生效果了，瞧，部队不是在移动了嘛。主席笑着转向客人，居然两人开始聊起来了。

"这只是证明我的部下多精良。"

"好极了！"广东客说。

但是这个部队像是一座机器，士兵们的双脚一动，就像个爬行的电动玩具，非遇到障碍才会停下来。主席只是在向客人炫耀如何发动这部电动玩具。士兵们直挺挺地前进，有如一支朝敌人开去而难敌的罗马方阵，距离省主席和客人说话的地方只有二十尺了。

"真了不起！这么精良的部队！"广东客恭维地说。

"咦，你不叫他们停吗？"

"不，我以为……"

"快叫停呀！"

"你说什么？"

大军只离他们五尺了，像一股大浪冲过来。省主席的面色发红。在他发现一切以前，部队像巨浪般地袭扫他们，把他和他的朋友卷入其中。两位候补军官撞到他，可是他们仍然本着军人本色，紧随着队伍继续前进。

主席的脸色涨红，他回头一看，部队还在他背后继续前进，向二十码外的一条小溪开去。

"就让他们去喝个饱！"他咆哮着。

第一个到达河边的一位中士，因为没有新的命令，他已经走进水深及膝的河里，几位候补军官犹豫不决，在岸上踏着步伐。

省主席双手紧抓头发，大声吼道："立正！向后转！你们这些猴崽子！我是叫你们前进，可是没叫你们去喝水！"

遏云刚表演完毕，省主席派来的士兵就到了。她表演完到后台去，三个士兵迎面而来。

"跟我走。"队长说道。

老崔一进去，吓了一跳。

"你不能逮她。她又没做什么坏事。"

"别怕，我是奉命带她到省主席官邸去的。"队长说。

"做什么？"她吼道。

"主席请你到他家去，总不会是坏事——又不是去坐牢。"

他转过来对老崔说："你是谁？"

"我是她爹，替她弹三弦。我可不可以一块儿去？"

"不行，我们奉命只带你女儿去。走，快点。"

"你不用这么粗鲁，如果省主席要我到他家去唱大鼓，他应该会事先通知我。我怎么知道你是谁？"遏云说。

队长很不耐烦地指指他的徽章，一块镶着红边的方布，上面写着"陕西省政府宪兵队"。

"汽车在等着呢。"

遏云走出去，他爹和几个士兵跟在后面。观众惊讶地看着他们。范文博正好这时候不在，他的手下人静静地观看这一切。其中有几个人跟到门口，看看究竟是怎么回事。

小型的黑色轿车挂着市政府的牌照。她爹想要上车，队长坚决地说："抱歉，我奉的命令里，没有说要带你去。"

老崔把手里的小鼓和鼓棒交给女儿，望望车里，对女儿说："尽量快点回来，我会等着你。"

"别担心，我们会护送你女儿回家。"

汽车很快地发动了，红色的车尾灯在远方消失了。

"她被捕了！"范文博手下的一个兄弟说道。

老崔看着他。那个人很友善地说："范大叔今天晚上不在这儿。"他用大拇指做了一个暗号，可是老崔看不懂。

"您是范老爷的朋友？"

"是的。看起来大概崔姑娘被请去表演给省主席和那个满洲客看。那是省政府的汽车。"

老崔晃晃头："从来没听说过，带走一个女孩像抓贼似的！在北平就不会有这种事。"

"您回去吧。我们会报告范大叔。"

老崔转身，抬起那双无力的腿，由门口走回他自己房间。虽然队长和那个弟兄说一些话，但是他仍然感到局促不安。他点着烟斗，尽量地把事情往好的方面去想。他总是在表演完之后吃些点心，于是走到那间他们常去的小馆子。店小二没看到遏云跟他一块来，于是问及她，他茫然含糊地说："有人请她出去。"可是他觉得很不安心，吃完点心就到自己房里去了。

他干这一行很久了，他知道那些事情。干这一行的女孩子必须忍受。遏云一向很独立，所以他也一直看护着她，他希望有一天她能离开这个圈子，嫁到好人家去。很多卖艺的女子被请到有钱人家里去，被金屋藏娇了。遏云不同，她有自己的主张。才不过两天前，提到她的婚事，蓝如水注视她的时候，那种神情……但是希望不很大，如水是个斯文的读书人，又曾经出国留学，性情独立自主，老崔实在不敢抱太大的希望。所以张开的嘴巴只好又合上了，只好勉强地把遏云的婚事当成一般问题来讨论。遏云在舞台上说过太多缠绵绯恻的故事，自己却从来没有看上任何一个男人。

他们住在沈阳的时候，这位满洲军阀与女伶、名媛之间的韵事早就家喻户晓了。一想到满洲军阀会做出什么事，以及遏云会做出什么事，就令老崔担心不已。他抽着烟斗望着墙上的钟滴答滴答响，小小的铜摆左右摇摆，跳动的指针显示着时间一分一秒地逝去。一点钟了，他女儿还没有回来，弹动的指针仿佛在嘲笑他似的。太晚了，不好意思去打扰范文博。焦虑和不安之下，他打了一个盹儿。

第二天早上他被敲门声吵醒了。老崔睡觉时总是把百叶窗合起来，房里很暗，他看不出是什么时辰。

门外有人叫道："崔大叔，遏云回来了没有？"他听出是范文博的声音。

这么一问，他突然记起了昨夜发生的事。遏云还没有回来！他一面走上去推开百叶窗，一面问道："是您哪，范老爷？"

开了门，看到范文博一脸的阴霾。

"那么遏云昨晚没有回来喽！飞鞭告诉我，遏云被士兵用汽车载走了。"

老崔匆匆地穿上长袍。他诉说事情的经过，和范文博听到的差不多。如今他了解女儿整夜被留在省主席的官邸里，看起来更困窘，更心烦。

"简直可恶！他们把我女儿看做什么人？妓女呀？"他气得急速地讲，"人家会怎么说呢？叫遏云怎样面对观众呢？"

"当飞鞭告诉我，她被带去哪里的时候，我就觉得他们不会放她回来。"

"架走人家的女儿，难道法律不管了吗？"

"你是更清楚的呀！东三省的将军弄丢了他的地盘，西北地方的女孩子就倒霉了；日本鬼子侵占满洲，满洲军阀为了出这口气，就糟蹋中国女孩子。这是个狗咬狗的世界。"范文博讽刺地说，同时眼珠左右转动着，带着很冷静的声音，"我可不可以问您一个私人问题，是关于遏云的。"

"当然。她是您的干女儿呀！"

"她是不是一个好女孩——我是说，她有没有过男人？"

"范老爷，您帮过咱们那么多忙，我告诉您实话，别的女孩到了她这个年纪，也许早有了男人，我女儿可不会。她没有上过学堂，书也念得不多。可是就算干我们这一行，女孩子也都很重视贞操的。我们卖艺，不卖身。我们是穷人家，可是我们很保守。"

"这么一来更糟了。"范文博说。

"您说这话是什么意思？"

"我是来问您，遏云她是不是个闺女，以及她对这种事情的态度如何。如果她是个随随便便的女孩，那么她就不会在乎这些。明后天就会回来，也不会觉得多难过。"

范文博表情凝重地正视老爹："崔大叔，您可听说过这位满洲将军吧？"

老爹垂下眼睛说："谁没听过呢？过去我们住沈阳呀！"

"您说过遏云个性很倔犟。"

"是的。就算什么事也没发生，遏云平平安安地回来，这件事也会被人家说闲话。话一传开去，我们会羞死哟！"

"现在先别谈面子的问题。也许事情还不至于这么糟糕。走，您先下楼去吃一点东西，然后到省主席家去，就说您是遏云的爹，试试打听一些消息。"

楼下的茶馆已经开门了。有几张台子上坐着客人，喝着早茶，吃热包子，用热毛巾擦着脸。

老崔坐黄包车到主席的官邸，大约十点钟的时候回到范文博的家。蓝如水也在。

"打听到什么没有？"

"什么也没有。警卫不让我进去。我告诉他我是谁，并且说我女儿一直没回家。警卫说：'她在主席家里做客，你担心什么？'我不喜他那张狡狯的笑脸。我想再问些事情，警卫说：'我劝你滚蛋。这个地方可是你能逗留的吗？'我连一句话也没捎进去给她。"

"警卫也是满洲人吗？"

"不知道。我想是吧。他个子很高，很像我们一般看的满洲兵。"

到了下午消息更不妙了。快一点钟的时候，有一个士兵到茶楼，叫掌柜贴告示，说唱大鼓的遏云病了，节目要暂停几天。老崔跑去告诉范文博，急得直跺脚。

"范老爷，我担心死了。不知道遏云会做出什么事，被关在那儿，谁也没法和她接近。难道一点王法也没有了吗？就那样架走人家的闺女！"

范文博蹙着眉，看着老爹："您叹气也没用。至少她还是平安无事。"

"您不了解我这个女儿。为了保全贞操，她什么事都做得出来。"

一直静静坐着听的蓝如水突然把椅子一推，站起身："老范，我们必须想出个法子来，绝不能眼睁睁地看着一个好女孩被采花贼糟蹋。"

"别激动。"范文博说道，然后又转向老爹，"问题再简单不过，您必须要作个抉择。遏云是我的干女儿，而且我也答应过您，她在西安一定安全。老范绝对不会说话不算话的，我必须把她弄出来，而且我也一定办得到。"

"真的？"老人的眼眶里充满泪水。

"如果我不把她弄出来，我就不姓范。别担心，大叔，您必须作个抉择。他们不会杀她。她若不从，他们会把她关起来，直到她屈服为止。再不然就是那个畜生强奸了她，然后才放她出来。他不会永远留住她。到那个时候你们什么也别说。人们会谈论这件事，那是当然的，不过过一段时间，这就会被忘得一干二净的。这是一个办法，比较安全平静的办法。不过如果您要我现在就把她弄出来，也行，只是我必须提醒您，这么一来您和您的女儿就一定要即刻离开这座城市。"

"如果您能现在就把她救出来，我什么都肯干。"

范文博站起来，一手按在老爹的肩上："回家去，什么也别说。茶楼是个公共场所，您要装出若无其事的样子。付清账，收拾一些东西，可别说您要走。午夜之后到这儿来接您的女儿，你们两位必须快点出城去，明天就走。"

过了半个钟头，李飞忽然来访好友。他刚结束旅行回来，根本不知道发生了什么事。他看范文博坐着，两腿伸在一张椅子上，两手枕在脑后，正在抽烟。而如水坐在另一张椅子上，脸上的神情似乎很激动。

范文博的脸和往常一样微褐色，只是皮下带着血色，尤其长麻子的地方更明显。李飞以前看过他生气，看起来就是这个样子。恼火的时候他那直立的头发更加深了愤怒的印象，两眼只是斜瞪着，然后故意压低声音说话，把一切事情弄得更恐怖。

"坐吧。"文博简短地说。

李飞坐下来，拿出一根香烟，在点燃香烟以前，他看看范文博，又看看蓝如水："到底怎么回事，这么死气沉沉的？"

"遏云被人架走了。"文博的声音格外冷静。

"架走了，被谁架走的？"

"被那个年轻光头的满洲流氓呀。他被日本鬼子赶出来，于是现在欺负女孩子泄愤。我一定要把遏云救出来，这事真叫人难过，遏云和她爹必须明天就离开这里。"

范文博接着说："那个满洲人只想蹂躏人家的黄花闺女，我老范可不许这种事发生。咱们西北百姓决不允许一个东北浪荡子糟蹋我们的女孩子。这事我管定了。"

李飞说："今天晚上中国旅行社有一个舞会，是为满洲将军开的。"

范文博立刻坐直身子："真的？你怎么知道的？"

"他们邀请记者参加。"

"我们也去。你能不能替我们弄到门票？"

"可是，你说你今天晚上要去把遏云弄出来。"

范文博站起来："我倒想去看看这位年轻的将军。"他一面对自己笑，一面搔着头。

李飞说："我不想去参加舞会，我讨厌那种事情。我敢说一定有演讲。你真的要去？"

"你去替我们弄几张门票，大家都一起去。"范文博在地板上踱着步说。

"我不去，而且我也不懂，你去不去和遏云回来有什么关系？"如水说。

"别担心，她会回来的。我们的运气来了！"

"我宁愿留下来等她。"

"她要到半夜才会回来哦。"

蓝如水面带愁容，而且有些激动。范文博虽然外表粗鲁，对朋友倒是很关切。

他点燃一根烟："我真不了解你。遏云是个好女孩，这点我承认，可是你到过巴黎，看过那么多的漂亮脸蛋。现在我倒真的替你担心了。怪哉！除了我，好像大家都恋爱了。"

09

西安很少有这么显赫的聚会，所以城里也很少开舞会。所有重要官员和眷属，不论会不会跳舞，都被邀请了。外面停放了各式各类的轿车，身穿黑色制服的警察在街口守着，只准许有门票的人士通过。大厅最多只能容纳两百人，挤得动弹不得。一个号称有四把小提琴的管弦乐团正在讲台上演奏，台上硬是放置了一张讲桌，顶上挂着大布条，上面有"欢迎 × 将军！收复东北！"的标语。李飞一看到那张讲桌就发愁了，看样子有人要上台向大家发表爱国的长篇大论了。

底下的人们喧闹不已，似乎很兴奋。省主席和他那位古板的太太也来了。在场的还有警备部队的戴司令，以及西安社交界稍微次要的人物。男士们穿着正式的礼服，长袍外罩马褂。杨主席很突出，饱受风霜的脸和身上的丝袍极不相称。而那位满洲客则和其他年轻男士一样，穿着西式小礼服；短小的身材和一张微棕色的圆脸，头顶上只冒着稀疏的几根毛发。只因为身边围绕着许多美丽的贵妇，大家才注意到他，他挺直地站着，对每人微笑。总是有一撮人挤到他身边去听他说的每一句话。稍微年轻的男士穿着蓝色中山装，很引人注目。也有几位外国牧师携眷参加，虽然她们原则上不赞成跳舞，不过实在很想一睹满洲将军的庐山真面目。

女士们穿着优雅高贵的丝绸袍，其中有不少已趋中年的旧式妇女，她们应邀专程来看看这位显赫的将领。政府首长连子女都带来了。老妇人的头发往后梳，光光滑滑的，在脑后挽了一个髻，然而年轻女人则梳着波浪式鬈发。她们之中除了少数几位的特别发型经过精巧做过以外，大部分都是长发披肩。这是西安正流行的发型，不过西安的潮流要比上海晚了两年。

所有会跳舞的新潮太太都被邀请了。这些少妇衣着入时，可是身份地位不很高，她们之所以被邀请，是因为会跳舞的女人太少了。其中有一个尤物，正在财政部部长的身边。听说以前是个歌女，一双明亮的眼睛和那一脸灵巧、高雅的笑容使她轻易地艳冠群芳。算起来她应该是姨太太，因为财政部长有个老妻住在湖南乡下。至少在西安任职的这些年里，他只有她这么一个妻子，在公开场合里大家都叫她太太或丁夫人，根本无视于妻与妾之间的界线。

李飞看到杜家人都来了，只有杜太太没来。杜市长本来不打算让春梅来，他太太也认为这么一来她的地位会被抢走。不过这是难得的社交活动，春梅坚持要来，甚至不惜考验自己的分量。出门之前，家里曾发生一场暴风雨。杜市长左右为难。

"我怎么向别人介绍你的身份呢？"他说。

对春梅来说，今晚能够在这西安难得一见的社交活动中出现，意义实在重大。她泪流满面，就是为了表示非达到这个愿望不可。她把身子摔到床上，讲了一大堆的话，使老爷大吃一惊。这似乎是她埋藏在心里的委屈，压抑了很久，现在却像决堤的洪水，一发不可收。

"我跟了你十一年，替你生下了两个孩子。我活到这么大，从来没有见过哪家像我们家这个样子！你要替我想想。我这算什么？既不是下女又不算妾！我从来不敢违抗你太太，而且尽量尊重她。别的女人就可以公开露面，只有我不行。我是人，不是鬼！别以为我会让你丢人现眼。连一条狗都可以公开露脸，跟着它主子！难道我连一条狗都不如？如果我算得上是你孩子的好母亲，那么我的孩子就该知道他们的亲娘。如果你觉得我没尽到责任，替你丢脸，你讨厌我，明天就可以把我赶出这栋房子。我马上收拾东西，带着孩子离开这里！"

一串话就像急流般奔放出来，还带着滚滚的泪水。

杜范林说："我没说什么嘛。我对你是绝对满意。可是这次舞会是很正式的。我不能带你去，向别人介绍说这是我的姨太太，你也很清楚原因呀！"

"我是不是你的孩子的娘？人生在世总是要些面子。等我死了，孩子甚至不知道墓碑上该怎样个写法！就算不替我想，你也该想想你的'孙子'！"她尖锐讽刺地说出最后的两个字。

杜先生既尴尬又发愁。他太太在房里听到这些，急忙走过来。

"简直反了！丫头就是丫头，丫头的脾气，丫头的心机，偏偏挑了这么一个晚上胡闹！"他太太骂道。她的头发刚由一位女理发师做好，她朝春梅走去，准备用女拳师的姿态解决她。

杜先生把太太推向门外说："我来跟她说，你出去。"

但是他太太站在房门外没走，眼看着另一个女人趴在床上痛哭，脸色气得发青。

杜先生坐在床沿，充满耐心地说："春梅，你要讲理呀。你要替我和这个家想想。不是我不愿意带你去，而是不行。当别人问我你是谁，我真不知道该说什么。"

"这个简单，如果你不知道，那今天晚上我就去问省主席，要他替你决定。我要告诉他，如果省主席说我没权利住在你们家，我不会硬要留下来。"春梅说。

"别孩子气了。他们不会让你进去的。"他说。

"哼，不会才怪；我倒要见识见识，是谁敢不放市长的娘进去。"

"你可不是在威胁我，要在这么重要的晚上制造一场街头闹剧吧？"杜范林也发火了。

"不是威胁。我要以母亲的身份，带两个孩子进去。"

这会儿杜范林真的慌了。他可以应付那些狡猾的政客，却无法应付一个哭闹、绝望、果敢的女人。他的语气软化了。

"如果你能告诉我该怎么办，我会高高兴兴地照办。"

"你们男人读了那么多书，还比不上一个没受过教育的女人！"

"你有什么法子嘛？"

"我是不是你孙子的亲娘？"

"当然是啦！"

"那孙子的娘应该叫什么？"

"当然是媳妇喽。"杜范林毫不思索地脱口而出。然后他才懂她的意思。这个突然而来的启示，使他面露惊讶。"好聪明，好大胆的女人！"他自忖道。

"这不是很简单吗？我的墓碑上也可以冠上杜姓啦。"她口吻坚定地说。

过了很久他才感到这个想法带给脑子的整个压力。这个身份多么可敬，再说也不会改变现况，连称呼都不用改。不过他还是觉得自己正被引入一个他宁可避免的情况。

"咦，当然嘛，我亲爱的媳妇！当然。你要为我儿子守寡，我从来没想到这一点。那就一块来吧，我就说你是我的媳妇。"

他拍拍她的大腿，用手捏了几下。站在门外的杜太太，与其说是愤怒，倒不如说是愣住了。如果这个时候有一位摄影师及时按下快门照下杜市长家居的情形，那一定比客厅里的那幅《巴黎之抉择》还要迷人、精彩。

"我的腿不需要按摩。"春梅坐起身，把他推开。

解决了尴尬的身份问题，顺了春梅的意，使她安静下来之后，杜范林走向太太的房间，却发觉她已经把刻意梳好的头发放了下来，坐在床上。杜太太只是简短地宣布，她被吵得头都快炸了，不去参加舞会。

这种情况之下，杜范林只有两条路可走。一是劝服太太接受现实，还是参加舞会。结果行不通。事到如此，他想干脆全家都别去。可是他又想到，这是个多么重要的场合呀。太太羞辱他，骂他"老不羞"，一气之下，他回春梅房间。

现在春梅打赢了一场苦战，就起身打扮。眼见到这位美丽女人，太太给他的羞辱全烟消云散了。他笑着走向春梅，低声说："我的心肝宝贝，你婆婆不去了。"

"我听到了。"春梅继续在脸上抹着粉说。

春梅了解自己的颧骨很高，可是眼尾却是平滑没有皱纹，她知道如何抹胭脂才会使双颊在明眸之下生辉。她在前额梳了几道刘海儿作陪衬，然后描出新月般的细眉。青春加上巧饰，使她光艳四射。杜范林很快乐地望着她，早就抛开了打消去意的所有念头。

春梅挑了一件镶黑边的粉红色礼服，更能衬托出她的青春。她对着镜子端详许久，知道自己绝对不比任何一个女人差，而且她一点也不怕。

当祖仁把车子开来的时候，看到春梅打扮好，要和他们一齐去，着实吓了一跳，香华也愣了一下。他父亲试着以一种开玩笑的口吻向他们解释。

"我早就该想到这一点，毕竟春梅跟任何人一样有权利进出公共场合，我很高兴现在她有合法的地位了。"

香华发现自己凭空多出了一个嫂子。她打从心里佩服春梅的智谋。

如果有人认为，春梅从来没涉足过公开场合，八成会出洋相，那么吓一跳的会是他自己。

她仪态高雅，举止端庄。当她随着香华四处走动的时候，香华向人介绍说这是她的嫂子。杜范林一进大厅，就让女士们自行走动。

祖仁今晚很开心。客人之中有不少是从南京来的。当他爹把他介绍给满洲将军的时候，省主席在一旁夸赞说他是个很有前途的青年呢。他肚子里有一套铺设公路网的计划，当然，他忘不了他的水泥，而且他很希望能够成为"西京"开发委员会中的一位委员。

大厅里冠盖云集。祖仁自傲地看着妻子。三岔驿附近喇嘛庙的"活佛"也来了，他认识他，而且生意上还有往来呢。这时候，有一个人拍他的肩膀说："哈啰，派克。"他回过头一看，原来是他在扶轮社认识的一位美国牧师布雷萧。他们用英语交谈；真的会说英话的人很自然就会凑在一块儿。他们的信念大致上相同，都具有最新的观念。牧师当然赞成中国需要良好的公路和水泥，特别是西北地区，他们谈到几十年来报纸上登载的铁路延展问题。牧师对活佛很感兴趣，当祖仁说认识活佛，他就请求替他引见。

活佛（大大小小的活佛有五百多位）是一位蓄短发的藏族人，头上戴着法帽，身穿紫色法衣，再加上那双高高的软皮靴，很引人注目。布雷萧的中国话还可以。活佛一听说这个美国人是牧师，就很友善又自负地微笑。布雷萧请教了不少的问题，而且以开玩笑的口吻抱怨说，他一直无法收到西藏信徒。

"来试试看嘛，有人试过五十年。我邀请你，如果你能够使我们的同胞改信你们的宗教，那你可就是破天荒的第一位喽。"活佛笑着说道。

布雷萧坦白地对祖仁说，教会能招到汉人信徒，对回人或西藏佛教徒却毫无办法。

"这就是我喜欢汉人的原因。"布雷萧说。

"汉人不会把宗教看得很严重，西藏人和回人就不一样了。你最好别接受活佛之邀，他是在愚弄你。"祖仁说。

乐队奏起国歌，所有的人都面对讲台立正。站在台上的是杨主席和满洲将军。奏完国歌，他们转身向国父遗像鞠躬，观众也随着敬礼。大部分的观众都站着。因为这里除了墙边的一排座位之外，根本没有椅子。

李飞在公开场合里很腼腆不自在。柔安正被家人围着，所以他没有上前去和她说话。范文博似乎认识在场的每一个人，尤其是，他正在和警备部队的戴司令交谈。

避免不了的讲演就要开始了，省主席将要说一篇欢迎满洲将军的介绍辞。李飞希望时间能短一点，他不想再听什么要爱国、爱亲啦，以及人民是"共和国主人"的那老套训词。政府要人的演讲很少超出小学的程度，因为这些官员除了建议大家该如何做以外，也想不出什么好说法。

不过，今晚杨主席可不同。为了全西安和满洲客的利益，他急于重温一下他统治的记录。他喜欢猎用"进步"和"民主"之类的时髦名词，甚至引用左派作家常用的"革命阶段"、"群众"等字眼，最喜欢用"心理学"这一个词，大致上还没有用字不妥当。而且，今晚他格外地卖力。他谈到已完成的道路的里程，西安妇女的解放，鸦片烟的禁制，姨太太的消灭，还有，大体上全省道德风气良好。说到教育，他说："十年前，全省只有百分之十五的老百姓认识字，现在是千分之十五了！"他作态地在桌上重重捶了一拳。

他之所以特别强调这个字，因为这是最近他听来的新名词。何况"千"比"百"大得多，也动听得多。

有些观众听出了语病，觉得很可笑，然而多数的观众不是没听演讲，就是只听到本省的教育突飞猛进。他们由省主席狂热的态度猜出他的意思，是他那夸张的言辞在推动观众。李飞看到站在附近的几个人一脸幽默地低语着。

"你要不要把那句'千分之十五'的废话写出来？"他问一个报业同行。

那个人大笑："我想被枪毙啊？"

"照这种进展速度啊，再过十年只剩下万分之十五的人看得懂报纸。到那个时候，干咱们这一行的全都要饿死喽。"

这个笑话在偶然中慢慢地散播出去，几天后全市的人都知道了。不过，当然没有一家报纸把它登出来。

年轻司令官的演讲更沉闷，更陈腔滥调，不过也比较短。他的声音不大清楚。他很高兴今天晚上为他设的盛大宴会，谈过省主席和大家之后，突然又高唱起道德经。他熟悉中国的历史，引用不少在国难中忍耐的崇高史料。他用布条上写着的"收复东北"作题目，大大地发挥一番。

"时局越艰苦，我们的决心就越坚定。只要同胞们未丧失伟大传统的道德精神、耐力，愿意吃苦、愿意牺牲，决心挣扎、奋战、忍耐到底，那么最后的胜利一定属于我们！我保证绝对没有搬不动的石头，移不开的高山，所有的艰苦我都能忍受，直到满洲重回祖国怀抱！"

台下响起如雷掌声，乐队又开始演奏，两位演讲者走下讲台。

舞会开始的时候，年纪大的女士们退到墙边的座位，准备观赏她们有些人从来没见过的新玩意儿。省主席的太太当然不会跳舞。满洲将军的书记官特意挑了几位摩登的女子。他指引将军去找财政部部长的太太丁夫人，她穿着一件华丽的褐底黑纹丝绒礼服。将军的头虽然微秃，但是蓄着一小撮胡子。他轻而易举地成为舞会中的好手，丁夫人优雅熟练地随着他快步急转。现在舞池里已经有不少对男女翩翩起舞了，有些男士穿礼服，有些则穿长丝袍。

　　"佛要金装，人要衣装"确实不假，不过也不是永远都对。杨主席穿了一身宽松的长丝袍。他最近才刚从家庭舞会里学会跳舞，他像一般初学者一样狂热地跃跃欲试，急切地想时髦一番。他发觉跳舞很简单嘛，只要连续地向左右移动双腿就成了。他说跳舞就像是晚饭后的散步，能帮助消化，又能紧紧搂着漂亮的女人，增添多少乐趣呀。他跳得并不笨拙，只是用户外运动的精神来从事这种新的室内运动罢了。他勇敢地下了舞池，他移动着那双穿黑长靴的大脚，一会儿向前又一会儿向后，只不过一直是在一条直线上。有时候他会撞到别人，像是在行军似的，不过大家都知道他是省主席嘛。很快地，别的舞客都摸清楚他跳舞的路线，注意看他过来的方向，事先就让出一条路了。结果他像是一部割草机似的，所到之处就扫出了一片空间。他那宽松的长袖包住了他的舞伴，体重也使得他费了相当大的劲。他比其他人高出一个头，谁都看得见他，也可以轻易地避开他，尤其是他的头发很特别，留了短短的陆军头，露出上斜的轮廓。他蓄着浓黑的髭胡，加上宽胖的下巴和面颊，结果一张脸变成了一枚倒置的鸡蛋。向后掀起的两扇耳朵，又大又扁的鼻子，仿佛天生就是不让任何东西突出来破坏这张脸蛋似的。尽管如此，他看起来倒还蛮热情和讨人喜欢，厚厚的嘴唇、饱满的双颊、宽宽的塌鼻，都让人觉得他温暖亲切。眼睛微微下垂，而他就是用那双眼睛快乐地窥视脚下的世界。

　　杜家人远远地坐在大厅的另一头。李飞走过去，发觉柔安正愉快地看人家跳舞。当她看到他的时候，羞得满面通红。

　　她把他介绍给身旁一位年轻漂亮的女子，少妇的脸上匀称地涂着胭脂和香粉，还有一个小巧俏丽的鼻尖。

　　"我嫂子，春梅。"她说。

　　李飞坐下来："愿不愿意和我跳舞？"

　　"我不会跳。你喜欢跳舞吗？"

"那得看看是跟谁跳。如果你不跳，那我也不跳。我比较喜欢陪你说话。"

"该怎么跳法？"春梅问道。

李飞说："我教你好吗？"

春梅刚才一直看别人跳，早就动心了。她站起身，柔软的衣料衬出她优美的身材，迷人的身段散发着青春美丽的气息。他们在角落上试着跳了几步。春梅今晚好快乐，因为家里的那场胜仗使她觉得自己已经确实跨过一条界线了。像春梅这种天生优雅的女人，跳起舞来真是如鱼得水。她高高地举着一只手，随着节拍前后地移动步伐。

回到座位上后，春梅对柔安说："你为什么不学学？没什么啊！"

"我太懒了。"柔安说。她觉得和李飞跳舞一定很快乐，不过应该远离众人的眼光，躲在自己神圣的小天地里才对。

他们看到身材高大的省主席向他们走过来。他刚才看到春梅在角落里练习跳舞，被她那出众的身材深深地吸引住了。他走到她面前，没有鞠躬，只是用一种稚气、不可抗拒的姿势把手臂向她伸去，邀她跳舞。

"你要我跳舞？"春梅问道。

"当然。"他张开那两片厚唇笑着，微笑中流露出命令的意味。

她站起身来，还没来得及抚平衣裳，就被主席挽了去。柔安很替她担心，可是不久他们看到春梅跳得甚为自得。

"你是谁？"省主席问道。

"一个乡下姑娘。"春梅很愉快地回答，她知道别人都在盯着她看。

"我也是一个乡下孩子。像咱们这种有远见、有勇气的人都会爬到巅峰的。"

主席的身子老是向她倾去，于是春梅就向后仰，把全身的重量放在对方绕在腰上的那只有力的胳臂上，任他带自己跳，她的脚步则快速地配合对方。她天生一副美好的身材，柔软而丰满，几乎要在主席的臂弯里融化了。不久每个人都在打听这个神秘的女子。香华在角落里看到，不由得佩服她这位新"嫂子"的勇气。满洲将军走上去，想要抢舞伴，省主席笑着说："不行，不行。"看热闹的人见他受挫，都纷纷地笑了起来，这位年轻的司令只好大笑着走开了。

范文博向李飞走过去，看看手表说："咱们该走了。"

李飞站起来。柔安看到他们严肃的表情，很遗憾一场欢聚就这么被打断了。

他解释说："文博家里有客人，陪我走一段路吧。"

她慢慢站起来，随他们穿过人潮。

"你明天能否到我家来？我必须见你。一定要来哦，因为我不能上你家去。"他低声说道。

她答应了，走回座位上。而范文博和李飞则默不做声地走出了大厅。

他们二人回到家的时候，已经十一点了。遏云的父亲老早就来了，和蓝如水正焦急地等着，可是他女儿却没有出现。

范文博立刻说："别担心，她会来的。您把东西带来啦？"

老崔指了指沙发上的一个蓝色包袱。

"我带了遏云几件比较好的衣裳。我不能全带出来。"

"您去睡一会儿。她到这里的时候咱们会叫您。"

10

那天晚上，省主席的花园官邸寂静无声。它坐落在城北区较偏僻处，四周都筑着泥墙。前门通往房子之间有一条长的磨石路，路的两旁种有果树，后院则有一大片菜园子和盖在大木门旁边的一间马厩。通常到了晚上这个时间，屋里都灯火通明。几辆轿车停放在门口，有卫兵站岗，禁止闲杂人等靠近。

对范文博的手下而言，这根本就是一项简单的任务。文博已经审慎地计划好了。而且当他听说遏云是被关在花园官邸里，而不是满洲区，问题就更简单了。他计划在大家熟睡之后，叫手下爬过那座短土墙，胁迫卫兵说出遏云被关的所在，然后把她救出来。

飞鞭和豹三都是行家，他们不怕卫兵，懂得如何出其不意而且身手敏捷。他们的消遣就是把一个重约四五百磅的石磨举起来，遏云的体重绝不超过一百磅。有事可做，他们就来精神了。经历六百年的"白莲教"岂是闹着玩的。虽然改朝换代，这些囊括了豪放勇士的民间秘密组织都仍然留存，深入底层社会中。因为老百姓需要庇护，所以他们仍能留存，尤其是政府没有能力保护百姓的时候，他们就想法子求自保。如果政府贤明公正，这种秘密组织的数目就锐减，但是，那种拳友互助金兰之交对某些人仍有吸引力。如果政府昏庸无能，秘密组织就如雨后春笋般增多，许多被租赋压得喘不过气的庄稼人也纷纷入会。在宗教首领的领导下，他们形成庞大的力量，甚至威胁到朝廷的安危，义和团就是一个例子。在一个长远的忠心传统和严密的阶级规矩之下，他们在年节、除夕时互相偿清债务，好让彼此度过年关，并且对外地来的会员施助，使他们真正成为四海之内的兄弟，类似的这些情况都派得上用场。他们可以在出远门的时候，把未嫁的闺女托付给值得自己信赖的弟兄，也可以在死前把孤儿寡妇交托给情谊深厚的金兰之交。

范文博听说有一个舞会，而且满洲军阀也将前往，就放心不少，因为他可不愿意在营救遏云的时候伤害任何人。搭救遏云的事他不担心，令他担心的倒是她脱险后会发生什么事。

他派用人老陆去找飞鞭，在一处他们常常出没的地方，老陆找到了他。

"告诉范大叔，我半夜会把遏云送过去。这不是和吃豆腐一样简单吗？"

尽管嘴上这么说着，飞鞭可不敢对这个重大的仪式掉以轻心。他对豹三使了一个眼色，要他跟他走。他们走进一间酒坊，叫了两斤熟牛肉和几块麦饼，匆匆吃完，又打了一坛酒。然后他们到一家香烛铺子，扔下两个铜板，买了一包香。

"豹三，你去找小刘，叫他在莲花池边准备一辆黄包车，我们会经过那条路。要他把黄包车的篷子盖好等我们，不过地上可要点上一根香哦。我们大概在半夜就会到。"

飞鞭回他那幢两间屋的房子，又喝了一些酒，觉得很舒服。不久豹三推门进来说，他已经吩咐过小刘。

每回飞鞭要去冒一次险，他就觉得自己还很有用，他喜欢提起前一次的功绩，包括以前他殴打队长从河南部队逃脱出来的旧事。他脑子里充满了吃狗肉的鲁智深和上景阳冈打虎的武松等英雄人物。他有一次试着吃狗肉，可是才吞了两口就全部又吐出来了。打从那次开始他就更崇拜鲁智深了。传说中智深和尚吃得下一条狗，令他大惑不已，也更令他相信鲁智深是个英雄。

"我们不行。现代人根本不能和古人比。"

过去三个月的日子太平静了。而现在春天到了，城里又有这么多车和观光客。他希望发生一些事情，好让他活动一下筋骨。

"真谢天谢地有这个东北杂种。他如果不架走遏云，这个春天我还真不知道该干些什么好呢。我现在也不用担心快到端午节了，范大叔总是会记得的。走吧。"

他点了几炷香，走到院子里，把香插在地下，向地上洒了三杯水酒。他和豹三面对着东南上空鞠三个躬，寻找一颗流星——叫做"贼星"的那颗。等了五分钟，才有一颗出现。当一颗闪亮的贼星划过天际，他用手摸着眉毛，心里很高兴，他正和天上的玉皇大帝招手呢。有时候当他双眼接触到南面天空中闪闪的天狗星，不禁好奇智深和尚如果在天上喝醉了，又碰到这只狗，它会遭受什么样的命运呢？

他对这个好兆头很满意，就把香留在地上，和伙伴走回屋里。一想到这次的任务，他就特别高兴。回想到舞台上那位令他仰慕的姑娘，心里就热烘烘的。

"等救遏云出来的时候，由我来背她。"豹三说。

飞鞭觑着他："你这歪脑筋！我知道你在打什么主意。我会自己背她。"

两个人准备好了。他们把衣服扎进宽宽的黑布腰带里去，武器藏在腰带内，并且在头上绑了一条黑布。除了不让别人抓他们的头发之外，布条还可以蒙面，也可以用来蒙住敌人的眼睛，有用得很呢。

遏云担心了一天一夜。当她跨下汽车的时候，心里一直发抖，因为身边都是卫兵。她知道自己是应邀来表演的，可是心里一直有被拘捕的感觉。她会很有礼貌地表演完毕，然后赶快回家去。

被带进主席家里的时候，她看到一群男女正在吃饭喝酒，屋子里灯火通明。她一进去，所有的目光都移到她身上。

士兵已经放开她的手臂，站在她身后。

"这是杨主席。"

遏云鞠个躬，说道："主席大人，我被捕了吗？"她扫视席间衣冠华丽的客人，不觉满脸通红。

"当然不是，我是请你今天晚上来表演的。"主席大笑说。

他示意两个卫兵退下去，仆人在远离桌子的地方替遏云端了一把椅子，又倒了一杯茶给她。

很别扭地过了十五分钟，大伙继续吃吃喝喝，没有人理会她。她眼看这种情形，怒火渐渐升起。这又是一个漫长而无休止的宴会。趁着上菜的空当，好长的一段时间里，大家说笑、划拳、罚酒。她静静地坐了好一会儿，忽然大家安静下来，然后满洲将军看着她说："哦，崔遏云也在。我们听她说一段吧。"

别的女孩子也许会觉得，应邀到省主席的家里，为这么重要的客人表演真是一大荣幸。遏云正好相反，她急得要命。她心里只想着快点说完一段书，能早点回家去。

幸亏在她说到一半的时候，仆人端来一大盘八宝饭甜点，可见宴会快要结束了。

"来，来，趁热吃。"主席夫人粗哑的大嗓门让她觉得很刺耳。

在座的人个个拿起汤匙，自在地品尝这道菜，几乎没有人在听她说书。

遏云生气地往小鼓上一敲，不唱了。鼓声惊动了在座的人，大家都回过头来。

年轻的司令起身，把她拉到餐桌旁："你该吃点东西。"

"谢谢，我不饿。"

"坐嘛。"有人替她拉了一把椅子。

"如果你们还要我说一段故事，我就说。不然，我就要回家了。"

满洲将军频频催她坐下，一只手搭在她的肩上。

"将军要你坐，你就该听话坐下来。"省主席说道。

"我不配。"

"别强辩。"司令强按她坐下。

所有的眼光都落到她身上，她觉得很不是滋味。司令举杯向她敬酒，她只浅啜了一下。司令走近她，高举着酒杯说："这样可不行。来，干杯。"

"我真的不行，我不习惯陪人家喝酒。"

主席夫人开口了："将军这可是给你面子哦。我从来没见过这么不懂规矩、摆臭架子的戏子。"

"请您见谅，我头痛。我能不能回家？"

"不行，你今天晚上就留在这儿。"

这下子遏云可吓慌了。

"里面有一个好房间。你如果想休息，可以进去。"他的手又放在她的肩上。

"遏云如果真累了，应该进去躺躺。将军头也正痛着，两个人都该进去歇歇，头痛自然就会好啦。"副官的妻子说道。

遏云生来脾气就坏："我是干活儿的女孩，可不像你们这些贵妇人。我的头痛不是陪别人的丈夫睡觉就会好的。"

"臭婊子！好大的胆子！"主席夫人说。

"让我来，你们都不懂得应付女人。来，你去躺一会儿，我的车子会送你回家。"司令柔声对她说。

"那么现在就送我回去，我不要进去躺。"现在司令的眼神比刚才省主席的卫兵更令她心慌。"我告诉你，你们这些体面的人各有丈夫和太太。为什么就不能放过一个可怜的弱女子？我卖唱，我可不卖身！"

主席站了起来："将军，我向您道歉。没想到一个在街头卖艺的竟胆敢如此无礼。"

遏云还没来得及弄清事情，卫兵就把她双手抓住，拖她到一间密室。她把门锁好，然后看看房间的布置，一张豪华的外国床，地上铺了厚厚的地毯。她怒气未消，等着看事情的发展。

外面的喧闹声并没有停止。说也奇怪，竟然没有人打扰她，不过她熄灯后还是静等了几个钟头。别人怕是睡着了，她这才渐渐地合上眼睡了。

一大早醒来，竟然平安无事，着实令她吃惊。她打开门，看到一个卫兵。她走上前去，对卫兵说她要回家。

"不行。将军还没起来，我想你还不许离开。"

一整天，她都在窥视着窗外，想知道自己究竟身在何处。后窗外她看到一块菜园和马厩，越过花园的短墙，她看到了城墙。阳光洒在城墙上，可见得那是北城墙。由窗子那块窄窄的角落朝西边看去，只见一大片果树林，她搞不清花园是通往何处。

显然司令把她忘掉了，不然就是把她软禁起来，要她考虑考虑。他去了一整天。晚饭时间她听到有人在敲她的房门，她走去开门。司令站在门口。

"你还好吧？你昨天晚上的行为实在很愚蠢。"他说。

"求求您，让我回家好吗？"她哀求道。

"今天晚上我要出去，回来以后我再来和你谈谈。不过你这么小题大作，未免太傻了。"他说话彬彬有礼，可是她真恨他的笑脸。

她在房间里用晚餐。过了不久，她听到汽车发动的声音，和按喇叭的嘟嘟声。然后汽车都开走了，屋里静得出奇。据她所知，只有一个女佣在她附近，不过厨房亮着灯，里面有声音。

她观察着窗下的果园。她确信门口站有卫兵，不过也许她可以找到其他的路逃出去。朦胧的月色照得花园里鬼影幢幢。她听到马厩附近有脚步声，还看到一个卫兵在木门前面的磨石子路上走来走去。卫兵转身的时候，偶尔还会看见刺刀的光芒呢。

后来厨房的灯也关掉了，她看了一下搁在桌上的手表——十一点。她把灯关掉，静静地躺在床上，假装睡觉了。

"遏云！"女佣从门外叫她。

"我在这里。"

"乖乖上床睡吧！"

"我很好。你也去睡吧。"她听到女佣慢慢走开的脚步声。

她偷偷地爬起来。窗口离地有七八尺高，她必须要脱掉鞋子往下跳，才不会弄出太大的声音。就算被逮个正着，充其量也只是再关起来而已。

她朝马厩的方向望去，看着那个卫兵的身影。四周静悄悄的。她提着鞋子，往窗外一跳，啪的一声落在地上。这一跳，把一只鞋子弄丢了。她伏在地上，看四周的动静。好在没有人听到她的声音。眼睛适应了黑暗，她找到那只鞋子，蹑手蹑脚地爬过一片空地，朝果树的那片黑影冲了过去。脚下枯树枝每响一下，就吓她一跳。草上已沾上露珠，她的足踝都湿了。她向较暗的西边走去，因为那边的树叶比较茂密。走了五十码，她遇到一堵墙。墙高约十尺，她爬不过去。她沿着墙直走，发现墙边有一棵枣椰树向外面伸延，可是树枝太嫩，她不知如何是好。她往马厩看去，只见星光下有一条人影。她也许可以爬上马厩的屋顶，然后往下跳，可是她不敢朝那个方向移动。

她绝望地返身，踏着湿湿的草地走向密林。她再也不能回房去。就当她站在一棵树下，盘算着下一步的时候，听到黑暗中有人低声说："遏云，你不正是遏云吗？"她发出一声尖叫，全身都紧张了起来。

人影向她冲来。"别出声！"对方说。她还没弄清楚这一切，飞鞭已经从后面把她的嘴掩住："我们是来救你出去的。是范大叔派我们来的。"

"谁在那边？"一个声音喊道。从树影缝中，他们看见一条人影窜来窜去，手电筒四处乱照，卫兵顺着尖叫的方向朝他们走来。

飞鞭说："别出声。"他们蹲在树丛里。手电筒的灯光愈来愈近了。飞鞭一腿跪在地上，准备动手。卫兵的手电筒照到遏云的浅蓝色的旗袍。

"出来！"卫兵吼道，同时把哨子放进嘴里。

就在这个时候，一把形状像是磨尖了的切石扁钻的黑色武器射入卫兵的胸膛。他应声倒地，手电筒掉在草地上。

"咱们快离开这儿！前面的卫兵可能已经听到你的叫声了。"

飞鞭把姑娘抱起来，在树影中沿墙飞奔。厨房的灯亮了。

"那边！"飞鞭跑到枣椰树下，把姑娘放下来。他们回头一看，遏云房里的灯也亮的。

"豹三，爬上墙去拉她一把，我来推她上去。"

豹三爬上墙头，飞鞭蹲下来，叫遏云坐在他肩膀上，然后他站起来，直到豹三拉到她。接着飞鞭一跃而上枣椰树，然后跳上墙头。这时已有脚步声自前院冲过来，到处乱跑。

飞鞭在墙上吐了一口痰，这才跳下去，这是祈求好运的习惯，只不过程度颠倒了，现在三个人已经安抵墙外了。

飞鞭定了定神。他总是要搜遍全身，确定没有弄丢任何东西。另外两把扁钻还好端端地藏在腰带里。

紧靠墙外种着一大排树木，再过去则是一片空地，有一条骑车路交叉而过，比地面低三四尺。

"我们安全了，那些浑蛋至少要半个钟头才弄得清我们的方向。我想他们不会冒着生命危险来追赶我们。"飞鞭把姑娘背在背后，准备往下走。

月亮从薄薄的云层中透出来，照亮暗的地面，使他们更容易前进。这个时候路上根本没有行人。走到城墙下面，飞鞭把姑娘放了下来。他们找来一个可以逃生的阶梯，登上去之后沿着墙爬向北门城塔，在阴影里他们很满意地观看省主席的官邸。他们蹲伏在低墙下，又再爬了一段距离，直到确定没有人看到他们。遏云的双腿兴奋得走不动了，她倚靠着两人的肩膀四肢无力地向前走。他们沿着东墙走了二十分钟之后，来到出口，在这里他们可以不被察觉地溜下去。

那根被留做标记的香微弱地发着光亮，他们凭着它找到了黄包车，把遏云抱进车子里。然后他们两人把头巾和腰带松下来，走进荒凉的巷子。有一个警察盯着这辆放下车篷的黄包车。

"是我娘。她病了。"飞鞭说。

他们在十二点十分的时候到达范文博的家。

　　看到遏云回来，大家都压抑不住心底的激动，蓝如水、范文博和李飞早已等得心急如焚了。她伏在父亲的肩上，痛哭失声，她爹也高兴得热泪盈眶。

　　"哦，孩子，他们有没有对你怎么样？"

　　她抬起脸，骄傲地摇着头："可是我好害怕。"

　　"快跪下来向你干爹磕头道谢，谢他救你出虎穴。"他要范文博坐在椅子上，接受女儿的磕头，"他真是你再世的爹呢！"

　　她喊了一声"干爹"，扑通地跪下来，她恨不得磕三个响头。范文博笑着说："别这样。"把她扶了起来又说，"现在可真是我的干女儿了，还是谢谢这两位冒险救你的兄弟吧！"

　　遏云回过身，去向两位送她回来的人鞠了一个躬。

　　"你们有没有伤到别人？"范文博问道。

　　"我从未失手过，那个人当场就倒下了。"飞鞭说。当他在述说经过的时候，范文博的眉头皱了起来。

　　"我真希望你没有杀人。现在警察会搜拿她。如果她被捕，咱们都完蛋了。"

　　"我想不会吧，你们救了我。他们就算拷问我，杀了我，我也不会吐露半个字。"

　　范文博告诉两个弟兄回家去。

　　"赶快偷偷走出去，没有必要绝对不要出门，要用钱就来找我。叫小刘把黄包车停在巷口，我也许用得着他。"

　　弟兄们走了之后，范文博说："我们的麻烦来了，警察一定会调查是谁救她的。"

　　短短的一句话触动了姑娘的心。被关起来的时候，她怒火中烧，一心只想逃走，而且，在逃命的路上她只求能安全回到家，根本没时间考虑其他的事情。现在虽然暂时脱离了险境，可是当她一想到未来可能发生的事，忍不住大哭。泪水一流出来，似乎就收不回去了。

"这下子完了，爹和我能上哪儿去呢？"

她感觉有一只手轻轻地放在她的肩上。"别哭。这里有这么多朋友愿意帮助你们。"是蓝如水的手。

"到沙发上去躺一下，我们会想办法使你们平安无事。"她爹过来把她拉起来，把她带到沙发上。蓝如水把外套盖在她身上，她深受感动，年轻的心灵充满感激。她真不敢相信，有的人那么邪恶，而有的人这么仁慈。哭累了的她在朦胧中入睡。

范文博叫仆人把吊灯熄灭后去睡觉，他们四人则围坐在桌边，桌上的那盏红色的台灯发出微弱的灯光。李飞这可是第一次接触到人的劣根性，他把平日的修养全抛开了，一股怒火缓缓燃起，血液都冲到脑门子。

"连这种事都会发生，不知道下次又有什么新招呢！一定要阻止他们。"他说。

"谁去阻止？"

"报纸呀。遏云不再上台了，她失踪的事就会传遍两城。有个人被杀了，大家一定想知道发生了什么事。如果不是替遏云着想，我一定会让大家知道怎么回事。可是，我知道我不能写关于她的事。"

"现在我们的任务是要保护遏云的安全。"范文博说。

有一件事已成了定局，遏云不能再公开露面了，除非避开这个风头，要不然就得靠重要人士庇护。杀死了卫兵，给他们带来了一个事先没料及的问题。警察会搜捕遏云，逼问是谁杀死卫兵，同谋的又是谁。她必须要埋名隐姓躲起来。

"您不能和遏云一起逃走，这样她才不会被发现。您到天水去，我给您一些人名。明天早上有个市集，您早点起程，一大早就混在人堆里

山城去。我们会把您女儿藏匿起来，等搜她的事缓下来再说。"范文博
对老崔说。

11

杨主席在九点钟的时候被副官喊醒。副官说："戴司令来访，说要
见您。"

杨主席倚靠在床上。

西安警察局的戴司令有张方脸，长长的黑胡子和那副黑框眼镜就是
他的特征。他挺直地站在主席的床边，报告遏云逃走，有一个满洲卫兵
在花园里被杀的消息。

省主席坐起来，下巴的肥肉在发抖。

"这真是一大侮辱！是谁这么大胆——居然闹到我家去了！这让我
在将军面前丢尽了脸。想想看，竟然连他的一个卫兵也保护不了。"他
又吼又叫的，阔脸显得更宽，更强调他那倒卵形的脸蛋，和丝绸睡衣领
口露出来的脖子连成了一条线。

"把我小舅子找来，我非查个水落石出不可。"他对着电话筒咆哮，
还诅咒不已。

他的小舅子席局长接到电话，省主席下令彻查凶手。"查不出来，
你就休想保住饭碗。"

吃过午饭，柔安来找李飞。她穿着一件素色深蓝旗袍，颈子上围着
红围巾。她在客厅看到李飞的嫂嫂。

"李飞要我来的。"她解释说。

"是的，他告诉过我。"端儿说完后，起身到里面去。

天气很好，柔安盼望能和李飞共度一个周末下午。她出门的时候心情很烦，似乎啥事儿都不对劲。午饭的时候婶婶没有出来，叔叔一言不发地吃饭，而当老爷心情不好的时候，春梅也静下来，忙着招呼孩子。有一会儿工夫，他们谈到昨晚的舞会，以及他们遇到的人。可是老爷阴霾的情绪笼罩住整个餐桌，柔安很庆幸能逃出那幢房子。

她坐在李家的客厅里，心里忐忑不安。她由李飞和范文博中途匆匆离开舞会的神情看来，觉得一定发生了什么事情。她很好奇，想问问他。没等多久李飞出来了，热情地握住她的手，可是脸上露着沉重的表情。

"我们可以一块儿出去。"她说。

"是的。"他的反应并不如平常那么热烈。

她端详他的脸说："你知不知道，有个人被杀了，警察正在搜每一幢房子！唐妈说，城门都有警察看守着呢！"

"这是真的。"她看着他凝重的表情。

"他们会不会搜你家？"他问道。

"他们不敢。"

"你敢不敢把人藏在你住的院子里？"

他看了她一会儿，说道："不，我这么问实在是太傻了。我不愿把你也扯进去。"

"你的处境很危险？"她立刻问道。

"是我的朋友有了麻烦。"

"把事情说清楚些。你可以相信我，我会尽全力帮忙的。"

他把事情说了出来。"这事关一个女孩子的贞节。我们一定要想办法帮助她。"他下了一个结论。

柔安听完这件事，着实吓了一跳。她埋首沉思。

"事情是不是在我们参加舞会的时候发生的？可是范文博不也在舞会里吗？"

"那是他安排好的，他不必亲自动手。舞会后我去他家，真的见到遏云了。如果他们搜范文博的房子，真不知道会发生什么事。"

"他们如果抓到遏云，那你也会被牵连进去？"

这时候，蓝如水神情激动地进来，打断了他们的谈话，他把李飞拉到一边去低声说话。

"杜小姐不碍事，事情她都知道了。"李飞说。

"他们挨家挨户地搜人。她爹今天一大早就离开了。文博要我来看看，遏云到这里来安不安全，他们今天不会来搜这一带。我们必须把她藏在安全的地方。"蓝如水说。

"这里也一样危险。"李飞说。

柔安立刻开口说："你们如果想把她弄出城，我倒有个建议。虽然冒一点险，不过我想应该行得通。"

"怎么做？"

"我叔叔的座车啊！警方认识车牌号码，他们不会拦车的。"

"可是柔安，你弄得到车子吗？你要负很大的责任呢！"

"我可以。那辆车可是头一次被派上好的用场，不过必须找个人开车。"

"只要你愿意冒这个险，那么我来开车。"

柔安关切地望他一眼。她咬紧下唇，毅然决然地拿起电话，拨给香华。

"谁开车呢？"香华问。

"李飞。如果你不介意的话，我想单独和他出去走走。"

"那么就叫他来吧！"

柔安挂掉电话，呼吸很沉重。

"哦，我撒了一个谎。"她微笑着说。

柔安的举动很令李飞和蓝如水吃惊。她看起来不过是个不切实际，在公共场合害羞、文静，又爱幻想的富家千金，他们没想到她居然有勇气采取行动。一旦柔安知道李飞有困难了，她便毫不迟疑地去做她该做的事情。

"万一我们被抓怎么办？"李飞问道。

"我想不会吧，坐那辆车绝不会被抓的。全西安只有两辆派克汽车，一辆是警察局长的，另一辆就是我们的。我认得祖光庵的尼姑，我叔叔是那座尼姑庵的大施主。我们可以把遏云藏到那里去，就假装是要结伴到北郊玩吧。"柔安说道。

"走，咱们得快一点。你们俩去取车，我回去接遏云。"蓝如水说。

李飞说："遏云扮做我嫂嫂，我还要带小侄儿们一块去。柔安说得对，我相信我们能混得过去。"

蓝如水到范文博家的时候，文博穿着一件外衣，正懒洋洋地坐着假装在看报纸，其实他是在留心警察的动静。当如水把他们打算用前任市长的座车载遏云出城的计划向他低声说明的时候，他立刻坐起身来。

"真没想到杜小姐能帮这个大忙。我实在不愿意把她扯进去，可是也没其他法子了。"

范文博马上去告诉遏云，她乔装成用人躲在范家，眼中露出对生命危机的恐惧。她已经剪掉额上的刘海儿，要求一个女佣替她在脑后装一个假髻。

"别那个样子，把气发出来吧。想想那些浑蛋，想想他们对付你的手段，你就不会害怕了。"范文博说。

不久漂亮的派克汽车已停在门外，柔安和李飞坐在车内。他们默默地上了车。汽车来到李飞家接小家伙们，然后直向北门驶去。李飞和蓝如水坐在前面，而遏云和柔安带着两个小的坐在后面。大侄女小英则很显眼地坐在前面。

"你现在是我嫂嫂。"李飞对遏云说。

她的脸色发白，嘴唇不停地颤抖。

"别担心。这辆车和警察局长的座车一样的。我们就跟他们说，我们还要去上爷爷的坟。"柔安握着她的手说道。

北城门口有两三个穿着深绿色制服，戴着镶红带的帽子，和六七个穿黑色制服，打白绑腿的宪兵与警察。他们盘问着经过城门的百姓，还搜视每辆放下篷子的黄包车。

柔安悄悄把一张名片塞给李飞，低声说："这是祖仁的名片。按喇叭就好了，别停车。如果他们拦车子，再把名片递给警察看。"

李飞猛按喇叭的时候，千头万绪很快地闪过脑海。

"带着微笑逗逗孩子玩。"柔安低声地对遏云说。

一个警察走上来敬了一个礼。

李飞对他瞧也不瞧一眼，就把祖仁的名片递过去，只管轻松地和蓝如水聊天。警察笑一笑，就示意车子往前走。

"这些是在干吗呀？"李飞问道。

"有一个人被杀了，我们是奉命搜查出城的人。再见，杜先生。桃花正盛开哩。"

那个警察头根本没有往车子里瞧，他喊其他人别挡住去路。李飞又按了几下喇叭，汽车大大方方地驶出城去。

遏云满手冷汗，把小淘抱得紧紧的。车子走了一段距离后，她松陷在座位上，长叹了一口气。

"我说过我们会通过的嘛。"柔安欢喜地说。

李飞回过头问她："你不怕？"

柔安答道："一点点而已。不过这胜利算很大嘛。回去以前，我们应该摘很多花放在车子里带回去。"

蓝如水大笑："回去的时候，随便他们爱怎么搜就怎么搜。我们把事情告诉老范，他一定会大笑一场。"

汽车疾驶了约三里远，地势向西北隆起，看得到一座小山，山顶附近有杉木林。柔安指着那片树林对李飞说："我们家的祖坟就在那里。祖光庵坐落在山脚。"

"现在怎么办呢？"蓝如水问她。

"我们到庵里去。尼姑们都认识我，让我来跟她们说。遏云留在庵里，最安全不过了。避过了这个风头，你们再想办法来带她，安排她们父女团聚。"

车子驶过尼姑庵的外门，朝山坡走一段距离，就停在庙门口。大伙儿走下车，蓝如水赶忙上前扶遏云。她一跨出车门，差一点瘫倒在地上。

"你现在没有危险了。"如水安慰她说。

春阳照射着她的脸。她眼下有一层黑圈，忧郁地回头俯视着西安城。她简直不敢相信自己真的脱离险境了。

"没有人会到这里来搜捕你。"柔安说。

李飞看着柔安。她也匆匆地瞥他一眼。"你真勇敢。"

"我们上去吧。"柔安用这句话回答他。

李飞叫两个小的侄儿跟随他，柔安牵着小英的手，如水则搀扶着遏云爬上台阶。这一群看起来真的很像是游春郊的旅客。

他们登上一道石阶。这道石阶是由尼姑庵侧面通往一个古老石坛。四处一片死寂。尼姑庵的外殿是个小小的方形建筑物。

遏云坐在前殿的石阶上，两手抱着头，茫然不知所措。她心里的恐惧还没有消逝。

大家坐在外面等候着，柔安则走进后殿。后面有一扇木栅门，门上挂着"佛门净地，闲人勿入"的告示。

李飞看到里侧有一排房间，由一道走廊与寺殿相连。

"这里只有两个尼姑，你们待在这儿，我进去和她们说。"柔安说。

孩子们在院子里玩，李飞出去陪他们。遏云立在菩萨前说，她要烧香许一个愿。神龛前摆了几包香，她拿起一包，把香点燃后，插在大香炉里。然后她跪在神龛前的草蒲上，默祷感敬神明，并求神保佑她和她父亲，在地上磕了一个头之后才站起身。

蓝如水站在一边，看着这个娇小柔弱的姑娘站起来。

"我许了一个愿，如果能平安无事，而且爹和我能够团聚，我会回来还愿的。"遏云说。

"遏云，如果你要我带你去见你爹，我会的。你在这儿好好休息几天，等到他们不再抓捕你的时候，我会很乐意陪你去的。"如水的声音很温柔，带着微微的颤抖。

遏云一想到她爹，就满眶热泪。她含着泪水笑笑。

"谢谢你。是应该有个人陪我去才好。"她说。

他们听到殿后有脚步声传来，柔安和一位穿灰袍戴黑法帽的老尼姑走了出来。

"我已经和姑姑说好，让遏云在这里躲几天。"

老尼姑看了看遏云，然后握着她的手说："可怜的孩子。他们怎么可以这样对你？你在这里会很安全的。你是善良的女孩，菩萨会保佑你的。"

她的眼睛转向其他人："不过你们不要来看她，免得引起注意。她需要在这待多久都没关系，没有人会到这儿来，只要你们不声张出去，就不会有人知道的。"

蓝如水把遏云包衣服的小布包递给尼姑。

遏云看了看如水，说道："既然你们远道而来，就请多待一会儿吧。"她年纪轻，又一直在父亲身边，现在就要和他们分手，孤单地被留下来，心里感到很难过。

尼姑奉上茶水，大家都觉得顺利地完成了一项任务。小英斜靠在柔安身上坐着。

"这是个很奇特的郊游，柔安。老实说，我没想到你竟敢冒险。"李飞说。

"这话怎么说？"

"因为平常你好文静。"

柔安没有答腔。

李飞问老尼姑："告诉我们你出家剃度的经过。"

他们一边喝茶、嗑瓜子，一边听尼姑道出她的身世："我是河南人，宣统元年河南不是闹了一次大饥荒吗？我丈夫被抓去当兵，从此就一点音讯也没有了。我和婆婆带着刚满周岁的孩子过活。土地都干裂了，连一根草也没留下。能搬家的都搬到河边去了，留下来的就只好啃树皮吃草根了。最后树皮草根也吃光了，连烧一杯开水的柴火都找不到，我的奶水没有了。婆婆对我说：'媳妇，你带我孩子离开这个地方吧！'她又老又病，走不动了。我怀里抱着幼儿，随着难民边走边乞讨食物。我们听说西安有粮食，所以就到西边来。愈来愈多的庄稼人跟我们走。我抱紧孩子，以沉重的步伐前进。孩子好几天没有东西吃，他静静地躺着，再也没有醒过来。最后我发觉他已经死了，我不敢把他丢弃在路边或埋掉，怕被饥民看到。所以我没说什么，带着他走，晚上也把他抱在怀里，生怕有人趁我睡觉的时候把他抢走。我昏沉沉地走着，第二天，在灰蒙蒙的尘土里我看到一座寺庙，就走过去。这时我全身无力，就失去知觉了。一个好心的和尚把我救了起来。当我醒过来的时候，我正躺在庙里的地板上，和尚喂我喝米汤，于是我渐渐恢复神志。我把孩子埋葬在庙后面，和尚好心收留我，我就替他捡拾柴火。后来他和我谈起这座庙宇，于是我就来削发修行。我到这儿已经二十三年了。"

尼姑的辛酸悲剧和她那冷静、温和的口吻竟如此地不相称，仿佛她是在诉说别人的故事似的。

"那您在这儿快乐吗？"李飞问。

老尼姑微笑："我很满足。"

遏云专心入迷地听着尼姑的遭遇，一时忘记了自己的烦恼。她缓缓地说道："如果不是为了我爹，当个尼姑，对我来说是一种平静、安详的生活。"

"不，孩子，你还年轻，你还有一辈子要过。我不鼓励年轻女孩子出家。你应该嫁个好丈夫，活着侍奉你年老的父亲。要紧的是行善事，种善因。你看着好了——那个害你的坏人来世会投胎变狗变驴，供你驱使。"老尼姑说。

大伙都笑着起身告辞。蓝如水掏出十块钱给尼姑，说道："请好好照顾她。"

遏云难过地送他们走到石坛边。她想走出庙门，大伙儿请她留步。她目送着汽车开下，通过外门，这才转身进去。

回城的路上，李飞很困惑地驾驶着。在舞会上柔安那么文静，不爱跳舞，她还说："不在乎被冷落一旁。"然而她却做出别的女孩不敢做的事情。这是他第一次看出这个文静的女孩具有一种不凡的特质。"正和她爹一样。"他暗思道。

蓝如水回到家，他发现范文博正在扬扬得意。

"警察来过了，我邀他们进来的。有两个，其中一个是巡佐。我请他们喝一杯，聊得挺投机。"他说。接着他对蓝如水叙述了一遍整个过程。

警察很客气："咱们是奉命挨家挨户地搜查，好回去交差。当然，范先生，您不会介意吧？"

"当然，当然。"

警佐随文博进屋里，嘴里还一直道歉，说他只是奉命行事而已。他们大略地搜了一下。范文博替他们倒了酒，请他们坐下来。

"这到底是怎么回事呀？"他问。

"您难道没听人说起，那个说书的女孩从省主席家失踪了，还有一个满洲卫兵被杀死。"

"杀人啦？谁这么大的胆？"

"您知道崔遏云？"

"谁不知道呢！"

"还有啊，她爹也不见了。"

"我常去听崔遏云说书。不过，她爹年纪那么大，他不可能把她救走，更甭说是杀死一个卫兵。"

"我们是奉命行事，可是这样搜实在很笨。我相信这个姑娘早就不在城里了，那个人一定早就在天没亮之前带她出城去啦！"

"那么，你是认为凶手不会被逮到喽？"

"是呀。我告诉你吧，这些还不都是做给满洲将军看的。省主席如果不采取行动，那他就会丢面子。那些满洲兵已经在城里惹太多的麻烦啦，咱们都烦死了。现在可好了，咱们西安再也听不到遏云唱大鼓。那声音真好听！"他猛然晃了晃头，转动了一下眼睛。

"让咱们祝福她脱离险境。希望那个满洲人没欺负她。"范文博说。

"那个畜生！咱们西安的闺女都不能平安过日子。等大家都知道了，那才丢脸呢！"警佐咆哮着说。

"祝福遏云！"范文博举起酒杯说。

"祝福遏云！"警佐也回敬道。

12

夜色里火车开进了咸阳，月台上旅客并不多，蓝如水在微暗的夜光下提着一只大皮箱和一个包袱。身边的姑娘穿着粗蓝布的棉袄，一副村姑的打扮，头发挽成一个髻，并且用一条头巾围着脸缘和颈子，她的粗布衣裳和肩上那条挂着照相机的皮带非常不相称。

从尼姑庵到车站，这一路上惊险极了。下午的时候他们就乘骡车出发了。乡村风景很好，可是车子前头和两侧都盖得紧紧的。遏云觉得好像是被逐出乡似的，一直惴惴不安。

骡车在泥路上颠颠抖抖。她突然领悟到，如水一直待她很好。在四个时辰的旅途中，她开始看出了蓝如水和范文博的不同处。文博是以父兄的态度来保护她。她看到如水脸上有一股特别的柔情，而且对她说话时声音也格外温柔。蓝如水坐在她身边，而她那双清澈的杏眼透过布幕向外窥视。她意识到一段恋情就要开始了。可是他的条件比她高出那么多，她打量自己一番。她觉得，蓝如水只不过又是一个富家少爷，发觉要征服女孩的芳心是件容易的事，可能他还认识不少女人呢。他不是她要的那一类型男人，她要小心，不可轻易地就把芳心交给了他，免得自己将来后悔莫及。

"遏云，自从到乡下的那天起，我就一直在想念着你。你了解我的心意吧？"他说。

"我知道，可是这只是个错觉。"

他表示抗议。

"你看到的是站在台上的我，就以为你喜欢我。我告诉你，这是个错觉。你太富诗意了，况且我也没有权力欺骗你。你不了解我。"她说。

"我了解你。我该怎样做才能使你明白呢？"

"我是干活儿的女孩，我不像杜小姐那样进过学堂。我曾经在街头和男孩子打架，跟他们一块儿在泥巴里打滚。"

"这样子很好哇！也许你认为我家很有钱，又受过教育——你对我有成见。"

他看着她那满脸的傲然。

"可能是吧，贫富一向合不来的。我只求嫁人之后提菜篮、上市场、弄饭吃……听了这些你可别生气哦。你帮助我脱险，我却说这些话。"她的声音缓和了下来。

他拿出一根香烟，默默地吐着烟雾。

"你是个很好的女孩子。你不喜欢彬彬有礼的男人。"

"真的不喜欢。"

他不由得笑了起来："唉，好吧，我承认这是我的一项缺点。可是我爹有钱，这也算是我的错吗？"

她由眼角瞥了他一眼，知道他在恼火了。

"你们都是好人，别以为我不知道感激。"

八点的时候他们在车站下骡车。要九点钟才有火车，于是如水带她走进一家饭馆。他们之间的谈话刺激了他。他在上海和巴黎认识不少女人——漂亮、世故，又有成就——坦白地说，他对这些已经厌烦了。他根本不喜欢政治、商业和赚钱的事，所以上流社会的矫揉造作也令他生厌。他一直在追求生命的清新和真实，遏云的纯真无邪和独立精神深深吸引他。

那天在郊外的时候，他猛然发现到她的聪明智慧和那还没有被抹杀的清新。当她的身影和乡间的景色——树丛、马群融合在一块儿的时候，真是好得出奇。他觉得自己居然和她如此相同。如今在这昏暗的餐厅里，她这么靠近他坐着谈话，她仿佛更使他着迷。

遏云把他唤回现实的意义中来。

"你在西安做些什么？"她问道。

"我喜欢画画和照相。我有很多嗜好呢！"

"你一定也有一点野心吧？"

"我没有野心。"蓝如水温和的声音更强调了他说的话。

"我第一次看到你的时候，还以为你很严肃，不像一般有钱人家的公子哥儿，只知道吃喝、玩女人。"

"那现在呢？"

"我不知道。"

他的自尊心受到伤害："你要我做什么呢？"

"你可以找一份差事呀。我就是干活儿长大的。我无法想象一个男人没有工作，不做一点事会是什么样子。"

"我告诉你，这个世界上只有两种人是真正有用的，一种是母亲，另一种是庄稼人。母亲养孩子，庄稼人种粮食，他们是在生产。其他的人都是靠别人生产的东西生活。政府官员煞有介事地办公，其实是在剥削老百姓。他们坐在办公室签公文，禁止老百姓做这个、做那个，这就叫做一天的工作了。写文章的人偷取以前人的思想、句子，把那些当做是自己的创作。教书的人偷取别人的学识，出卖给年幼无知的孩子。做买卖的人也在拼命地偷。他们只能从别人身上赚取金钱，他们不会生产。生命就像是彼此在接收脏衣服似的，你洗我的，我洗你的，我们居然叫这个是谋生。喏，一个会打铜片造水壶的人还使我尊敬三分呢。那就把这个也凑上去，三种啦。母亲、庄稼人和技工。我把自己当做一个技工，至少我还生产照片啊！"

"凭你的学问，你可以做一番救国的事业啊！"遏云天真地说。

"太多人想救国了。每个人都在插手，各人有各人的问题，就想趁机把自己拉起来。所以每个人都在救国。"

当他们上了车，找到座位坐下来的时候，看到一队五十多人的士兵到了月台，身穿着灰色的脏制服，背着背包和步枪吵闹喧嚷地攀上车子。从帽子上毛绒绒的耳罩看来，他们是满洲兵，一群没有军事基地的流动部队。他们的样子很像难民，手上的步枪就是他们唯一的财产。他们之中好像没有队长领队，全都在狼狈地往车上挤。

"妈的！火车是国家的，卖票的家伙竟然还要国军买票坐车！"其实，买卖已经成为一种过时的制度了。

"我给他奉票，他还不要。"奉票是声名狼藉、一文不值的满洲纸币。

这群喧闹、狂嚣的部队，完全掩盖了其他乘客。蓝如水听说他们要到西北的新疆。据说政府要把土地拨给满洲难民，他们有一位将领叫盛世才，在那边可是个重要人物呢。

由于车上出现士兵，遏云紧靠着蓝如水坐。车顶的灯光很暗，她尽量坐在阴影里。她不在乎蓝如水用手环着她的腰，用脸颊摩擦着她的头发。车厢里只有士兵的说话声。

"你想那些军人会不会认出我？"她低声说。

"不会的。"蓝如水向她保证。

她晚餐吃得很饱，再也忍不住了，她说："我必须起来一下子。"走道上都是士兵。她起来扯扯棉袄和头巾，用力地挤过人群。所有人的目光都转向眼前这位姑娘的身上。

"对不起，借个光。"遏云一边向前挤去，一边说着标准的北方话请别人让路。有些士兵笑着让开。而当她擦挤过一个人的身边时，那个人对她咧嘴狞笑，还说些猥亵的话。她转身赏了他一个耳光。

"你不认识你老娘啊！"她咒骂道。

那个士兵大笑："好！有一位这么年轻漂亮的老娘也不赖。"

遏云走进洗手间。士兵都兴高采烈地等着她走过身边回座。她对那些军人的态度引起如水的兴趣，可是他又有点替她担心。

"她不是长得跟那个说书的很像？"有一个人说道。

"你喝醉了。"

"喏，脸和眼睛都很像哩。"

"我说你是真醉啦？"

遏云在里面待了很久，她希望回座位时候不必再挤半天。当她走出来，那个挨巴掌的士兵就大喊道："让路给我漂亮的老娘。"令她吃惊的是，大家居然真的让路了。

"喂，你去过奉天？"

"怎么？"她一面走一面回答说。

"那跟咱们一样是难民喽。"

"她口音跟咱们一样呢！"

"听女人说乡音，真舒服。"

回到座位，挨近蓝如水坐下，又把自己隐藏在灯影里，她不觉脸红起来。

"你真会对付男人。"他低声说道。

"是啊！"她甩甩头笑笑。

不久吵闹声平静下来，他们听到前面的军人在谈论他们奉天的老家。夜色愈来愈深，他们也安静多了，有些人蹲坐在地板上睡觉。车厢里很拥挤，充满了大蒜味和打鼾声。遏云把头枕靠着如水的肩膀，随着车轮规律的铿铿声音跌入梦乡熟睡。

到达宝鸡，他们发现所有的客店都满了，因为涌来一大堆由海岸边逃来的难民。经过几番波折，他们才在一家土土的三流客栈里找到一个房间。客栈掌柜的要求他们付高价，因为屋里有一个大炕，可以睡四五个人。这里是蓝如水找得到的唯一住处，他只好无条件答应了。

到了晚上，"绅士"的问题又出来了。遏云不得不脱掉衣服，其实只是脱掉棉袄而已。蓝如水也把他的外衣脱了。

"你不是说，你不信任和一个绅士共室吗？"

"可是我信任一个真正的绅士。"

"你可以信任我。"

"好吧，管它信不信任，告诉你，我的裤带可是系得很紧哟。男人不在乎，我们女孩子可是很重视自己的贞操。"

"你不必害怕。"

她把灯关掉，在黑暗中脱衣服。

"晚安！"她滑入棉被里说。

"晚安！"

遏云并没有立刻睡觉，她听到蓝如水在翻来覆去。

"如水！"她在黑暗中温柔地喊道。

"什么事？"

"如果我告诉爹说我们同床而眠，他怎么想？"

"我也不知道。我倒怀疑如果我告诉文博和李飞，不知道他们会怎么说。他们一定以为我在骗人。"

过了一会儿，蓝如水说："我好冷。"

"如果你肯守信用，我就让你躺过来些——六寸。"

如水挨近一点。

"现在暖和一点没有？"遏云低声说。

"嗯。只是靠近你的身子才好。"

"在男人的眼里，所有的女孩不都是一样。"

"对文博来说，是一样。对我，可不一样。"

"我还不是和其他女孩子一样。"

"不，你不同。"

"现在别说话，我们该睡了。"

她在黑夜里微笑，满心快乐地转身背对着他。他觉得自己正处于一个被屈辱的状态里，可是他被遏云的纯真深深吸引着。她真的入睡了。他感到这是对他自己的一大恭维，自觉举止高贵。然后他也跌进甜蜜的梦乡了。

寂静的深夜里遏云感到胸前拥着一只手，她轻轻地把它抬起来。如水很快就熟睡了。她在他的手上静静地吻了一下，然后才把他的手移开。

第三部

三岔驿别庄

13

西安的局面惹火了城里的百姓，大家都对满洲将军印象恶劣。本来戏院的生意很好，因为许多演员不甘上海附近的扰乱，都到西北来。然而遏云突然失踪，她的表演也中断了，警察挨户搜查百姓的房子，引起了许多谣言。第三天，全西安都知道她曾被关在省主席的官邸里，所有的人都很气愤，这根本就是丑闻嘛。谣言纷起，有些人猜测遏云已经被谋杀了，毫无疑问，这位说书的姑娘和她爹不是逃走，就是躲起来了。其他的女伶看到遏云的遭遇，也都纷纷走避，另一家茶楼也取消节目了。后来又有两家戏园子由于卖艺的姑娘走出城而关门，这使得西安的戏迷十分气愤。

店铺老板也都不喜欢满洲的纸币。有些士兵拿一张毫无价值的满洲一元币买一包香烟，然后要求找回九毛钱。老板除了白白送了一包烟，还被迫交出有货币值的九毛钱。有些铺子拒绝这种买卖，于是就发生了许多不愉快的事情。几家报馆提到这种情况，呼吁"满洲当局"注意。有一家晚报《新闻报》指出禁止满洲兵入城，军队有责任养士兵，以及要付给他们当地的钞票，满洲兵的行为太恶劣了，这些情况应该想办法解决。

省主席把他那在警察局当局长的小舅子找来，对他大吼："我不能忍受这种侮辱，渐渐地连我睡在自己家里都不安全了。我听说戏园子关门了，去叫他们照常开放。别光站在那儿呀！说话啊！"

"主席，您这真叫我为难。没有演戏的人，我不能强迫戏园子开门啊！"受压迫的小舅子说道。

局长跑去见主席的太太，说明自己的困境。

"虽然我不是菩萨，不过人们有困难都来找我。别担心，戏园子会再开门的。将军已经在这儿两个星期了，他要回潼关我也不在乎，我自己都受够了。等他一离开，卖艺的姑娘们会自动回来的。"他姐姐说。

两天后，将军真的离开西安了。遏云的这件事太吸引人们了。

他一回去潼关，女伶们又登台表演；另外托辞"生病"的女演员也突然康复了，戏院恢复了正常。

李飞的感触和当地的其他人一样。这种情况虽然带有一点滑稽性，可是他把这整段插曲看做是本城的一大污辱。他认识公开批评满洲兵那家晚报的杨编辑。正因为那家报馆大胆地揭发坏事情的勇气，所以很受读者欢迎。编辑可以运用暗示、间接法，以及印刷的技巧来表达意见，而又不会触犯当局。舞会的第二天，《新闻报》把省主席、将军的演讲和崔遏云失踪、挨家挨户搜索都报道在一起。当天味楼一关门，报纸上就登出黑色铅印的标题："又一家戏院关门了。"这个"又"字可以抵过长篇社论。杨主席非常不高兴，他认为这家报馆"反政府"。

"只要把过去两星期发生的事件一天天刊出来，就够热闹了，就从将军光临的那天开始。"李飞说。

"你怎么不写呢？我会把它登出来。喏，我把这全部的资料都交给你，让事实去说明一切。"杨编辑说。

现在李飞坐在桌前，看着烟圈飘进大油灯罩里，懒洋洋地消散。他不是写东西，只是在整理脑海中混乱的印象和思绪。遏云恐怖的遭遇，和他亲身帮助她逃走的情景，使他脑子沉甸甸的。他见过也听过许多地方及中央的政府的情形，报界同人也交换过一些从未上过报纸的军阀的许多事情。这些军阀和将领似乎一直很忙。这简直就像一幅活动的人物布景，他们的动机有好有坏，有的人是垂涎政权，也有的人是贪求私欲，更有的人是在变动的乱世里奋斗求生存。杨主席是坏人吗？李飞不以为然。他充其量不过是个胆小鬼罢了，虽然高居一省主席，却根本不知道自己是怎么爬上来的。

李飞和蓝如水有很多共同点，对政府和政治方面的态度差不多。不过蓝如水早就对政治失去兴趣了，而李飞却由于本性和职业，不能抱着完全超然的态度。

他有许多所谓知识分子的朋友，他们大多是在国内专攻政治学。他曾经用三百字写过《知识分子小传》，由于他完全是在说真话，所以得到广泛的赞赏。这一种知识分子学成后回国，热心于新的理想，于是开始着手写一些学术性、政治性的文章，批评这项或那项政府措施，以夸示自己的所学。他们在一大堆中的某一所大学里担任政治学教授，只要是批评政府够尖酸刻薄——总是有很多事够他们批评——他们就会被看成是有资格从政的名士，也就是说，有资格处理一般人所不知所措的复杂社会问题、经济问题和政治问题，因为没有接受过教育的人员看不出其中的关联性。换句话说，他们是适合统治阶级的，签份文件就能命令别人做事，而自己不用动手。他们会辞掉教授的职位而"入阁"。一旦"进去"，观点又不同了。这个时候他们已经是三十岁至三十五岁的人了，结了婚，有两个孩子，在南京也拥有一栋房子。他们激赏官僚制度中极复杂的特性，发现人置身于政府中是"真的做不了什么事"，外人不明白决策中牵涉的人情及个人因素，所以要批评政府是很简单的，其实外人一味地空谈自己不了解的事情，实在是没什么用处。不过他们收入丰硕，家里雇用了好几位下女。如果他们仍然充满野心，不自足，很活跃，那么就继续穿西装；如果已经"登峰造极"，那么就改穿舒适的长袍，手里摇着一根拐杖。他们不再公开写文章，而转作私下讨论和委员会说明，而这些说明都是在阐述一件事为什么"行不通"和"不能假"。几年后他们会死去，但是他们自以为了解的那些极复杂的社会、经济和政治问题别人仍然不了解，还是流于无解。这就是一个"知识分子"的典型生命。

李飞一向抱着超然的态度，冷眼旁观这个病态、迷惑、或悲或喜的人生万花筒。但是遏云的不幸遭遇如当头棒喝，让他不寻常地激动起来。就正因为他认识遏云，所以无法仅仅是对这件事发生兴趣。他生气，一气就不能写东西。他生气这种事还会不断地发生，而新闻报界却还没有人哼一声。他太清楚杨主席和警察局长了，他知道他们为什么做出这种事来。他记起了明朝末年李香君被俘的故事，基本的状况并没有改变，现代仍有许多和明末乱世差不多的"宦官孝子"。

他凝视着手上拿着的一根小螺丝钉，回忆起他和柔安的谈话。他把螺丝钉扔进笔筒内。那只象征着西方文明的小螺丝钉虽然被丢入笔筒中，却仿佛还困扰着他。

然后他坐下来，写一篇以《记西北光复》为题的文章。

"欢迎名角名伶回到西安。"一开头他就这么说。"东北受挫，西北也深受影响，这表示中国是统一的。让我们看看过去两周来的事变。"

他列出事变的时间。

"三月十八日。有位东北要人来访。

"三月二十七日。女伶崔遏云应邀至主席家，从此失踪。

"三月二十八日。当局为这位要人开了一个盛大的舞会，当晚笛笙楼节目暂停。

"三月二十九日。市警逐户搜索，目标可能是崔遏云，因为她的失踪一直令人莫名其妙。

"三月三十日。搜索继续。女伶姚富云（牡丹）取消合约而离城，春明楼被迫暂停演出。

"三月三十一日。女伶傅春桂告病，又一家戏院关门。

"四月一日。事端丛生。传说一犯人和崔遏云失踪案有关，已被捕枪决。要人参观教育机构，发表演说。东大街出现小暴动，一群士兵阻拦东北将军，要求发饷。

"四月二日。东北将军游终南山。

"四月三日。要人离开西安。

"四月七日。女伶姚富云恢复演出，春明楼再度开放。

"四月八日。女伶傅春桂感冒康复，天味楼重开。崔遏云仍未出现，不过西安人又恢复往日的生气。"

就现况来说，这是一篇无伤大雅的讽刺，能满足读者，却没有公开批评当局。主编也是西安人，看文章里每一件事都已是家喻户晓的，也就高高兴兴地发出来了。

这篇短文引起相当的注意。可资助谈的话题，人人悦读。因此没听过姚富云和傅春桂唱戏的，也纷纷去戏院观赏。

李飞周末没看到柔安，因为她着了凉，躺在床上。下个星期六就可以见到她。蓝如水和遏云已经远走高飞了。

似乎睽违好久好久，他打电话过去，知道她感冒全好了。

"柔安，好久不见，文博想找时间请你吃饭，谢谢你对他们的协助。"

"不用了。"

"你不喜欢文博？"

"不是的。他会给你惹麻烦。"

"他一直很感激你，你为他们冒了一次大险。"

"任何女孩都会这么做的，如果……"

"如果什么？"

"没什么。我真不希望你惹上麻烦，不过蓝先生真是好人。"

"如水是我最要好的朋友。柔安，求你和我见个面，可以吗？"

柔安没料到李飞的朋友已经把她当做女英雄，不过她很高兴李飞再约她。

"好啊！"

他们到了范家，文博热烈招呼柔安。他很少这么心存感激。

"杜小姐，"他说，"我一直没机会谢你。那天多亏了你，否则她真会被警察抓去。"

"你可以把她藏在大皮箱里嘛！"柔安开玩笑说。

"是啊！可是不能藏好多天。别小看你自己。我真欠了你一大笔人情债哩。你抽烟吗？"

柔安接过烟。李飞一面点火，一面说："我不知道你会。"

"偶尔抽抽。"柔安说。

"我喜欢抽烟的女孩儿。"

"为什么？"

"她肺里也会有一大堆坏空气，彼此更合得来。"

柔安以前没有在别人面前抽过。抽烟使她觉得很轻松，更舒服。她立刻说："我在家里抽。"

"你叔叔赞成？"

"不。男人抽烟，却不赞成女人抽，岂不是很不公平？"

文博很激赏她这种平静的语气："你觉得男人对女人不公道？"

"我认为如此。"

"这是女人的错。"李飞说，"只因为男人不赞成，她们就不敢做。"

"这很自然嘛。你又不是女人。"

李飞大笑："男人是不喜欢看女人吐烟圈。你和女人说话，她对你的脸吐烟圈，你就觉得她和你平等。男人最怕这一点。"

"原来这才是关键。"

"嗯。抽烟的男人头顶有一圈光轮，身体自然舒展。如果女人一直吐烟圈，她就赢得了男士的尊重。如果她把烟吞下去，男人就可以小看她了。"

柔安对着他的脸吐出一道长长的烟雾。李飞边咳边笑："你瞧，你现在获得我百分之百敬意。"

"你现在才发现哪！"范文博望着少女意趣盎然地说。

柔安高兴地望着层层烟雾。"烟真是一种懒散的东西。"她说，"你看它卷得多美，飘得多美。我常常坐在床上抽烟，看它飘浮，溶化，就和思绪一样。"

李飞听得入神："你一定想得很多，也常常做梦。"

"我一个人在家的时间太多了，常常无所事事，累了，就躺在床上，找本小说，望着烟雾发呆。它优哉游哉，就像思想漫无目的地飘来飘去，一会儿就消失得无踪无影，像小说里说的一样，一切都不见了。还有比这更完美的事吗？"

"杜小姐，"范文博说，"我们该庆祝庆祝，陪我们吃饭如何？你也喝酒吗？"

"一点点。"她柔声地说。

饭店里，范文博举杯敬柔安说："我欠你的情。如果有什么事要我帮忙，别忘了我是你的朋友，也是李飞的朋友。"

李飞又递一根烟给柔安，替她点上。

"尽情吐烟圈吧！"他说。

"如果有什么想法，别让它消逝。"范文博说，"我们可以善加利用。"

柔安缓缓地吐了一口烟。李飞也调皮地吐了一口，两股烟混在一起，冉冉升空。

"我的思绪碰上了你的，这是心灵的会合。"

她伸手挥开烟雾："现在什么都没有了。"

"你真是反复无常。"他说。

"不，我们只是傻气罢了。"她回答说，"我可以把一切思想用一元一盎司的代价卖出去。告诉我，如水是不是爱上遏云？"

"谁知道？！"文博说，"如水是一个怪人，他太重情感。我想是遏云跌入困境后，他才迷上她的。"

吃过饭，李飞取了份晚报来看。他那篇西北光复的文章就在上面。

"看什么？"柔安发现他专心看报，就问他。

"我写了一篇文章。"他递给她。她读着读着，脸上的笑容一点一点地消失。

"你喜欢吗？"

"不！为什么你要写呢？"

"我没说什么呀，我只写了些我认为有趣的事实。"

她一脸愁容："也许不安全。你嘲笑满洲将军，主席会不高兴的。"

范文博接过报纸读，柔安直瞪着他，不耐烦地问："你认为怎样？"

"编辑敢登，大概是觉得没问题吧。"

柔安对李飞说："如果你事先征求我的意见，我不会同意你发表。谁知道当局会怎么做呢？"

李飞大失所望，他原以为她会喜欢的。她一言不发，晚宴不欢而散。

李飞替她叫了一辆黄包车，然后自己径直回家了。

14

第二天李飞收到上海《新公报》拍来的电报，要他去兰州，可能的话，甚至到更边远的地方。社方很满意他的报道，对新疆也很感兴趣，主编特别要他追访汉人名将马仲英的生涯计划和野心。新疆是一个封闭的世界，几十年来不但是种族冲突的所在，因为地理位置的关系，也是列强外交协商的主题，中国对它的掌握向来不稳。居民百分之七十是维吾尔族和其他回族部落，世居数百年。他们对中国臣服与否，常视中国朝代盛衰而定。因此这种政治真空的情态，吸引了外力的觊觎。苏俄的势力一天天滋长，英国希望它能保持这种半独立的缓冲状态，日本因为俄国成为蒙古背部的威胁。也就是说，新疆素来如一团迷雾，一向被中国遗忘，只是最近苏俄的扩张和马仲英的开垦，眼看它即将成为一个横跨中亚的回教帝国，而使新疆成为大家注意的焦点。还有，满洲的败兵退守在那里，也造成了新的问题，因为它很可能破坏局势。

李飞一直想到这陌生的新疆世界探险，他认为自己应该离开西安一阵子。西安像一位好熟好熟的老友，新疆却是新交；西安像一出家庭剧，有悲有喜，但是在新疆他可以见识真正的大场面，比方种族、宗教的大冲突。而且，他还想追访满洲兵的行踪。与柔安初识，真不愿和她分开。但是他感觉彼此相当投缘——至少他确信自己的——暂别绝不会带来什么改变。

他收到如水的信，说他和遏云一切顺利，正打算去天水和她父亲会合，然后带他们去兰州，遏云在那比较安全。字里行间，可以感觉到他对遏云愈来愈认真，有心作长远的打算。

李飞挂电话给柔安，说他决定去新疆，她吓了一跳。过了好一会儿，才说："去多久？"

"几个月而已。"

"什么时候走？"

"可能明天。"

"拜托，飞，今晚我不能出来，明天可以，大概六点才行。春假期间我打算到三岔驿去看父亲，希望你也去。"

"好哇。明天见。"

第二天四点钟，飞鞭到范文博家。有大情况出现，飞鞭向来很兴奋。他头上缠着黑布，两只大眼闪闪发光，面上的肌肉扯得紧紧的。

"范大叔，我亲眼看见几个兵跑进新闻报办公室，抓了一个人，用手铐带走了，听说是主编。"

范文博拉长了脸："你亲眼看到的？"

"我刚好路过。一大堆人围在那儿。士兵抓着一个人出来，我想可能是你的朋友，所以来告诉你。"

"谁说是主编？"

"街上的人都这么说呢。他戴着黑边眼镜，脸色像白粉似的。士兵把大家赶走，然后把报社封了。你有没有事要我做？"

范文博沉思了好一会儿，说："没有，不过你留在家里，我大概会找你。"

范文博立刻挂电话给李飞。

"赶快离开。姓杨的被抓，报馆也被封了，尽快来这儿，别冒险。"

报馆被封，主编被枪毙，也不是第一回了。"哦！"他自忖道。匆匆走出房间，和母亲话别。

"妈，也许会有警察来找我，就说我去洛阳两天。警察有没有来，你可以挂电话到范家告诉我。"

母亲敦厚的脸上呈现惊慌的神色："儿子，发生了什么事？"

"现在来不及解释了。我不能挂电话回来，妈，我大概要离开一段时间，不过别替我担心。"

他握紧母亲的手，依依不舍地放下。

巷子里很静。他跑过后巷，叫了辆黄包车，来到范文博家。

范文博迅速地看了他一眼："飞鞭看到姓杨的上了手铐被带走。你最好尽快离城，到天水找如水好了。"

"我不能就这么走，我想见柔安。"

"搭下班车，愈快愈好。"

李飞打了个电话给柔安，说明大概。

"我必须马上离开，可是我要先见你。一定要。一定要。"

柔安愣了好久。她听到他绝望的声音："没时间了，柔安，我能不能来你家？没见到你，我不走，还剩一两个钟头。"

"你到西侧边门，我在那边接你。"

李飞在柔安家附近下车，走了过去。他以前没来过大夫邸，找了好一会儿才找到边门。

柔安站在门口。他一走近，她就低声说："进来吧。"

深邃的目光充满焦急和柔情，她悄悄关上门，才发觉李飞的手臂环住了她；一转身，迎着他热情的注视。仿佛花朵面对太阳展颜，双唇自然地贴合在一起，这是他们的初吻。她旁若无人地抱紧他，睁开眼，低低地说："往里走，我带路。"粉颊上一片酡红。

"我搭七点的车走。"

柔安甩甩头，无可奈何地表示接受："那么还有一个多钟头。"

"一定是那篇文章惹的祸。"

"现在操心也没用了，你必须离开这里才安全。"说完，她捏捏他的手。

夕阳照在院子里，六角形的院门通向大院，沿着她婶婶房前的走廊，可以进入旁边的拱门。

柔安屏息张望，看大厅没人，溜了进去，示意他跟过来。一进入婶婶房墙的阴影中，就不怕有人看见。走到自己的小院，柔安加快脚步，唐妈站在廊上。

"到这里就没人会知道了。"

唐妈随着入客厅。

"唐妈，这是李先生。"然后柔安转向李飞："她就像我亲生母亲一样，你不用担心。"

唐妈行了礼，用眼睛打量这位小姐常提到的年轻人。

柔安面色已缓和下来："我看过你家了，你还没看过我家呢。这栋房子是祖父盖的。"

李飞打量着这间屋子。敞开的厅门内就是她父亲的房间，可以看见不少的书籍和一座旧式的橱柜。对面是柔安的卧房，一幅绣帘挂在门口。

"唐妈，你到院子里看看有没有人来。"

唐妈出去后，她说："你想该怎么办呢？"

"我不喜欢急急地逃走，不过我本来就计划去兰州。"视线落在她身上，知道分开太难了。"柔安，"他说，"不会很久的。我知道一切都不会久。也许很难，不过我知道一定可以回到你身边。"

"我不能拦你，不过新疆太远，什么时候才能见到你呢？"

他傍着她坐下来："柔安，时间不多了。我会想你，我们可以通信，你要常来信，再大的变化都不能拆散我们。"

他抓紧了她的手，一面担心行李怎么拿。四月的白昼加长了，梨树的长影斜映在屋外的石板上。

"柔安，替我打电话给文博好吗？看看母亲有没有消息来。如果她挂来电话，让她把我的行李送到文博那儿。"

还没有消息。他们屏息坐待。

"我走后，请去看看我母亲，你可以把她的情况告诉我，因为她不识字。她单纯而真诚，会爱你若己出的。我告诉过她，我爱你有多深。"

柔安盯着他看，却恍恍惚惚，好像在听，又好像没听进去。最后才说："飞，我有个大要求，下周我要去见父亲，你能不能来三岔驿住几天？好不好？"

他的眼又亮了起来："当然好哇！我可以到山上等你，走以前，我们若能共度几天，那真太好了。"

"我很希望你能见见我父亲。"

电话响了，李飞冲过去，是文博打来的。"飞，你母亲捎来口信，几个士兵到你家抓你……不，你母亲吓坏了，是你嫂子挂电话来。她们告诉士兵，说你去洛阳了。士兵搜了屋子，我想他们不会再怎么样了，算你运气好！行李你嫂子送到我家来了。我去车站买票，我的人会保护那个地方。万一有什么不对，他们会警告你。"

李飞挂上电话，深深吸了一口气。"士兵真的来了。"他草草地说，"幸好我逃开了。"

柔安听了，脊骨都凉了，对着手帕暗泣。

"别烦。"李飞想安慰她，"她们告诉士兵，我不在城里，已经没事了。"

抬起一双泪眼，她说："他们如果抓到你，我宁愿死掉。"

"我该把那篇文章给你看，你一定会阻止我发表。"

"不怪你。不过如果你不能回西安来，我就离开西安。是不是你永远不能回来了？"

"一年以后，主席就会忘得一干二净。"

"一年！那我怎么办？"

他定睛地看着她："文博也许可以帮忙，不然你父亲或你叔叔也可以替我说几句话。记住，有任何情况发生，文博和家旭都是我最好的朋友，可以去请教他们。我会请文博照顾你。"

唐妈进来点灯。李飞看看表，起身告辞。

"我陪你一道去。"

"不用。"

"你先走，我远远地跟着，看你平安离开。"

她要唐妈到院子里，看看走廊有没有人。李飞轻吻柔安说："别忘了去三岔驿。"她没应声，不情愿松开他的手。

"别管我。你先走，我可以看见你，你却看不见我。"

暮色苍茫，李飞悄悄溜出走廊，进入前院，唐妈正在等他。

"唐妈，好好照顾小姐。"他说，"我大概要离开一阵子。"

"放心吧。她就像我亲生的女儿。"

到了车站，李飞看见范文博带着行李。天黑了，几盏吊灯在拥挤的月台上映出几道黄光。

"我大概要离开一阵子，文博，请你多照顾柔安。我要她有困难就来找你，行吗？"

"只要她需要帮忙，我一定尽力。"

接过行李，跨上月台，李飞回头张望，晓得柔安在某个暗处正注视他。举起手，挥别夜色。火车快开时，他好像看见有条白手帕在亮处挥舞，若隐若现。他站在踏板上，直到开出车站，才找一个空位坐下来。火车愈开愈快，向着夜空发出阵阵刺耳的长鸣。他站起来把行李放在货架上，然后坐下整理一切思绪。他摸着面孔，手指插进发里。这种举止好像枪林弹雨闯出来的人，摸摸自己的头颅是不是完好如初。他笑了笑，点了一根烟，车厢内的乘客稀稀拉拉的。他知道自己安全了，却不知小杨会有什么结果。然后又想起匆忙告别母亲，又到柔安家秘密约会的经过。在混乱的情景中，还有一片温馨的香甜——他们的初吻，她的声音，她惊惧的明眸，她听到士兵搜家时的啜泣，尤其她还提出两人到三岔驿的计划。这种热情已压倒了被追捕而逃跑的心情。她经过不少困难险阻，他确信她还肯冒更多的困难险阻。这份感情像火焰，强烈地烧灼他。宛如夜空下的一盏灯，洁白，空灵，微妙，平和，却又精致璀璨。

火车绕着渭河，驶进咸阳站。他逐渐清楚，自己已离开西安，不知哪一天才能回去。而他关爱的每一个人都在那儿。内心一阵绞痛。他永是西安的一部分，西安已经在他心田里生了根。西安有时像个酗酒的老太婆，不肯丢下酒杯，却把医生踢出门外。他喜欢它的稚嫩、紊乱、新面孔和旧风情的混合，喜欢陵寝、废宫、半掩的石碑和荒凉的古庙，喜欢它的电话、电灯和此刻疾驶的火车。离城使他难过，但是并不伤心。他在心里低声说："再见，西安，我会再见到你！"然后他笑了。

范文博走出车站，看见柔安转身不断拭泪。他上前说："杜小姐，我不知道你在这儿，如果有什么事我能帮上忙的，希望你来找我。"

他替她叫了辆黄包车。

她没赶上晚饭，好多次没在家用饭，叔叔也注意到了。

"她上哪儿去了？"他问唐妈。

"到车站送个朋友，很快回来。"

开饭时，杜范林转向妻子，用长辈的口吻说："堂堂一个大闺女家，像怀春的母狗一样跑来跑去，成何体统？她到底在搞什么？"

"毕竟已经二十二岁了。"彩云说，"也难怪她会对男人感兴趣。"

杜范林一脸阴霾："这不可以。我对她父亲有责任，而且咱家的名誉也要顾。等她父亲回来，我要他赶快把女儿嫁出去。我提过银行家陈经理的公子，可是她说什么也不答应。"

"反正不是自己女儿，随她去吧！"做婶婶的说。

春梅一旁静听。"可能是在恋爱。"她笑笑说。

"你怎么知道的？"

"那天在舞会上，她和李先生说话的时候，我就看出来了。香华说，前几个星期她借过车和他出去。"

彩云说："如果真是这样，我们也可以少操一点心。现在女婿也不好找啊！唐妈，你还知道些什么？"

唐妈一直站在门口，一面等柔安回来，一面听大家说话。

"我什么都不知道。小姐在外头的情形我完全不清楚。"

柔安走进屋来，一脸通红，室内的话题突然中断。

"你去哪儿了？"叔叔一口严厉的语气。

"到车站送朋友。"她发觉大家的眼光都落在她身上，只有春梅脸上有一丝笑容。她几乎镇定不下来，脑海一片紊乱，她真希望不必吃晚饭，马上回房休息。虽然先擦过眼睛，脸上也搽了粉，激动过的神色仍然看得出。她理理头发，急忙坐下。彩云瞧见她眼睛肿肿的。

"咦，哭过了？"

"我们是好朋友。"柔安即刻回答。除了唐妈，她决定不让其他人知道这个秘密。"她提前度假去了。"她说。

春梅插进一句话，使大家都放松下来："火车站常有动人的场面。前几天我看到一对母子在车站分别，那个老太太哭得真够瞧的了。"

电话响了，是香华找柔安。她刚听说那家晚报被封锁，主编被抓。她读过李飞那篇文章。柔安尽量平静地听着。香华直接问起李飞，她马上回答："没听到什么消息。我想一定平安吧？"

柔安回到餐桌，大家问她电话内容。她心里忍不住快意，李飞逃脱了。

"《新闻报》的主编被抓，报社也查封了。"

"为什么？"春梅问道。

杜范林说："一定是为了前天发出的那篇文章。"

话题转到女伶私奔和回城的经过。

"不知崔遏云怎么样了。"春梅说，"她一直没有再出现。可是，那个主编会有什么下场呢？"

"会被枪毙。"杜范林只吐了一句，好像这事顶自然不过。柔安打了一个冷战。"作者也会。"他继续道。

"你认为他该枪毙？"柔安快速地看了叔叔一眼，极力遮掩心中的情绪。

"我倒没这么说。不过他会被枪毙的，你知道主席的作风。这是他自己不好。年轻人喜欢教长辈怎么管政府。明天你们瞧吧，除非有人替主编求情，否则他头上少不了挨上几颗枪子儿。"

"本来是主席不对嘛！我们谁不希望地方妇女平安？"彩云说，"谁喜欢自己的女儿被绑呢！那个满洲人一来，城里就像鸡笼里闯进只狐狸似的。这个主编本意是不错的。你应该替他求情的。"

"明天看报再说吧！"叔叔敷衍地说。

柔安已经亲眼看见李飞逃离祸难，很开心。叔叔认为李飞会被枪毙，字字都刺耳。她不了解李飞逃得多么惊险，心里只想，只要他能脱险，任何牺牲都值得了。

一回到房间，她就体力难济。她看到一个小时前李飞还坐过的椅子，然后想起他母亲一定很焦急。她打电话过去，告诉她自己亲眼看见他平安上车。"李太太，您儿子平安。我下星期还有机会看到他，可以替你带口信去。我走前会来看你。"

做完这件事，心好过多了，和唐妈畅谈好久，才上床去睡，脑子里激动得乱哄哄的。今天是他们第一次接吻，他也是第一次上她家。情绪、印象、恐惧、爱情、日后的计划一一涌进她年轻的脑海来。其中最重要的就是三岔驿之行，她可以单独陪他一个星期，珍贵的一个星期，然后他就要远行了。

她对自己说，她要开开心心的，把一切烦恼抛开，那么日后他在新疆就可以回忆这难忘的七天了。以后她叔叔也许会听到些风声，可是她不在乎。这世上她所关心的事物并不多，而她确实关心与李飞的情爱。他们上喇嘛庙，李飞会见到她父亲。父亲会不会喜欢李飞呢？他们有没有时间订婚？

第二天，报上登出《新闻报》被封，主编杨少河被杀的消息。立即枪毙，震惊了很多人。主席这么快采取行动，一定有特殊的理由。平常主编入狱，一般人都期待有人出面说情，在保证他日后"悔悟"及改变论调的条件下放出来。官方报纸所以发出这条新闻，原因是：第一，杨少河已经被证实是"反政府"、"不尊重当局"；第二，战乱时期，杨少河传播谣言，扰乱人心，动摇人民对政府的信念。

官方的罪名可不是主席提出来的，他只是下令枪毙杨少河。起初读李飞短文时，他还相当开心，觉得挺有意思。吃饭的时候对妻子提起，她一读，脸色立即大变。

"你一定要阻止这件事，大家是在捉弄你。"

"被他们开开玩笑又何妨呢？"主席平心静气地说。

"你以为将军会喜欢吗？如果这次不阻止这类的事，你还想当他的拜把兄弟？！"

"那我该怎么做？"

"身为主席，居然不知道该怎么做！你真是老了！只有采取强硬的手段，将军才会相信你的诚意。"

于是当晚把人犯找来。他双手被铐，吓得发抖。

"你登那篇胡言，是什么意思？"

"我登的是实情，大人。那些事谁不知道？"

"谁叫你登实情？报纸没别的事干啦？你管你的报社，我管我的政府。现在你居然想教我怎么管政府！"

"我怎么敢呢，大人。"

"你敢的。来呀！你坐我的位子。我的烦恼够多了。"他站起来，一双手摸着大脸，"来呀！坐在那儿。看你喜欢不。我让你当主席。"

"大人，我道歉……我冒犯了大人。"

主席凑近杨少河，小眼睛一眨一眨的："原来你不敢啊！你不敢坐那个位子。我让位给你，你为什么不敢要？"

"主席，我无意对政府表示不恭。我们的妇女太不安全了……"

"少教训我。我做什么我自己知道！"主席的狞笑突然消失了，把头朝后一仰，对副官大叫着，"把他拖出去枪毙！"然后跌回椅子上，发出狂笑。

几天以后，柔安接到李飞安抵天水的消息，就去看他母亲。老人家思子成疾，躺在床上。端儿带她进婆婆房间。大哥李平也在，柔安第一次看到他。

李太太撑起身子，提起床帘，拍拍床边要她坐下。头上的黑带子除下了，白发皤然。柔安觉得，她比初见时苍老好多。老人慈祥的脸焦急而忧心忡忡地望着她。

"杜小姐，有没有我儿子的消息？"

"他已经到天水了，没有任何危险。我会去看他，您如果有东西要给他，我可以一块儿带去。"

老太太感激地望着她："我儿子惹了那么大的麻烦，我一个老太婆，也不能做些什么。叫他照顾自己，三餐小心。我不知道能不能再看到他了。"老太太拿出手帕，不断地拭泪。

"我会转告他。他不能不躲一阵子。只要过段时间，当局就会忘掉这回事。他的朋友，或是我叔叔，也许能替他说几句话，他就可以回家了。"

"杜小姐，你是好孩子。如果能帮助他回到我身旁，我终生感激。"

老太太伸手拍着柔安的肩膀。柔安一时酸楚，因为已经好久没有接受母亲的抚爱了。她突然趴在床上，号啕痛哭。老太太知道这个女孩深爱她的儿子，只是难为情直说罢了。

现在轮到老太太来安慰她了。女孩儿一边啜泣，老人家慈祥的双手一边抚摩着她。

"柔安，第一次看到你时，我就很喜欢你。你别见外，看在我儿子面上，如果能常来玩，我会很高兴。"

柔安注视着这位白皙、慈祥的老人，她是自己心爱之人的母亲，想到这，柔安心中立刻温暖起来。

"我会的。"她说。

端儿出去泡茶，喝过茶，大家围坐，老太太问到柔安生父、生母的情形。接着李平把一封写给弟弟的信交给她，信上有天水、兰州几家必要时可以预支金额的店名。端儿也拿出一包长袍和鞋子，托她带去。

柔安觉得这个小家庭特别温暖，有慈祥的母亲，又有知足的嫂嫂。她叫了一辆黄包车回家，手上捧着李飞的衣物，内心充满温暖。他家人已经接纳她，她毫不孤单。

一到家，唐妈就说："你父亲来信了。"柔安拆开来看，唐妈立在一旁，满脸焦虑。

"还是来催我去。他不太舒服。"她咬咬嘴唇，"爸爸真不该住在喇嘛庙里。如果生了病，也应该回来看医生。"

晚餐桌上，她谈起父亲生病的消息，还把信拿给叔叔、婶婶看。

"我恨不得立刻动身。"柔安一脸激动。

"他如果不离开，你还得上喀尔巴店去看他。要不要我派人护送你去？"叔叔说。

"不必了。阿三会陪我去。"

杜范林默许，柔安松了口气。

"他那儿的人参大概吃完了。"春梅说，"上元节时曾托人带过一次。前几天陈家送我们几两上等的高丽参。如果是咳嗽，明儿我去抓一点四川熟地根和莪术油，让三姑带去。说实在的我可不愿意看五十来岁的老人隐居在庙里，他不该拿自己的病开玩笑。"

"我哥哥人很固执。"杜范林说，"但是柔安，你身为女儿，应该劝他回来才是。"

"我会尽力的。"

第二天春梅带了一包药材给柔安："麻烦你把这些带给他，不过我很难过。谁替他煎药呢？就算那儿有用人，也比不上自个儿家呀。再说，谁知道他肯不肯按时吃药呢？"

柔安真是满怀感激："我会尽量劝他。"

春梅凑过来，柔安觉得她正在打量自己。"听说警方在找李先生，他躲掉了。我很担心，因为我知道你们是朋友。"

柔安一脸羞红。"我听说了。"她赶紧回答。

"三姑，我不是套你。女孩子到了这个年龄，谁不想结婚？前几天的舞会上，看见你和他谈话，我心里就想，他和你好般配！坦白说该是你父亲替你安排这桩好姻缘的时候了！"

柔安有点困惑。婶婶从来就没有和她说过这些话，不知道该不该和春梅联盟。她会是一个有力的盟友。

"我靠缘分。"柔安不置可否地说。

"我只是想告诉你，我有心帮忙。你瞧瞧我们家，外表看起来好得很。二叔搬了出去，你父亲和老头子又合不来。整个家，叔叔孙儿的人数，实在不够兴旺。你应该劝父亲回来，这样才像个家。我不知道你对我有什么看法。我是以用人的身份进来的，我能反抗什么呢？当初我和你同样是少女。祖恩一出世，生米煮成熟饭，我毫无办法。别人都以为我野心很大，我不是替自己说话，但的确是女人一做了母亲，第一个考虑的就是她的孩子。所以我留下来了。既然不能离开这个家，我就尽力而为。维持这样的一个大户，可不是件容易事。将来如果我不拼命争取，恐怕连葬在祖坟，用杜家墓碑的权利都没有。"

从来没有人对柔安说过这么得体的话。而春梅，本是个外人，靠努力升为"儿媳妇"，对杜家却比正牌儿媳妇更忠心。春梅和她一样，常为杜家着想。

"你就该把名字和祖恩、祖赐并列在大哥墓碑上，使身份成为不争的事实。"

"这我早想过了。我不敢想象十年后老一辈都过去了，这个家会变成什么样子。你天生是杜家人，而我不是。但是我敢说，家庭的命运操纵在女人手里。我们现在是有钱，不过富人如果长富，穷人就没有机会了。

这种事全凭天数。我不敢说风水不会轮流转，我只想看到我们家和和顺顺的。我说得太多了，最大希望是要你劝父亲回来，以后出嫁了，还可以陪他住在这里。他们两兄弟都很倔犟，他们能不能化解，全看我们了。"

柔安深深地被她的诚心感动了。

"我想对你说一件事。"她说，"那天在舞会上，叔叔要我叫你嫂子。我是奉命行事，现在我心里可真的是把你当做自己的嫂子。你对这个家，想得比男人还周到。"

"男人都傻。"春梅苦笑说，"你还有什么话要告诉我的？"

柔安对春梅好感倍增："有。我和李飞恋爱了。"

15

奥撒塔克峰的积雪已经融化，三岔驿湖水大增。李飞只身前来三岔驿杜宅，发现只有一对仆人住在那里。他告诉仆人他是柔安请来的，为打算上喇嘛庙去看他们的老爷子，并且杜小姐自己也要来。

三岔湖位居甘肃南部的岷山东麓，湖水一平如镜，南面有巨大的岩石斜向湖边，而其他三面则是一连串长形低秃的红土丘陵。一条河川由湖面向西北流去，进入起伏的谷地，和旧洮州相连接，以前杜恒曾经在洮州设立官府。三岔驿的杜家大宅隐藏在南边的幽径里，四周都是山岩，坐落在二百五十米高的陡坡上。屋后有一片丛林，可通往陡坡另一面的沼泽地。除了深涧旁的一条小径之外，根本无法进入大湖的东面，况且位于溪水北流入洮河的岷山山脚下，整个大湖就像是一块隐秘的绿宝石，几乎没有人知道。散居在这里的居民大部分是回人，这里可以说是洮州以北回人区的南限。岷山山区则住着羌族、彝族的土著，以及从南边移来的西藏人。在杜大夫的那个时代，他喜欢到这个美丽的别墅来度假，这栋别墅是个漂亮、不花钱又没人要的玩具。这块地根本毫无价值，因为汉人都不愿意居住在这个离省东部热闹区域那么遥远的荒山野地。自从柔安的叔叔靠发展咸鱼事业，把这个毫无价值的玩具变成杜家的财源，于是一个繁荣的渔村就建立起来了。这个渔村和北岸三里外的回人村落成了这个区域唯一的人烟。

李飞站立在这栋古宅的走廊上，心中充满了奇特的感觉。这是一栋石砌的平房，这里面刷上了石灰，中间是一间长形的客厅，两端尽头是厢房。大脊梁横在天花板上。屋里的墙上挂着一幅左宗棠戴武官帽、穿战服、着缎靴的画像。他那一张圆圆的脸上挂着庄严的表情，留着一撮胡子，手指甲少说也有两寸长。高大的橱柜及巨额的家具都把那个时代的风采表露无遗。

由石板长廊往下望大湖，可以看到一条蜿蜒的小径，在常年失修的荆棘杂草中若隐若现。底下的渔村挂着一长列的砖房，岸边还停泊着许多渔船，沿着堤防紧列。烟囱上晒挂着深棕色的渔网，几个村童在村子后面的小路上玩耍，渔妇都在长排房屋的东边清洗早上捕回来的鱼。一排杨柳在曲折的东岸旁扭动着淡绿金黄的细腰，现在湖岸已被棕色岩石的阴影遮盖住了，岩石比湖面要高出三百多尺呢。山岩的绿树丛中生长一棵硕大的青果树，散开的树叶像是一把撑开的阳伞。湖水把左岸旁的踏脚石给淹没了一大半。一片山脊伸向水边，另外一侧围绕着回人村庄，形成一片松树林、鹭鸶筑巢的岬湾。微风拂过阳光下的丛林，连在屋里都听得到松涛声响。在南岸附近的水湾处，湖水在崖壁之下显出深绿色泽，而在湖面渐宽处，水色又化成蓝紫色，这是和对岸的红土丘陵相互映照之下产生的景象。周围的山上都显得绿意盎然，愈靠近东山的丛林，颜色就愈深，零落的白杨树、桦木和枫树都随着草地上鲜红的草莓迎风摇曳。在这片土地上没有围篱笆，因为杜恒大夫不喜欢这个主意，他认为只要是眼睛能够越过湖面看到的整个土地，全都是他的财产。

李飞徘徊在午后的走廊上，不断地向东边的山峰望去。柔安应该是打从那个方向来，他自己也是从那边来的。

"小姐如果早些从天水出发的话，这时候也该到了，他们通常都是这个时候到的呀！"阿三说。

他走下斜坡，沿着渔村后面的乡路漫步，然后又转到距离屋宅约两公里外的青果树那条山路。他走到一株树下等待着。山的另一面是一片荒野的谷地，山溪旁则有一片树林。他可以看到柔安从远方走来。

不久，他看见树林附近有一个红色的人影移动，他确定那是柔安。她骑乘着一匹黑色骡子，有个男人则走在骡子旁。等他认出那红色毛衣及娇小的少女身影，于是拼命叫唤挥手，而对方也挥手作答。他的心怦跳不已，开始向她跑过去。竟然能在这块荒凉的谷地中遇到她，真是美得像做梦。他觉得仿佛有一股无形的力量把他们紧紧地拴在一块儿。柔安的胆子真大！

"柔安！柔安！"在相距五十码处，他呼喊道。

经过费力的骑骡旅程，她满脸通红，发丝也一蹦一蹦地飞扬起来。他眼见骡子停下来，柔安轻快地自马鞍跳下，快步地向他飞奔过来。在他尚未搞清楚的时候，她已经把脸埋入他的胸膛。站在一旁微笑的骡夫有点难为情，可是柔安仰着脸，眼睛充满喜悦地看着他说："总算见到你了，飞！"

他拥抱她一会儿："柔安！我真不敢相信这是真的。"

"你没有想到我会遵守诺言？"

"我知道你会。只是我不敢奢望——不敢相信——"然后他松了一口气说，"不管怎么说，你总算来了。这一切简直就像是在做梦。"

她转个身，走在他的身旁，骡夫也在后头跟着。

"你见到了我母亲？"他问道。

"是呀。我还替她带了个包袱给你。飞,我有好多话要告诉你,可是不知从何说起。"

"别说啦。有你在身边,真是太棒了。你不知我多快活。"

他们手拉手爬上山脊,在山顶上休息了一会儿。柔安喘得上气不接下气,但是精神显得很充沛。骡夫从后头跟上来,拍拍骡子的侧腹,催它前进。

"你先走吧。"李飞对骡夫说。骡夫就牵着缰绳,慢慢地带牲口下坡了。这时柔安感觉李飞的手臂环抱着她,便把头倚靠在他肩上,胸部上下起伏着。她觉得李飞的气息紧贴着她。

他带她坐在树荫里的一块石头上。强劲的山风不断吹来,柔安俯身凝视下面的大湖。悬崖下的湖水已经是一片深绿色,轻风一吹,湖面掀起了阵阵涟漪。在他们右侧的西北方有个水闸,在断崖下若隐若现,水闸下方有一道宽阔的河床直通溪谷。

柔安静静地,低头看看自己的双脚。

"你在想什么?"

"想你出奔的经过。"她抓起一把细沙,让它慢慢由指缝中落下去。

"你不会替我担心吧?"他用手紧握住她的小手。她把身子靠向他。

"在这世界上你是我最珍贵的宝贝。"他悄悄地说着,热烈地拥吻她。她双目紧闭,嘴唇微张。当他抚摸她的小耳垂时,她才睁开眼睛呢喃道:"飞,你安全吗?"

"是的,我当然安全了。"

她挺直身子,头发披散在两肩上:"你听到了杨少河被枪毙的消息吗?"

"是的。我在天水的报纸上看到了。"

"你自信能照顾自己?"

"是的。你呢?"

"不必为我担心。你不了解女人,对吗?"

"也许我不了解。"

柔安站起来,拉拉弄皱的毛衣。

经过一个很陡的下坡路,然后路就渐渐平坦了。"我父亲病了。"她说,"我们明天必须上山去看他。"

她直往前走,比李飞慢半尺左右。和风吹过日晒后的草地,带来了桃树和松树的芳香。一群村民和孩子听到他们来了,就走到路上看他们。柔安一一地向大家打招呼。

"我小时候常来这里抓螯虾。"她说,"有一个回教徒的小男孩,大我一岁,我们常去浅水滩。他是个游泳好手,当我在钓鱼时,他就到水里玩耍,一丝不挂地在石头上跳来跳去。只要鱼一吃饵,我总是叫他帮忙,他就跃入水中,游向船边,帮我解下鱼钩,再钩一条鱼饵上去。现在再也看不到蛋子在附近逗留了。每次我来到三岔驿,我总是想起小时候和蛋子游玩的时光。"

"蛋子。这名字好怪。"

"他是个回教徒的小孩。当一个名叫白狼的乱贼首领一路烧杀掳掠时,他的父母被杀。那时他只有六岁。我父亲在洮州发现他,把他带到这儿。他不会说汉话,学的第一个字就是'蛋'字,他很高兴,一遍又一遍地重复念,就这样'蛋'变成了他的名字。"

柔安轻快地走上通往门廊的花径。古旧的花钵摆在墙边,里面却是空空的。一棵巨大的木兰树长在近篱笆门口,叶色深,还有棕色的花苞。花园里杂草丛生,显得非常荒芜。

"现在没有人来住了。"柔安几近辩解地说,"这花园没有适当地照顾。"

阿三的太太达嫂站在门廊上:"小姐,你回来了。"

"是的,我整整一年没来了。"她很快活地对这妇人说,"你已见过李先生了。我们已经订婚了。"妇人盯着李飞瘦瘦的身影半晌说:"小姐,为什么李先生没告诉我?"

这时他只向柔安眨眨眼,并没表现难为情。

"飞,进来吧。"她说,像一个骄傲的女主人。她拿出一些钱,叫阿三付给骡夫。等阿三出门,他太太也下厨去后,柔安把行李打开,取出李飞母亲托她带的包袱。

"在这里。"她说着,面部充满了完成一件重要家务的喜悦,并因而眉飞色舞。

"你为什么那样介绍我呢?"李飞大声说。

"别出声。"她屏住气息,"你会明白的。"

达嫂端来一盆水,放在墙边大的旧橡木桌上。柔安一面洗脸,一面继续说话,就像个快乐的女主人迎接一个贵客似的。她扶着左宗棠的画像,而问李飞喜不喜欢钓鱼,有没有看到顶上祖父的房间。她走到挂在侧墙的椭圆形镜前,一面搽粉一面说:"来,我带你参观这栋房子。"

她打开朝前的东厢,里头有个玄关,可以眺望湖东的景色。正下方是一片长满桦木和灌木的山坡。她指着孤零零的青果树说:

"我们称它作哨兵。月亮就从那边升起。我来的时候,常常在这间房睡。"

她兴致勃勃地靠在阳台。

"我真希望你会喜欢这地方,因为我喜欢这里。你可以来这里写作,我会静静地坐在你身边,不打扰你。你将写出优雅的作品,我也就别无所求了。

"你一定会对我厌腻的。"他开玩笑说。

柔安用手掩住他的嘴:"不许你这样说。"

"你真的什么都不要就会心满意足了?"

"对啦！我还要我父亲来陪我们。"

达嫂打断了他们的谈话。

"小姐，姑爷，面煮好了。"

用人们称呼他姑爷，使他觉得很窘。他惨兮兮地望着柔安，柔安却忍不住爆出一阵大笑声。

他们就这样在三岔驿开始了短暂而快乐的逗留。两人在这，柔安享受着眼前的欢乐，把所有的烦恼忘得一干二净。他们要相聚个几天，她希望这几天将是永难忘怀的日子。她跟着他寸步不离，不使他离开她的视线一步，尽量讨他的欢心。她狠下心不去顾虑他即将来临的远别。

"要不要下去看看渔村？"

"你骑了一整天骡子，想必累了。"

"不，我不累。"仿佛这几天她拥有用不完的充沛精力。

他们手拉手走向河边。

"你明白为什么我要说你是我的未婚夫吧？我们将在这儿待几天，这样会比较方便。"

"我明白。"他说着，心头却为她的大胆而诧异。他们从没谈论过订婚或结婚的问题，但是他知道他们彼此对这问题均不表异议。她技巧地向用人们撒了谎，她一定希望用人们把他们当做未婚夫妻看待。

远方的夕阳正照射在北岸的红土丘上。

"我以前常打赤脚到这条巷子。"她倚靠着他说。

"赤脚？"

"是的，他们把我打扮成个男孩子，我父亲想要个男孩。明天我们一定要去看我父亲。我们春假再过几天就结束了。"

"柔安，我们也得在天水待一天，我在那里见过如水和遏云，他们打算到兰州和她父亲同住。"

他们走向岸边，渔妇们正在补网，渔夫们正抽着烟斗。北方远处升起了层层白雾。

他们沿着湖边漫步，看到一长排砖房，屋顶上有通风口，鱼干就存在那里。柔安告诉他，渔夫们在黎明时就出去捕鱼，约在早餐时刻才回来。于是太太们就出来洗鱼，先把鱼鳞和内脏留起来灌溉菜园，然后经过腌、熏的过程，就把鱼挂在岸边草地的长绳上。等到露水滴进肉内，新鲜的空气和太阳又把它吹晒干后，整条鱼就变硬而略带棕色。难怪三岔驿鱼干那么好吃，原来内里有阳光、空气和露水的味道。

暮色渐浓。当乌鸦在空中盘旋，鸳鸯也飞回石岩上方的松林中歇息时，村民看到两个影子，一男一女，相互搂着腰，慢慢地走向古宅前的空地。村民们都知道他们是对恋人。

达嫂煮了一条鲜美的鲈鱼，两人在油灯下吃饭，真高兴自己远离尘世的喧嚣。

饭后他们坐在门廊上。过了一会儿，柔安说："在我这边，月色看得比较清楚。"

当他们再走进屋里，桌子已收拾好了，达嫂问他们："有热水了，姑爷和小姐是现在洗脚还是待会儿再洗？"

柔安知道山里的人都很早睡，达嫂急着做完一天的工作，西北人上床之前，照例要先洗脚。

"我们现在洗吧！"她说。

柔安洗过脚，对达嫂说："把茶端到我房间来，我们还不想睡。我不用你再招呼了，你可以锁门走了。"

达嫂端茶进来说："小姐，你如果明天要去看你父亲，也该早点儿睡。"

"没关系。李先生和我还有话要说。姑爷洗好没有？"

"洗好了，正在换衣服。"

柔安进房，听到隔壁李飞的脚步声。不久他来到客室，换了一身新长袍。

"明天我穿这件衣服去看你父亲，你觉得合适吗？"

她仔细打量他说："我父亲很挑剔，是个守旧的人。你必须坐得直直的，跟他讲话不能垂头丧气，也不能跷起二郎腿。他习惯用举止态度来判断人。"

"我会紧张呀！"

"没有必要。"她高兴地瞥了他一眼，"你现在穿起来干吗？"

"我以为我们还要谈一会儿。"

"那就进我房间来吧，我已经叫达嫂锁门了。你若要喝茶，那边有。"

夜色宁静，只有草地上小虫吱吱叫。柔安在窗边摆了两把低椅子。她倒了一杯茶给他说："要不要毯子盖脚？"

"不必了，谢谢。奇怪，山风使我昏昏欲睡。"

"你如果累了，我们明天再谈。"

"别管我。你也需要休息嘛。来，坐在我身边。"

柔安直挺挺坐着，眼睛望着他："太美了——这里真安详、真宁静——只有我们两个人。"

"我仿佛在梦境似的。"他抓住她的小手，她把两人的手都搁在她膝上。

虫鸣声更响了，夜风的香味吹入房间里。过了一会儿李飞的眼皮开始下垂，头也斜向一边。柔安没有动，她恨不得屏住气息。灯光映出他突出的轮廓。她太高兴了，忍不住热泪盈眶。她没有伸手去擦，怕把他吵醒，只觉得泪珠一滴滴地流在脸颊上。后来她发觉他的手松开了，就把小手抽回来，悄悄站起来，把油灯调小。然后拿出一条毯子，盖在他腿上。她静静坐着看他，心里既骄傲又满足。

七分满的月渐渐爬上岩顶，山谷沐浴在银色的月光下。她发觉李飞的下巴和敏锐的唇部实在太美了。她再度起身，把灯熄灭，又悄悄坐下去。一不小心，脚碰到李飞，他醒了。

"咦，我睡着啦！"他抬头看看月亮，问她，"我睡了多久？"

"十分钟左右。"

"只有十分钟？我却做了一个很长的美梦。"

"梦到什么？"

"我忘了。只记得很快乐。"

"你要喝茶吗？"

"我去拿。原来我睡着的时候，你替我盖上毯子！"

他站起来，给自己倒了一杯茶，又递一杯给她。然后把椅子拖到她身边，两个人坐了一会儿，静静地欣赏月色。他们听到夜行动物的叫声，接着大地又归于宁静。

李飞觉得有点冷，就把毯子盖在她身上，又用手搂着她。她也舒舒服服挨在他胸口。

"我现在想起刚才的梦了。"他说，"我和你漫步在花朵遍地的山坡上。你摘了几片花瓣，放进嘴里。我叫你别这样，你大笑，把花吃下去。然后我也学你，两个人笑个不停。我们的小孩……"

"小孩？"

"是的，我们的小孩，大概有两岁，胖胖的小腿在草地上笃笃地走着。我去追他，把他带回来，拿花瓣给他吃。你生气了，我们吵了一架。然后你抱起小孩，把花瓣从他嘴里挖出来。我们又和好如初。"

"是男孩？"

"嗯。"

"你知道我认识的人谁最快乐？"

"我。"

"我不是说我们自己，你猜嘛。我们俩都认识的一个人。"

李飞脑海中泛出一个个人影，没有一个称得上快乐。

"我猜不出来。我不知道。"

"我告诉你吧，是端儿，她心满意足。她有一个好丈夫，几个乖孩子，又有那么好的婆婆。"

"也许你说得不错。我却从来没想到这些。"

"女人最希望的就是有一个像她那样的家。香华很不快乐。我见过不少婚姻，简直吓坏了。爱情真是美妙的东西。"

"是啊，爱情真美妙。"

"飞，我们永不吵架，永不变心。你要我怎么样，我就顺你的意思。告诉我，恋爱中的男人有什么感觉？"

"总觉得她所做的一切都对，他只想要她。然后想保护她，不让她受任何伤害。我对你就有这种感觉，很怕你遇到什么不幸。我走了，你会好好照顾自己吧？"

她拂拂脸上的头发，开怀大笑。"只要拥有你，我什么都撑得住。我只怕失去你。女人一恋爱，就是踩上雪也不会发抖。"

她的面孔半掩在阴影里。他把她颤动的小身子搂过来，觉得暖暖的。直到这一刻，他才知道这位少女爱他有多深。这是他首次发现女人心灵的奥秘。他再过几天就要走了。这就是三岔驿别庄的意义，也是她邀他相聚，又把他说成未婚夫的理由。他的手臂紧紧搂住她。过了一会儿，他静下来，心中充满了远别的沉痛……

月光隐没在阳台的门槛，春夜静悄悄的。远处虫鸣渐渐歇下来，大湖和山谷都酣睡了。萤火虫像流星般忽隐忽现，在树丛中闪烁出一道道光芒。

他们躺在枕头上，可以看见巉岩上的星星，近得伸手可及，像永恒的谜语闪闪烁烁，不是在羞他们，而是向他们微笑。

"下回我再看到这些星星，就会想起你，想起今夜。"柔安说。

这一刻她已经是妇人了。李飞头脑清楚，一面看星光闪烁，一面抚摸少女朦胧、温暖的身子。她的头倾向一边。对这位十分热情地献身给他的勇敢小女孩，他心中充盈温柔的情意。

"你最好起来，回房睡觉。"她说，"明天我们还要走一段路哩。"

他起身，把棉被拉到她颈下。微光中可以看见她白皙的鹅蛋脸和乌黑的明眸。他弯腰吻她，觉得她呼吸非常急促。

"可见我是多么爱你。"她低声说。

"要紧吗？"

"不要紧。"

他正要离开，看见她脸上有一股平静、满足的笑容。

柔安醒来，亮丽的阳光正射入她的房间，在地上映出零乱的影子。她直起身，看看阳台窗口的两张座椅。手搁在脑后，努力思索回味着，唇中泛起一丝微笑。她是不是知道会有这么回事？她渴望这样吗？她不知该做何感想，她只是随着内心的希望。她邀他来，只是希望和他共度几个美妙的日子。在爱情的感召下，她全心奉献了自己，她并不后悔。她听听隔壁的动静，悄然无声。轻轻拍墙壁，也没有回音。

她起床要了水壶和脸盆。

"李先生起来没有？"

"姑爷起得很早，现在花园里散步。"

"姑爷"这个名词，她觉得好顺耳。

她匆匆梳洗，穿上一条棉裤，她知道去喇嘛庙的途中一定很冷。对着一面破旧的镜子，她看见自己眼神发亮，在唇边抹了淡红色，又选了一对珊瑚耳环戴上，希望他会喜欢。她想到香华和她的同学们，自觉很幸运。今天她要带李飞去见她父亲，她以他为荣。李飞举止稳重，目光炯炯有神。他一开口说话，总叫她有点茫然。她觉得，全西安市没有一个青年的头脑比得上他。她回头看到小几上的半杯冷茶。屋外的河岸已经挤满捕鱼归来的渔夫。她几乎有点奇怪，他们的生活一如往昔，晚上照着他们恋爱的那颗"哨兵"也似乎无动于衷。

听到敲门声，连忙打开。李飞穿着厚厚的蓝袍站在门外。他把手搁在她肩上，想要吻她。她对他眨眨眼，赶快看看站在他身后端早餐来的达嫂。她把门打开说："来看看渔船入港吧！"他们越过甬道上的椅子，来到阳台上。她指着河岸，他却打断了她，在她额上匆匆一吻。她觉得这一下很像新郎的晨吻，心里好高兴。

他们吃过稀饭，准备十点钟动身。柔安在头上围了一条羊毛围巾。

阿三雇来的两匹西藏小马已经在花园里等候了。西藏马夫头戴尖帽，身穿羊皮袄、软皮靴。羊皮白天当袄子穿，晚上当毯子盖。他们腰部系得紧紧的，只穿一肩，一边的袖子长达膝部，另一只手臂和肩膀却露出来。他们身材中等，面孔又黑又结实，和四川人长得很像。

天气晴朗，朵朵白云懒散地堆在天空里。他们爬上东边山脊，转向南面奥撒塔克峰的方向。二十里路要经过三道隘口，途中有密林，也有草原。在一大片没有人烟的山区，他们偶尔也看到西藏人营地和闲逛吃草的长毛黑牦牛。第二道和第三道隘口之间有一个惊险的峡谷，狂风正由峡谷呼啸而过，在断崖边发出呦呦的响声。野禽很多，藏人的宗教是不许猎鸟的。他们杀牦牛来吃或者使用皮革，都要先祈求它的灵魂平安。这些高山里没有汉人，西藏人则是一百年前来的，都是为了宗教而逃出扎什伦布区。所有部落宁愿北迁，也不肯放弃固有的信仰。他们属于宁玛派或者"未改革"的教派，一切都由喇嘛来统治。

他们稍歇了一会儿，才爬上第三道隘口。马夫牵马到一条山洞去喝水，自己则拿出烟筒来抽烟。李飞选了一块近水的岩石，他和柔安背石而坐。

"喜不喜欢我的耳环？"

"戴在你耳上真迷人。"

"我今天特别戴给你看的。我要记住此行所做的每一件事情。时间太短促了,星期一我就要回去。你会喜欢那座喇嘛庙的,不过我们只能待一天,后天就得回来。"

他仰望蓝天和四周。身后有一片丛林,被他们刚刚走过的峡谷遮住了,光秃秃的岩峰向南横在日光下。除了那两个西藏马夫,四周就只有他们两人。

"你父亲若反对我,你怎么办?"李飞问道。

她立刻回答说:"我知道他会赞成的。我是他的女儿,他不能眼看着我心碎呀。他会的,不过他是老人家,又生病了。飞,我求求你,为了我请不要违背他的意思。他很不容易欣赏这一代的年轻人,他甚至不屑和祖仁说一句话。你很聪明,但是我们都还年轻,我们可以多听少说。"

李飞看出她眼中的焦虑:"他这么难待候?"

"不,但是我们的观念不一样。我只是担心。毕竟他也算一个大学者,值得我们敬重。"

"那就别担心了。我答应。"

"还有一样。他喜欢守古礼的男人。我希望他接纳你,所以才告诉你这些。"

马夫说:"大家该走了。你们若想在天黑前到达那儿,我们得赶快动身。"

李飞伸手扶她上马,自己也跳上马鞍。在这样的山区,距离根本看不出来。等他们到达最后一道隘口的顶端,已经五点了。

李飞看到这么壮观,这么淳厚的美景,不觉心神恍惚,仿佛面对一种崭新、奇特、人类想象不到的东西。他们位于海拔一万一千尺的高峰。头在阳光下闪烁蓝白色光芒,山腰则被朵朵白云覆盖着。远处的西方地平线露出一层层蓝绿的山脉,那就是岷山了。但是最迷人的则是喇嘛庙本身,白白的大厦像森林般耸出来,又像王冠立在小丘上,和山坡斑驳的碧绿、深棕形成强烈的对比。整座山谷，就像一片迷离的梦境。仿佛大地刚由造物主手中摆下来，还没有被人手破坏、接触过。耀眼的喇嘛白殿，比谷底的小桥高出五百尺左右，是附近唯一的建筑物，不但没有破坏四周的自然美，反倒像人类精神的颂歌，四处绝壁的献礼。金色的庙顶在阳光下闪闪发光。李飞觉得自己到了文明的尽头，迷失在荒无人烟的石峰群里，却看到西藏部落心血的结晶。他听人说北方的甘邦和拉卜楞有金神像和金顶庙宇，却没想到会在这里看见。

16

杜忠叫女儿来，他知道她一定会来的。

命运和环境把他送到岷山深处的丁喀尔工巴庙来隐居。他不肯对自己、对别人，甚至对女儿承认，这是自我放逐，是为了抗议他在西安和自己家里所见的情景，对一切表示不满。他的确喜欢这座喇嘛庙，自成局面，遗世独立。他常写信告诉柔安，他是多么的喜欢山谷的宁静优美，以及喇嘛僧的生活。年届五十五，又经过波折多变的一生，当过大清学院的一分子，嘉兴的地方官，孙传芳的高级顾问，可以说"对政治厌倦"了。孙氏被国民军打败，他逃到日本一年，对日本人敬爱皇帝的作风非常感动。他们虽力求现代化，对过去却有一股怀念的精神。当时他把柔安交给她叔叔教养。一年半后，风险过去了，他回到中国，住在北京，游遍热河和整个长城区，又在山西待了几个月，读遍顾炎武的《天下郡国利病书》，还研究古雕刻、石碑和书板。

倦游归来，在西安住了一年左右。他一向沉默寡言，专心研究，和女儿住在一起，不顾与弟弟讨论生意。他还是家中的长者，吃饭时仍然坐首位，他宁可把俗务交由弟弟掌管，彼此没有别的话可谈。他对地方和中央政治都怀着一笑置之的态度，自觉是退休的官员，对下一代的闹剧没有什么好感，总觉得他们无药可救。他不参加社交活动，不久地方要人都知道他要永久告别政坛了，也就不再打扰他了。

他看不惯范林经商的态度，但却不说半句话。他最痛心的是家里的情形。当然，他看不起祖仁，虽然他接受了西方教育，却连一封中文信都写不好。也不只祖仁一个。杜忠对他谈论古典作品，简直是对牛弹琴。就他来说，大夫的第三代已经变成文盲了。大夫邸第三院，他父亲的藏书室已经布满了尘土。

现在他只关心自己的女儿，她是他唯一的希望和安慰。他们父女之间有一种独特的情感。他把一切传给她，教她书法的奥妙，陪她读唐诗，告诉她五十年前伟人的逸事，像曾国藩啦、张之洞啦、左宗棠和李鸿章啦，这些人的故事深深迷住了柔安。

前年夏天他曾经约一个年轻人到西安。小刘是他在孙传芳手下当官时认识的，他把他当做女婿的人选，因为小刘的古文造诣非常出色。他鼓励他到西安，虽没说要去见他女儿，不过小刘也心照不宣。但是小刘娇生惯养，从小受母亲的娇宠，连夏天也穿上毛衣，穿长袍。小时候他只要打一声喷嚏，母亲就给他加一件衣服，第二声又加一件，第三声又加一件，结果他摇摇晃晃，走都走不稳。九月一来，他母亲就把他房间的窗户封得死死的。柔安只看他一眼，便知道自己绝不会嫁他，甚至不肯看父亲的面子。后来小刘回上海，事情也就过去了。

去年秋天杜忠来到三岔驿，后来参观喇嘛庙，竟一见钟情。冬天他没有回去。当然三岔驿和丁喀尔工巴庙之间的峡谷被雪封住也是原因之一。干爽的空气，雪峰群中的山谷，博学和安详的气氛，使他觉得这是一个理想的隐居地。

丁喀尔工巴庙是寺院，也是大学，正在训练一千八百位年轻的喇嘛，有正规的课程，也有学位。他能和这些博学僧侣讨论佛理和玄学，中国其他地方的僧人很少有这样的修养，他们大多只会烧香念佛。这里的学生都须经过严格的推理和玄学训练，有些专攻医药，有些专攻西藏或中国历法。除此之外，还有特殊的体育训练，包括十一月晚上在阳台上站几个钟头。

他真想再看到他的女儿，她长得很快。和自己的骨肉谈天，总觉得心意深契。只要来喇嘛庙一次，她会喜欢的。而且，她今年夏天就毕业了，他心里盘算着未来的计划。有一天早晨他突然昏倒，自觉来日无多，忙写信叫她来。

马夫牵马走下山路。柔安说，下马步行可能舒服些。此刻寒风刺骨，夹着阵阵松香。小路穿过松林，笔直通向横切山谷的小溪。吊桥的另一端有一排石级街道，沿着密密的白平房斜向坡顶。庙宇的墙垣高五十尺，长两百尺，四边都是尖塔，由斜斜的地面高耸数百尺。一排宽石阶通向一个大平坛，边缘有石台，默祷旗插在上面，随风飘扬。

他们付过马资，进入庙宇的内院，问一个负责接待的僧人，三岔驿来的杜先生在哪里。

"你是杜先生的女儿吗？"僧人问她，"他要我们招呼你。"

柔安的父亲在这里受到学者的礼遇，也被视做喇嘛首领的贵宾。

"他是不是病得很重？"柔安用焦急的口吻问。

"不，不见得。来吧，我带路。"这个僧人虽然是藏人，却说得一口流利的汉语，他被选为接待人，这是原因之一。庙内传来僧侣祈祷的嗡嗡声。

庙院有一道侧门，通入一间两层楼的里屋，阳台向着铺石的院子。柔安心一直跳，口干，胸中充满复杂的情绪。她觉得有一点罪过，竟让父亲一个人住在离家这么远的地方。他病情如何？是不是苍老了？

僧侣领他们爬上一道褪了色、有屋顶的楼梯。柔安停下来看看李飞，用手拢好他额上一撮散落的头发。

僧人掀起一块蓝布帘，说杜小姐来了。木窗关着，桌上摆了一盏银灯。李飞看到一个白衣老人坐在床上，正在抽一管白铜木烟，灯光映出白发和垂胸的白须。杜忠把铜烟管放在桌上，眼睛向他们这边露出炯炯的光芒。李飞退后一步，柔安冲向床前。

杜忠伸手把她拉过去，用低沉、愉快的声音说："柔安，真高兴你来了。"

柔安咬咬下唇，强忍欲落的泪水："爸爸，你好吗？"

"很好。前几天出了一点小事，我们待会儿再谈。我已经一年没看到你了。"

他的眼睛转向暗处伫立的陌生人。柔安马上说："爸爸，这是李飞先生。他一直想认识你。"

杜忠诧异地端详这年轻人好一会儿。他猜一定是女儿的密友。他喜欢那双浓眉下清晰的目光和坦率的眼神。

李飞想起柔安的吩咐，就上前鞠了一个躬。他尽量注重礼节，给对方良好的印象。他用自信的口吻说出一段客套话。

"我早就想听听您的教诲，可惜一直没有这份荣幸。承蒙令爱带我来见您。"

"坐吧。"杜忠意外听到多年没听见的优雅辞令，便和颜悦色地说。李飞用"令爱"来称呼柔安，显得自然而庄重，不让人觉得太随便或太轻浮。

老人家和年轻人接着寒暄了几句。杜忠看出女儿和这位青年说话，眼中充满柔情。老人家谈兴正浓，思想也很活跃。他额上青筋暴露，眉毛边、眼皮上显现出深深的皱纹。他精神饱满，血色红润，看不出有什么病容。

他转向女儿说："你们俩走了一天，一定累了。看过你们的房间没有？"

柔安和李飞转身离去。走到门口，父亲叫住她说："叫厨师做一点菜，热几两米酒，送到楼上饭厅去。安顿好了，就来找我，我要和你谈谈。"

柔安十分钟就回来了。她父亲穿着她所熟悉的深蓝宽袖缎袍，坐在椅子上，脚上还是那双旧式布底鞋。

她看看房里的陈设。这是本楼的上房之一，木头地板上铺着厚厚的旧毯。墙上挂一幅丝底圣像，名叫"唐卡"，以工笔绘出佛教传奇的故事。角落里有一只铜制火盆和一只大铜壶。小茶几镶着精雕的画板，上面放一只大嘴的西藏茶壶，和几只细雕的银茶杯。好多件长袍挂在墙上，门边的竹椅上有几件脏衣服。上斜的窗框旁立着一张长桌，砚台、毛笔筒和两件干净的衣服就放在上面。柔安看了很难过。凭女人的利眼，她看出他父亲的白内衣领子、袖子都发黄了，和他以前由山西回家的时候差不多。唐妈洗了两三次，领口才恢复原来的白色。

"你在这里过得很舒服？谁侍候你？"柔安问道。

"我过得很舒服。我有一个用人。等你住熟了，你就知道这是一个好地方，不像三岔驿老屋那样寂寞，庙里总有事进行着。"

"你整天干什么？"

"读书、散步哇。我教几位僧侣读汉文。这边也有汉人。上个月我应喇嘛首领的要求，抄了一份《金刚般若波罗蜜经》给他。这种工作很舒服。"

她打开春梅送的一包中药。老人仔细看了看，用灯光照了照人参，说是上等货。

"他们上元节送的一包，还没用完哩。"柔安眼中现出忧虑，"只有三片，不过二三两。没有人替你炖吗？"

"太麻烦了。我切一小片，含在口里。这样也不错啊！"

"你写信说病了。我好担心。"

"我现在好了。有天起床,突然晕倒。老杜发现我倒在地板上,才把我扶上床。第一次发生这种事情,我想是年纪大的关系。我一点知觉都没有。"

"我想你在这边得不到适当的照顾。爸,求求你回家吧,你应该看医生。家里有唐妈替你炖药,照顾你的起居。"

她说了不少家里的情形,又说:"你不要讨厌春梅。我来之前,她和我谈了不少话,她只想到我们杜家的利益。现在是她当家,叔叔决定给她一个儿媳妇的名分。"

"我一点也不讨厌她。很高兴她有了正式的名分,一开始就是我弟弟的错。她对你还说了些什么?"

"她说她很担心,祖仁无子,我们家人丁又不旺盛,你和叔叔年纪都这么大了,风水会轮转的。"

他眼中现出诧异的眼神:"真没想到她看得这么远。她说得不错。"

"你这话什么意思,爸爸?"

"看看我弟弟的作为。你祖父在三岔驿留下了好名声,光荣的名声。现在你叔叔建水闸,切断了山谷的水源。如果我不设法阻止,老天会惩罚我们杜家的。我惭愧得简直无地自容。我们接下你祖父的遗产,大湖和城中的一大笔产业。但是我弟弟不明白,真正的遗产是好名声,是人民对杜家的尊崇和敬意。我活了这么一大把年纪,知道事情总要发生,天理永远存在。我在这边比较舒服,不必看我弟弟的嘴脸。"

父亲停下来,摸摸胡子。柔安察觉到他的目光,就正眼看他。他说:"谈谈这位陪你来的李先生吧,他是不是某一种政客?"

柔安脸色突然严肃起来:"不,他是替报社写稿的作家。人很聪明,名气也不小。"

她小脸涨得通红,唇边也泛起了微笑。

"你认识他多久了？"

"两个月左右。"她低下头，眼中漾起一缕柔情，又抬头颤声说，"爸爸，我了解他，也爱上他。我约他来这里，就是要你见见他。他开头难免害羞，等你认识他，就会喜欢他了。"

"他很有礼貌。古文学的修养如何？"

"还可以。但是，爸爸，现在的年轻人绝对比不上你。他很聪明，学得也很快。可是他不敢来见你，因为你是大学者嘛。"

父亲看她激动的表情说："好，我们再看吧。"

喇嘛庙的黄昏并不如想象中那么寂静、荒凉。小鸟的晚唱，乌鸦的嘎啼，老鹰盘桓的尖叫，与僧侣念佛的钟鼓声融合在一起。庙坛上传来嗡嗡的人声，低长的螺角和木鱼声，反映出晚祷的气氛。

喇嘛庙好似一座小城。俗人区是给香客和嘉宾用的，里面有不少男女，凉台的木板也不断传出过客的脚步声。

晚餐时柔安愉快地坐在一张小方桌旁，父亲在她旁边，李飞坐在她对面。她已经脱下长袍，穿一件深紫色的外衣和黑色的棉裤。她看见父亲给李飞倒了一杯酒，李飞毕恭毕敬地站起来，用双手去接。她从来没看过李飞这样拘谨。

吃完饭，她说："爸爸，我今年夏天就毕业了，我要你来参加典礼。李飞要远行呢。"

"去哪里？"父亲马上问道。

年轻人回答说："去新疆。报社要我去，我自己也真的想去。"

柔安说："他今夏不能回西安。他这次是逃出来的。"她大略把杨主编被抓去枪毙的事情说了一遍，李飞又补上遏云被扣、逃脱的经过。

杜忠摇摇头，眼睛炯炯有神。

"我写那篇文章也许鲁莽了一点，"李飞说，"不过总该有人说句话呀。"

"你做得对。我很高兴你不是国民党。"

"当然不是。"李飞生气勃勃地说,"我是不搞政治的。"

"或许我们的看法差不多。到我房间来谈。"杜忠把椅子推开,站起来,一面摸胡子,一面充满兴趣地打量这位年轻人。

"你什么时候走?"大家走出餐厅,他问道。

"我回程先去兰州,然后再到肃州去见马仲英将军。"

回到房里,杜忠叫李飞坐下,自己拿着一杆水烟,坐在一把低椅子上。仆人送来毛巾和茶水。柔安坐在床上,手臂搭着床板。

灯光映出杜忠的白发,他正抽着烟。看到老人家把冒烟的纸卷吹燃,点上烟管,真是一大享受。管底的水咕咕响,他吐出一股蓝烟,似乎很满意。他一边谈话,一边继续点烟、抽烟,每装一次抽一两口。

"柔安说,你是颇有名气的作家哩。"他对李飞说,"你写哪一类的文章?"

"我在报上写白话文。"他看见老人眼中的神采黯淡,马上又说,"不过一个人若要写好白话文,非精通古文不可。"

"最重要的是深厚的文学根底和古代伟人的想法。你读古诗吧?"

"我读诗消遣,但不是写诗。"

"或许你看过我替主席衙门所写的对句,就挂在接待室里。"老人眼睛突然一亮,似乎在享受一个好玩的秘密。

"我见过,我记得是杜甫的两句诗,看过的人都欣赏您那一手好字呢。"

"你看法如何?"他脸上充满神秘,"你记得内容吧?"

柔安很紧张。

"嗯,我记得。"他念出那两句诗。

> 松悲天水冷，沙乱雪山清。

"这两句充分描写出西北塞外寒地的风光。天水和雪山对得好极了。"

杜忠很满意，柔安也露出轻松的笑容。杜忠说："杜甫这首诗是送一位郭中丞来这儿当节度使，当时本区战祸连连，胡人又烧杀掳掠。我写那副对句是有作用的，你猜得出我的意思吗？"

"猜不出来，老伯。"李飞说。

老人又抽一口烟说："不，我想你猜不出来，也没有人猜得出来。我可不存心奉承谁，主席本人当然不懂，他的宾客和国民党的青年也看不出隐藏的意思，所以没出问题。如果他们知道，他们早就会拿下来了。"

李飞想了一会儿，专心地回忆全诗的内容，突然他想起后面有两句，意思大白，不觉咯咯笑起来。

"你看出我的意思了吧？"老人家微笑说。

"是什么？"柔安莫名其妙，但是很高兴。

李飞歇了一口气说：

> 废邑狐狸语，空村虎豹争。

"杨主席若发现这两行诗的隐喻，不气疯才怪呢？"

"虎豹"显然是指军阀和那批贪官污吏。

"你必须保守秘密，让他们把这副对联挂在客堂上让主席得意扬扬。"

"杨主席和我向来没什么交情。等他发现了，连您都不待在西安喽，杜老伯。"

杜忠很高兴有人能和他谈杜甫的作品，就开始吟诵古诗，沉迷在另一世界里。

"杜甫在天水府附近待过一段时间。"他说。然后他吟出下列的诗句：

> 黄河北岸海西军，椎鼓鸣钟天下闻。
> 铁马常鸣不知数，胡人高鼻动成群。
>
> 万里流沙道，西征过北门。
> 但添新战骨，不返旧征魂。

"当时维吾尔族进入甘肃和陕西，和唐室联盟，战后很多人就住下来了。所以今天本省才有那么多回人。"

老人谈得极投趣，李飞恭敬听着。柔安以李飞为荣，很高兴他得到学者老爹的器重。

"可惜你马上要走了。"她父亲说，"我真想和你多谈谈。你会去很久吗？"

"我不知道。我有任务在身，而且要等西安的风险过后才能回家。杨主席的脾气其实还不错，也许您或柔安的叔父能替我说说情。"

"我知道。主席夫人比她丈夫精明多了，其实她在统治陕西政府。你避开一段时间，我想我能设法让你平安回来。至于回教的问题嘛，你不必走那么远，也许变乱会传到三岔驿。"

"咦，您觉得会出事。"

"我们对回人一向不公平，他们一直忍受政治的压迫。一旦掀起变乱，回变的号角一响，就会像大火，蔓延不息。我看过冷血的大屠杀，无辜百姓、妇孺都不能幸免。我年轻时候曾见过西宁的变乱，尸体堆积如山，路边、门槛到处可见。一堆血淋淋的人体与焦骨，有些是被杀死的，有些是饿死的。肥了野狗，饱了兀鹰，整个山谷充满了死尸腐肉的臭气。空无一物的城镇，倒塌的烟囱，和杜甫诗里写的一模一样。我父亲一手拯救了这个地区，才没有发生民族仇杀的大悲剧。你们现在该去看看回人的山谷，如果暴风雨从那边吹起，你们也不会吃惊的。"

柔安突然想起幼年的玩伴，就说："爸爸，蛋子呢？他离开村庄了吗？"

"他离开我们，回他族人那边去了。我在回人村里见过他，他还问起你呢。他现在好大了。"

"他为什么要走呢？"

"你知道你叔叔的作为。先是不准回人在湖边钓鱼，害得他们的渔夫失业，有些人抛妻别子离家走掉了。我听他们的首领阿扎尔说起他们的遭遇。有两兄弟，哥哥马卡苏太老了，不能改行，只好自杀，留下寡妇密兹拉；她日夜酗酒，全靠弟弟阿魁·卡力奉养寡妇和孤儿。然后，你堂兄祖仁又在回人山谷的源头建了一个大水闸，这不是我们家该有的行为。我们毁灭邻居，来堆积自己的财富。你叔叔没有回我的信，我只好回去找他谈。我还是一家之长，不能因为我们想多赚几文钱，就让整个回教山谷陷入绝境。柔安，你记得你祖父，也记得他在世的时候，回人和我们多么亲爱。你应该亲自下谷地看看，看那边现在怎么样了。我们老一辈的去世后，你会和祖仁分享产业，我不希望你遭受家庭行为的报应。回人不可能永远忍耐下去，回变就是这些原因掀起的，剥夺他们的土地，断了他们的生机，还想逼人家改变生活方式。我们在回人村还有几个朋友，阿扎尔、海杰兹和老一辈记得大夫的人。海杰兹本人也是被迫失业的渔夫，我们小时候时常在一起钓鱼，在岸边烤来吃。海杰兹没有变，但是大部分回人都充满了怨恨。"

她父亲又转向李飞。"对了，"他说，"海杰兹有一个儿子，名叫哈金，现在是马仲英将军麾下的中校。你如果去看马将军，海杰兹可以给你一封介绍信，也许有点用。"

柔安说："爸爸，没有你做伴，我不敢去回人村，不过我很想见见你的朋友。你何不跟我们去呢？我们可以在湖上共度几天。"

"我说不定要去。你们走了一天，该上床休息了。我想你们该早点起来看日出的礼拜，保证你们永远忘不了。"

李飞起身告辞，柔安说："我还要和爸爸说几句话。"

李飞告别离去，她问道："爸爸，你觉得他如何？"

"我想他是一个好青年。"

她不禁热泪盈眶："我知道他会来提亲，希望你能赞成。"

"恭喜你，柔安。我故意用那首诗来考考他，你知道的。"

"我希望你有一个谈得来的女婿。我们可以快快乐乐地住在一起。"

"你能为老爸爸着想，真是乖女儿。"老人抓起女儿的手，轻轻拍几下。

除了人参，她也带了一包银耳来。"我先炖银耳，你喝了再睡。"女儿说。她起身打开桌上的小包，四处找糖。实在找不到了，就来敲李飞的房门。"请你下楼弄些糖来。我替爹炖银耳汤。"

李飞下楼，拿了半碗糖来，然后搂住她亲吻。她只轻轻碰他的唇一下说："我要走了。等我安顿父亲睡后，再来找你。"

她回到父亲房间，开始用水泡银耳，铜盆里边有烧红的木炭。她从篮中再拿出几块，丢进火里，蹲在地上扇火，又把水壶放回铜盆上。

"太晚了，你该睡了。"父亲说。

"我不困，等你喝完汤再走。你先躺在床上。"

她起身帮父亲脱下长袍，放在床边的椅子上。顺手摸摸口袋，拿出一条脏手帕。她把手帕放在门边椅子上，和那堆脏衣服搁在一起。

"你干净的衣服放在哪里？"

父亲指着一个橱柜。干净的内衣放在顶架上，和一卷卷纸张并列着。她只好踮起脚来拿。她拿出一条干净的手绢，放入他的长袍口袋里。老人躺在床上看女儿，笑笑说："柔安，你在身边真好。"

她坐在父亲床上，一面留心银耳熟了没，一面拿出烟来抽。

"你今年夏天毕业，有什么打算？"

"你若回家，我就跟你学古诗，够我忙一整天了。爸爸，你袜子有破洞，长袍的下扣也松了。"

"你长大了，真像你母亲。李飞娶到你，是他的福气。"

"你觉得我会变成他的好太太吗？"

"你会的。男人身边需要女人。"

"我明白了。自从妈去世后，你一直东飘西荡，像托钵僧似的。"

汤在火上慢慢沸腾，发出咕嘟声。父亲拍拍她的手说："已经熟了。"

"再炖十五分钟才行。你根本不懂，对不对？"

"大概吧。"

"谁替你补衣服？"

"市集上有几个女人，替所有的僧侣补衣服。"

银耳汤好了，她端离火边，把汤倒进大茶杯，看父亲喝下去。他伸手要第二杯，她再盛给他。

"和我们在家一样，是不是？"

"是啊。现在你该去睡了。"

就和以前在家一样，她把床帘拉拢，向父亲道了声晚安，才告退。然后熄了灯，走出门，把房门关好。

"你去了好几个钟头。"她轻轻打开李飞的房门，走向床边，李飞说。她弯腰给他一个热吻。他把她的秀发挨在他脸上。

"你不累吗？"他喘气说。

"就是再累我也能感受到你的爱情。"她低声说。

"他睡了？"

"嗯。"她微笑说。

"那就熄灯吧。"

"我要赶快回房休息，别忘了我们要看日出的礼拜。"

石坛上空气静静的，默祷旗也垂下来休息了。杜忠听到螺角的声音，马上起身敲柔安和李飞的房门。他们匆匆穿上长袍，柔安还在头上加了一条围巾。

他们走出屋外，石坛上站满黑压压的人影。四周被漆黑笼罩，大地似乎还没有醒过来。远处的山边泛起一块块黑灰的色泽，山谷里一条银灰色的锦带映出了早晨浅蓝的天色。

不久学生僧马上发出嗡嗡的闹声。杜忠和他们在一起，轻轻谈着话。过了一会儿，紫红色的衣袍渐渐明显了。柔安很喜欢执事人员的法冠，各式各样，像小孩用色纸糊出来的杰作。负责秩序的僧人身穿紫袈裟，头戴罗马将军型的高帽，帽顶成拱状，垂有黑色的流苏。

十五尺长的木角吹出低长的节奏，宣告日出，也叫大家来朝拜。一群群小鸟由斜坡树林飞出来，盘桓在灰色的天空上，鸣声响彻四处，仿佛和号角的声音相应和。年轻的僧侣匆匆就位，蹲在石坛上，合掌做出祈祷的姿态。

他们各就各位，吟诵祷文，为万物求福。黎明的第一道光辉也爬上了奥撒塔克峰，东方地平线发出白热的光芒。白色化成羞红的色彩，黎明怯生生来临，坚决把夜色赶出天空。接着太阳出来了，光线照着喇嘛庙对面的深沟巉岩，点亮了附近森林的树梢。阳光就像生命的气息，深入酣眠的山谷，叫它醒来。一阵和风像幽灵般吹过石坛，低垂的旗子开始懒洋洋飘呀飘的。满山遍野净是小鸟的轻唱，为白昼的来临欢欣。

祈祷完毕，僧侣都回宿舍去了。

"这是一种伟大的生活。"三个人回到房里，杜忠对柔安和李飞说，"西藏人拥有我们所缺乏的东西，回人也一样。有些人把这些部落当做野蛮人，简直是胡说八道。为什么我们硬要改变人家的生活方式呢？"

17

第二天，他们下山到三岔驿，杜忠带女儿去探望山谷。回人村大约有三百居民，沿山谷排列，位在大湖西北角；直逼湖岸的高大松林脊，把回人村和三岔驿杜宅分开来。土地向北渐渐倾斜，布满了燕麦田和农舍，中间是一条宽广多岩的河床。河岸两边，草地沿山丘绵亘，长满优美的白杨，最后和远处嶙峋的蓝峰融合在一起。在这里大湖的视界更广，可以看见北面的乡村。大湖南北长三里，但是这边离东面的远山约有五里左右，环绕着山脊的南端。三岔驿杜宅被石岬围在宽宽的大湖水隈上。风景由杜宅往下看很壮观，由回人这边望去，却显得优雅而迷人，高地、低地、树林、变化多端，小溪末端也朦朦胧胧的，地平线上有层层蓝峰，沿着山的矮丘望去常常是这种景观。

小村在平地上呈弧形排列，山边布满柿子、板栗和枫树，遮挡了北风的侵袭。这地方曾是良好的渔场和牧地，可以说是回人在洮河谷的最前哨，直逼岷山山麓。回教人口的中心是邻近青海和甘肃西部的河州，居民有些是一千年前定居的维吾尔族和其他胡兵的后裔，有些则是后来搬来的，几百年来陆陆续续由新疆迁入本区。这个小村居民属于一个突厥族的部落，由褪色的灰寺庙、上釉的绿黄尖塔和圆顶看来，他们是一百多年前搬到这里的。房屋是泥土墙和扁屋顶，几条街都是东西向，通往一个有喷泉的方场，老回庙就在那里。

今天方场上挤满了高谈阔论的男人。男人们身着突厥装，绣花的便帽后翘，棉袍及膝，中间有纽扣和束带。男人说话，衣衫褴褛、打赤脚的小孩则在一旁静听着。一群群身穿印花棉布和灯笼裤的女人站在街角和通道上，头上盖着长长的白布面纱。少妇少女仍遵循故乡塔里木盆地的维吾尔族传统，面孔半遮，却露出漂亮的棕色大眼睛。杜忠说，这些女人都是跳舞好手，很多人还会弹六弦琴、唱突厥歌呢。库车和喀什噶尔一带的女子都以美貌著称。在甘肃南部的这个前哨地，他们还保留了古代的信仰和风俗，他们和甘肃的大部分汉人回教徒不一样，仍然固守突厥的语言和习俗。

女人远远躲开方场的男人，对一切事情却和他们一样关心。这一阵骚乱是他们的阿訇——村里回教领袖——引起的，他宣布年轻的汉人回教司令马仲英正为他的回教军队召集一万人马。消息是从北面的洮州传来的。村里年轻力壮的男子可以到洮州报到。阿扎尔是一个长脸的矮个子，鼻子高挺，胡须半白，穿了一身回教的白袍，正被一大堆讯问者围在中间。他谈起新疆的战事、哈密的被围，以及突厥族直接牵涉的吐鲁番战局，还有新疆金主席对该区回族居民的残酷手段。马将军目前在新疆边界附近的肃州，正要召兵去救他们，汉人回教徒为了信仰也和他们站在同一条线上。

大家谈得入神，几乎没有人注意到杜忠他们的来临。不过，穿汉装的人影马上引起了大家的注意，尤其是蓝丝袍外罩深红毛衣、头上又围着丝巾的汉族少女更是引人注目。

杜忠走向阿扎尔，希望对方看到他。李飞和柔安则东张西望，不明白为什么乱哄哄的。

一个宽肩、胡子花白的五十岁男子走过来，拍拍杜忠的背部。杜忠回头一看，原来是他童年的好友。

"你来这边干什么？"海杰兹说着，古铜色的宽脸露出友善的笑容。

"我带我女儿和一个朋友来看看你们村庄，同时和阿扎尔谈谈。"

海杰兹的大嗓门和大笑声吸引了很多人的注意，不少人回头张望。阿扎尔看到杜忠，忙撇下讯问者，挤到他身边来。他双手搁在胸上，对汉族学者行了一个回礼，摸摸胡子说："色兰！"很多村民都知道这位汉族学者是杜恒大夫的少爷，也是大湖的主人。

"怎么回事？"杜忠问他。

阿扎尔大概说了一遍。此刻年轻人都解散了，围在旁边，低声说话，暗中品头论足。女人看到衣着考究的汉族少女，也走近来了。杜忠介绍他的女儿和李飞。有几个女人开始唧唧喳喳的，有一个眼睛水汪汪的四十来岁胖女人，身穿油腻腻的黑外套，双手叉腰，说话声比谁都来得大。李飞和柔安听不懂她的话，但是看得出她一副生气的样子。她的声音又粗又快，短短的手指指向阿扎尔，阿扎尔回了几句话，想安慰她。他们在这个节骨眼儿出现，似乎给村人增添了不少麻烦。年轻人闷声站着，只看见黑黑的眼珠子。喷泉边的少女睁大了眼睛看柔安，有些人为胖女人的话而发笑。

访客不知道阿扎尔正在谈吐鲁番的回村被汉兵烧杀毁灭的经过，民众正怒火中烧。战争爆发了，敌方就是汉人。他们到回人村，来的真不是时候。在村民眼中，这三个访客就是汉人压力活生生的代表，战争就是迫害造成的呀。

胖女人得不到阿扎尔的答复，就直接找柔安，神经兮兮，指手画脚。她拉她的手臂，问她一句话。柔安根本听不懂，柔安被整惨了。李飞只好用力把胖女人的手臂抓下来。

"不许这样，密兹拉！他们是我的朋友。"海杰兹大叫说。

"她刚才说什么？"李飞问道。

"她说，你们既然不准我们进入你们的地方，你们又为什么要来我们这里？"

这时候，一个年轻人挤出人潮，他又瘦又壮，眼睛深深的，留一撇小胡子，头上戴着皮帽。他冲入内圈，一看是青梅竹马的少女，眼睛马上一亮。

"咦，柔安！"他用汉语说。

"哦，蛋子！"柔安也大叫。

蛋子手搭在她肩上，神采焕发，俯视她包着紫围巾的白脸。

"我来看你。"她看着他的英俊身材。

蛋子转身，手按在胸上，对她父亲行了一个礼。

"你一定要来我家，杜先生。我只能请一顿便饭，不过我好久没看到柔安了。"

"我已经约杜先生到我家了。"海杰兹说。他转身向年轻人说："你何不一起来呢！"

一伙人浩浩荡荡向前走，杜忠、海杰兹和阿扎尔在前面，柔安、李飞和蛋子殿后，后面还跟了一大群闲逛、赤脚的儿童。一个戴白纱的少女不安地由方场角落偷看他们。蛋子向她挥手说："米丽姆，我要去海杰兹家。告诉你母亲，吃完饭我就回田里去。"

少女隔着密密的睫毛，凝视他身旁的汉族女子。

海杰兹的家在村庄外围，离河岸五十码左右，这是村里最好的房子之一，和所有回人住宅一样，有一个林木参差的花园。沙漠居民对树木的喜好还没有消失，树木就象征水源和蔽荫。想象中所描绘的回教天堂就是一个充满果园、葡萄园和清溪的地方，水源永不匮乏。海杰兹的花园比别人大，他说他被迫放弃渔业，就改行当园丁了。他儿子阿尔·哈金混得不错，所以他才能添置财产，造了一栋四五个大房间的住宅。房屋面对大湖，中间隔一大片空旷、未垦、黄栌丛生的土地。屋里可看见河边的红土丘，只有大枫树偶尔遮断了视线，喜鹊在枫树上唧唧喳喳叫个不停。

客厅铺有地毯，有躺椅，墙上还挂了花毯。马仲英骑马的照片挂在最醒目的地方。李飞仔细端详这位俊秀的小将军，听说他只有二十二岁哩。

客人坐定后，两个小男孩端出葡萄干、栗子和马奶来，快活的祖父介绍孙子们和访客认识。

"告诉你妈有多少人吃午饭。"他对大男孩说。台雅用手指算了算人数，就陪三岁的弟弟阿里进去了。

杜忠低声叫女儿吃栗子，喝马奶，因为不吃是不礼貌的。

阿扎尔谈起他的任务，眼神充满悲哀："本村月内要派出二十位壮丁。多数人都离不开农庄和田地。有些人会自愿参加。我只好等等看。本村有不少青年早就离开了。我们尽力避免战争，不过战争既然来了，又是马仲英的号召，我们都愿意支持他。本区到目前还没有参战，不过他们连老弱妇孺都不肯放过，未免太绝了。哈密王的宫殿已经遭劫，片瓦不留。听说他的次子正在吐鲁番沙漠附近带兵打仗哩。"

杜忠很想和阿扎尔谈谈近在眼前的问题。他上次来就看出水闸一建，河床就会干涸，村里的情况变得很糟，四处都陷入贫瘠。也许有人会说，要避免鱼流入河里，水闸非建不可，但是山谷下的农民生计完全受到了影响。阿扎尔曾到漳县去，抗议对方的行为，可是县长置之不理。大湖明明是杜家的产业，杜家的势力太大，他们可得罪不起。杜范林靠咸鱼赚了不少钱，他非常满意。一切都是祖仁的效率在作祟，若要把鱼关在湖里，就应该围起来。法律上杜家也有权这样做。祖仁觉得，能捕多少就捕多少——水闸没建，鱼也很多——赚一点钱，让其他的鱼溜走，未免太浪费，太中国作风了。由科学企管的立场来说，这样不能把生意发展到最大限度，不够"积极"，不适合大规模的发展。

至于山谷回人的心情，祖仁另有一套看法。香华第一次到三岔驿，被她丈夫宣告来临的方式吓昏了。他带一把猎枪到湖边。夜晚登上山脊，他先开一枪，枪声传得好远，四周就像受伤的动物，发出尖锐的哀鸣。然后又开了第二枪、第三枪。香华觉得一点也不神气，她不喜欢男人开枪炫耀或取乐。

"你这是干什么？"

"每次我来大湖都这样，好让那些回人知道我来了。"

祖仁没兴趣，也没胆量踏入回人的地盘。他沾沾自喜，以为他们是未受教育、未开化的野蛮人，却压根没想到人心有一条法则，以牙还牙，以枪还枪，当然他的银行或商业课程也没有教过这一门。

柔安还为方才的那一幕而难过。

"那个胖女人是谁？"她问海杰兹。

"她叫密兹拉。"海杰兹慢慢转动眼睛说，"她天生是个大嗓门。她吓着你了？"

"说实在的，她好像恨不得杀了我似的。"

"别把她放在心上。不过你要了解，她丈夫一失去渔人的工作，第二年就自杀了。马卡苏太老，改行不容易，整天闷在家里不做事。有一天他去大湖，划船到湖心，就跳水自杀了，两天找不到他的尸体。他弟弟阿魁去洮州养马，尽量奉养寡妇和侄儿。她也做些零工，替人补衣服，帮忙下田。一个月总有两三回，她从村里失踪，回来时带着满身的酒味。"

马卡苏是四五年前死的，不过在小村子里，什么事都被人看得很严重。海杰兹的儿子在马仲英军中当中校，不时寄钱回来。他没有什么烦恼，现在和儿媳妇、孙子住在一块儿。他把一切精力用来种菜、修果树，傍晚就弹六弦琴消遣。

"别把她放在心上。"他又说，"你看，你那位好叔叔不让我们靠近湖边，好几个家庭都破裂了。卡得家的两兄弟中，哈山出走，下落不明，听说他从军战死了；索拉巴目前住在河州，不时寄钱回来奉养母亲和妹妹米丽姆。"

现在阿扎尔正对杜忠说话呢："不，大湖的一切几年来都不太乐观。上次你来，说要想办法拆掉水闸。你跟你弟弟谈过没有？"

"我整个冬天都住在丁喀尔工巴寺。最近我写信给弟弟，但是他没有回信。其实，我就是来找你谈这件事的。我想我弟弟不会听我的，我要再去看水闸一眼。"

海杰兹说花园里可以看见水闸的情形，大家都走出户外。由篱笆望去，可以看见下面优美的大湖。一百码多，热水流到水闸边，潺潺穿过圆石堆，化成一股细流。水闸建得很巧妙，一根根水泥柱间隔排列，再堆上一大篮一大篮的圆石，把水面提高十尺左右。旧河床很平，圆石缝中渗出的湖水流过石堆，在中间聚成一条水道，再流一百码左右，河床就转向西北。远处的流水绕过一串串河滩和湍流，在东西两岸间弯曲前进。河床中间有一块块小屿上面呈现出零落的翠色。鱼儿逃不出水闸，流下来的水量也减到原来的十分之一，因为湖水不能顺原来的出口流下，就形成各条出路，流到大湖的对岸。

杜忠默默穿过篱笆，向水闸走去，大家也跟在他后面，五分钟就到了。他们一走近，漏水的哗哗声听得更清楚。圆石坝就在他们头上二十尺的地方，点缀着斑驳的青台。圆石很小，用七八尺见方的竹条大篓装起来。圆石倒在竹篓中，形成一个整体，成为好几吨重的大石块。这是旧式的筑堤法，水道对准西北方，修理的时候拆装都很方便。

蛋子陪柔安和李飞走下来。柔安对蛋子说："你记不记得我们常赤脚到浅水去抓蝲蛄？"他呆呆地看着眼前的汉族女子，毫不掩藏他的敬爱。她笑得好开心。"我不知道你一直住在这儿。上次我来，向阿三问起你，他也不知道。你从来不去我们那边？"

蛋子低头看地下："不，你也知道原因嘛！"

"蛋子，我想你一定恨我们。"

蛋子挺了挺胸膛。他偏头看她说："山谷的情况和我们小时候不同了。我始终记得你和你的父母，他们对我真好。但是水闸一建，我们族人当然很气愤。恐怕旱灾一来，我们只好去拆水闸了。这不能怪你父亲，但是我们都恨你叔叔和小杜。"

蛋子走到水闸顶端，站在一堆堆圆石上，笑着俯视大家。

"当心掉下去！"柔安叫道。蛋子大笑不已。

杜忠呆立在一旁，显然有心事。附近有一个棚子，一只旧船的船骸半伸出棚外，躺在沙地上。海杰兹那张古铜色的面孔在阳光下发亮，他转身对杜忠说："那就是我们的旧船。夏天我偶尔出来躺一个晚上。你知道，当过渔人，便永远是渔夫本色。我躺在船板上，盖着毯子，闻闻湖水的鱼腥味。半夜睁眼看星星，呼吸些湖上的新鲜空气，对灵魂有帮助哩。"

杜忠看了他的老友一眼，海杰兹的话使他觉得很惭愧。

"你什么时候放弃打鱼的？"

"大概四五年前吧。你弟弟说，这是你们家的湖，我不能在里面捕鱼，我就不捕。起先这有人偷偷出来，大都在晚上。等你侄儿回来——我们都叫他小杜——他便派出武装的巡逻队，下令射击我们出去的船只。你可以偶尔偷捕一次，但是不能每天冒着生命的危险哪。所以我们把船拖进来，随它们在岸上枯朽。"

"你的船还能下水吗？"

"我想可以吧，不过还要再装索具。你问这个干什么？"

"我意思是说，你愿不愿意再下水？大湖是我弟弟的，也是我的。我的老朋友说要钓鱼，谁敢阻止他？这件事根本不对，我要找我弟弟理论一番。"

海杰兹马上精神一振，眼中泛出几道童稚的光芒。

"你不会害我被你侄儿射杀吧？"

"我会说清楚。"

虽然这句话很像是杜忠一时的奇想，他脸色却很沉重，语气毫不带有玩笑的意味。他知道大湖产业的问题一定会在家里造成裂痕，他弟弟不会轻易让步的。阿扎尔和海杰兹也明白这一点。

他们上了斜坡，向海家走来，年轻人跟在后面。柔安问蛋子："你现在做什么？"

"我替索拉巴看马。"

"喜不喜欢马？"

"我喜欢。马匹就像婴儿，不会说话，但是你拍他们，他们就用鼻子闻你，表示亲近，大眼睛盯着你看。虽然不会说话，却像和你说。"

蛋子指指绿草低地上的几个小红点，眼睛一亮："就是嘛。有时候我牵马到河州去卖，它们知道后就大吼、踢地，睁着白眼看你，用鼻子摩擦你，想叫你不要离开它们。"

"方场上和你说话的女孩子是谁？"

"是索拉巴的妹妹米丽姆。"他的脸色突然正经起来，伸手折了一根树枝，"我想我会去从军。马上就要走了，也许再过一周或十天就去。"

大伙儿回到屋里时，午餐已经摆好了。一碟碟栗子和甜糕放在矮几上。每一张矮几上还有一碟冒烟的烤羊肉片，和腌肉、大葱、羊肝一起穿在小铁扦上。

柔安看见一个少妇的背影走进去。海家媳妇奴莎姨弄好午餐后，赶快去换衣服，她知道杜先生是大湖的主人，他女儿也来了。

过了几分钟，奴莎姨端一碗热腾腾的加味饭出来。她把大碗放在矮几上，微笑招呼客人，露出一口雪白的牙齿。

"这是奴莎。"海杰兹用得意的眼光看看媳妇说。

奴莎姨穿着绿绸衫、白丝灯笼裤，看起来美极了。一条白纱面巾由头顶垂到肩上。她是和阗人，十几岁向东迁徙。阿尔·哈金在河州认识她，把她娶回来当太太。她不像汉族女子那么害羞，头仰得高高的，用深棕色的眼睛看了柔安一眼。她匆匆做手势叫客人坐下来，自己也坐在长椅上，与柔安为邻。她在河州学过汉语，能够应付普通的谈话，不过异族口音很浓，老是抓不准汉字的腔调。

"我们来不及杀一只羊请你父亲，这是我临时准备的。"

加味饭是回人的一道大菜，名叫"巴哩"，把米饭和咖哩粉、羊肉一起炒，再配上葱花、胡萝卜，洒上酱油就成了。

阿扎尔谈起战争的问题，李飞洗耳恭听。马仲英是回人的英雄。战争已经打了一年，照瑞典探险家斯文·赫定的说法，也就是"一九三一到一九三四年使新疆变成荒漠的血淋淋大战"。阿扎尔的话直刺入柔安的耳朵里。马仲英最近被封为中国军队的司令，但他是汉人回教徒的领袖，他要站在回人的一边，对抗汉人主席的军队。在遥远的边疆，情况很复杂。回人是为土地而战，对抗当地的汉人主席，与中国内地的政局毫不相干。

杜忠默默吃饭，一句话也不说，让海杰兹和阿扎尔去谈，心里却想着自己的问题。他专程来研究地方的情势，看看有没有办法解决。刚刚站在水闸下，他已经看出水闸很好拆。他知道自己此时此刻若叫人拆掉水闸，他弟弟会气疯了。可是他也知道，要范林赞成他的观点，根本不可能。一切在他，就看他做不做而已。

他突然问阿扎尔："饭后你能不能找二十几个人来？"

"你要做什么？"

杜忠说得很干脆，语气却很坚决："我要拆水闸。"

大家马上静下来，所有眼光都集中到他身上。

"我该对你们有个交代，以后水闸再也不会为几条鱼而截断水源了。我知道总有一天要拆的，由我来拆总比你们拆好。"

阿扎尔的眼睛出现惊喜的光芒。他一直想谈这个问题，却没想到杜忠这么快，这么干脆就决定了。他心里如释重负，自言自语说："感谢阿拉。"然后大叫说："你决定啦？"

"这不是很简单吗？找二十几个人，我相信一个钟头就能弄好。"

大家都很激动，议论纷纷。海杰兹说："听到这个消息，全村都会出动，不过先要警告下游的人。你要人，我随时给你找来。"

五岁的台雅兴奋得跳来跳去。"我去告诉大家。什么时候？"他急躁地拉拉祖父的衣角。

"大家都在吃饭。我们给他们一个钟头的时间。蛋子，你骑马去警告低地的农民。"

蛋子满眼喜色。他走出屋外，解马，套上马鞍。大伙儿看他向索拉巴家疾驰而去。

"我吹号来通知全村。"阿扎尔说。

塔楼号角一吹，方场马上站满了人潮。阿扎尔说明杜大爷的决定，听众无不欢喜欲狂。

"拆水闸喽！拆水闸喽！"这句话挨家挨户传了出去，不久全村男女老幼都走出屋子，挤向河边。

蛋子由谷地回来，看到一大群人在河边走动，还有一群人围在海杰兹家门口。

阿扎尔负责。志愿者太多了。

他挑了二十几个人，分别带铁锹、镰刀、耙子和长杆。他把人员分成两路，蛋子带一队，海杰兹带一队。阿扎尔陪海杰兹和杜忠站在门阶上，人潮更密了。

看到男男女女的表情，杜忠感到无限快慰。阴沉的眼光消失了，大家都禁不住热血沸腾。有些女人强忍住泪水。阿扎尔介绍杜忠，大家都欢呼鼓掌。两个站在台阶附近的青年开始敲铜鼓，恨不得敲破才过瘾。年纪大的人两手抚胸，对杜忠行礼，他也鞠躬作答。

阿扎尔在发号施令："蛋子，你那一队到对岸去，海杰兹他们在这边。分散开来，不要冲，也不要扰在一块儿。由中间挖一个裂口，再回向两边拆。等大家就绪，我会敲三次鼓，第三声你就开动。别乐昏了头。"

一行人列队到河床，然后爬上堤岸，群众站得远远的，静观静望。

他们来到水闸中间，海杰兹高大的身材特别显眼。鼓声一响，大家就散开，各就各位。第三声一响，中间有人开始用镰刀和铁锹砍竹条，竹条一松，其他的人就用耙子和长杆把圆石撬出来。

第一批石堆滚下水闸，群众欢呼了一声。石堆接二连三松垮倒塌，水位到了，中间也有了缺口，湖水开始奔流而下。大伙儿一面欢呼，一面用竹竿和耙子帮助水势冲垮石堆。现在一股水流奔向下面的河床。

工作人员退出中间的裂口，开始折两旁的石堆。大家看湖水涌成一道银白的溪流，他们的田地和牲口都可以活命了，很多人拍手大叫，也有人满脸庄重的表情。

杜忠和柔安、李飞站在一旁。他的眼睛闪闪发亮。

"这些农夫居然忍了这么久！"他说，"真高兴终于解决了。"

裂口不断加大，水的流速和水量也增加了，冲过大大小小的岩石，发出如雷的吼声。大水横流，到处形成小池和小溪。河床注满了。湖面和底下的河床相差七八尺。大湖周长十五里左右，水位下降得很慢。裂口一个个形成，水流就愈来愈大，扫过破闸，冒出白浪，溅湿了堤岸上的工作人员。鱼在下面的溪流里跳跃。湖水带着泡沫，搅动了河床的灰土，水色又黄又浊，但是在农民眼中，这是几年来所见最美的画面。由河岸棕灰色的痕迹，还看得出旧日的水位。小河像一只饿得皮包骨的动物，突然又长出肉来，恢复了生命。几只乌龟无视眼前的变化，正在水面上漂游，高高兴兴探察崭新的风光。村狗也兴奋得狂吠乱跑。

一个钟头过得真快，现在只剩水泥柱像骸骨般立在那里，水流径自流过去，河水像春潮般奔向下面的谷地。

大功告成，人马开始走下来。对岸的人必须绕远路，到小溪下游再过河。海杰兹回来了，用一条黑布巾擦面孔和头发，以满足的神情看着小河。幸好没有什么意外。男男女女满心喜悦走回家，杜忠和女儿、李飞一道走，完成了一件大事，他心里很高兴。

回到门廊上，海杰兹眺望北方。"河流要恢复原有的水位，还要好几个钟头呢。"他说，"明天早上，我要站在这儿，看河水流过村庄，和以前一样。简直像梦中的旧景又重现了。你明天一定要来看哟。"

他们打算回家，蛋子奔来了。杜忠看看他以前收养的孤儿："蛋子，看你长大，又过得不错，我真高兴。"

蛋子笑得很开心："谢谢你，杜先生。要不是你，我不会活到今天。"

他们向海杰兹一家道别，随阿扎尔和蛋子走出来。到了方场，阿扎尔千谢万谢，转身离去。一路上村民纷向他们微笑。蛋子陪他们走到岸边峭壁底，三个人就乘船到三岔驿杜宅。

蛋子站在岸边，向他们挥手，小船终于消失在远处。

18

第二天他们再过来。夜里河水已涨满旧河床，几乎溢到草地上。听说几头猪在沼地里挖树根，被水淹死了，此外并没有其他的事故发生。现在河中的小鱼半淹在水中，水位达到正常的高度，很平稳地弯曲前进，在太阳下闪闪发光。有几个男人和少年手拿着钓竿，站在岸上。女人在门口看河水潺潺流过，恢复了旧日的景观。一夜之间连谷底的风光也不同了。农夫都出来挖渠，把水引入自己的菜园。

杜忠很快乐。他的作为很正确，他根本不去考虑弟弟必然会有的反对态度。

那是村里的大日子，也是柔安回家上学的头一天。阿扎尔拿了半只羊到海杰兹家来庆祝，很多村民也杀鸡送来，表示感激。蛋子和柔安坐在枫树下聊天。

海杰兹听说李飞要到北方去看马仲英，就写了一封介绍信给在马将军麾下做事的儿子阿尔·哈金。海杰兹在信里提到了村里的一切，叫他尽量帮助李先生。

今天是他们在三岔驿的最后一夜。第二天李飞和柔安要去天水，然后李飞上兰州，柔安则回西安去。

晚饭后，在三岔驿杜宅，达嫂收好碗筷，三个人坐在桌边。杜忠拿出烟杆。他看见柔安向李飞眨眨眼，李飞的脸色顿时严肃起来。

"杜老伯，我这次要去很远。我有幸认识令爱，如果您同意，我想和贵府联姻。您知道，我家并不富有，我也配不上爱柔安这样出色的女子，不过我希望能得到您的允许。"

李飞的话很拘谨，但是很自然，不如他预料中那么紧张，因为柔安已经告诉他，她父亲会赞成的。

杜忠看看他，又看看女儿含笑的脸庞，眼里露出喜悦。"李飞，我只有这一个女儿，我选女婿一直很慎重。不过，我相信我们能够处得很愉快。我女儿的幸福就是我的幸福，她喜欢你，我看得出来。"

柔安眼中现出自豪和得意的神情。李飞在桌底捏捏她的手说："但愿我能配得上她。"

"谢谢你，爸爸。"柔安说，"我好高兴哦。"

"恭喜你们俩。"父亲说，"柔安，我想你选的是一个好青年，我从此放心了。"他转向李飞，"既然你要和我们家联姻，有些事我必须和你谈谈。"说完眼睛看着他们两人。

"祖先留下一堆遗产给我们两兄弟，柔安自然会继承一半的产业。我们没有分，因为我一直流浪在外，我弟弟当家。迟早会有冲突，财产只好分开来。我不能永远和你们共同生活，希望你们了解这边的情况。你们也许以为，我拆水闸是一时的兴致，其实我是继承先人的作风。还有一个沉重的理由，这间湖滨别墅如果四周都是敌人，住起来就不安全了，我尽量使我们和回人和平相处。我走后，你们要记住我的话，任何家族若违反了人心的法则，就不可能繁荣下去。我希望我女儿和杜家都有一份好前程。我也希望回人住得快快乐乐，杜家不出卖祖先的传统。只要我们和邻居和平相处，我就不怕什么了。"

"我会牢记您的话。"李飞说，"但是我认为，你和叔叔该把大湖的问题好好谈一下。"

杜忠吐出一口蓝烟："我最近要回西安一趟。还有一件事，我没有儿子，没有人继承我的香火。我请求你，看在柔安是我独生女的分儿上，让她的第一个儿子姓杜，接我的香火。"

"没问题。"柔安和李飞同声说。

杜忠靠在椅背上，松了一口气："那我就心满意足了。我可以反笑我弟弟，祖仁无子。虽然聪明一世，我弟弟连春梅都比不上，她还有点常识呢。柔安，我劝你和春梅好好相处，杜家的未来就看你们两个女人了。如果你们俩尽力维持杜家的传统，杜家还有一点希望。"

"咦，你觉得祖仁会有什么遭遇？"

"我想下场一定不会好。他满脸杀气。"

柔安吓了一跳："爸爸，你真的相信面相学？"

"我相信。他一脸横肉，目光凶残。眼神会透露出一个人的心理，残暴的人必定暴死。十年后，你们定想起我的话。等我弟弟去世，继承他的香火的一定是春梅母子。"

那天晚上杜忠写了一封信给弟弟，告诉他自己所做的一切，并说明自己马上要回家商讨家庭大事。他现在要回喇嘛庙去，等柔安毕业的那一段时间，他再回家。

第二天一大早，他们匆匆用饭，准备动身。柔安一身准备远行的打扮。

"把围巾拿下来。"父亲说，"我们上去拜拜祖先的牌位。如果李飞一起来，在牌位前鞠个躬，我就当你们已经订婚了。"他打量年轻人说："你长袍外面能不能加一件马褂？"

李飞说，他不知道会有这么正式的场合，所以没带马褂来。

"没关系。"父亲说，"心诚就好了。"

他率先登上祖庙的台阶，停在门口，满脸肃穆，看大家的衣服有没有穿好。李飞看到灵牌用金字雕着柔安祖父祖母的官衔和名字。两人看见社忠在灰尘沾满的供桌上点两支蜡烛，不自觉低声交谈了一句，默默跨进庙内。杜忠要他们站在他后边，柔安居右，李飞居左。

他们跪在地上，磕了三个头。过了一会儿，杜忠慢慢站起身，年轻人也跟着站起来。他把手搁在准女婿的肩上，露出微笑。"我们现在是快乐的小家庭了。等你从新疆回来，我们就办喜事。"他满足地摸摸胡子。

三人走出门廊，柔安脸上充满了喜悦。她再度用紫围巾包住头发。她原以为和父亲分别，她会大哭一场。幸好他答应回家了。李飞扶她上马，自己也跨上马鞍。父亲站在雾中的木莲树下，眼神稍微有点悲哀，面孔倒露出微笑。

他们走的时候，篱笆上还有露珠。早晨的阳光由薄云顶射下来。湖面和岸边有层薄雾，岩石仿佛由海中浮出来似的。草地上，露珠儿闪闪发光，使草色更青，金凤花更黄，比阳光还要灿烂。渔夫的炊烟袅袅升起，懒洋洋挂在天空。但是山顶的断崖和树影立在天空下，倒显得又清晰，又明朗。

十分钟后，他们登上青果树下的东脊。回头看三岔驿祖屋，虽然不清楚，但他们都知道老父正在东边门廊上看他们，他们就挥手告别。

杜忠站在门廊上，目送两条人影消失在山脊背面，心里很满足。

这对恋人骑马到漳县，要搭车去天水。但是他们到那里，早班车已经走了，要等下午三点的班车。他们在一家客店吃饭，天空突然暗下来，倾盆大雨打在屋顶上，雨丝也由店口和窗户飘进来。他们坐在硬板凳上，面对空空的餐桌。

现在他们又单独在一起了，柔安只想到他们两个人。三岔驿别庄共处，与父亲见面的兴奋已经过去。她心里只想着一件事，李飞远行的时刻日益逼近了，这是他们相聚的最后一天。她也隐约为将来的命运而心情沉重，女孩子订婚那天难免有这样的心情。她的女性本能超过了理智，她父亲头一天晚上所谈的家族前程问题留在她心里。她想象自己未来的婚礼；至于什么时候，她也说不出来。全心献身给李飞，她并不后悔，她已经像一个成熟的妇人，整个未来和自己所爱的男人息息相关。她的眼珠更黑了，仿佛看得见，也觉得出生命的奥妙，不分时空，永无休止，许多女人也曾有过这样的感觉。

"你在想什么？"李飞又问了声，紧紧抓住她的小手。

她用手指捏住李飞的指头说："没什么。"

他们看看窗外。水滴沿窗框流下来，不过阵雨已经停了。为了占两个好位子，他们到车站，在露天的湿泥地上排队等候。车子一来，里面的乘客一下车，李飞和柔安就上去。运气还不错，找到两个中间的位子。车厢都站满了人，前后要走两个钟头。柔安昏沉欲睡，就把头靠在李飞肩上，也不管其他乘客做何感想。颠簸、转弯和换挡的声音一再把她吵醒。

李飞用手搂住她肩膀，心里只有一个感觉，他相信就是再走遍天涯海角，也找不到像柔安这样的女孩。他也想着离别和他的新疆之旅，不过他倒不担心。他向来习惯把挫折一笑置之，漠视危险，怀着天生的乐观论，用智慧解决一切问题。

天水是甘肃交通中心，由渭河沿岸的五个古镇所构成，是一座古堡林立的落后都市。兰州的羊毛和皮货，西安的茶叶和纺织品，都从这里转运。居民大多是汉人，也有不少回族商旅来到这里。房屋密密麻麻的，有些建在旧城墙里，甚至盖住了城墙。

为了安全起见，李飞和柔安在城内的一家旅馆化名投宿。天水有很多西安来的旅客，他不希望败露行踪。他们要了两个面水相邻的房间，可以看见回族妇女在河边洗衣服。不久就下起毛毛雨来，雨滴弄皱了河面，船夫纷纷用竹垫遮盖船身。李飞和柔安把脸贴在窗户上，凝视渐起的暮色。

"我们出去洗一个热水澡好吗？"李飞问她，"回教浴池都很干净，可以暖暖身子。"

"随你吧。"柔安好像没有自己的主见似的，"不过外面下雨哩。"

"我们向旅社借一把伞。附近一定有澡堂，然后我们找一家好馆子吃饭。"

他们在一起的每一个动作似乎都有特别的用意，这是相聚的最后一晚了。

他们下楼向柜台借了一把油纸伞，伙计告诉他们三条街外有一家好浴室，还说明如何走。李飞一手拿伞，一手搂着她肩部，两人在碎石街上踏水前行，借着店铺的灯光，避免踏入水坑里。

一走进彩色瓷砖和雕花地板的回教浴室，就有个女人把柔安领到女子部去。柔安从来没上过公共澡堂，觉得很新鲜，很有意思。他们出来在走廊碰面，她精神舒爽，已经恢复了元气，满脸焕发青春的光彩，忧郁的眼神一扫而空。

李飞撑开伞，让她走进来。

"你居然赏那个人一张五元的钞票！"她说，"他还以为你疯了哩。"

"真的？"李飞心不在焉，"没关系，求福嘛。今天晚上我们所做的一切都会带来好运。"

斜斜的细雨打湿了长袍的下摆，雨点清脆地敲在油纸伞上，但是他们在伞下觉得很舒服，很温暖。店铺都已经打烊了，只有香烟店和小吃店还开着。偶尔有一两辆密封的黄包车驶过去，赤脚的车夫慢慢在湿淋淋的街上涉水前进。

一家老饭店厨房的前灯吸引了他们。烤肉、生肉、盐水鸡都挂在大钩上，一盘盘烤肉和猪脚也摆在门边。炊具和深铁锅咔咔相碰，热汤嗞嗞滚着，加上热乎乎的蒸汽，使他们饥肠辘辘，胃口大开。厨子围一件油腻腻的黑围裙，大声叫他们："请进！"门口的泥地黏糊糊的，不过厨房的空气很温暖。

他们穿过走道，进入内屋，六七个房间对面而立。座位全满了，只剩下最后一间。门上挂着脏脏的灰布帘子，偶尔可以看见里面的客人。

跑堂掀起最后一间的门帘，让他们进去。房间只用灰绿色的夹板隔开来，隔壁的客人大声喝酒喧闹，他们倒不在乎。地板是大旧瓦铺的，屋里又干又暖和。

柔安说："我好饿，我要吃点东西，不过我们要叫几道特别的菜。这餐饭算我替你饯行，我来会钞。"

李飞坐下来写菜单——蒜炮龟肉、酥炸鸭肫、鸡肉卷、炸青豆和纸包鸡。跑堂特别介绍他们的"九转柔肠"，他说是预先炸好、隔夜风干的猪肠，丢入热油中，加上原汁煮成的。

绍兴酒送来了。柔安喝了一口酒，李飞说："你记不记得我们在火车站对面的餐厅第一次共同吃饭？当时我们还不太熟。那次也下雨。"

"那是第二次。"柔安纠正他。

"哦，对哟，我忘了。"李飞抓起她的手指尖，低头轻吻。

跑堂端了一大碗肥肠进来。一段一段打成结，在油汤里漂舞，又脆又肥又软，每一节刚好一大口，入口即化，只感到齿颊生津，好吃极了。

"很好吃。"李飞说，"但是不应该取这么感伤的名字。""柔肠"一语在抒情诗中用得很多，描写恋人伤别的情绪。柔安看着一段段肠子，似乎正象征她错综复杂的心情。

"这名字不错。"她说，"带有诗意又感伤。"她用筷子夹了一段猪肠给他，"你走了，请记住我的思想情绪就像这些柔肠，纠结寸断。"

"为了将来重逢的一刻，我会好好活着。"李飞说，"我连戒指都没有给你，但是我会写信给母亲，要家人正式交换信物。你一定要去看我母亲。"

"我会的。不过我怎么和你通信呢？"

"我还不知道。新疆在八百里外，又和中国其他各省孤立隔绝。不过邮件可以通过欧亚航线送进来，兰州和迪化间，一星期有一次班机。我当然会写信通知你。"

"反正我会看你在《新公报》所写的文章。"

"要通过检查才行。我知道，邮检很严格。"

"你想去多久？"

"不一定。新疆省东西绵亘千里，自成一个世界。"

她停了一会儿说："如果情势好，说不定我会去陪你哩。我们的孩子也许会在新疆出世。"

"我们的孩子？"这个问题他从来没想过。她瞥了他一眼，想不通为什么这么意外，然后又把眼睛转开了。

"我们还不打算生孩子吧？"

"不。"她没有再说什么。

父爱是人类文明的产物，母爱却是与生俱来的。孩子问题飘过他脑海，但是并没有深入他的内心，他只说："我们若能在那神奇的异乡共度一年，真是太好了。听说气候不错，有美丽的葡萄和瓜果。大家都以为那是荒漠，其实不见得。有些地方，土著还在河里淘出金沙，大部分富有的家庭都藏有几斤金子。所以老听人说，甘邦和拉卜楞的喇嘛都有金屋顶。可见那是一个富足的地方。"

柔安为他眼中的热劲而微笑。不错，新疆是一个富足、神奇的地方，李飞听到、读到的消息都是真的。但是他天生富理想，以为新疆人整天吃甜蜜多汁的葡萄，所有的沙子都是亮晶晶的黄金。虽然他知道甘肃边界和哈密之间有大戈壁沙漠，却不晓得沙丘遍地，寸草不生，只有蜥蜴存在，还有咸沼泽、流沙、废城、飞沙走石和干焦的谷地。但是男人往往会被未知的一切所吸引。柔安了解李飞魂不守舍的精神，由他的作品中，从第一天见面他活跃的表情中，她就看出来了。虽然她饱受摩登教育，她倒有一份古老的情怀，知道女人的本分就是看家、等候、服从和坚忍。

"那边的女人也很漂亮。"李飞抽象地说，"乾隆帝的香妃就来自喀什噶尔附近的一个城镇。"香妃是一个回族首领的夫人，据说她的肌肤有一种汉人所不知的香味。她丈夫战败被杀，乾隆帝把她带到北京，她却忘不了自己的故乡。皇帝在她宫外建了一个回人村，想减轻她的乡愁，但是她宁愿守贞而死。

"中国最伟大的诗人李白也是来自新疆。"

"不！李白是这里人，我们现在待的地方。"

"那是他的祖先。李白说不定有回人的血统哩。他出生前一百年，他曾祖父被流放到中亚的碎叶城，在楚河流域（古名吹河或碎叶川——译注），远在新疆省外，靠近阿富汗。碎叶城目前属于苏俄境内的托克马克辖区。他们家三代都住在那儿。李白是公元七〇一年在那儿出生的，五岁才随父亲逃回中国。我相信他母亲是回人，因为他父亲和祖父都在那儿成家立业。这些事实全记在官方的传记里。"

"难怪他具有放荡不羁的精神。混血儿一般比较聪明。"

"也许吧。不过，有人说他回四川才改姓李的。"

他们就这样边吃边谈。出门的时候，雨已停歇，街道上亮起黯淡的灯光。

回到旅社，时钟正指向九点。柔安很懊恼，她无时无刻不在计算相聚的时光。第二天一早，她就要乘船去宝鸡。

晚上无星无月。西山谷吹来的湿风打在河面上，屋顶呼呼作响，窗户也摇摇晃晃的。他们不时被窗框上的雨声吵醒。

柔安又伤心又虚软。她对李飞依依难舍，她明白将来她必须独自承担离别的滋味，就算父亲回来、唐妈做伴也无法弥补那份空虚。唯有伟大爱情的回忆，才能产生那份力量。

天刚破晓，她就起身点蜡烛。外面还笼罩在模糊光线中，一切都显出朦胧的阴影和依稀的形状。远山的树林像黑黑的土块，只有天空现出浅灰色，可见天气不太晴朗。李飞还睡得很熟。她开始整理简单的行囊。六点钟她叫醒李飞，按铃要了热水和早饭。

再过一个钟头左右，他们就要下去搭船了。她希望李飞看她高高兴兴的，就一直讲话，帮他弄东西。吃完饭，两个人坐了几分钟。所有旧话又重提一遍：李飞该保重，常来信；柔安该找事情消遣，去看他母亲，把他家里的情况告诉他……

"你若需要人帮忙，记住文博和如水都是我的好朋友。我不在，他们乐意帮你做任何事情。"

门房来拿柔安的行李，李飞陪她到河岸。天已经大亮了。阴阴沉沉，幸好还不冷，风也停了。上了帆船，李飞看着她找了一个好座位，可以沿路躺躺，其他乘客陆续上来，船马上要开了。他走下梯板，站在岸边，船夫正在解缆。柔安微笑站在船头，然后突然转身，船没开就进舱去，不愿让他看到自己流泪。

李飞怀着沉重的心情，一个人默默走上岸。

第四部

玉叶蒙尘

19

到兰州只有一天的路程。汽车穿越了皋兰山峡谷，来到甘肃省的平原。亮丽的阳光洒照着这座围着高壕、深灰城墙的大城市。周围就像一个天然的果园，到处长着梨树。两个巨大的烟囱同属一家左宗棠时代就已创建的毛织厂，是现代工业文明唯一的标志。城市蹲伏在北塔山脚下，红色的山线一直迤延着，充满着青葱的绿意。黄河围绕山丘，一座大铁桥横跨于河上。黄河是本城的北界，过去几个世纪，一直是汉人对抗胡人的天然屏障。两千年前，中国的名将曾在这里击败北方的胡人，四座烽火台过去是军事的信号塔，如今还屹立在南岸的山顶上。

汽车直接把乘客载到皋兰门外内城的广场。兰州有两道城墙，人口愈来愈多，城市的地位愈来愈重要，就在原来的墙外又加建了一道外墙。商业区在通往河岸的几条街上，因为兰州市是中国内地和边疆各省贸易的中心。但是本城和内地拥挤的市区不同，住宅区的房子看起来都很宽大，有长长低矮的墙，可以窥见里面栽植的果树。李飞拦了一辆黄包车，飞奔他上次宿过的旅社，他曾要蓝如水留言给他。他发觉如水也在那家旅礼订了一个房间，但是这时候他不在房间里。

他到电信局拍电报，一封拍给范文博，要他把安抵兰州的信息转告母亲和柔安，另一封拍给报社。他请教到迪化的机票问题，航空社的人告诉他，订票的人很踊跃，还有一大串人向隅，因为政府官员优先，故许多人失去机会。他在欧亚航空局观看地图，吓了一大跳，发觉路途还是那么遥远。兰州离新疆边界七百里左右，边界的星星峡到哈密要越过一百里的沙漠，到省会迪化又有三百里左右。冒险随商团走沙漠十天的路途，在平常时候也够艰巨了；战争期间，未免太愚蠢也太危险了。就算要再等候几周才能订到机票，也要比商团快一些。他记得柔安要他不要冒不必要的危险，他感觉自己简直像一个有了家眷的大男人了。她的一颦一笑留在他心里，快乐，黏人，又顺柔。

回到旅馆，他写了几封信，然后过去找蓝如水。

不管怎样的日晒风吹，蓝如水的脸孔永远是白白的。他面泛菜色，留了一头长发，看起来比在西安时要显得苍老些，憔悴些。两星期来不断地奔波劳累，在天水找到遏云的父亲，又要让她逃避警察的耳目，他觉得很过瘾，也很辛苦。在他的人生旅途中，这是个惊险刺激的奇遇，他的脸上有些历尽风霜的味道。

"你为何不修修面呢？"李飞问他。他觉得世界对待蓝如水有欠公允。这个人仁慈得连一只苍蝇都不敢加害，他只要求在世界的一角有自由与平安，能找到遏云这样的女孩成家共同生活，遏云正象征他所渴望的生活。虽然天生多愁善感，但他的看法很超然，对于军阀的政府或恶行也不觉得很愤怒。"帝力于我何有哉？"不关他的事，天下政府都差不多。蓝如水说天下乌鸦一般黑。

"遏云对你好吧？"

蓝如水眼睛一亮，露出惨淡的微笑。"遏云？"他说，"只准许我拉拉她的手，骄傲得像女王似的。我劝她跟我来这儿，倒不必费什么唇舌。她说过一千遍她感激我，都不让我吻她。她是半孩子半大人。她对男女、爱情、罗曼史方面知道得很多，自己却不肯把心扉打开来。我说我要求的不是感激，她害得我在她父亲面前丢脸。'友情？'她问道。'不。'我说。她就说：'天下男人都差不多。除了腰部以下的东西，还会要什么呢？就算他救了我，我也不会依他的。'她当着她父亲面如此说。我脸部烫烧，好窘，不过还逗着她说：'你说腰部以下的东西是什么意思？'她用手指划着脸颊说：'不害臊？！谁不懂？'李飞，我告诉你，这太不公平了。我从来没有占到她任何便宜。她父亲问起我，我发誓绝对清白，你应当了解老崔的。他巴不得我别这样正经，这样她就非嫁我不可。但是她说我是地道的绅士，他也相信。我觉得他的表情有些失望。"

"当时你们谈些什么？"

"你知道还不是那么一回事！她父亲有时故意制造机会让我们留在天水宋家。我没有办法向她求爱。我猜想她从十一二岁就听说过那么多的爱情故事，我若向她求爱，就宛如在演戏一般。她让我牵她的手，把她当妹妹，这样而已。但是她已经亭亭玉立了，她心里总该有一股柔情吧，只是我不知如何去打动她。她对于公子哥儿特别有戒心，自然她父亲非常失望。不过她已在心中描摹她理想中的白马王子的形象。"

"于是你就打退堂鼓了？"

"我在东园门外，替他们找到了一间屋子，宽敞、幽静，并且还有漂亮的菜园。房东是一位老太太。她的儿子在汉口，她自己只用了一个房间。我打算过几天也搬过去住。当然老太太并不认识遏云，不过初次见面她就说挺喜欢她，而且还说她愿意帮大家烧饭，大伙儿一齐住，也比较热闹。"

"你不觉得遏云是在巧妙地闪避你、利用你？"

如水脸一红，加强语气说："不，这真是天大误会！你不了解遏云。"

他说遏云和她父亲有些积蓄，够他们一年生活了。只是这个时候因为遏云不能公开露面，他们将会把他们的积蓄用光。所以当蓝如水提议由他来付房租，遏云的父亲并不反对，但是遏云坚持说，他们要付自己的伙食费。一路上实际是由蓝如水来付车费及其他开支，老崔对于这样的安排表示赞许与鼓励。他希望短时间过后，他能够有一位名正言顺的女婿，这一切的安排希望都只是暂时的。

依李飞看来，蓝如水下定决心，意志坚定，最后的成功一定是他的。他的父亲也许难于同意，但是蓝如水并不介意。女方的天真无邪和独立的精神使他入迷，和他在上海认识的名门闺秀真有天壤之别。她的出身，她的缺乏教育，他并不在乎。"一个男人对太太要求些什么呢？"他曾对李飞说过，"穿上纱衣服，喋喋不休，吃蛋糕，生怕染上细菌，对丈夫扯谎吗？"事实上，早在认识遏云之前，他就下定决心娶个天真烂漫的乡下姑娘。他何必讨个有文凭的老婆呢？遏云走起路来并不像个女教师，倒是一副精神饱满的少女步伐。她脾气坏一点，不过却是好伴侣，青春、活泼、愉快、调皮，也不怕说些不雅驯的话。在车上他曾看过她如何对付满洲兵，她那一巴掌是很结实的。她的声音、姿态充满了天然的戏剧感，如舞台上以诗文讽刺的贵妇声调，那才绝呢！就是这一份顽皮加上街头的粗话，使他神魂颠倒。李飞想，她保护自己的阶层来对抗"绅士"，像她维护她的贞操那么强烈，老友追求这位小姐，就有得瞧了，心里不觉得暗自好笑。不过，他觉得遏云并不能抗拒自然情感的发展。他想，如果有一天他和柔安、如水和遏云能住在兰州这么漂亮的地方，生命就太完美了。

有关马仲英动向的传闻很多，互相冲突，而且很难确定。据传他已由战场回来，他的司令部离兰州约四百里。他完全掌握河西走廊，势力范围一共迤延了七百多里，伸向新疆边界。交通困难，李飞除非能确定马将军的行止，否则跑这趟远路，根本是浪费时间。他的机票订在五月底，很怕失去机会。

同时也有不少迹象证明马仲英在兰州活动。汉人回教徒新兵不断通过本城；军方征用马匹、粮食，也用骆驼、骡子和马车输送；猪皮、牛皮、马皮灌满了风，盖上封印，编成筏子，顺黄河而下，载运大批燕麦、大麦和其他的补给品。难民和返乡的军人传来汉、回的战况，李飞借助地图以及高明的想象力，终于拟起了一幅战况图，寄给报社。

他收到柔安的信，也写了回信给她——说他很喜欢待在这里，对兰州的印象颇佳。他还提到如水和遏云所住的房子，兰州的东西又好又便宜，一年四季花团锦簇。兰州著名的白梨花现在已凋落，不过乔太太园中的牡丹花正将开呢。"软儿梨"秋天摘下冬天收贮，一俟皮色变黑，多汁柔软，气味香郁。牛肉、羊肉价廉物美，皮货也很便宜。气候干爽，土地高爽，夏天很凉快，冬天四周围都变成玉雕粉琢的银白世界。李飞把兰州比喻为天堂，要柔安来看看，反正如水与遏云都在这儿。他寄给柔安几张花园合拍照片。他当然知道柔安不能来，她的父亲快要回家了。不过他要柔安知道，兰州真是个叫人难以忘怀的地方。

他告诉如水，他已和柔安订婚。每次她的信一来，如水和遏云就逗他，当然他绝不肯把情书公开给任何人看。房东太太对这些年轻的房客关怀有加。她是一个古道热肠的老人，年纪虽大，身体倒没有老态龙钟的样子。年轻的朋友常一同去爬山，傍晚时分回家，乔太太早已弄好了晚饭。大家一团和气，真像快快乐乐的一家人。

老崔告诉如水可请房东老太太帮忙游说，请她想办法改变遏云的心意。蓝如水打算给遏云的父亲两千块，这个数目足够他享用晚年了。

乔太太单独与遏云在一起时，就说："你为什么不嫁给蓝先生？他是个文雅的君子，人品不错又有钱。"

"就是啊，我们的情况太悬殊了。"

乔太太露出困惑不解的表情："我不明白，很多人都巴不得找这样的如意郎君。你难道不喜欢他？"

"我喜欢，但是结婚与喜欢又是另外一回事。他不是我理想中的男人，而且年纪也太大了。"

"你这话是什么意思？即使他大你十岁，又有什么关系呢？"

"问题在于对事情的看法。他因为有钱，整天晃来晃去。也许我太年轻，不懂这些。他很有诗意，很有气质，我也知道他也爱我，但这不够。看看李飞吧，他以他的劳力换取生活，难怪杜小姐会钟情于他。"

"你要哪一类型的丈夫？"

遏云很快瞥她一眼。"我啊，乔太太，我到过不少地方，也见过各色各样的人。我佩服的是李世民和薛仁贵那种咤叱风云的人物，能够上马杀贼，把敌人拉下马。即使让我当王宝钏那种悲剧人物，在寒窑苦守十八年，我也心甘情愿。他们非我们今生可以遇到的等闲之辈。次一等的有苏秦、张仪，凭一张三寸不烂之舌，能奔走敌营，游说王侯。那些都是乱世救国的学者，是不平凡的天才。我没有这么大的野心，我愿意做猎人的太太，看着丈夫带弓箭出门，猎一只鹿、一只山鸡或野猪回来，我会杀鸡拔毛，烤煮鹿肉，那一定是光耀门楣的事。哦，退一步说，我宁可做农夫的妻子。我要早起烧饭，看他荷锄出门，中午送午饭到田里给他。但是我不想嫁给那些俗气的商人、大官，或者游手好闲的有钱人。"

乔太太禁不住笑起来。

"你小小年纪，脑袋却充满戏台上传奇故事。我在你的年纪，也是充满了梦幻，梦想这样的男人。但年纪一大，等到我这样的岁数，你的想法就会改观。"

"不可否认，我的年纪尚轻，不过我的想法就是这个样子。蓝先生温文多礼，但他不是我理想的丈夫。我有权利挑选，我有权利再等等。也许假以时日，我会碰到薛仁贵之类的黑脸猎人，或者武松之类的打虎英雄呢。"

"即使你不为自己设想，也该想想你父亲。老人家有人奉养，则不愁三餐。"

"我可以奉养父亲。"遏云说。

"你如何能够呢？"遏云没有隐瞒自己的姓名，但是她没有透露她的职业，老人家以为她们只是北平流亡而来的难民。

"我可以。"少女只回了一句。

日子飞驰而过，遏云看起来是唯一没有烦恼的人。她帮乔太太到菜园摘菜、剥豆荚，早上穿着棉花衣裤，陪乔太太提着竹篮上菜市场，碰到熟人就与他们聊天，开开玩笑。下午她偶尔也会跟父亲与大伙儿上公共游乐场所或上茶楼去，在那儿与大家玩得很高兴。她喜欢与大家站在广场上，看走江湖的拳师打拳卖药，或者参观熊戏、猴戏，以及各种杂耍。她时常找流浪艺人聊天，问他们打从哪里来，和他们说些"江湖"话，于是她就觉得很快乐了。世界上很少人像拳师或艺人，手里赚多少，嘴巴就吃多少，到处流浪，没有自己固定的家，但是也很少像他们这样无烦无恼。她父亲认识一位老王，是白莲教的分子。蓝如水对此并不介意，她父亲却希望她当一位淑女。遏云很怕失去属于自己的阶层，真正不嫁蓝如水的原因她并没有向任何人说明，她深知一嫁了如水，她就无法再抛头露面唱大鼓，也不能再拥有她所喜欢的开放生活。

老崔看着她在菜园里摘菜，心里仍充满着希望。"她还是小孩子，"他对蓝如水说，"心智还未成熟呢。"

遏云愈是不理睬蓝如水，她那无邪的魅力和开怀的笑容就愈使他倾倒。天天能看见她，他觉得生活很充实，他愿意与时光赛跑，耐心等待，相信时间久了，有情人终成眷属。

李飞离开兰州的前一个星期，有机会见到海杰兹的儿子阿尔·哈金，他是马仲英办公室的中校。哈金到兰州来接洽征兵和补给的问题，他要求李飞来看他。

李飞走进三十六师司令部的兰州办事处。哈金穿着中国陆军的制服、军帽和高统皮鞋，是一个生气勃勃、精神焕发的青年，高度和他父亲差不了多少，深棕色的眉毛，瘦长、留须的面孔，一看即知道是回人。他站起来，用诚恳、干脆的态度注视着李飞。

"马将军要我竭力协助您，"他说，"如果您愿意到肃州，他很乐意见您。"

马将军是一位冲动、野心勃勃、机灵的人，他很喜欢接见记者。他听说有一位国立报馆的特派记者要来访问，他马上要哈金带他去肃州。

李飞表示肃州之行是很愿意的，只可惜他已订下了到迪化的飞机票。

"那真是太可惜了，您若不介意等二十分钟，我们一起去吃晚饭。"

李飞马上答应，他很高兴能和回军直接接触。青年中校立刻坐了下来，专心来处理文件，然后起身，手里拿着军服外套，陪李飞走出办公室。

李飞并不了解回人好客的一面。阿尔·哈金已读到父亲的来信，知道拆水闸的事情。他知悉李飞曾经在父亲家做客，简直把他当老朋友看待。他的一些军官的威仪消失了，眼中现出诚恳的友情。他问及台雅和阿里长得多高多大，奴莎姨什么样子，家里用什么招待他。当李飞述及拆水闸的经过，哈金眼中闪射关切的光芒。

"马将军奋斗争取的就是这些。我们不是打中国军队，马将军本人就属于中国的陆军呢。哈密附近，我们家族的土地都被窃走了，大家只好亡命于沙漠与山区，现在他们又遭到大屠杀。我们族人拿起武器来自卫，奴莎姨给我的信，谈到水闸和我们谷里的事。李先生，我们不是好战的民族，我若在那里，我早就领导村民开水闸了。我真高兴，杜大爷是好人。"

哈金谈起满将盛世才回疆的消息，以及马将军协助回人的计划。李飞也把村里招兵的事奉告。

"马将军要亲自出马到新疆吗？"

"不。他要训练军队，实际负责打仗的是马福民和马世明。他们是汉人回教徒，他们已经把赌注掷在我们这一边，我会给您几封致回教将军和哈密王朝旧吏尧乐博斯的介绍信。"

"我将感激不尽。要我到办公室去拿吗？"

"不必了，我会派人送去给你。后天我就回肃州。你这次无法上肃州见马将军，他一定感到遗憾。您如果冬天还在迪化，也许我们会碰面哩。"

一周后，李飞搭上前往哈密的飞机。

20

柔安满怀希望等李飞回来。女孩子用情专一，就不会考虑到自己，只是惦念着意中人。柔安的用情即是如此。李飞想去新疆，她就让他去。他的远走，暂时无法回西安，理由也很充分。只要能等到他的信，知悉他平安，这种等待也是很好的报酬。她的脑袋再也想不出新疆是什么样子，距离那么多关山黑水，那里又有原始部落的冲突。她等着她父亲帮李飞干旋，准他平安回来。

自离别后，她收过李飞八封信，都由兰州发出。每次接到信，她就念给唐妈听。她告诉唐妈，一俟李飞返回，她们就结婚，她父亲也已同意。她还喜滋滋地告诉唐妈，李飞通过了父亲的诗词考验。唐妈不懂诗词，但知道一定很难，很伟大，因为柔安的父亲是一位"翰林"呢。

就是柔安不说，唐妈也猜得出来。柔安常常一句话不说，静静地凝视远处，唐妈在这个女孩脸上看出一种新的光辉和新的庄重感。她为爱而自豪，目光有了奇妙的转变，一眼就瞧得出来。女孩子知道有人对她痴情，对大家会更文雅、更和蔼、更同情，因为她在爱人的眼光中找到了自己。她有愿望，有个方向，有一个真正的目标，没有人能阻挡得了。女人的爱情具有微妙的力量，统领着她的行动、她的思想以及抉择。有时候最温柔的情感也会化为无限的敌意。

爱情的灵丹改变了柔安，使她和以前判若两人，使她无精打采，使她坐立不安，使她不注意世界上其他事物。唐妈和她如此接近，不会不注意到这一切的转变。她发觉柔安每次看李飞的母亲回来，眼睛就奕奕有神，似乎看到他母亲就感觉离他近一点。

李飞的信常常提及母亲和哥哥一家人（他给柔安的信超过给哥哥的），于是每星期她更有理由去会李飞的母亲，把有关她儿子的事情告诉她。

"等你父亲回来，"李太太说，"我们两家就正式订婚。能有一位知书达理的儿媳妇，我当然高兴。你一定要说出你想要什么，我们家并不富有，但我们一定依礼行事。"

自从三岔驿回家，柔安一直遵照父亲的话对待春梅。她父亲说过，她和春梅要负起杜家中兴的责任。她不得不佩服春梅，而她们上一次在一起的谈话也使柔安看出春梅的立场。柔安对于父亲关于她和祖仁的预言会不会出现感到疑惑。她不喜欢祖仁，祖仁也知道，也感觉得到。现在她尤其喜欢暗中拿祖仁来与春梅比较，这一比，更使得祖仁相形见绌。她愈看祖仁愈不顺，也愈看到他脸上的横肉和眼中冒出的邪气。祖仁待在家里，即使无所事事，也表现一种紧张的表情。所以柔安觉得和春梅比较亲近，愿意告诉她，自己已下定决心要嫁给李飞，而父亲也见过他，也表示同意了。

当柔安度假回来，她马上晓得叔父与父亲之间一定会有严重的裂痕。第一顿晚餐席上，大家问起她如何打发假期以及她父亲的近况。

"我劝过他回来，"她说，"他住在喇嘛庙里。因为没有人帮他炖，连我们新年送去的人参他都没吃完呢。"

"他的病况如何？"彩云问。

"他昏倒过一次。用人把他从地上扶起找医生。我想那是第一次发作。我们回三岔驿的时候，他看起来身体还蛮健康的，还顺便带我们到回人村去。"

"你说我们，是什么意思？"

柔安发觉这一下说漏了嘴。

"阿三。"她答道。她脸上泛起红云，发现春梅迅速地瞥了她一眼。她想提提水闸被拆的事，又不知如何开口。

"噢，对了，"她立刻说，"我父亲有一封信要给你。"

叔叔打开信，是一封字体工整的两页长信。他放下筷子开始阅读，才看半页，就把信往地上一丢。大家都被他苍白的脸色和眼里露出的凶光吓住了。他把椅子往后一推，站了起来，仿佛被谁踢中要命的地方，眼睛冒着火焰。

"他把水闸拆了。哎哟，我猜他就会干这种傻事。"他在房内踱着方步，喘息声依稀可闻。

"坐下来把饭吃完吧。"他太太说。

"他没有一点常识，和那些喇嘛僧住在一起——他一定疯了！"

柔安的脸色起初吓得发白，但当叔叔说他父亲发疯，不禁义愤填膺，她镇定自己。

"咦，他一定疯了。让鱼溜掉，溜下河去！那座水闸花了不少钱造成的。我们造了湖来赚钱。他待在喇嘛庙，什么事情都没有做，只是向我要钱，拆水闸竟不跟我商量。"

柔安设法控制着自己："我父亲完全正常，你为什么不详细看看他的信。”

“我为何要看？他不与人好好相处，他以为西安不配他住。”他走向柔安，“告诉我，你看到了吗？事情发生的时候，你在哪里？”

“公公，你坐下，”春梅说，“等一下你又要头痛了。水闸既然拆了就拆了，等他回来，再与他理论不迟。大家为了几条鱼吵架太不值得！”

春梅很会处理事情。这件不愉快的事情，因为她举止得体，态度亦可人，杜范林慢慢地走回座位。

“水闸全部完蛋了？”他问柔安。

“裂口一挖好，”她说，“大水就冲过来，把其他部分冲垮了。”然后她故意加上这几句，“田园有了水，回人很高兴。第二天早晨我过去看，美丽的河水又涨满了。农夫出来开始修筑沟渠，牵马到岸边喝水，村里的小孩也出来钓鱼。父亲非常愉快。”

柔安抬头看叔父，心里因他痛苦的表情而暗自高兴。

“我认为我父亲是为家庭的利益着想。他说：‘那座水闸迟早会被农人拆掉，与其让愤怒的邻居来拆，不如自己拆掉算了。’”

她叔父吼了一声，就离开了餐桌，回到房里去。

一个小时后，看过厨房，把小孩哄睡，春梅就来到柔安住的院落。柔安倚在床边，正猛吸着烟。她听到春梅大声喊着：“三姑，还没有睡？”接着看她掀帘进来。

柔安很快坐正，春梅悄悄地走进来。

“你离家那几天，我要唐妈照常晒你的被子。四月天什么东西都发霉。”

“多谢你帮忙。来，坐在床上，我们轻轻松松聊几句。你知道我父亲提起你什么？他说，是你的黏合性强，把家人黏合在一起，没有你，杜家早就分道扬镳各奔前程了。对于家庭的未来看法，你和父亲比较接近。我把临走前你告诉我的一些话说给父亲听。”

春梅坐在靠桌的椅子上，嘴唇泛起一丝笑容，眼睛望着下面，似乎有什么心事。低叹了一声，声音小得几乎听不出来。

"我在晚餐时有没有说错什么话？"

"我不觉得。怎么？"

"我说二老不该为了区区几条鱼而伤了和气。"

"嗯？"

"我挨了一顿骂。婆婆说，我乱谈大事，有失身份。就算我说错了，也只是希望家里不要为任何事情而伤了和气。家和万事兴。兄弟不睦，是家庭衰微的第一个征兆。我说'几条鱼'，并非意味着那些鱼不重要。你看我真不好做人，不说不行，说了也不行。婆媳难处！"

"我叔叔对你说了些什么？"

"一言不发地闷着，一直生气喘气，脸涨得像红萝卜似的。他正要写信给伯父。我不敢再开口，怕婆婆隔墙有耳，又说我多嘴多管闲事。三姑，我一听说没人替你父亲炖药，就觉得他不该留在那儿，他要回家，我很高兴。不过，我担心的事情恐怕还在后头。我听到他打电话给他儿子，说明天要找他谈谈——他必得把水闸装回去，你等着看好了。你父亲一回来，一定有一场可怕的风暴。我没到过三岔驿，不了解其中情况。情况很糟吗？"

柔安向她解释："除非你到过那地方，你不会深深体会水闸的意义。回人村都在那儿，他们的农田、牧地都需要河水来灌溉。回人心怀怨恨，但是不敢有所行动。我们少抓几条鱼、少卖几条鱼没关系，但是水源对于农人可意义重大，生死攸关。湖泊很大，没有水闸，鱼也够多了，水闸有无，影响不大。我父亲觉得，弄了水闸来树立敌人实在不划算。除了我们雇用的渔夫，那边并没有汉人。人不能单靠武力来保卫地方。他觉得叔父永远不会同意来拆掉水闸，所以他就径自拆了。你应当向叔父解释，让他了解。"

"我不敢确定他会听我细说。"

"一定肯的。"

"这种事很难说。他们都认为，女人不懂生意经。他们以为女人的天下在厨房，除了烧烧菜，带着小孩，什么都不懂。"春梅苦笑，"但是我说过一句话，一个人要活命，也得放别人一条生路，天道有常，而且循环不息。"

"你觉得二哥怎么样？"柔安很想知道春梅对于祖仁的观感，看她的看法与父亲是不是一致。

春梅精明地抬眼。她不禁想到自己是小儿子祖恩和祖赐的母亲，彩云却是祖仁的母亲。"你若没有问题，我可不敢发表意见，大家会以为我是在嫉妒家里的大继承人。因为香华，我对她总是敬而远之。现在我认同香华的看法，知夫莫若妻。"

柔安笑笑。她知道，香华对于先生从来没有一句好话。

"人好比鱼类。鱼大好看，却不见得好吃。"春梅说，"婚姻也一样。"

春梅一向是杜范林忠心的妻子——如果可以用这样的字眼的话——但若说她爱他，就未免太牵强附会了。

柔安还是个闺女，谈到婚姻有些害羞。春梅也注意到了，什么事都无法逃避春梅锐利的眼睛。

"有人陪你一道去三岔驿？"春梅眼睛盯着她不放，"我知道你说'我们'，并不是指阿三。"

柔安不觉满脸红了起来。"还有一个人。"她说，"你猜猜看是谁？"

"我难道没有眼睛？你走的时候，看起来并非纯粹去看你父亲。我知道你去火车站那夜，李飞也出城了。我把这些事情串联在一起。"

"你对他的看法如何？他曾向我父亲提出婚事，我父亲也同意了，所以我才想听听你的意见。"柔安尽量若无其事地说，"我要等父亲回来，才把这件事情公开。"

"如果你能耐心等待，我就尊重你的想法，同时我也谢谢你对我的信任，也祝贺你。他是一个聪明伶俐的年轻人，而且相当成熟。现在我可得回去了，他可能回来在那儿等我。"

殷盼中柔安度过了一个月。她给李飞的信中并没有提到自己的隐忧，因为她不愿意爱人为自己的事情操心。不过，她的确有充分的理由，想快点完成婚事。她还不敢确定。起先她的月事该来而未来，她半信半疑，但仍充满希望。初期的疑问困扰她，想到自己可能怀孕，却也有一些奇妙的感觉。她完成一份美丽高贵、无比幸福的爱情，难道是一种错误吗？那夜在三岔驿杜宅，她邀请他进房欣赏月亮，把一切完全奉献给他，当时曾把一切考虑抛于云霄之外。那一刻，她只想让他知道她是多么爱他。如果再遇到如此的情况，相信自己仍会这样做。况且她父亲也见过李飞，也甚表同意。如果父亲能替李飞说情，保证他不会在西安出事，他就不必远走新疆，他们也就可以结婚了。这些想法只暗中放在心上，不能让别人知道，包括唐妈和春梅。她写了一封快信，要父亲尽快回来。

后来才晓得李飞已经离开兰州了。她把信读了又读，他此去好几个月，说不定半年。她的忧虑加深，忧心忡忡地过了一个月，她觉得很正常，心里又充满希望。她听说父亲要在她毕业的前两周回来。她会和父亲谈谈，或者撒个小谎，说事情是在天水离别前夕发生的，当时父亲已经同意了。她认为父亲会谅解才对。她会要父亲宣布，因为李飞要远行，他们已在三岔驿行过简单的婚礼。她相信父亲，而且可以肯定父亲会帮她把一切处理妥当。

唐妈首先注意到她的反常行径，以及出奇的沉默。当唐妈提及李飞远行的事，她总是有意避开，或者闪烁其词。

唐妈看见柔安的眼神愈来愈恍惚，神态有些异样，就说："我看你把书本摆在膝盖上，根本没有看。"

柔安似乎没有听见她的话，仍然盯着远方。最后她的眼光折了回来，问唐妈："你刚才说什么？"

"你的心神不定，目光恍惚。如果有什么烦恼不妨告诉我。长此以往，这样下去是不行的，会闹出病来的。"

柔安嘴边苦笑："我不能不这样，对吗？"

李飞坐上驶往哈密的飞机。除了军官，只有五个平民的客人，那些军官似乎负有什么任务似的。飞机上除了一个戴着白头巾，脸上饱经风霜、布满皱纹，还留着一撮胡子的回族老人外，都是汉人。李飞和这位老人搭讪，他说他是哈密的商人，战争爆发，他被困兰州。听说哈密的故乡遭到严重的破坏，现在战火已转移到鄯善和吐鲁番，他要回家看看家园怎么样了。他的眉毛深锁，若不是别人找他，他根本不会自动找人交谈。

在李飞隔壁坐着一位军官，他不停地用眼药水点他发炎的双眼。药水流下面颊，他大声吸气，似乎很喜欢药水的味道。因为他帽子上有青天白日的国徽，李飞判断他是国民政府的陆军，但是无法肯定他站在哪一边。马仲英本人也带这种帽子。李飞与他讲了几句，告诉他自己是记者，军官斜眼睨他，连头都没有转过来。他用力吸气，无精打采地说："你来这边干什么？"

"我想了解战况，而且我早就想来新疆了。"

军官的喉咙咕噜一声，像嘲谑又像笑声。

"我搞不懂你为何挑上这个人间地狱。进来容易，出去可就难了。"

"为什么，我不明白。"

军官微微转过头来，端详他身边的伙伴："那是你不懂新疆的情况。"

"我不大了解他们会有什么理由把我拦下。"

"他们会让你进去，"军官说，"如果你隶属于汉军，那又另当别论了。但是那边的战争与中国或南京政府根本扯不上任何关系，金主席认为那是他们家的事，而且不欢迎记者私自闯进他的王国。"

李飞在座位上打盹。当他醒来，太阳已高挂天空，照在昏黄的平原上，地面上有一块块巨大的云影。放眼俯瞰，没有一丝人烟。他由机窗望出去，右侧机翼外就是远处雪白的天山。二十分钟后，蓝红的小丘和白色的村庄飞闪而过，马达的轰鸣和机翼的震动隔断早晨的气流。他坐在飞机上，觉得自己如鸟儿在飞翔一般，实在有趣。一个服务员进机舱说，飞机快要降落了，请大家快系好皮带。

地面冲着他们开始节节上升，地平线隆了起来，地球好像翻倒似的，白杨夹道的路面似乎在他的眼前飞舞。然后他看到一座边城的废墟，屋墙还在，而屋顶没有一家是完整的。飞机盘旋，哈密城一会儿在左，一会儿在右。虽然军官谈了那些扫兴的话，能安全到达哈密，李飞的心上仍洋溢着喜悦。

几个脏兮兮的士兵在机场办公室里踱来踱去，似乎一派悠闲。他们的胸上挂着红徽章，脚上穿着布鞋，绑着绑腿。李飞走入检查文件的外厅，排队慢慢走向一个伏在桌上办公、头发稀疏的老人。一个穿灰色军服的中年军官踏响着步伐，走来走去，不停地盯着旅客。穿着军服的旅客正在受检中，这个穿灰制服的军官走向李飞前面的回族老头。

"你是谁？"军官问道。

"我是这里的居民。"

军官发出一种暧昧难听的吼声，他的眼光跟随着这个回族老人慢吞吞地走向办公桌。回族老人没有证件。

军官上前逼问："你来这边干什么？"

"我回来看我的家人，我家住在这儿。"

"你等等。"军官恶狠狠地说，并且发出冷笑声。这个老人顺从地退到墙角，全身发抖，脸色发白。

再来轮到李飞。检查人员检查他的证件，翻来覆去看了半天。这位检查员从来没有听过《新公报》。他表情木讷，在证件上盖了章，交还给他。李飞走向搬行李的地方，他发现战地的味道。

士兵的脸上缺少些微笑容，大家似乎都很不快乐，屋里泛出臭味。

一个士兵拍拍他的臀部和腿部，要他把口袋中的东西掏出。他拿出黑皮夹，并掏出一沓信件。士兵把信件交给军官，那位军官一封一封打开来看，读着，慢慢脸色变了。三十六师的信纸上有哈金的介绍函。军官猛翻那几封信，皱着眉头："你知道这代表什么？你知不知道你会以间谍的身份被抓去枪毙？糟糕，你来这边干什么？！"

"我是《新公报》派来的，当然需要回教将领的介绍函件，以及我们这边的信件。这没有什么不对劲嘛，三十六师也是我们陆军的单位。"

这个军官半句话也听不进去。他轻轻地弹着信纸，自言自语说："马世明，马福民。还有尧乐博斯！你从哪里拿到这些信？"

"在三十六师的兰州办事处。我一位朋友交给我的。"

"原来你有朋友在马仲英的办公厅做事！"

李飞试着轻松："军官，你不要把事情看得那么严重，哈金中校给我这些信，因为我在兰州碰巧遇到他。"

"这事情恐怕很严重，很严重吧！你有没有写给金主席或其他要员的介绍信？"

"没有。"

"那么，我只好扣着你，等候上级的指示。你了解战争正打得剧烈，我们不允许间谍冒充新闻记者。"

军官第一次现出笑容，嘴巴咧开，露出大黄牙："我不知道你是何方来的，不过你不是替马仲英服务，而是正式的记者，你的做法未免太蠢了。你只好看看运气了，年轻人！这里为了芝麻小事就会挨了子弹。

我发觉你还蛮老实的，不过我也爱莫能助。"

李飞的喉咙紧紧的，口干舌燥。他发现他陷于绝境。万一自己惹上麻烦，他第一念头想到柔安，她可要急坏了。其他旅客都走了，只剩下老回人孤零零地站在一角。

"来，跟我来！"军官说。李飞和回族老人被带出机场，后面跟着四个兵丁。街上行人稀少，新疆的大城哈密就像一座鬼城似的，偶尔有野狗出现街头。几个士兵站在没有屋顶的房子里逗弄一头绵羊，大沟渠两旁堆满老柳树中空的躯壳。

他被带到一间石头做的门，墙壁涂着石膏的屋子里。看起来像商人的住宅，侥幸逃过一场大劫，就被征用为军官的总部。战乱一起，市监狱遭到攻击，等汉人反攻，就完全被破坏了。

"在没有收到迪化方面的指示时，你就是我们这里的宾客。"军官的口气很客气，也很严苛。

李飞心里发火，暗自焦急："长官，这太荒谬了，我是被派来报道战况的。我想你一定听过《新公报》，那是最大的国立报纸，不然你可以打电话去上海证实一下。"

"对此我不会怀疑。即使你是南京政府派来的特使，也没有什么分别。对不起，我只是执行任务而已。我们不会加害于你，但是不准离开这间屋子。"

李飞要求拿回介绍信。

"你不必把信件撕毁，撕了对你没有好处。"

"我为何要撕？我还打算去见尧乐博斯他们呢！"

晚上，李飞睡在富人睡过的豪华大床上，不知道如何办才好。他进屋后，曾再三思考家庭和事业的问题。他听说老回人被关进另一个房间。回人来这儿真是太傻了，警觉的回人早就逃到南部山里去了。

李飞在沉思中被脚步声打断了。他注意倾听，几分钟后，脚步声由大厅尽头绕回来，夹着士兵的咒骂声。他还听到回人求饶的哀叫声，以及啜泣和步枪枪托打人的声音。老人的喘息，以及拖拖拉拉的摩擦声，愈来愈远。又过了几分钟，一声凄厉的枪响，他知道回族老人已一命呜呼了。

枪声短促、尖锐，接着一片夜的死寂，好像一个信号，撼动了全身的组织，促使他进入备战的状态。一颗子弹具有决定性的影响，他曾经听说过一大堆无辜的人民被杀。再死一个，如踩死一只蚂蚁，对于军人根本不算什么。如果这就是所谓新疆的战争，可知他所想象的与现实差太远了。热血在他脑子里澎湃，他靠在床板上，尽量冷静，判断情势。在夜色中，他点燃了一根香烟，火柴的微光照见他的指头。他趁火柴还未熄灭，弯弯手指，觉得活着，能弯弯手指，算上不错了。

他下意识感到自己已陷入复杂的局面，军方疑心很重，而判刑很快，生命轻如鸿毛，一文不值。他的生命掌握在一个司令手里，生死全凭他的高兴来决定，没有讨价还价的余地。命运握在自己手里。他想与其等迪化那边的消息，还不如自找活路，想法逃出去。他想，此时最安全的方法就是参加回军，自己手中有介绍信呢。

他起来站在窗前。一轮苍白的月亮躲在薄云中，后院的高墙外，黑漆漆地一片，他什么都没看见，也不知道自己身在何处。他走到门口倾听，大厅里静悄悄地。他记得来的时候街上士兵很少，这也许只是一间暂时性的拘留所，只有几个卫兵在外面站岗。记得进房的时候，他看见一条通道，一定会有出口的。他开了门，故意点烟引起卫兵的注意。大厅另一头的卫兵一看，慢慢走来问他要什么，他说想上厕所。果不出所料，从走道走下几级台阶，就是后院的一个矮门。他进了厕所，卫兵看着他。墙上的破洞，可以窥见屋外的情形，可以看见邻舍没有屋顶的墙壁。

回到后院，他又和卫兵聊了几句。

"你出了什么差错？"

李飞大笑："太可笑了。我正要去见金主席，他们不分青红皂白地把我关在这儿，要我耐心等候迪化方面来的指示。等主席的回音一到，他们说不定还要向我道歉呢。"

他已经下定决心，必须要设法逃回回军的那一边。好在他要回了哈金的介绍信，否则就只好坐以待毙，这些信简直成为他最珍贵的财宝，是他生还兰州的媒介。一个人往东逃实在是愚不可及，最好的逃亡路子就是向西加入鄯善的汉人回军。如果他成功了，他可以设法越过库尔勒和若羌，沿着南径回去，他知道很多新疆难民，都是走那条路回来。他顺此可以观赏大半个新疆，说来这个想法不是没有它的反讽。他来这里的第一夜接受的是什么待遇，而这次的旅行又是多么叫人难忘！也许要几周才能安全抵达回军的营地，他希望一见到马世明，就马上发信给柔安。

他快速整理衣服、钞票、详细的地图和五包香烟，用雨衣绑起来，做成一个包裹。然后抽出皮带，捆好包袱，束在背上。

月正当中，他偷偷起来，注意动静，然后蹑手蹑脚开了门。大厅较远地方的灯光已经熄了。他迅速跨入甬道，来到后院。没有一丝风，但空气潮湿。他把包裹抛到外舍小屋顶上，窥伺四周的情况。如果他能神不知鬼不觉地爬上屋顶，就可以攀墙到隔壁去。他举高双臂，手肘还碰不到屋檐。不知道是不是会踩破屋瓦，把卫兵吵醒。他想回房去拿椅子，但是又怕走甬道回去，惊动了别人。微光中他看见墙角那边有一个黑黝黝的长东西，走过去一瞧，原来是生锈的汽油桶。桶高和他差不多，推起来很重，只好慢慢移动。铁桶移动有回音，在静夜里听来叫人心惊胆战。他慢慢地推，终于把它竖在墙边。

上了屋顶，他盯着墙外。外边越过沟渠就是大路，大门在二十尺外的沟渠上。往下跳太危险了，他一定要爬二十尺才能到达对面。一个卫兵扛着步枪，在门口踱来踱去。李飞等了将近十五分钟，卫兵一走远，他马上爬到墙头，向下俯瞰，又回头看看有没有人看到了他。一上墙角，他就坐起来，做个深呼吸，然后沿墙爬到对面去。不出所料，地面铺满碎片。

他谨慎地往下一跳，到一个大广场。月光照在废墟的破墙断柱，他在微弱的星光下辨认方向，穿过一片黑影，听到自己的脚步声，都吓得冒汗。哈密是一片断垣残壁，房屋、阳台、果园无一完整。

破晓时分，他睡在哈密城外三里的森林斜坡上，包裹枕在头下。

六月中，杜忠回到西安。接到弟弟以及女儿的信，他只好提早回来。不过真正影响他整装回来的原因，却是到了三岔驿，发现工人已在一队漳县士兵的保护下，准备修复水闸。

柔安半信半疑中随祖仁和香华去接父亲，现在他回家的意义，非只是养病而已。她在火车站见到父亲不像以前那样快乐，可能是风尘仆仆的关系，但是看起来，气色还不算坏。

春梅和两个小孩在大夫邸正门恭候。她要小孩叫伯公，自己也微笑迎接。和柔安谈话，她更努力要保持自己在伯父心目中的好印象。她穿着素洁的淡紫旗袍，头发梳得齐齐整整，眉毛细心重新画过，没有涂胭脂，也没有擦口红，看起来就像是好媳妇。

杜忠摸小孩的头，以默许的眼光看了春梅一眼。他抬头看门上的匾额，以及略现斑驳的"大夫邸"三字，不禁轻叹一声，微驼着背，缓缓走进去。

大家一进屋，穿着一身黑衣服的彩云婶婶立刻站起来，杜范林也走出房间。哥哥已一年没有回来。祖仁、香华、小孩都在客厅，显得热闹，充满和乐融洽的气氛。

杜范林沉着自信，用着前市长的气派来接待哥哥，不过还算诚恳。

"大哥，你回来了！"

杜忠也以兄长的身份，应了一声算是回答。四目相对，两个人的眼睛闪闪发光，唇边也泛着微笑，很难说谁比较矜持。家人的接待，端茶、送毛巾啦，女人问话，问东问西，家里显得有些忙碌。但是兄弟间的疙瘩，心里互相有数，只是暂时不好说起。

"你该休息一会儿才吃饭。"杜范林用一种有趣、容忍的表情瞧着哥哥。

"慢慢来，我们可以晚一些开饭。"春梅说。

父女回到自己的院落，柔安说："爸，我巴不得你马上回来。"

"你好像不舒服。李飞还在兰州？"

"不，他已经到哈密了。恐怕长时间不会有他的消息。"

万不得已，她是不想说出自己的心事。再两周便见分晓。杜忠好似不大疲倦，只是头上暴露青筋。他进入房间，很快又出来，两眼冒火，过了一会儿才说："你知道你叔叔干了什么好事？他把水闸修复了。回人绷着脸，一言不发，沉默观望。他找来几个枪兵，监视工作。所以我才匆匆赶回来。"

"今天吃晚饭，"柔安说，"你最好不要提及水闸。大家和和气气吃一顿饭。春梅说，她准备了一桌酒菜要替你接风，她不希望看到你与叔父在餐桌上吵嘴。她担心家庭的全局。"

杜忠搓着胡子，微笑："那个女人还蛮伶俐。"

"现在她是我们家的正式儿媳。清明扫墓，我看见她的名字用红字刻在祖正的墓碑上，摆在她儿子的上头。名分一正，她高兴多了。"

晚饭实在丰盛。彩云婶踱来踱去，检查春梅排放的汤匙和筷子。为了庆祝，小男孩都穿上鲜红的长袍，祖仁一身白麻中山装，打扮得齐齐整整的。他知道伯父对他的印象不佳，刻意制造气氛。他说起本市的新闻，他的水泥工厂和"西京"的发展计划。香华也装扮得很文雅，穿着浅蓝色的长衣。

彩云婶婶正在检视饭碗，她把汤匙放在盘子里，不搁在桌上。春梅走了出来，脸上略施脂粉，穿上件白色圆点的人造丝衣裳。她一眼就发觉汤匙被动过了，不知道是谁的杰作。她走到桌边，把汤匙放回餐桌。

"应该搁在盘中。"彩云说，"我要放那儿的。"

"对不起，"春梅说，"我以为放在桌上比较好。"她继续把汤匙放回去，太太脸上露出不以为然的无奈。

杜忠入了座位，以一家之长坐首位。范林坐在另一边，彩云坐旁边，年轻的则依次坐下。大家吃着饭，两兄弟没讲话，各想着自己的问题，哥哥额头较高，胡子较长，看起来年长些，不过他眼神炯炯。前市长比他哥哥矮些，眉颊饱满，一看就知道是志得意满的人。

暂时的欢笑声掩盖局促不安的局面。杜忠高兴地和家人说笑，描述他和喇嘛僧的生活，看起来蛮不在乎。范林也甚表热心地问了几个问题，只是声音阴森而且粗鲁。他的外表显示这没有什么稀奇，他熟悉西北的土著，连西藏的喇嘛僧也清楚得很，只是不好扫兴泼冷水而已。

年轻人沉默不言。柔安与春梅看到杜忠兴高采烈，胃口好，都松了一口气。杜忠那天晚上兴致高昂，骨肉团圆，女人、孩子围绕着他，又回到自己的家园，他觉得自己的家实在温暖。饭吃到一半，弟弟的心软了下来。面对面，他发觉哥哥不是一个不负责任、爱做梦、不切实际的人，与信中提的并不一样。酒使他肠胃大开，他心情爽朗多了，美味的鱼翅也使他开怀不少。等香菇炖肉端上来，他充满手足之情："大哥，你要多吃一些，你在喇嘛庙恐怕有一顿没一顿的。"

春梅注意着柔安，眼睛眨着，似乎示意她的菜肴生效，让两兄弟心平气和了。然后她以小孩子的口吻说："伯公，但愿你留下来，与大家长住久居，这样柔安也快活些。"

祖仁和香华也接着表示要他回来。彩云夹了一大块肉放在他碗里。

　　杜忠睁大困惑的眼睛。怎么？他想，难道他们想用大肉大菜来征服他？不过他不吭声，继续吃，知道可以找到较好的时机，才谈到正题。晚餐略显奢侈，他一年没有吃到这么上等的酒菜了。他咕嘟咕嘟喝了五六杯陈年绍兴，额上青筋暴突，下巴和颈部也泛着红晕。桌上一道八宝饭，镶了核桃、莲子、龙眼和其他干果，是香华特地为伯父做的。

　　酒席接近尾声，他站起来说："我们大家干一杯，纪念我们的祖父。"范林和全家人陪他干杯。他放下杯子，盯着年轻人——尤其是春梅——说："你们年轻的一代，我要你们记住祖父的榜样，他给大家留下这家屋子，这份地位，以及杜家的好名声。别忘了，他留给我们珍贵的遗产不是财物而是名望、学问和荣誉。你们不能玷辱这份好名声，你们要……"

　　他的声音戛然而住。他往下坐，抓着椅子的扶手，身体摇晃，脸色阴郁，双目紧闭，手臂也发麻，接着失去知觉，倒到一边。

　　"爸爸！"柔安大叫。

　　大家奔过来，慌成了一团，脚步紊乱，椅子也掀翻了。杜忠一只手放在膝上，一只垂在椅边。范林阴暗的面孔吓得发青，祖仁弯腰抓起伯父的手来把脉。他的头微微转动，嘴唇掀了一下，但没有发出声音。女人禁口，小孩子吓得缩在一角。

　　"快扶他到我床上去。"范林说。

　　全身僵硬，根本扶不动。唐妈帮祖仁连人带椅抬过庭院，来到范林的房间。柔安战栗地紧跟在后，脸色苍白，跪在床边，忧心忡忡地盯着父亲的面孔。灯光照在老人的白发上，胡子在胸上微微起伏，这是生命的抖动。祖仁忙着打电话给医生，春梅来到老人身畔，擦揉他的手掌、双足、颈部、腋窝，让血液恢复循环。

　　柔安抱着父亲的面孔，用恐惧的声音大叫："爸！爸！"他似乎听到，又好像没听到，嘴唇抖动，没声音。她把手松开，他的脸又歪到一边。

女儿热泪盈眶，大哭起来。

"嘘！镇定一点，三姑！"春梅说，"医生马上就来。"

十分钟过去，除了柔安的啜泣，屋里是可怕的沉静。老人的胡须在胸上一上一下，渐渐静下来。突然他的身体起了痉挛，头猛然摇动，喉咙发出咕噜咕噜的声音，又似乎想讲话。然后痉挛停止了，一切归于宁静。祖仁听听脉搏，默默走开，垂丧着脸，一言不发。

春梅脸部表情非常沉重。范林看祖仁摇头，就跟着儿子走出房间。柔安看着春梅，又回头环视大家，眼中充满恐惧，喉咙哽住了，猛趴在父亲身上，发出锥心刺骨的哀号，实在叫人心碎。她靠过去，双手抱紧已经冰冷的父亲，面孔伏在胸上，号啕大哭。春梅把她扶起，她的泪水已沾湿父亲的胡须。春梅和唐妈扶她坐在一张低椅上，她那种悲惨状，实在不是笔墨所能形容。

唐妈流泪走出房间，拿了一条毛巾回来，然后一直守在柔安的身旁。

医生来到时，老人的心脏已停止跳动。医生讯问详情，大家说以前发作过一次。医生宣布死因是脑出血，可能是回家太过兴奋，又多喝了酒。

唐妈扶柔安回房躺下。她被这突来的变故弄傻了，茫然眍视天花板。她手脚僵冷，思绪在云雾中转来转去，震撼她的不只是丧父的悲哀。午夜时，唐妈拿了一杯茶给她，她稍稍恢复元气，说："一切都完了。"

"别傻，孩子，还不至于此，我会永远陪着你。"

柔安陷于一种迷茫状态，一语不发，她甚至没有听到唐妈的话。过了半个钟头，她又哭起来，哭得像泪人儿，眼泪已流干了。唐妈坐在她床边，看见她哭累了，终于在恍惚中睡去。

父亲去世那天，柔安整个人崩溃了。父亲的死埋葬了她人生一切希望。如果李飞还在兰州，他也许会偷偷地奔回西安。意外的变故把她的一切美梦撕碎，更增加她的恐惧，一切计划都受阻了。现在李飞安返的机会很渺茫，她结婚，与丈夫、父亲同住的美梦成为泡影。如果万一怀孕，这个屈辱如何承担？本来她打算由父亲来宣布在三岔驿完婚的话，如今也没有指望了。她不知李飞身在何处，天涯茫茫，如何与他联络。能不能告诉他家人？他母亲和端儿也许会笑她不正经，不配做他家的媳妇。她是富于强烈自尊心的人，决不让家人知道她目前的窘境。当然还有范文博，不过她处于愁云惨雾中，几乎没有想到他。而范文博又能怎么样？她总不能把女性的困扰告诉他吧。

"柔安，"她自言自语，"你是一个苦命的女孩。母亲过世，十四岁就做了孤儿。现在父亲又遽然去世。你现在会变成未嫁的妈妈，叔父也许不认你，社会也会斥责你。为什么会横生枝节，惨遭此人伦巨变？你做了什么？你爱上一个男人，一个任何女人都会感到骄傲的男人。不，你应引以为荣，值得庆幸，芸芸众生，他只钟情于你。"对于她的爱，她并不后悔。身虽离，而心相系，她知道他一定会回来，也许一个月，或两个月。他会回来，会回来的。爱情在她心中澎湃，但是命运实在太残酷。如果要她长途跋涉，赤脚走过雪地和沙漠去会他，她也心甘情愿。她要面对一切来等他，但是她没有勇气来面对家人的蔑视和嘲笑的眼神。她要静候变化，相信两周过后，她就可以知道了。

她躺在床上，脑子杂乱如麻，耳朵可以听到其他院落传来遥远的人声。家人一早上忙着入殓的事，祖仁走进走出，忙着隆重的丧事仪式的准备，连春梅也没来看她。唐妈也进进出出，要大家分头做些什么。她照例端来汤面给柔安当早餐，柔安看了一眼，胃部发痛，实在没有什么食欲。近午时分，唐妈端了一碗杏仁露进来。

"孩子，多少吃一些，否则会生病的。丧礼需要些力气。下午大殓，你一定得起来。"

这时候全家人忙得几乎要把她忘掉，人神都不眷顾她，只有唐妈和她最接近，简直像慈母般。老人坐在旁边，慈蔼地看着她勉强地把杏仁露咽下。

中午香华来了。早上她来得较迟，不敢靠近停尸间，想到柔安，就过来安慰地。香华和她的年龄差不了多少，皆喜欢时髦的玩意儿，她们不算亲密，但是常在一起看电影，或玩耍去。

"一切皆是命，"香华带着上海腔调说，"稍堪安慰的是他也活了一把年纪，死前又有家人在身边。柔安，我告诉你，我在你这个年龄，以为生命中充满了鸟语花香，现在嫁了人，才晓得没有那么一回事。男人的心思放在事业，什么都不在乎。女人就不同了，你看你婶婶、春梅和我，谁也没有抓到什么。我远离父母，在这座城里，我可以说是举目无亲。"

香华滔滔不绝，絮絮不休，根本不晓得眼前少女的心事。她进来，柔安忍不住缩了一下，仿佛有人来嘲弄她的遭遇，仿佛全世界的人都知道她怀孕了。但是香华开始絮叨着她的不幸，柔安倒松了一口气，提起兴致来听。

"我想看我父母，但是祖仁不让我去。"

"他还是热爱着你。"

香华咬咬嘴唇："我们刚结婚时，他是爱我的。我不知道自己怎么会说这些话。我真希望自己还是女儿身，高高兴兴，无忧无虑。"

香华接着说："你还年轻，前途无量。李飞回来，你就会抹掉忧愁的云翳。我觉得他是一个好人。"

柔安眼睛湿润了。这是第二次她听到别的女人称赞李飞。

过了一会儿，她听到外面缓缓响起的鼓声，鼓吹的哀鸣和远处嗡嗡的人声。唐妈冲进来说，佛僧来了，马上得起身。

"棺材再一个钟头就到了，你必须出去迎接。我们正在整饰遗容呢。"

唐妈到父亲房里，由大柜取出他的官袍、念珠、靴子和帽子，死者要全副衣冠入殓。柔安起身，一摸到父亲的遗物，如触了电，整个人惊醒了，跌入破碎的现实中。父亲的床铺，她特意帮他弄好，连睡都没睡，他就匆匆地走了。

下午的太阳暖洋洋的，屋后的大树传来乌鸦的叫声。她对镜洗脸，端详自己。唐妈送来裁缝临时赶制的孝衣，是没有缝边的粗白布。她是死者的女儿，在丧礼中是最主要的人物。孝衣外面要再披上剪洞的粗麻袋，头上也要戴尖顶的麻冠，鞋上再缝一块粗麻布。穿戴完毕，她被领到前院，等候棺材，唐妈站在她身边，有个照顾。通向第一院的正门大开，全家人皆穿白孝衣，正来来往往。春梅眼睛肿肿的，她走过来，轻拍柔安的肩膀说："放轻松些。棺材一到，你就跪在大门口迎接，然后跟着走进来。我们会料理其他的一切。"

柔安在那里等候棺材，东边的别院正在诵经、击鼓、敲钟，行祭戒沐浴的大礼，所有仪式都在东院进行。黑檀香木的棺材运来了，柔安被扶到前院面对大门，跪了下来。僧侣护着棺材进屋，鼓声齐鸣，夹杂着妇女的哭声。

柔安本来非常恐惧，一看到父亲穿着海蓝色的丝袍和鞋子，仿佛睡着了，一切的恐惧都消失了。唐妈始终守在她的身边。遗体搬来搬去，在梵唱声中，盖棺加钉，号啕大哭。

第二天，柔安免除了一切繁文缛礼，只在晚上守灵，尽量把时间缩短，让她轻松些。

丧礼准备了好几天，杜范林盼望丧礼能配合死者和家族的身份。她等了两星期，根本没有想到丧礼后三天就是毕业典礼。现在似乎无关紧要了，她小心翼翼地观察自己身上有没有什么变化，任何兆相都加深她的恐惧。而最重要的是李飞的消息，她不断询问范文博。文博告诉她，一有消息，他就来电话。

有一天李飞的母亲来了。她起初不明白柔安为何最近都没来走动，后来李飞的哥哥收到杜家发出的讣闻。是春梅听了柔安的建议，发了一份给李家。

李太太是个内向的女人。范文博不想来，欲怂恿李太太来杜家安慰丧亲的少女。李太太游移不决。她从来没有来过杜家，因此要端儿陪她进来。

门房带两个人穿过古屋的庭院和走廊，她们都睁大了眼睛。一边走，一边浏览长长的蓝石铺道、梨树、门廊的珠帘漆柱，柔安在门廊上迎接她们。

"太太、嫂子，多谢你们。"彼此有些矜持，但是双方的眼神可以看出，她们都为见面而高兴。

柔安引客人进屋，李太太和端儿用好奇、赞美的眼光来打量地毯和家具。

李太太用一般的家常话来安慰柔安，然后说："我们一直等你父亲回来，好正式订婚交换礼物。现在杜先生走了，我不知道你家有没有人肯替我儿子求求主席，让他回到我身边来。"

"我父亲过世，问题就难了。"

她们不觉把话题扯到新疆，老妇人对于那边的情况一无所知。端儿静静地聆听别人讲话，她看出柔安的态度很紧张。李太太从手臂上拿下一只三两的金镯说："我们是平常的老百姓，不过我希望你收下这个。我儿子若知道我给你这个，他会很高兴的。至于正式的礼俗，恐怕只有等他回来再说。"

柔安知道这份礼物的贵重，虽然像个人的赠礼，却等于是订婚镯子。她满面通红，睫毛上泪珠盈盈欲滴。

她伸出手臂，让李飞的母亲戴上镯子，心里扑通扑通跳个不停。

"你要保密也无妨，柔安，看你戴上手镯真高兴。这个东西我已保留很久，就是等着来送给儿媳妇。"

"这回可真是你的嫂子了。"端儿逗着她说。

柔安心里如释重负。即使这个人不是李飞的母亲，她也会喜欢这位温雅的老太太。唐妈进来添茶，看着柔安得意地展示她手上的金镯。

唐妈先是纳闷，接着露出开怀的笑容。

"这是秘密，"柔安说，"暂时还不让全家人知道。"

另一个女佣端来一盘点心、核桃和枣子，说："奶奶要我拿这些东西来待客，她说她一会儿就来。"

自从春梅摇身一变，用人都叫她"奶奶"。春梅听用人说有一位李太太带着一位少妇来看柔安。那时正有一位办公厅的职员找她，他告诉她采购蜜枣、甜姜和各色细点，准备"开市"那天接待客人的事。账单超出一千元，春梅听到这个数目，不觉扬起眉毛。

"怎么？"她问道。

"物价上涨了。龙眼干半斤就要一块二。"这个职员是由店里来办杂事的。春梅晓得客人会来几百位，不够买的东西未免太多超过限度。两周来，钞票挥霍了不少，用人皆趁此揩油，她不禁光火了。她看到小职员都换上名牌的新鞋，决定给一点颜色。

"够了，老张，"她说，"我们家的人手不够，才由店里把你调来，在我看来，五斤龙眼就够了，我们又不是煮龙眼大餐来待客。我没听说福建有旱灾，价钱不该涨得这么高，比去年贵一倍……"

"这儿有账单。"职员支吾，"我觉得……"

年轻精明的女主人打断他的话："就算价钱涨了，也不必买这么多。我相信你的眼光，丧礼是该隆重，该花就花我不会小气，毕竟，大夫邸的体面总要维持。但祖先的积蓄来之不易，我当家，不想零星项目就花费一千元。这次没有四千块绝不够用，棺材要八百元，前几天才买了一百斤糖。我们不要用甜食来吓唬客人，虽然东西买多了，用不完还可以留下来，但绝不必买那么多。你新来，也许不会习惯这种事。喏，拿一包莲子和一包龙眼回去给你的小孩吃。但是你若不习惯干这个工作，或者觉得少奶奶太厉害了，我可以找人代替你。"

年轻的职员忙答道："是，是。"两手夹紧恭恭敬敬地站着，眼睛盯着地板。

"你可以走了。"春梅说。

职员走开了，她来到柔安住的地方。她判断客人一定是李飞的母亲，想看看她的样子如何。她知道，两家有一天会成为亲戚。

她穿着短袖及肘的白布衫进来。李太太早就听说过春梅。柔安已把手镯脱下，摆进抽屉里。

李太太客气地站起来。

"我在主席的舞会上见过令郎，他教我学跳舞，没想到他会突然离开本市。"

"我不懂他写些什么，得罪了当局。我们女人家不懂这些。但是我盼望你们认识主席的能多帮忙，让他回来。"老太太说得眼睛都有些红了。

春梅转向柔安："有李飞的消息吗？"

"没有，"柔安迅速回答，"我们连他现在在哪儿都不晓得。"

"男人出外，在家里的女人特别辛苦。不过李太太，我想你不必操心，我想总会有人帮他说话的。"

话题转到丧礼事情，春梅借故告退。

李太太来拜访，柔安的忧虑减轻了不少，但没有完全铲除。最后她实在按捺不住，她一定要说出她的心事，说出她飘浮的思绪和恐惧，也许还要征求别人的意见。她一个人闷坐不语，唐妈也看出她的行动反常。父亲去世的打击刚过去，她不该一直闷闷不乐。

丧礼前夕，唐妈拿着热水进来，等柔安洗好上床，她就坐在床边说："柔安，你最近怪怪的，一定有心事，一定得告诉我。"

柔安欲言又止，难于启齿。唐妈算是自己的知己，但是要如何开口呢？

"唐妈,你肯不肯保守秘密,别告诉别人?"

"好。"唐妈低声说。

"我的红信已超过两个月,迟迟未来。上个月我不想告诉你,现在拖得太久了……"突然她放声痛哭,用手掩住面孔,"唐妈,我怎么办呢?"

唐妈摸摸她的手臂说:"你终于说了出来,我早就感觉你的异样。我们别声张,尽量想办法。"

柔安泪流满面,身子摇摇颤颤,转向另一边。

唐妈把她扳过来,柔安任唐妈抓住她的小手。她边擦鼻涕边说:"是我的错,不怪他。我爱他,他要远走了,我忍不住与他做了那事。唐妈,你知道我心属他,我故意为他牺牲一切。我希望他和我共度几个快乐的日子,再让他远走家门。"

"我不怪你。很多女孩子都有过这种情形,只是有的人没有你的情况。"

"我向你提过,我们已经订婚了。他和我在祖先的牌位前行过礼。父亲说,我们若在祖先的牌位前行过礼,就算是订婚了。"

唐妈一直盯着她。

"这种事情时常发生,两家的男女立刻闪电式结婚,就会把事情遮盖过去。你真不幸,在李飞远行的节骨眼儿出了问题。"

"唐妈,有没有办法呢?"

"法子倒有一个,你若愿意,我会帮你解决。"

柔安叹了一口气,躺在床上,盯着天花板。

"你仔细想想看,还有时间。"唐妈说着,小脚一拐一拐地走出房间。

吊唁那天和出殡那天,柔安心情的沉重是无法形容的,放声大哭,泪水汪汪,脸色比一般孤女还要悲哀。她年轻的心灵实在无法承担、应付这些困难,心里头不免充满孤苦无依的感觉。吊唁一出葬那天,从早上九点到下午五点，她站在布帘后面，客人在遗像前行礼、鞠躬答谢，膝盖发麻，多次差点昏倒。唐妈只好搀着她。葬礼完毕，她坐车回家，累到极点，神经抽痛，心灵飘在虚缈的惨境中，她像机械般对客人答礼，春梅和彩云都看出她脸上木讷、空洞的表情。她思想飘浮，眼中也出现奇怪的光芒，他们不知道她内心深处另有隐忧，是想到那个难于启齿的问题。她的心里一直挣扎着：我该不该向唐妈要那一点药？

残酷的命运骗走她的快乐权利，为什么她最需要父亲的时候，父亲却溘然长逝？！她心中泛起悲愤不平的感觉。既然如此，她也要反击命运。难道她该受众人侮辱，受现在向父亲行礼的众人的嘲笑？不，除了向唐妈求援，别无良方。最后她又想到李飞，力量又来了。一想到他，她的苦恼，似乎都有了代价。孩子是李飞的亲骨肉，她体内的小生命，是她与李飞的爱情结晶。不管别人怎么说，知道新生命在体内生长，头脑、声容笑貌都会像父亲，生命生长的喜悦也似乎鼓舞了她；她眼中出现异彩，思绪如飘蓬，然后又像神秘的光线只闪了一秒钟，就匆匆消逝了。接着思潮又落入现实，更紧急，更实在，有关社会的轻视和自己地位的飘落——又把空灵如浮丝的想法排出脑海。

她就这样让思绪打着弯，在那儿绕圈子。在一切亲友中，她不敢确定事情一旦张扬出去，是否会受到别人的蔑视。还有谁会对她好呢？香华不见得，李飞的母亲也不见得——只有唐妈例外。她在端儿面前真要抬不起头了。至于叔叔和婶婶，她一想起就不寒而栗。

21

由哈密到七角井，一路上只见汉族农民住在蜿蜒的小屋里，没人仔细来查李飞的证件。军人很少，大军都集中到七角井西南。满洲将军盛世才把回人逐出七角井和整个巴尔库区，现正向南推进，为鄯善之战作准备，汉人回将马世明就以鄯善为根据地。路上泛满地底沟渠溢出的流水，地沟是本区特有的灌溉系统。七角井下方几里地方，倾斜成宽广的草原盆地和粗糙的黄土台地。

李飞走了两星期，总算越过战线，抵达鄯善。满身泥泞又疲倦不堪，但是心里高兴得不得了，虽然铁鞋磨破，双脚起泡，满脸胡子乱糟糟，但终于履险如夷地到达了。

他径到马世明的总部，把马仲英官署给他的介绍信呈给他，又告诉他有关逃亡的经过。

马世明是一个满脸清爽的汉人回将，他看了介绍信，用诧异的眼光瞧他。

"你能不能发信到兰州去？"李飞问他。

"试试看。哈密的电报被截断了，我们只好取道吐鲁番，那边还在我们的势力范围中。"

那晚司令招待他。他抽这流亡三天来的第一根香烟，晚饭后他被安顿在一间地板空空的原始土屋里，只有一张桌子，几张凳子，一张会摇晃的床和一条肮脏的被子。他并不奢侈，只要很有安全感，躺在地板上睡也是珍贵的享受。他倒在床上，手臂拱在脑后，庆幸自己还活着。兰州离此千里，再过去西安简直像一座异样安全、舒服的梦中城市，有一位痴情的女孩正在大夫邸等他的消息呢。

他现在已远离了危险，而另一种悲哀又袭上心头。他已经三个星期没有柔安的消息。说不定她生病了，她一定很寂寞，很担心着他。他为何兴冲冲跑到新疆来？他翘辫子怎么办？她娇滴滴的声音，她眼中的温情蜜意，那绵绵细语，在丁喀尔工巴寺父亲的卧房里那热情如火的匆匆一吻，天水那夜她的软玉温香和泪水，次晨在船上突然转身——这一切影像都在他的回忆之窗燃烧。他现在才领悟到抛下她一个人，真是造孽。

这个曾经冒险爱他的女孩正隔着千山万水，还有无情的兵燹。现在他幸运逃过了，但是他目前身在战地，看到的正是破坏城市、乡村，残杀无辜——他一路上亲眼看到的——无情的杀戮的战争。这个战争会打多久，他逃走的机会有多大？他没有权利带给柔安那么多的困扰，他知道她爱他毫无私心，对他的远行从来没有抱怨。

他觉得感情很脆弱——弱得像小孩子———想到柔安，就热泪盈眶，流下面颊。生命中有些时刻，一切似乎都变得空虚而毫无意义。这个世界上似乎只有纯洁的爱才是真正的存在，他似乎听到耳边有些柔柔细语："爱人，我会等待。"声音低低的从千里荒漠外传来。

他现在离开西安和兰州更远了。战争向西进行。吐鲁番是战略中心，控制着北面迪化和南疆塔里木盆地通路的交通。回人守得住吐鲁番最好，守不住，他们只好再向西退。他不知道他的信息什么时候会到达马仲英的兰州办事处，办事处又要多久才转给老范，因为这纯粹是私人电信。欧亚班机只停在哈密和迪化，两城都在回人所打的汉军主席掌握中，信件根本送不到内地。

柔安矛盾了一星期，还拿不定主意。春梅来探望她，她和唐妈都没有泄露秘密。在绝望中，她愁肠百结，这时她听到电话铃响了。她全身颤抖，说不定是她苦等的电话呢。

"小姐，"对方说，"我收到李飞的电报，是由兰州转来的。他已到达鄯善，……他平安，特别送来他的爱……杜小姐……"

听筒由手中落下，她瘫痪在椅子里。这些话在她耳中回响，其他的她都没听见。她喜极而泣。唐妈跑过去拿起听筒。

"怎么回事？"对方又说，"你知道，告诉杜小姐，李飞拍电报来，说他……"柔安迅速抢回话筒说："告诉我，我正在听。我就是杜小姐。"不错，是范文博的声音。

"电报是鄯善发的。我不知道鄯善在哪里，一定在新疆境内，我要查一查才知道。是十天前发的，这已经算快的了。你觉得如何，杜小姐？我在丧礼上看到你，当然不能上前和你说话的，我已经打电话给李飞的母亲了。有什么事要我帮忙吗？你为什么不来找我？"

柔安快乐得发昏。"唐妈！唐妈！他安全了！"她的声音喜滋滋的。

"他在哪里？"

"很远的地方。我要查查地图才知道。"

太高兴，她竟忘了李飞的电报并不能改变她的处境，只表示双方搭上线，今后她可以再收到他的消息。

她穿衣出门，叫了一辆黄包车到范家。碰巧他出去了，别人说马上就回来。她在客厅里等他，十分钟后他回来了，立刻拿电报给她看。电报是三十六师的兰州办事处转来的，没有回电地址。这是怎么回事，鄯善又在哪里呢？拿出一份地图，找到了那个地方。李飞显然已离开哈密西行，一定和回军在一起。她想拍电报，但是唯一的办法是通过三十六师。必须拍给鄯善的司令。司令是谁呢？战事的消息不多，都过了期，也不大可靠。范文博和柔安拟了一份电报稿。但这是私事，谁敢保证军中电报台是不是肯发出去？他们无论如何要拍，只好碰运气了。

于是她高兴了几天。她定下心来等候。在快乐的遐思中，她把那封电报夸大了，以为他有机会早日归来。

三个星期过去了，又无音信。她留心报上一点一滴的新疆情况，内容往往出入太大，而且语焉不详，很可能是编者杜撰的。她买了一份新疆地图，仔细研究，熟悉迪化、洛浦、巴尔库、乌苏、且末和叶尔羌等陌生的地名，还有其他熟一点的地名。她稍微弄清了沙漠的位置，以及天山如何把新疆分成两半……

新的症候来临了。每天早上，她都想吐。过度恐惧，脸上又恢复了绝望的表情。现在她完全明白了自己的处境。李飞短时间不会回来，就算他回来，也于事无补。她告诉唐妈心里的决定。

唐妈出去弄了一帖药回来，是黑黑、黄黄的各色药根和一包干种子。她警告柔安，吃了会疼痛，也许会病几天。彼此要小心，不让全家人知道。

晚上她躺在床上翻腾，体内绞如刀割，五脏像烈火焚烧，让她痛得受不了。她精疲力竭，以为自己没命了。哭着要水喝，大杯水灌下去，痛苦就减轻了些。唐妈看她辗转反侧，也慌张了。后来剧痛突然消失了。

第二天一早，柔安昏昏睡去。脸白得像床单一样。春梅听说她生病，跑来看她，以为她肚子痛。屋里弥散着药味，但是春梅没有说什么。后来她送来了一些止痛药，叫唐妈交给她，又说如果不好，就应该请医生，柔安更是吓慌了。

幸亏没有再发作。她在床上躺了三天，只吃清汤和稀饭，第三天就起床了。过了一周，老症状又出现了。她决心不再吃那种药，会出人命的。更惨的是，她的情况再也遮不住了。她一直不舒服，家里的女人已猜出一点端倪。

柔安主意已定。起先她刚出来吃饭，彩云婶婶就不时偷看她，说些不着边际的言语。因为是一般性的，她也用不着回答。她只是装着傻愣愣，一言不发。彩云婶婶向来对谁都没有好感，这段时间似乎特别爱说未嫁妈妈的故事。柔安如果是未婚而有了身孕，就难免落入彩云的手中，她会像小猫捉弄老鼠，或者像渔夫玩弄上钩的鱼儿。渔夫不时抽抽竿子，看鱼儿是否钩上，然后让它自己慢慢疲惫而死。柔安逃不掉了。

"有没有李先生的消息？"彩云老爱问。

"没有。"柔安答得很平静，心里却怒火中烧，婶婶对这个预期中的答案很高兴，很满意。

"去！去！真糟糕！"彩云说着，仿佛充满同情心，"你不能怪他，谁知道那边会发生什么事情？你若早告诉我，我会叫你劝他不要去。不过没有消息就是好消息，我们必须等着瞧。"

她得意地强调最后一句话，她真的打算等着瞧。柔安又能说什么呢？大家都看出她羞涩得抬不起头。婶婶的脑子一向空空如也，随时准备吸取女人和她一般失意的故事，如今这个题目占据她的心思。自从春梅生下第一个孩子，多年来她一直愤恨不满。春梅在她眼中代表一切年轻漂亮的女人，她看见春梅过得好好的，对她一点办法也没有。不，如今她这个侄女可逃不掉了。丑事如香料，就算出在自己家，生活也增添了不少趣味。

春梅看在眼里，明白在心里。她等柔安来告诉她一切秘密，她苦思良久。自己也有过类似的经验，当年她被迫嫁给那个粗鲁的园丁，心里多么愤慨。她心里护着柔安，两人都曾受到环境与社会风尚的阻碍和羞辱。

至于叔叔，他恐惧家丑外扬，他要维护的是家族的荣誉。也因这次他不必负责，他简直不相信会有这种事。他真为柔安的行为而生气。如果杜市长管不了自己的侄女，家里竟出了私生子，大家会说些什么？而且，他的良心也毫无不安。他和春梅有了小孩，那是很容易了解的。天知道他多么需要她！春梅是唯一充实他生命、满足他男性需求的人。他常常自问，他此生得到了什么，那就是春梅和她的幼子，她和他满口黄牙的正妻是天壤之别。但是柔安是女性，女人如果也开始放荡、失节、不守妇道，世界就要完蛋了。家庭的神圣会受到威胁，公共道德的基础也会动摇。

进一步来说，叔叔婶婶都明白柔安代表她父亲那一房，她父亲的经济情形很糟。叔叔一向忍耐着，心里老大不高兴。杜忠是少有的清官，真正靠薪饷过活，洁身自爱。一点点积蓄，在日本和其他旅游中早就花光了。国民政府一来，他随着孙传芳将军的垮台，嘉兴的那一点产业也充了公。范林一直在接济哥哥。他们的家产要照不合理的中国传统，由兄弟均分。一个人有钱，弟兄都有钱，而且由于手足天赋的权利，也可以花他的钞票；一个人欠债，就算债主死了，弟兄也有义务还钱。以杜忠的立场来说，家产是祖父传下来的，虽然杜忠向弟弟拿钱，至少也是祖产的收入，只不过范林当家而已。

现在杜忠一死，问题就来了。很难想象会分一半财产给柔安，而他自己有三个儿子要照顾呢。他是生意人，讨厌这种想法。他不希望人家说，他夺了哥哥的产业。但是他认为家里的钱都是他们父子赚的，他问心无愧。他侄女无所事事，和男人乱来，却要分享他工作的成果？于是他更坚信侄女不贞，败坏家声。如果她惹上麻烦，也怪她自己，她要自食恶果。

实际上，柔安的父亲一死，他还没有听到柔安不轨的传闻，他对她的态度已经改变了。他一直生她爸爸的气，想为三岔驿水闸狠狠和他吵一架。幸亏哥哥死前没有时间吵，但是他对杜忠"不负责任"恨意未消，恶感仍然存在。

忧能伤身，柔安心里的烦乱比身体的毛病更痛苦。她开始怕见人，怕别人的利眼刺穿她的腹部，其实现在还看不出来。总有一天她不得不告诉大家。

22

有一天彩云来看她。柔安无精打采，态度很冷漠，嘴唇一直发抖。

"可怜的孩子，自从你父亲死后，你一直不舒服。"彩云以同情的口气说，"我日夜为你担心。我去请医生来吧，看看是怎么回事。"

唐妈站在一旁，眼睛冒出怒火。

柔安满面通红，她不能再忍受这种凌辱了。她要直接说出来，不能让婶婶慢慢折磨她。

"婶婶，"她说，"我不必看医生，我已经有孕。"

"真的！"婶婶惊叹道。她全身毛孔大开，仿佛早已等待这一刻，就像渔夫等着拖鱼上岸似的。她露出黄牙："有喜了！"她使用一般怀孕的贺词，但是狞笑得太过分。其实她一口黄牙，看起来真恶心。

"你也不必高兴，"柔安说，"我知道我败坏了家门。我要走。"

"走，去哪里？"

"我不知道，但是我要走。"

"是李先生吗？"

"是的。"柔安坚决地答道。她不想再解释。

唐妈看出她脸上的恼怒和反感。"她告诉过我，"唐妈说，"她爸爸赞成这门亲事。他们在三岔驿订婚了，她父亲要回来正式安排婚事。"

"够了，唐妈。"柔安说，"我已经拿定主意。我可以在别的城市找一份教书的工作，养活自己。婶婶，你告诉叔叔，给他添麻烦实在很抱歉。我怀了孩子，就是这么回事。不必请医生，也不必再啰唆了。"

彩云还是不满意。侄女坦白说出来，她觉得纳闷而且泄气得很。咦，她想，这个女孩儿竟无耻至此！

"孩子有多大了？"

"三个月左右。"

"是在三岔驿发生的？"

"不用你费心。李先生不在，我要生下孩子来等他。"

"我没说什么呀。"婶婶一脸困惑。

"你想知道事情的时间、地点和经过。请你别烦我好吗？"她的声音又紧张又烦乱。

"看看她！"婶婶气冲冲地喊道，"我是替你着想。你自己惹了天大的麻烦，我以为你还有一点羞耻心，那我就没办法了。你自己作孽，只好自食恶果。别的女孩子若做出这种事，绝对不敢大声叫嚷，她们会去上吊。"

柔安咬牙切齿："不，婶婶，我不打算上吊。"婶婶走后，唐妈和柔安相对无言。两人都觉得事态很严重。柔安说，总有一天事迹败露，她要离开这里。现在她宣布了自己的决定，叔叔与婶婶一定不会留她的。

柔安自己也感诧异，她觉得好多了。她曾想到，家人问起而她不得不承认的时刻，她真要钻入地洞了。现在稍堪庆幸的是，一切好歹都已成为过去。

"但是你要上哪儿去呢？"唐妈问她。

"我一直想去兰州，李飞的好朋友蓝如水在那儿。他说我若有困难，可以去找范文博。三十六师也在那里，离新疆近些，容易得到他的消息。我要找一份工作，和遏云住在一起。他写信告诉我，那是一个美丽的城市。肉类和蔬菜都很便宜，我可以养活自己。唐妈，我需要你，你得陪我去。"

"当然。否则我又去哪里呢？我决不离开你，尤其是孩子出生，更少不了我。"

柔安主意已定，一切恐惧和疑虑都消除了。接着春梅来，面容发红，眼睛却闪闪烁烁。不管社会的看法如何，一个女人怀孕的消息总能吸引另一个女子的兴趣。

"听说你有喜了。"春梅说。她的措词和彩云婶婶一样，但是语气不带嘲讽。柔安并不生气，她满脸羞涩。

"是的。"她低头看地板说。

"哦，柔安——我叫你柔安吧——我看出有这么回事，但是时候不到，我不想问。"她停了半晌，"你打算怎么办呢？"

柔安告诉她心里的决定。春梅站起身，在房间里踱了几步，坐下又站起来，最后才说："也许这样最好。我知道老头子的脾气，我来和他谈。宁可让他先知道你要走，别等他赶你出去，别给他那样的机会。他会气一段日子。听说你和婶婶吵了一架，我不知道她说了些什么，不过你别放在心上。我们年轻人总得为将来打算。兰州离边界近些，你去那边等李先生。反正已经发生了，总是女人吃亏，想当年我也是未嫁的妈妈。事情一向如此，但是柔安，你找到了一个好丈夫，要好好抓牢他。"

那天空气湿湿的，很闷人。一点风都没有，雨要下不下，老天还没拿定主意呢。柔安透不过气来，她对身体从来没这么敏感过。内衣胸罩越来越紧，胸部更丰满，正是生儿育女的前兆。不管她吃得够不够，睡得够不够，体形却一天天扩大。傍晚她洗了一个澡，她决定不戴胸罩了。她觉得舒服些，连浴衣也不扣。她站在镜子前，心里有着成熟妇人的感受。很高兴春梅同情她。

晚饭时，她窘得要命。她知道彩云婶婶还在生她的气，但是总觉得尴尬的场面已经过去了。事情已赤裸裸公开了，她没有什么好隐瞒的。不错，她是很丢脸，但是她已经认罪，从此不怕别人的闲话了。她最怕的是叔叔发火。

彩云一句话也不说，春梅则不停聊着孩子、天气和其他家里的事情。叔叔也板着脸不说话。他为什么不开口，把事情闹开呢？柔安低着头吃饭，小心翼翼夹着青菜，根本心不在焉，随时等候暴风雨的来临。她觉得叔叔看了她好几眼，但是心里似乎想着别的事情。不管多气，杜范林绝不愿在用人面前说什么。

"到我房间来，柔安。"饭后他说。她跟他进屋，他坐在红木椅上，径自装烟斗。叔叔没要她坐，她只好站着。春梅在屋外踱来踱去，假装忙东忙西的。

柔安硬起心肠，等候眼前的风暴。说也奇怪，她觉得自己的眼睛和心思都集中在叔叔领边的白癣上，白癣在灯光下闪闪发光。杜范林说话的时候很少盯着人看，现在他却瞥了侄女一眼说："你知道我要谈什么？"

她没有搭腔。叔叔又说："没想到会出这种事。你知道自己闯了大祸？"

"我知道。"她充满悔意说。

"你知道你败坏家风吗？"

"是的，叔叔。"

"听说你要走。在这种情况下，这是唯一体面的做法。你今天下午对你婶婶很不客气，可见你毫无羞耻心。不是我赶你出门，是你赶走自己，不能怪别人。你父亲如果还活着，这件事不会叫我那么痛心。现在我有责任，你逼我陷入窘境。我要你告诉我，你知不知道一切后果你得自己负责。"

"我知道。除了我自己，没有人能负责。所以我才要走。"

"我很高兴话说清楚了。别让人说，是我把你赶出去的。你自己要走，我很高兴。你的孩子不是杜家人，除非那个小无赖正式娶了你，别再来见我的面，从头到尾都与我无关。也许他撇下你逃走了，年轻人常常这样。"

柔安觉得他语含敌意，知道他有心伤她，话里带刺。她觉得怒火冲天。他不必用轻蔑的字眼来作践她的爱人呀。

她脱口而出："叔叔你错了。他不是逃避我，他是逃避你那一帮奸诈的朋友。"

杜范林用力把铜烟管摔在桌上。

"你敢这样跟我说话！你知道你爸爸死前一文不名，这些年来我一直在接济他。他死了，我们不要谈他，但是我指望你还有一点感恩的心情。你以为李飞不是逃避你，那是你的事，与我无关。只要你不在我这间屋子里出现，我才不管你寡廉鲜耻到哪个地步，你明白吗？"

"现在我非常明白，你要我说，不是你赶我走，是我自己要走的，但是我不能在这间屋子露面了。这毕竟是祖父的房产呢。"

"我们已经谈妥了，你自己说的。我不准你来，因为杜家会因你而蒙羞，你怎么想都无所谓。你已经毕业了，学校看我的面子，因为你是我侄女，才把文凭送来给你。你应该能养活自己，不像你两手空空的爸爸，老向我要钱。我会给你五百块，你可以拿那笔钱远走高飞了，走前也不必来向我辞行。"

这一段多余的训话有一个重点，就是柔安的被逐出家门，不是她叔叔赶走的。这些话伤不了柔安，她了解他，根本不放在心上。

"话说完了？"她转身要走。

"还有一桩，你也许以为你祖父留下了一大笔钱，其实不然。他只留下一些政府债票，现在根本一文不值了，你父亲心里明白。不错，他留下这栋房子。等你正式结婚，你可以回来住。我只是不希望不是李家的杂种在这里出世。至于三岔驿地产，你知道祖父并没有开创渔业，渔业赚来的钱都是我自己赚的，不是你父亲赚的。我们不要谈他干的好事——只会破坏渔业生意罢了。我希望你知道这些事实。"

"叔叔，三岔驿产业还是我父亲与你共有的。"

"不错，不过你父亲并没有尽力发展它。钱是我赚的，最近几年我一直供养着你们父女两个。"

"我大概还拥有一半湖产吧。"

"大概吧，你总不能把大湖切成两半啊。这件事我们以后再谈，不必现在研究，希望你听清楚了。"

"我听得很清楚。"

柔安出了门，和春梅对望一眼，就回到自己的院落。

她明白叔叔话里的意思，除了给她一点钱，她甭想再分产业了，她没有力量和他争。她已是孤儿，势单力薄，她必须靠自己。她觉得总算谈完了，松了一大口气。

她告诉唐妈："如果有必要，我叔叔连打家劫舍都干得出来。"

　　为了避开他叔叔，她叫人把菜饭送到房里来吃。

　　她有一种自立的感觉。离家她并不难过，反正最近几年她在家始终没有快乐过。她一决定离开，反而有一份轻松感。她不想再堕胎了，她决定在兰州生下孩子，等候李飞归来。

　　她忙了一星期，整顿行装。她决定把一切告诉范文博，因为她需要他的帮忙。她必须把出奔的原因告诉他，蓝如水和遏云迟早也会知道的。虽然他是李飞的好友，女孩子家对男人说这种事，总不免要觉得难堪。她绕了半天圈子，说她和李飞订婚，她父亲同意了，又说起他们在三岔驿的日子，却没有谈到正题。范文博用审慎和同情的目光盯着她。

　　"但是，你叔叔为什么要赶你走呢？"

　　柔安害羞地垂下眼睛。"我们在天水分手——在旅舍里……"她突然鼓起勇气向上望，"我离家是因为兰州离新疆近一点，而且我希望李飞的孩子在那儿出世。"

　　范文博表情变了，嘴唇抿成一条线。

　　"我明白了。如果是这么回事，我会帮你的忙，我来安排一切，送你上那边。"

　　"那就麻烦你了。我会带唐妈去。"

　　"要搭五天车，沿途还要住旅馆。我很乐意送你去，这是最起码的小事吧。你帮过我的忙，我很高兴能报答你，我自己也想见见如水和遏云。李飞的母亲呢？你要不要告诉她？"

　　"不。你不能告诉她。文博，为了我，千万别说出来。"

　　范文博盯着她乞求的面孔。

　　"我懂了。你要等李飞回来，才让他家里人知道。"

　　"千万别让他们知道，拜托。我走后，他母亲若问起我，就说在兰州找到教书的工作。我会在那儿写信给她，但是我没有脸见她的面。"

既然决定长期离开，她开始整顿行装，把所有衣服和能带的东西都装进去。那几天很热，她穿得很少，屋子里也乱七八糟的。春梅、香华来辞别也顺便帮一点忙。看到她忙上忙下整东西，清抽屉，头发乱糟糟的，穿着拖鞋走来走去，衣服的下半截纽扣松开着，露出结实圆滚的臀部，她们都替她难过。嘴里不说，心里却明白她是一个孤儿了，被逐出家门，等于失去了继承家产的权利。她没有流泪，脸上有平静的肃穆感，只是偶尔难受地咬咬嘴巴。她不想听叔叔或婶婶的反应。唐妈也帮着打包，但是有些东西唐妈根本不懂——她父亲的书籍文件之类的。她整理这些东西，看见家人的旧照片，有她婴儿时代和童年的，也有母亲、父亲和祖父的，这时候泪水禁不住涔涔掉下来。

"你父亲的东西留着吧？"春梅伤心地说，"房子还是你的。你可以收拾好，把房门上锁。柔安，别傻了。"不知怎么，春梅现在叫柔安叫得挺顺口的，"老头子会反悔，你会回来的。我知道，你一走，家里比以前更冷清了。不能这样下去，我们家不能这样四分五裂。你有朋友，你走后，朋友们可以和老头子疏通。"

"我不知道，"柔安回答说，"我心里做最坏的打算。我叔叔暗示说，他要剥夺我的继承权。我这样涉世未深的女孩子，怎么争得过他呢？分家的时候，他没有向我算父亲的老债，我就够幸运了，我该感谢他不追讨旧账。我父亲死了，谁能算得清过去十年或二十年的家庭老账呢？除了祖产，我父亲死前一文不名。我觉得很骄傲他从没拿过一分肮脏钱，他留给我的就是这个——自尊。他留给我这些已经很够了，我要靠自己。"

"我能不能看看那些照片？"春梅指指桌上的几张快照说。

"当然。"她把蓝如水在兰州拍的照片拿给春梅看，有一组是遏云弯腰在园里摘菜的镜头。

"这个少女是谁？"

柔安迟疑了一会儿说:"仔细看看。你见过她呀。"

"咦,是那个大鼓名伶!"

柔安微笑了:"是的。李飞说,蓝如水正接济她,还想娶她做妻子,但是她一直不理他。"

离别前一天,春梅把叔叔的五百元交给她。

"这是他叫我给你的。"然后另外拿出五十元说,"这是我的一点小意思。钱数不多,但是可以派上用场。你可以写信给我,我会叫人替我看信和回信。"

皮箱先运走,已做了一切安排。第二天柔安仍旧穿着粗白布孝衣,提几个皮包走出去,最后她迟疑了一会儿,想打电话给李飞的母亲,但是又决定不打了。她可以面对任何人——她叔叔、婶婶、春梅——说出真相,但是她不能让那个慈祥的老太太伤心。她一定会伤心的,不仅因为她,也因为她儿子李飞。

她和唐妈没有走前门,她希望静悄悄离去。只有春梅和几个用人来到小边门,目送她们登上黄包车。这时艳阳高照,春梅一直等到黄包车消失在巷口,才低头走回屋内。

第五部
兰　州

23

夏日的兰州真是适合人们居住的好地方。它不仅环境特殊，北部及南部的崇山峻岭此刻净是一片翠绿，景致清爽宜人，还有一些不太容易明了却更为直接的好处。当一个城市和四周环境看来颇适合居住，总有难以分析的环境组合，即所谓城市的气氛。这里有古要塞城的色调，它的旧名叫金城，和一个拥有两万人居住的繁荣北方都城结合在一起。这里的皮货商来往频繁，大仓库林立，慢条斯理、高傲的骆驼商团沿着黄河北岸向遥远的目的地——向东深入内蒙古，向西远至西宁、青海和哈密的沙漠——前进。城内住有不少汉人回教徒，可从他们的白帽子或头巾区分出。交通悠闲而繁忙，沿路到处是旅社和饭店。富有魅力的甘肃少女穿着夹克和裤子走来走去，黑色的眼睛，高兴、纯洁的笑容，在市集和市场上更是处处可见。这里有令人心情开朗的山风，白天有点热，但并非热得无法忍受；晚上总是非常凉爽，睡觉时还必须盖毯子。事实上当地居民都很友善并且好客，茄子很大，牛肉、羊肉很新鲜，蔬菜也很便宜，香甜可口、多汁的翠瓜，一斤只要一毛钱。芳香美味的梨子像奶油入口即溶，味道像冰淇淋。几乎每一栋住宅都有大的花园，每个家庭都自己种有鲜花和蔬菜。

　　乔迁的兴奋，景致的改变，西安大宅压迫感的突然解脱，使柔安减轻了不少最近的哀愁，因而元气大增。看样子她在这里会过得很快活。这里没有人会认识她，她也不必为了生孩子而感到罪过。唐妈陪着她，周围又有些朋友。活泼的遏云充满愉快的笑容，和柔安对她在戏台上的印象大不相同。如水是李飞最好的朋友，自然也成为她的朋友，她可以完全信赖他。他的性格比李飞文静，相当敏感，对待别人很体贴，在兰州和遏云的魅力之下，他对这个城市充满热情，李飞从前也一样。

　　住在新环境中，柔安感觉像个新人。晨曦从这间美妙的房子的小窗口照进来，全是异样的感觉。因为她在大夫邸住了一段时间，到兰州第一个清晨，当她一睁开眼，想发现阳光照在那旧房间熟悉的橱柜上，等她醒悟过来，知道自己已自由自在地住在远离家乡的兰州，心中顿然浮现出无限的快活和新鲜感。然后她才想起从此要谋生自养哩。宛如一只初试羽翼的小鸟，她享受到超然独立的、未有过的欢欣，她要用真名去寻找工作，使她能够保持自我，不再感到羞耻。她确信在这无人知道她叫杜柔安。

　　五百五十元她分文未动，她能教中学的课，尤其是中国文学。她希望保留那笔钱，直到孩子出世。她要付房租，但蓝如水不肯，只答应一个月收二十四元，作为她和唐妈的生活费。但是她一自立，主妇的本能就出现了。她开始未雨绸缪，希望有不虞匮乏之感，不只为生产，且为了安全起见。她还有一些首饰，也许值个二三百块吧。

　　范文博陪她来，不到一个星期便回去了。他替她找过几个学校，都没有什么肯定的结果，不过他主要是来和李飞联络。李飞来信说，阿尔·哈金帮了很大的忙，他能通过马仲英在兰州的办事处拍电报，说不定事情会有些眉目。他们到总部追查发报的机关，哈金远在肃州，办事处无人知道。他们被领到离城十几里的军中电台，在那他们发现一个二十岁的回族少年，正在操作一台小小的手提收发机。

"这封电报哪里拍来的？"范文博问。

少年看了看，说："从吐鲁番。"

"谁从鄯善发报？"

"我怎么知道？"

"谁是鄯善的司令？"

"别问我，第三十六师的办事处也许能告诉你。据我所知，那儿现在可能没有司令，鄯善掌握在敌人的手中。"

真是可恼的消息！但在战线每周改变的流动战场中，该是可以预料的事。如今他们唯一的办法，就是回到师部，要哈金在肃州办事处的地址。拍电报到肃州也许会让收信人莫名其妙，经过审慎的商议后，认为最好由柔安写一封信去肃州，问哈金如何与李飞取得联络。

如水和遏云听到柔安离开西安去兰州找工作的原因，范文博在那几晚，老是绕着这个话题转。

"兄弟阋墙，叔侄相争，是常有的事。"文博说，"你叔叔的话里，就有这种意思。你父亲死后，他知道你孤弱无依，他可以随便玩花样。回家前，我将去看看三岔驿。"

"干爹，"遏云说，"你是好心人，请不要眼睁睁让这种事发生在柔安的身上。"她相信干爹有无限能力，连他的黑麻脸和激动时的斜视眼，都令她崇拜万分。她喜欢他，不仅由于他帮过她很多忙，更因为他不厌其烦地送柔安来兰州。因为他是李飞的朋友，信守江湖人物的侠士风范。

文博看看她，他知道如水虽然用劲追求，也为她尽了一切心意，却无什么进展。

"你呢？"他说，"我不觉得你是好人，如水如何？他对你不够好吗？"他的语调有父兄严肃，遏云禁不住冷颤了一下。

老崔多皱的额头转向范文博："我劝过她，但她不听。老爷子，你该给她父亲的忠告。"

遏云发现她自己被三个男人的怒目，和柔安取笑似的目光所包围。"干爹，"她说，"我这么年轻，如水待我如兄长，我很感激……"

范文博打断她的话。他的声音依然很干脆，目光慈祥："你是我的干女儿，我要以父亲的身份和你说，如水若是个瞎子、跛子，或有十一个指头，我不会要求你嫁给他。但如水是个双目灼亮、四肢健全的正常人，你不嫁他，等于犯了几条大罪：第一，最大、最不可宽恕的，是你做了个不孝女，不能使你的老爹欢度晚年。第二，你忘恩负义，你说你很感激，那是空话，因为你不愿报答。第三，你没有悲天悯人的胸襟，他爱你，他认为你是他曾见过的女孩中最好的，而且不愿再与其他的女孩结婚。你不会使他感到伤心吧。来，你觉得他年纪太大了吗？"

这段话犹如熟悉的古戏文，遏云冷然一惊。不孝、忘恩负义和不仁全包了，尤其是不孝。范文博口气轻佻，然而最令她感动的却是最后一句话。

她面红耳赤，迟疑半晌才说："不。"

"你喜欢他？"

"干爹，你这样说，我就不回答了。你怎能当众问一个女孩子的感情。"

"不。我们像一家人，对不对，崔大叔？没关系，你说吧。"

她恢复镇定。"我接受你一切指控——不孝那一条例外。这个罪名太大了，我担当不起。我一直替父亲着想，女孩子到了我这个年纪谁不考虑婚姻呢？但是婚姻决定女孩子一生的命运。俗语说：'嫁鸡随鸡，嫁狗随狗。'我若是嫁如水，岂不成了'蓝夫人'？我没有念过书，他的朋友会笑我。我也不是吃燕窝、鱼翅，整天病恹恹、捧心装病的林黛玉型，我会不快活，也会让他丢脸。这是第一点。"

"你不吃鱼翅，没人会逼你吃。"如水插口。

她继续说："他说他现在为我倾倒，但我们婚后不久，他就会看上门当户对的美人，那我会杀了他。这是第二点。第三点是我还年轻。我现在暂时休息，过一段日子我要重拾旧业，再上舞台。你能想象蓝夫人在戏台上抛头露面吗？所以我对自己说，不行。第四点也是最后、最重要的一点，我不愿给任何人添麻烦。我逃出西安，多亏你帮忙，但是谁能保证我绝对安全呢？我逃出来，有卫兵被杀。他们若找到了我，我不希望别人牵连进去。所以我何必现在结婚，使局面复杂呢？"

她滔滔不绝说出一大堆理由，最后才停下来。

范文博半认可、半诧异地哼了一声。

"崔大叔，"他说，"我不知道你女儿在台下也这么会说话。我看她的洞房花烛夜，新郎只有听她说话的份儿。"

"我的理由充不充分？"遏云说。

如水立刻回答说："不见得。你是胡乱幻想。"他转向范文博："有一件事我得说明白，好叫她安心。她以为婚后不能上舞台，哦，有些家庭确实如此，但是我不觉得公开演戏唱歌有什么丢脸。如果遏云要，有何不可呢？假如她担心这一点，我保证不阻拦她。她愿意上台，就可以上台。"

"真的？"遏云充满诧异，脸色不觉缓下来。

"是的，我喜欢你，就因为你是这一型的女孩子，我不会强迫你改变，继续维持你的本色吧。"

范文博用手指摸摸面孔，清清喉咙："遏云，你听到如水刚才的话了。我会以干爹的身份和你谈谈，你的理由一点都不充分。如水爱你，我认为一切都圆满。他会供养你，他喜欢你原来的面目，他不干涉你上舞台。还有什么不好呢？你若不听我的话，别再叫我干爹了。你真需要人好好打一顿屁股才行。"

血色涌上遏云的面颊。一想到许嫁蓝如水，她便兴奋得发抖，她羞答答低着头，显出女孩儿默许的姿态，眼睛也水汪汪的。

"怎样，遏云，要不要我叫你爸爸打你三十下屁股？"

遏云偷偷抬起眼，瞥见蓝如水正襟危坐、紧张万分的样子。她脸颊通红。范文博看她动摇了，就说："你一定要嫁他。"

"是父兄的命令？"

"这是命令，"范文博说，"你得接受。"说这话是让她好开口。

遏云笑笑，突然冲出房间。

"范老爷，"她父亲说，"我不知道该怎么谢您。我拼命劝她，都没有结果，您两三句话就改变了她的心意。"

范文博脸上露出满意的红光："她不是一个寻常的女孩子，只有我这个干爹才知道她的心理。"

后来那几天，遏云简直像换了一个人，眼睛充满柔情，但是一看到如水就害羞。她已失去了独立自足感，声音轻，面孔柔和，她对他的感觉犹如普通女孩子对未婚夫一样。

范文博把柔安交给如水照顾，又得意自己撮合了如水和遏云的婚姻，第二天就回西安去了。回到西安，他写信给柔安说，他去过三岔驿，见过水闸，也和海杰兹谈过回人村的问题。

夏天转入初秋。柔安休息一阵，恢复了正常，和如水、遏云等小小的一家人共处，过得很愉快。害喜的毛病消失了，胃口很好。虽然身体日渐加重，她却不像以前那么容易累了。

一切都瞒不过房东乔太太。他们起先告诉她，柔安结过婚，后来遏云不知不觉泄露出柔安离家的经过，乔太太才知道她原来只定过婚。乔太太也不在意，她觉得待产的女人就是待产的女人嘛。她对这一群西安的房客印象颇深——身边总有钞票——尤其只停留几天的范文博。由唐妈口中，乔太太知道柔安是一个富家千金，住在大古宅里。她的美貌、性格，以及她悲伤空洞的眼神，让房东以为她是涉世未深的少女，一失足成千古恨。因此乔太太愿意帮她隐瞒真相，她告诉邻居，李太太的丈夫出远门了。

秋天的微凉清晨，学校都开学了，但是柔安还没有找到工作。她不想在政府机关或公共机构谋职，怕有人从西安来，会认识她，因此她想找家庭教师的差事。她准备提出学历，宣布自己是李太太，但是用本名任职，很多现代妇女都是这样做。有一天她应征报上找女家教的广告，居然成功了。周薪十元，教一家上海人的三个子女，家长觉得他们需要学国语，才能应付学校的功课。父亲陈先生年约五十岁，在纺织厂当工程师。他们在家只讲上海话。柔安恰好在上海和北平待过，北平的国语最标准了，他们很高兴聘到她。他们对西安一无所知，柔安觉得很安全。她告诉他们，丈夫出远门了，生产的时候她要请假一个月。这家人觉得孩子只需要学两三个月，而且他们对她很满意，认为这根本不成问题。

她只要五点到七点（或七点半）孩子放学后在陈家上课就行了，工作轻松，收入也足以应付开支。有时孩子温习累了，就邀她吃晚饭，饭后再继续教。柔安是过来人，知道小孩子课业很重，不过看到七点左右五岁老幺眼皮下垂，她仍不免心痛。中国学校给孩子的负担太重了，简直变成全国性损害儿童健康的项目，白天把他们关起来，不准他们翻书，要他们背，放学后他们脑子疲倦万分，身体需要到户外活动，却又要他们回家温习功课。

柔安的时间相当自由。她像所有的母亲，已经为宝宝准备毛衣被褥了，那时她的表情又安详又美丽。她想到新疆的冬天一定很冷，也开始为李飞织一件灰毛衣，有时候手指钩累了，脸上就现出茫然的表情。

收到那封安抵鄯善的电报后，就再也没有李飞的消息了。哈金的回信虽然诚恳，却没有多大用处。在混乱的局势中，很难查出李飞的动向。他会尽力查，但是希望不大。柔安知道李飞若能和她联络，一定会试的。怎么回事呢？毛衣打好，她还不知道该送到哪里，大粒泪珠滚下面颊，只好叹一口气收进箱子底。

　　秋天来了，森林和高山一片红、绿和金黄，混浊的黄河也化为澄蓝色。乡下的树叶都发褐了，坡地上剪过毛的绵羊也长出了新毛，以应付严冬的气候。十月来临了，柔安渐渐感到不安。如水、遏云、唐妈，甚至乔太太都是好侣伴，但是还不够。如水和遏云就像一对年轻的爱侣，他们没有谈婚期，也没有正式订婚，他们只是一天天过下去。遏云已把如水当做未婚夫，她渐渐欣赏他表面上看不出来的特质。

　　柔安和他熟稔后，也渐渐欣赏他沉默寡言的个性。她仔细研究他，特别注重李飞和他成为知交的原因。她想用李飞的角度来观察一切。

　　如水最叫柔安感动的是他对动物的多情。他买了一只黑色的燕雀，可以训练说话。蓝如水很在行，他修剪鸟翼和舌尖的时候，简直把小鸟当做婴儿看待。他出手很轻，脸上充满柔情。然后，想到雄鸟孤单单一个，他又费了不少心思去找一只雌的来配对。

　　蓝如水不像李飞那么有趣，说话也不如他清楚、有力和尖刻，可以说有点懒散。但是他十分诚恳，对一般重要人物觉得微不足道的小事，他也能兴致勃勃。他有一副天真、坦白、几近孩子气的外表。遏云起先不了解他，柔安也是和他混熟了才明白他的性格。她起初也把他当做有钱、无忧无虑、只会玩照相机的少爷。如果他那么肤浅，李飞是不会喜欢他的。有一天她意外发现如水看透了生命，对一切十分了然，他表面上吊儿郎当，其实自有深刻的内涵。

　　一个星期天傍晚，三个人一起散步回来。屋子附近有一条窄巷，通往开阔的乡间。两边都有密密的树篱，后面便是田野和农舍。巷尾直接通到一片栗树林。如水和遏云喜欢往那个方向漫步，这个星期天柔安也陪他们一块去。散步回来就吃饭，饭后照例围坐聊天。老崔现在有安全感了，晚上经常一个人到戏院或茶楼逛逛，让年轻人独处。蓝如水高高兴兴半躺在椅子上："遏云，你知不知道我们又度过了一天？"

　　"当然喽。"遏云说。

"我们不知道自己干了些什么。你以为你今天做了一些事，今天过去了，明年此时你根本不记得今天做了什么；明天、后天、大后天也一样。我们知道自己为什么活着呢？"

"我想大家都不知道。不过我们还得照样活下去，对吗？"柔安说。

"对极了。大家不知道为什么活着。银行家不知道，政府雇员也不知道。没有人知道。大家都上某一个地方，却没有人知道为什么要去。"

"你简直有点愤世嫉俗。"柔安说。

"才不呢。我是想找出大家忙碌的原因，我得到一个结论，大家都为了生存而生存，不见得知道生活的目标。"

"我不懂。"遏云说着，眼里充满敬爱之意。

蓝如水解释道："我意思是说，不管我们做什么、信什么，大家都是一样的。你到深山的一个孤村去，发现男人女人都生活在那里。你以为那种荒村的日子一定很难过，可是他们却不那么觉得。为什么？因为他们活着。你问全国最富的富翁，或者小村的卑微的农夫，生命中什么最教他们感兴趣，使他活得不亦乐乎。答案永远相同：女人为孩子，丈夫为妻子，老人家等着看女儿或儿子成亲。我说得对不对？无论贫富，我们都为共同的目标而活。所以维系世界的力量是什么？是我们对亲人的爱，妻子也好，孩子也好，父母也好，即使世界上最凶恶的坏蛋也有他关心的人。如果没有，他会马上自杀的。"

十月的兰州是最宜人的月份。哈金来信告诉柔安，他两三星期后会到兰州，还说他已经拍电报叫马世明找李飞，传达柔安到兰州的消息。柔安充满希望。同时，孩子在体内一天天成长，也给她一种自慰和奉献的感觉，总觉得她体内这个跃动的生命就是李飞的一部分，实在很奇妙。想到这一点，她就快活，也更深沉了。休息了这一段时间，又有如水、遏云做伴，唐妈细心照料，她身上仿佛出现了奇迹。皮肤红润，眼睛深邃，胃口越来越大。在蓝如水一再劝说下，她去看一个西医，医生告诉她一切正常。她没有多问，只登记她是李太太。为了充充场面，她还借了一个结婚戒指来戴哩。

24

十月中旬左右，有天大伙儿正在吃饭，几个省政府的警察出现在门口。他们放下筷子，侧耳倾听，乔太太出去见警察。

他们听到一个男人的声音说："这里有没有一个名叫崔遏云的女子？"

"你们要干什么？"

"我们奉命逮捕她。"

他们面面相觑。遏云吓得杏目圆睁，大家都慌了。警察进屋的时候，遏云的父亲正起身拉她穿过厨房门。

"哪一个是崔遏云？"警官问道。

遏云吓坏了，脸藏在如水背后。

"你找她有什么事？"

"我们接到西安的请求，要带她去做凶杀案的证人。很抱歉，跟我走。"

蓝如水抗议，警官说："你们俩是什么关系？"

遏云马上挺身答话："没有关系，只是同一间屋子的房客，我和我父亲住在这里。"

警官一一询问其他的人，写下她父亲和蓝如水的名字，然后命令遏云跟他走。

"如果非去不可，你得让我带几件衣服。"

"警官，你一定要喝杯茶再走。"乔太太说，"她去准备，你坐坐。"

"叫她别想逃，后门也有人把守。"

老崔眼泪都流出来了："警官，她会不会有事？"

"那要看西安方面的决定。这件事和我们无关，我们只送她去听审。真可怜，她是这么一个漂亮的小姑娘。"

"拜托，行行好。你不知道他们在西安会怎么对付她！"

"我很抱歉，公事就是公事。我有什么办法呢？"

他浏览房里的一切，走到餐桌旁，把帽子放在桌上，眼睛瞥见柔安。

"你在这边干什么？"

"在一户人家教国语。"

警官似乎很想找人聊聊。

"周薪多少？"

"十块钱。"

如水趁机溜到遏云房间。她一面收拾东西，一面小声啜泣，听到如水溜进来就转身面对他。

"你别担心。"她低声说，"他们抓我，不会抓你。你拍电报给干爹，叫他不用担心。他们别想问出我的口供。我可能会坐牢，但是他们一句话也休想问出来。我怎么知道是谁杀满洲卫兵？我说不定逃得掉，也许干爹会救我出来。就是出不来，保证你们也不会受牵累。"

如水从皮夹拿出两百块钱说："拿着，出手大方点，我会来看你。"

"你最好别来，没有用的。你照顾父亲，叫他走，你也走。如果我能出来，我会——通过干爹和你联络。"如水对她现在的心情十分诧异。

他回到饭厅，警官正和柔安聊得起劲。他抬眼看看，又低头看指甲。"她不就是我在报上见过的那个大鼓名伶吗？"

她父亲仍旧苦苦哀求："你不认识那一省的主席，我女儿曾被他绑架过。"

警官目瞪口呆。

这时候，遏云带着包袱出现在门口。她面色悲凄瞥了父亲一眼，怕他说得太多。"我来啦！"她故意打断话题。父亲看到女儿真要被抓走了，忍不住千哀万求。她把手放在父亲肩上说："爸爸，别担心。他们只是要我去作证。"然后突然抑制不住，伏在他胸前。警官在一旁耐心等候，然后拍拍她肩膀。

"走吧！"他下令说。

一个警察手里的灯笼点亮了，其他的人都准备出发。走到门槛，遏云转身静立了一会儿，对蓝如水等人注目告别。她眼里泪光闪闪，软弱地说："大家再见。多保重。别替我担心。"

她猛一转身，低头随警察去了。外面的泥土路一片漆黑，灯笼照亮了警察的步伐，在墙上映出摇曳的长影。老崔直望到他们的脚步声消失在远处，全身的骨头都散了。

灯光下，大家脸色发白，眼中充满焦虑。如水激动地踱来踱去，用手指抓头发。唐妈本来躲在厨房中，现在贴墙而立，用手翻衣角。

"谁去告密的呢？"她父亲还站在门边，"我们现在怎么办？"

蓝如水好像没听见。他双手背在后面，走向一扇窗子，望着暗处发呆。柔安看见他伸手去揉眼睛。

"谁会告诉警方遏云住在这里呢？"柔安问道。

如水回头，声音哽咽说："真想不通。现在该拍电报给文博，她被审讯，恐怕会出麻烦。不，我们还是明天再拍吧，等我们想清楚对策再说。"

柔安彻夜未眠，躺在床上，胡思乱想，心中充满未知的恐惧。遏云被捕她感慨万分。如果当局逼问遏云，她和朋友们都会牵连进去。实在没想到他们会查出遏云在兰州，西安的警察怎么知道她在这呢？她有一种祸事临头的感觉，觉得命运和她作对，黑夜增添了想象力，也加深了她的不安。她觉得有人追踪她，命运残酷无情，是她给遏云带来了坏运。她翻身侧躺，隔着百叶窗看初升的月亮，她听见如水在他房里踱来踱去。

她起身开窗，凝视皋兰山上清明的冷月，觉得自己住在陌生的西北边城，举目无亲。

她听到唐妈在对面床上翻来覆去。唐妈点上小锡蜡油灯，用发夹挑灯芯。她披上棉衣，穿拖鞋走过来，坐在柔安床上。

"我一直在想，"唐妈低声说，"也许是你叔叔。他可能知道你和遏云住在一块儿。"

"我叔叔一定听说了。他会问春梅，春梅知道。我告诉过她我的住址。"

柔安实在不愿这样想，不愿意相信。

唐妈咂咂舌头，叹了一口气："如果你叔叔知道，他可能会通知警方，好叫你惹麻烦。他对你不安好心，也许巴不得你或李飞受牵累。"

"他想害我，所以也想害我的朋友，但是我不相信春梅会狼狈为奸。"

她们愈谈愈相信这个说法，柔安记得春梅看过遏云在兰州拍的照片。

"你不该把照片给她看。"

"我怎么知道我离开了那栋屋子，叔叔还不放过我们呢？况且春梅也不是那种人。"

夜里瞎猜也没用，不过她心里一直耿耿于怀。她恨她叔叔，仿佛她已经确定是他通知警方的。这时想起父亲，不免又感到孤独无依。

"孩子在动了。"她感受到轻微的压力，就告诉唐妈。

"你睡吧。老天有眼。我活了这么一大把年纪，不相信世间的恶人能逃过报应。"

思绪紊乱涌入脑海——大抵是猜测遏云的命运，如水和文博的下场，为他们担心——想到李飞音讯渺茫，又想到自己。胡思乱想，终于睡着了。

早上她发现遏云的父亲很早就出去了。如水说："老崔也许去向朋友们打听消息。"

"你认为如何？"柔安说着，看看如水憔悴的面庞。

"我们得拍电报给老范，只是我不知道该怎样起笔。文博在西安颇有势力，也许她到那儿，他可以想想办法。大家都清楚，她不可能用切石钻杀死卫兵，也没有仇人要置她于死地。"

柔安把心中的想法告诉他："恐怕是我来了，才给你和遏云惹下麻烦。"

如水不相信。

"你叔叔何必要毁了你呢？"他用手指摸摸面颊，尽量思考其中的意义。她的说法似乎是唯一合理的解释，也让人想到以后的结果。如果告密者只想和柔安捣蛋，驱散她的朋友，遏云也许还有一线机会。

"明天有飞机去西安，我要送一封长信给老范，把我们的想法告诉他，他也许想出办法。他是李飞的朋友，你叔叔如果太过分，他很可能会对付他哦。我想你还是换地址，搬家对你也没有什么坏处。除了我们，不必通知别人。"

"我想他说得对。"唐妈说。

"我也想走了。"如水说，"昨天晚上遏云要我带她父亲走，好好照顾他。我想我该先办这件事，等我们有进一步的消息再说。"

老崔回来，说他去看老王，要他向省监狱打听消息。他们可以透过老王和遏云联络，老王有办法和狱卒打交道。天下狱卒莫不要钱，老王会是一条得力的引线。

如水说他们应该离开这里。

"除非知道我女儿要送到哪里，我不能走。"老崔窄窄的肩膀比平常更弯了，呼吸也长一阵短一阵的。

如水说："或许等几天也没关系。遏云受审，说不定会牵累老范和我们这些跟她在一块儿的人，我们都扯进去了。等我们知道遏云解往西安的方式后，最好还是到别的地方避避风头。"

他们坐立不安了几个钟头，傍晚时分，老王带来好消息。遏云关在省监狱，狱卒收了二十元，所以她可以舒舒服服，受到很好的待遇。除非西安政府有进一步的公文传来，他们暂时不会有受连累的危险。但是如水如坐针毡。

那晚老崔和如水去探监，带了食物、毛毯和枕头。典狱官是一个便服的中年人，很拘礼，很客气，把他们带到遏云的牢房，脚步声在暗暗的走廊上回响。

遏云还穿着头一天穿来的灰旗袍。一盏小电灯在墙上映出暗弱的红光，也在她蓬头垢面的轮廓中投下一道道阴影。等眼睛适应了灯光，如水看出她哭过了。她声音清脆，脸上挂着疲惫的笑容。

如水搬一张椅子给老崔坐。遏云走向他，把手放在他肩上说："你不幸的女儿惹上了这场麻烦，不过他们不会对我怎么样。我走后，如水会照顾你，你不必担心。"

父亲抬头，转动着眼珠，一副悲楚的神情。

如水说："我们通知老范，他也许能想办法。"

遏云笑笑："他们不敢公开审判我。如果大家知道我被扣留的经过，主席自己也不光彩。"

"也许他们不会公开审问你。"

他们走出来，心里好过多了。遏云显得比昨天冷静些。

一连几天，他们每天都去看她。她还是老样子。狱卒说她胃口不错，睡得也很好。如水带了几本书给她看，因为她说狱中的日子很难打发。

"你觉得还好吧？"他问道。

"还好，只是狱里的饭太硬了，咽都咽不下去。一块一块的，又有泥沙，不小心真会把牙齿咬坏了。"

"这里有没有女佣？"

"我不需要女佣。有个年轻的狱卒想吃我豆腐，不过我没有给他机会。"

第三次去，发现牢房中多了一个女犯，和遏云似乎很合得来。遏云有伴可聊聊，总显得快活些。

如水和老崔看她默默接受现状，放心多了，就忙着准备迁居。范文博打电报叫他们迁到安全的所在，并通知他谒云解往西安的时间。电报要他们找他的用人老陆联络。

如水告诉柔安："我想和老崔到河州去。你若跟我们走，我会放心一点。"

"我不想走。哈金信上说他要来，我得见见他。而且我现在也不好坐骡车远行，我宁可留在兰州，换一个住所。李飞若有消息到办事处，我得在这儿。"

如水不得不遵照她的意思。他在西门外的西关区给她找了两个房间，设备很差，没铺地板，家具少得可怜，墙壁也失修多年。房东钱太太是一个老花眼的寡妇。不过柔安倒挺喜欢这个地方，因为寡妇一个人住，地点较僻静。房租很便宜，一个月只要十二块钱。坐向她也喜欢，房里有窗，可以看到黄河对岸的公路。据说这条路就通往青海和新疆，公路上不断有人、车和牲口来往，她想象李飞会走那条路回来。

第二天柔安和唐妈迁出乔太太的屋子，说她们要出城去南方。柔安行李不少，她把个人的财物、书本和衣服都带来了，装了两大皮箱。她拼命收拾，但是唐妈劝她多休息，别累坏了身子。粗重的搬抬工作都由她来负责，如水和老崔则帮忙搬运。

搬到新居后，柔安说："唐妈，你陪我走了那么一大段路，辛苦你了。如水和老崔要走了，我从此孤零零一个人。我现在没有多少钱可给你，但是我永远不会忘记你的。"

"别说什么钱不钱了。我侍候你父亲十五年，不会丢下你不管。你马上要生产了，你怕不怕？"

"不，我不怕。"

两天后如水和老崔来辞行。柔安问道："怎么啦？"如水看看屋里屋外。"没关系。房东太太耳朵不灵光。"柔安说。

"我们明天就走。今天下午去探监,听说遏云已经被两个士兵押走了,我没有机会告别。我问他们怎么走法,狱官说:'当然是走路哇!'"如水气冲冲地说。

"走路!"柔安大喊。

老崔说:"这是老规矩。士兵的津贴是照里程来算的,路愈长,他愈高兴。我想他们会带她走平凉,那是老路。"

平凉那条路是通往省界最远的一条,到了省界,遏云就交给陕西警察看管。

遏云三四周内应该能走完全程,在严冬来临前到达目的地。幸亏她身上有钱,路上可以不吃苦。不过,把年轻的闺女交给士兵护送,总有些冒险,他们脑筋又不太安分。如果他们搭汽车到天水,在宝鸡换火车,就可以省掉许多不必要的苦差了。说来气人,政府做事常选择花钱最多的法子。这是老规矩,从没有人感到诧异。

"柔安,"如水说,"把你丢在这儿,我觉得很不安,你能不能改变主意?"

"不。我必须留在这儿。"她想了一会儿说,"我怎么和你联络呢?你得写信告诉我地址。我在这儿是'李太太',我要改名叫耐安。"

"耐安"就是心平气和地忍耐。柔安一心一意留在兰州等李飞,如水十分感动。"这名字很不错,"他说,"你一旦拿定主意,好像什么艰苦都要决定克服。"

柔安说:"你若想避风头,我有一个建议。你何不去三岔驿,到喇嘛庙去住,等事情有眉目再说?那个地方与世隔绝,比哪里都僻静。必要时两天就能赶到西安。"

如水和老崔并不知道要上哪儿好,于是满心感激接受了柔安的建议。他们可以轻易由天水到三岔驿。

他们起身告别，如水拿出五十元说："柔安，我没有尽到照顾你的责任，请收下这笔钱。我身上钱不多了，因为我得给遏云一些，不过我随时可以再寄来。如果你不喜欢这个地方，也许以后能换一个好地点。"

她激赏地看看他："李飞知道了，会好好谢你。"

如水声音颤抖说："自己保重。"她看两个人离去，眼睛不觉得湿了。

那天晚上，她站在窗前眺望，看见明朗的秋月在北塔山的隐影中冉冉升上铁桥顶，不免觉得孤单。现在只剩唐妈陪她了。黄河在秋天的白昼里一片深绿，如今在月光下却化成黝黑的奔流，表面激起阵阵涟漪。河水被两个小屿割裂，水流在她居所附近会合，划破了悄悄的静夜。她想起父亲，想起李飞，思绪飘到童年时代，母亲身上，和她在北平的日子。想到西安的家，虽然只离开两个月，却仿佛隔得好遥远。她有点思念她那座惬意的小院落，毕竟她心灵平安、没有忧愁或责任的时候，仍然有过一些美妙的日子。隔了这么远，又在窗前沉思，她怒气全消了，只看见叔叔自私、阴沉、凶恶的形体，他毕竟是个不幸的人。然后她又想想春梅，她不相信她的麻烦和春梅有关。体内的生命动了一下，她回到了现实，知道自己是为这个小生命才逃到这的，心中充满幸福感，力量又来了。

"你在想什么？"唐妈看她静静站在窗口，就问她。

柔安回头："我在想，我们现在真的孤零零了。小孩刚才踢了一脚，他一定是强壮活泼的宝宝。"

"现在你得躺一躺，我给你沏壶茶。"

柔安遵命爬上硬木床，唐妈早已将自己的棉被让出来，暂时当垫被，好使床铺软一点。房里没有电灯，一盏大煤油灯放在桌上，在破旧的墙上映出嘲讽的光芒。

唐妈端茶给她，她紧紧抓住唐妈的大手。唐妈轻轻用另一只手把被褥塞在她肩膀下。

"孩子，"她说，"老天有眼。我明天到庙里烧香，替你求福，也祈求李飞回来。"

她抽回手，把灯光弄弱。月亮已高挂在天上，在窗前的地板上照出一道白光。她看见柔安垂下眼皮，就把灯吹灭了。然后她轻轻爬上自己的床铺，倾听柔安宁静均匀的呼吸声。

25

河边的房子年久失修，地点又偏僻，只能说是穷人的一间破寮。未漆的窄大门只有三尺宽，立在泥砖矮墙上，上面盖了茅草。房子本身是红砖造的，曾经粉刷过，有一大块一大块褪色的黄斑，很像地图上的岛屿，可见房屋主太穷了，无法顾到外观。围墙和房子间的小空地开成包心菜和韭菜园，西边墙上有葡萄藤覆盖，另一边的空地搭上棚盖，用来堆柴火。不过，屋主若能花一百五十元修理一下，这间房子仍不失为小家庭的一个整洁的住处。它立在小坡上，可以看见皋兰山的景致，又能俯视城内的屋顶。北边比河面高三十尺左右，中间隔着烂泥滩，滩上堆满砾石，杂草丛生。因为高低不平，黄河常常泛滥，低地都没有人要了。北面的河水较深，激流穿过岩石岸，在附近留下一堆黄土。河上没有船只，倒常常看见全牛、全猪、全马的生皮筏子由西宁运货来。

房东钱太太一年到头穿着油腻腻的漆黑外套。她是一个愁眉苦脸的妇人，和房子一样邋遢。她抱定一种态度：我出租的房子就是这样，你若要求精致，就不该到这个地方来。她让房客用厨房的大灶，自己则用手提的小火炉来烧饭。

柔安没打算在这里招待客人，但是她和唐妈单独居家，却有一种满足感，因为她从来没有这种经验，刷刷洗洗好多天才使厨房和两个房间呈现出稍可住人的样子。唐妈自己动手，没有叫房东太太帮忙。

柔安不想动那五六百块的积蓄。然而，她却舍得花三四十元买新被褥、毯子和坐垫；她已经在找婴儿床，打算放在南窗边。她觉得卧室没铺地板，应该罩一下，又花了十二块钱买草席。要房东太太花一文钱添置家具或者买新茶壶，是绝对不可能的。

柔安兴致勃勃为自己和宝宝布置一个新家。她买了一块蓝布来罩皮箱，上面放些书本和什物。然后又买一个皮框来放李飞的照片，搁在她梳妆的桌子上。由父亲的书法作品中，她挑了一张特别为她写的左宗棠名诗，把这张字和蓝如水的一张水彩画挂在墙壁上。现在这房间即使说不上舒服，至少也有暖烘烘的气氛了。等白白的婴儿床放在南窗下，她开始觉得自己有了一个新家。

房间整个改观。房东应邀进来，脸上不觉得露出稀罕的微笑。房东太太看她穿着名贵的衣服，又知道她是富家千金，对搬到这个地方来讳莫如深。她的态度由冷漠变为敬重，甚至同情了。

柔安仍在陈家教课，路程不到一里。她开始不耐走，第一次搭黄包车上班。不过，医生劝她每天多走路，所以她遵命步行，早点出发，让时间充裕些。

她避开一切社交，不过有一个星期天陈先生邀她和家人一块儿到饭店吃饭，她答应了。她很高兴，陈家把她当自己人看待。陈家人也吃了一惊，因为她穿的衣服太好了，不像教书谋生的人。她穿一件颈部加扣的黑缎袍，那件松鼠皮领的红羊毛外套显得十分优雅。陈太太很好奇，问起她的家庭状况。她说她父亲曾在孙传芳手下做官，最近去世了。陈太太觉得，一个产期将届的少妇为十元周薪走那么远的路实在太可怜，就常常约她留下来吃饭。日子愈来愈短，柔安经常雇黄包车回家。

除了傍晚那几个钟头，她生活得自由自在。太阳出来，她常常搬一张小凳子坐在菜园中，看看成长的蔬菜和城外坡下的市区，想着遥远的事情。然后脸上就显出焦虑的神色，或者抬眼看白云飘过灰色的天空。有时候她在窗边站十几分钟，腿酸了才走开。她开始写日记，把思想和渴望都记下来，日记不自觉变成给李飞的信函，由内心深处对他说话。她难得漏记一天，不过她很容易累，有时候整篇只写三两行。

有时候天空昏暗，乌云低低覆在山顶。那时候很暗，因为窗户小，只有微光射进来，开灯也不好，不开灯也不好。十月下旬风沙大，常下小雨，从来不痛痛快快下一场；也不天晴，仿佛雨滴想落下来，又被秋风刮来刮去，没有别处可逃似的。一连好几天，远山罩在雾峰中。起居室的泥地湿漉漉的，卧室地板总少不了黑脚印，洗刷又要好几天才能干。柔安只得买一个小炭炉，放在卧室里，一面烘干，一面取暖。

走路到陈家，雨点滴在脸上，使她有一种自立谋生的独立感。她想，很多女孩子也为了同样的缘故而离家，境遇比她还惨。她婶婶曾说："你自作孽，要自食其果。"她正是如此，却毫无悔意。她似乎觉得，单独在陌生的城市里独行，雨点落在身上，这就表达了自己对李飞的爱情，所以她达到了苦中作乐或乐中有苦的境界。

有时候，经常是星期三傍晚，她听到哈密来的飞机由头顶飞过，心里就起伏不已，渴望第二天收到信件。但是她搬家以后，虽然向邮局改了地址，却没见过邮差进门呢。收到李飞那份安抵的电报，已经隔三个月了。她早已习惯了音讯渺茫的焦躁，虽然每星期四早晨都静候着，想望着，却再也不觉得诧异了。不过星期四她都很沮丧。

除了《新公报》，她还订了一份地方报纸，热心读一切新疆战况的消息。欧亚班机的时间表吸引了她的注意。每周都有定期班机在兰州和哈密、迪化间往返，每星期三一定有旅客从新疆来。如果她到飞机场，也许能找人问问，或者听人谈起那边的情形。于是她每星期三傍晚都乘黄包车，直接由陈家到飞机场，看飞机进站。机场有招待室，候机的客人可以喝杯咖啡，吃点三明治。柏林和上海之间常有欧洲客人往返。飞机一到站，总有穿白衣的飞行员进来，有中国人，也有德国人。她孤单地坐在一旁，静听她一向关心的话题。李飞像一粒消失在沙漠里的细沙，这等于她和那个遥远世界的一种接触方式，看到沙漠来的人，心里总舒服些。职员和侍者都注意到她了，但是她不和人说话，大家也就不去打扰她。

终于有一天，一个三十六师总部的传令兵来说，哈金中校第二天中午要见她。她心跳不已，一夜未睡，恨不能立刻去见哈金，如果他半夜叫她去，她也会去的。她想象他会当面告诉她各种消息，他是她和新疆世界唯一的联系呀。

天一亮，她就不耐烦了。她想早些冲到哈金的办公室，但是终于决定等一等。他一定不会拒绝见她，他父亲和她父亲是好朋友。不过他把午餐时间空出来陪她，已经够好了，那时他们也可优哉地慢慢谈。当然他会注意到她的情况，可是她也不想隐瞒。她总觉得该告诉他自己为什么离开西安，单独住在这儿，她想透过他让李飞知道这个消息。哈金一定什么都知道，李飞曾来信说，他很友善，也帮了不少忙。

约定的时间是十二点半，她十二点就到达他的办公室。她的皮包和红外套使她看起来就像一个很懂得穿着衣服的中国摩登少女。穿灰制服、戴俄国羊皮毛边帽的士兵在大房间里穿来穿去。她一面等候，一面由皮包里拿出镜子，点了点朱唇。

十二点半不到，办公室门开了，一个胡须整齐、个子高瘦的军官走了出来。他看到穿红衣的少妇，深棕的眼睛不觉一亮。她不知道宽外套下是否能看出她的肚子。哈金把两只手伸出来。

"咦，是你呀，杜小姐？简直不敢相信！"他的声音很急，也很低沉，棕发向后拢，一手拿着军帽、斜纹呢外衣和一只旧旧的小提箱。

"来吧，我们到附近吃饭。"他戴上帽子，陪她走出去，办事处的人员都好奇地睁大了眼睛。

天气晴朗，但是柔安根本不在意。

"回到兰州真好。"哈金看看拥挤的街道，挺胸抬头说，"肃州是一个小城，这个季节冷得要命。"

"你有没有李飞的消息？"柔安抽了一口气说。

"还没有。"

"你总该知道他在哪儿吧？"

哈金斜眼看看她："还没有。只确定一件事，马世明将军找到他的下落，一定会通知我。我们边吃边谈，你不反对回教馆子吧？"

"才不呢。"

他们进入一家前门敞开的饭店，店前有木板刻着"清真"二字，让回教人明白这是他们的馆子。店前铁钩上挂着半只杀好的绵羊。阳光由格子窗外射进来，在地板和凳子上映出斑斑点点的图案。回教馆子素来以干净闻名，凳子和不铺台布的餐桌都刷得一尘不染。

哈金帮柔安脱下外套，眼睛看了她膨大的腹部一眼。然后他把自己的外衣、军帽放在椅子上，扶她坐上阳光射到的一个位子上。

"李飞没告诉我，你们结婚了。"

"我们没结婚。"说完用肘支着下巴，正眼和他相望，毫无羞窘的神色。闪动的阳光映在她脸上。哈金转动一下眼珠子，才明白过来。

他叫了米饭、大块煨牛肉和一碟冷鸡。"再没有比这更棒的牛肉了。"说着又叫了四五两烧酒。

哈金倒酒，两个人共同为李飞而干杯。

"真想不通他为什么毫无音讯。"她说。

哈金把嘴抿成一道直线："新疆不像内地，那是另一个大洲。当然也有邮政，可是只能由哈密的飞机送来。如今哈密落在敌人手中，李飞唯有在敌方，在迪化或哈密，才能直接和你通信。信件两三个月才到，也是稀松平常的事情。现在他们走若羌，只有军方有信差，要星期六才到。一切都不可靠。"

哈金停下来；尽量把话说得乐观些："我曾给他致马世明、马福民和尧乐博斯的介绍信。尧乐博斯与和加尼牙孜同是回人的领袖。"他故意说得又慢又婉转，"他们是哈密废王的旧属。你听人说过，整个皇宫都遭到烧杀掠夺。很高兴汉人回教徒和我们站在一起。你当然也知道我的心情，我是一个善良的老维吾尔族人，祖先由和阗搬来……不过，我们还是谈李飞吧，我不懂他怎么能穿过战线来到我们这一边，才由鄯善发电报。鄯善现已落到满洲司令手中了，显然马世明撤退的时候，李飞没跟上。"

柔安嘴巴张得圆圆的："那是什么意思呢？"

"也许他逃到别的地方，也许他以中国报社记者的身份留下了。就我们所知，他好像和马将军失去了联络。"

"他们不会杀了他吧？"柔安心里不安地扑通扑通乱跳。

哈金笑笑："怎么会呢？他又不是回人。若是我们，满洲将军就不留情了。战时到处都一样。你有没有熟人能和对方联络？"

"没有。"

"何不试试李飞的报馆？他们应该能向新疆主席打听消息。"

哈金劝她打电报给上海的《新公报》。"我的办事处立场很微妙。我们是中国陆军的一部分，但是我们和新疆正在打仗呢。那个怪物其实独立了，他随心所欲乱来一通。"

哈金建议她由报社打听消息，柔安不觉恢复了希望。她现在孤苦无依，很高兴他关心自己的问题。

"杜小姐，"他说，"你父亲是我们的朋友，不过你叔叔真混账，他逼得父亲和我不能再打鱼了。"他把头发向后一甩，笑得很开心，"但是我现在干得很不错。你叔叔若不禁止我们到你们湖里去抓鱼，我现在还当渔夫哩。李飞说你父亲把水闸拆了，你当时在不在？"

"我在场。谷里的河水又满了，我看见你们族人好高兴。"

"啊，是啊，不过现在听说水闸又修好了，你堂哥小杜率领士兵监督完工的。"

"你们为什么不拆掉呢？"

哈金又甩甩头："等着瞧吧，总有一天会惹出麻烦。我们无法向你们的官署申冤，你叔叔和小杜势力太大了。不过等战争一完，无论合不合法，我们返乡的军人都不会容忍下去，他们心里会怨气冲天。他们看过同族人被赶出地面，家园被烧，村庄全毁，牛群被杀光。我和你说老实话，我父亲常谈起你祖父当大夫的德政，但是那些日子已成过去，非流血不行了。"

"哈金，"柔安说，"你帮了我的忙，我愿意告诉你一切。"她说明李飞逃出西安的原因，他们在三岔驿的约会，以及叔叔赶她离家的经过。

哈金充满同情，听完就说："你不觉得这件事还有更深的含意吗？三岔驿是你父亲和你叔叔共有的财产，你是继承人，至少我们的敌人是同一个。等我回来，我要算账，决不通过官员的法庭。我和你握手同进退。"

他伸出手，柔安也把小手递上去。

"你的事包在我身上，既然知道你叔叔这样对你，我更愿意帮你的忙，把你当做自己的妹妹看待。"

他们走出饭馆，哈金带她回办公室，把她介绍给一名叫阿都尔·贝格的少校。贝格少校年约四十岁，面孔胖胖，鼻子扁扁的，除了一撮灰棕色的胡须，几乎与汉人一样。哈金一个月左右回兰州一趟，贝格却长期坐守办公厅。

"李太太是我家的一个朋友，"哈金说，"我不在的时候，希望你尽量帮助她。"

电报拍往《新公报》，柔安没有带回李飞的消息，却很高兴汉军和回军方面都可以设法找他。至少没有噩耗，不过李飞处境一定很艰苦，否则他会发讯回来。唐妈看见她躺在床上，眼睛盯着墙壁，然后振作起来，继续钩孩子的毛线毯。她一针一针钩着，脸部阴郁而沉默。她心里一直担心李飞遇到了麻烦。听说新疆已经下雪了，吐鲁番附近寒风刺骨。她忘记自己的烦恼，忘记屋内的寒意，觉得她和李飞相比简直太舒服了。然后她又想到，有了哈金的帮助，李飞一定会回来，她甚至幻想要庆祝他归来了。

"唐妈，"她突然说，"我们今天上馆子。你准备一下，我由陈家回来，我们就出去。"

她们进入全市最好的一家馆子"金城楼"，天已黑了。

柔安满脸喜气问跑堂的说："你们有没有一道菜叫九转柔肠？"

"没听过。"

"我是指炖猪肠。切成一段段，每段打一个节，然后煮得软软的，水润润的。浓汤蛮好喝哩！"

"你怎么不早说？"

然后她叫了鸡卷、炸肫（李飞特别喜欢这一道菜）和炖龟肉——菜单和他们在天水的最后那天完全一样。

她们叫了五六两绍兴。一大碗猪肠端上来，柔安的眼睛不觉一亮。她把热腾腾的肠子放进口中，品尝那奇妙的滋味，同时尽量捕捉离别前夕的情景。唐妈好几个月没看到她眼睛这么亮，表情这么快活了。

"孩子，看到你又快活起来，我真高兴。"

"我很快活。等他回来，我们一起到这儿来庆祝，只有我们三个人，加上孩子。我叔叔会来向我道歉哩，他会看出我们多么幸福。我要活着让他看看我嫁了一个聪明的人，过得很快乐，你想到没有？"她眼睛润湿了，又说，"他会回来的。"然后泣不成声。唐妈弯腰安慰他。

"哭吧，孩子，这样对你有好处。等他回来，你会流另外一种幸福的眼泪。"

幸亏她们单独在小房间里。唐妈要了一块热毛巾，替柔安擦脸。"我真傻。"柔安说。

她回家后心情好多了。唐妈安顿她上床，柔安很快就睡着了。

几天后，邮差第一次进入她家，带了一封信给"李耐安太太"。她拆开来，是蓝如水寄来的。

她看着看着，眼睛愈睁愈大。

"怎么啦？"

"祖仁死了！"

信是如水由三岔驿寄来的。

亲爱的柔安：

老崔和我已经到这十几天了，天天为遁云担心。目前还没有消息，不过她现在应该还没到西安。老范到这儿来和我商量，她大概再过一星期就会到西安，我要跟老范回去。我们有地方可住，但不是老范家，所以还不要写信来。遁云的父亲仍在喇嘛庙里。我下山到三岔驿去会老范，我们一起到回人村看水闸，和海杰兹欢聚一天。我也看到哈金的太太了，他们都很诚恳。

大多数青年都当兵去了。文博和我在谷里逛了一天，因为文博对你所说的一切非常感兴趣。现在我得告诉你一件大消息，祖仁来这儿督建水闸，他掉到闸下，被落石打死了。是海杰兹告诉我们的。他是意外死亡，没有人杀他。目击者一致这么说。他头部破碎，尸体在水闸下方的池塘里找到了。

请记住我们无时无刻莫不挂念你和李飞。文博和我经常谈到你，我们都佩服你坚毅的精神。你堂哥的死讯会使你大吃一惊，但是请保持镇定。丁喀尔工巴寺正如你说的，非常美丽，我很高兴留在那儿，但是我现在看到邪恶人心所造成的悲剧，心情根本静不下来观赏自然的美景。文博有空会写信给你。

　　多保重，柔安。冬天来了，定时吃饭，等娃娃降生，可别弄坏了心情。献上最温暖的关心。

如水

　　她一直把信拿在手上。这封信热情、诚恳，一如笔者本人，只是信里包含了令人震惊的大消息。她第一个念头就是，父亲的预言终于成真了，她想起香华，不知道她、叔叔、婶婶和春梅对这个消息有什么反应。她虽然和祖仁不投机，祖仁早亡，她仍然很难过。

　　她再读一遍，眼睛注意到画线的句子。由这种不自然的强调，她怀疑祖仁并非死于意外。"没有人杀他"这句，她怀疑是范文博的神来之笔。她父亲说过，如果水闸不拆，三岔驿住起来就不安全了。她父亲好有先见之明。

　　后来范文博来看她，她由文博口中知道了事情的真相。

　　闲站在水闸下，范文博问海杰兹说："士兵一年到头都在？"

　　"不，水闸完工后，漳县县长发出一道命令，叫人民不要乱动它，否则要受严肃的制裁。然后士兵就走了。"

　　"我看到布告啦。"范文博说。

　　"哦，那个因猎渔禁令死了丈夫的女子密兹拉才不管什么公告不公告呢。有一天，她带锄头到水闸边，劈坏了几根竹条。她自己一个人弄的。她弄出一个小缺口，几个石堆被流水冲下来，但是裂口不大。这件事报上去。几天后的黄昏，听到一声枪响，知道祖仁来了。他总是用这种方法宣告他的来临。现在他留在三岔驿杜宅里。"

　　"士兵陪他来，还是一个人来？"

　　"他昨天来检查水闸，我们没有看见士兵。"

　　"他应该早点把水闸修好。你看见那些石堆松松的，很危险，你知道。"范文博看看海杰兹说，"有那道裂口，人一走近，很容易摔下去。

如果附近有士兵，那又不同了。不过他若碰巧踩到一个松石堆，掉下去，连目击的证人都没有。真的，这不是玩的。下面不深，不过人若掉下水，石堆一定会滚下去压到他。我知道这种事迟早会发生的。"

范文博继续把故事说完。

"我只说了那些话。第二天如水和我就上丁喀尔工巴寺去了。我们再下山的时候，海杰兹告诉了我事情的经过。祖仁到村庄找阿扎尔，追问是谁在水闸上弄出一道缺口。'什么缺口？'阿扎尔问道。'来看哪。我要报告当局。'阿扎尔高高兴兴随他去了。村民看祖仁和阿扎尔一起走，不禁满面怒容。几个男女跟他们到闸边，密兹拉也是其中之一。祖仁坚持说有几根竹条被砍断了，他们两个人就上去看。你相信吗？他们站在附近，一条黑色猛犬突然跳出来，对祖仁大叫乱扑，仿佛他也是忠心的回教徒似的。祖仁吓慌了，往后退，一失足掉入水里。很不幸，一个大石堆也跟着垮了，打到他头上。祖仁的尸体躺在水闸底，没有人敢去碰他。第二天有警吏来问话，全体证人一致发誓，他们亲眼看见祖仁掉下去，是他自己不小心。"

范文博停了半晌又说："他们没有提到那条狗。海杰兹私下告诉我，那条狗是密兹拉的。"

范文博眼睛一眨一眨，让人觉得他也没有说出全部的经过。范文博最喜欢故作神秘，让听者自己去瞎猜。

26

回军撤出鄯善，李飞也跟着走了。他已把赌注投在回人这一方，又受过马世明热烈的招待，就决定前往吐鲁番，再由那儿设法走南径，避开哈密的沙漠。金主席最得力的部将盛世才一步步进军，寻找回人据点。整个乡野都是回村，主要是维吾尔族人和部分龟兹的流民，还有不少汉人回教徒。盛世才打的不是两军之战，而是灭种之战，因此马氏能够得到整个乡间的支持。战况惨烈无情，盛军把回民全部杀光，所过之处，城市村庄尽成瓦砾。冲突的残酷和惨烈并没有使回人屈服，只把他们赶开了，马世明的兵力反而一天天加强。据说马世明的军队也大杀汉人，和不愿意参加叛变的自己人。李飞到处看见胸上别有白布章的回民，他们加入补充兵的行列，但是在乱局中还没有编成正式的队伍。

盛世才的军队横扫鄯善北方，马世明并不抵抗，决定向西撤退，诱他到吐鲁番，那边的地形易守难攻。交通工具缺乏，一切驼兽都被军方征用了，除了少数军官，大家都步行前进，一连走好几天，经过未遭劫难的玉米和大麦田。高高的白杨树丛和寸草不生的小丘交互出现，山边岩架突出，到处是直立的柱状物，像古陵庙似的。衣着鲜亮的美丽少妇，手抱孩子，也随队流亡。

吐鲁番是一座大古城，有一个塔高约百尺的大回寺，屋瓦用镶画构成精美的图案，形状像大火箭似的，造形浑圆，顶端呈尖形。数百年来中亚部落多次入侵，城内建筑还保留着他们的影响。巷道未铺砖石，但是扁顶的方形白屋高达二三十尺，在李飞的汉人眼光看来，简直像碉堡。巷子里到处有茅草覆盖的市集场所。本城控制了新疆往天山南北大村落的古道，是一座富庶的都城，以葡萄和美酒著称。乡村靠地下沟渠自山边引水来灌溉，马世明的大本营就设在这里。他可以北攻迪化省会，也可以向南向西，沿古丝路到塔里木盆地；如果兵力够强，还可以反攻哈密，与马仲英的部队会合。

吐鲁番的一段日子倒也值得。李飞要来研究新疆的生活方式，如今总算看到了。他学会几句吐鲁番话，看回人和汉人回教徒次数多了，也大都分得出来。汉人回教徒也说中国话，穿中国服装，但是和东部的汉人不一样，他们眉毛浓，额头方，眼睛较圆，鼻子较挺，尤其都留了密密的胡须。

李飞也学别人，剪一块白布别在胸口，这样和当地人比较容易沟通。他不想再了解这一场战争了。由七角井到鄯善，一路看到的都是恐怖的情景，是兽性的表现。不管战争的起因或借口是什么，现在对他都没有意义了。现在战争只是一道咒语，一群群难民，烧毁的家园，焦黑的尸体，搅乱了文明生活的一切，迫使男男女女为呼吸、生活、找一块地板睡觉而作野蛮的挣扎。吐鲁番倒还平静，但是一份不安、濒于毁灭的平静却使他更悲哀。他只了解一件事，那就是被逐出家园、亲友被杀的人心中的怒火和怨气。除非来一场生死的大战，某一方赢了，强制带来紧张的和平，否则谁也消不了那份怨气。就连回教徒这个名词对他也失去了意义，回教徒也是男人、女人、男孩子和女孩子，也和他一样想活下去。他简直觉得自己是他们的一分子。

达坂城战役发生，他就抱着这种心情。达坂城离吐鲁番只有五十里，不能算城市，只能说是小社区，控制着五六十里外迪化的道路。它在敌人手中，但是迪化最高统帅部一片混乱，只派一两百个士兵保卫这个战略据点。若不是有满洲将军和俄国移民兵团，迪化早就攻下来了。金主席的士兵衣衫褴褛，纪律很差。马世明兵渐增，决定试攻达坂城，然后逼进迪化。五百人沿山路进发，轻轻松松就打下了那个军事据点，汉军晚上正喝酒作乐，被杀得落花流水，只有一小部分逃出去，简直算不上打仗。回教胜军屯驻在达坂城，迪化情势危急。

第二天马军的增援来了。道路挤满骡车、马匹和补给品，准备进攻省城，但是傍晚却响起了军号。晚饭刚吃饱，士兵都在营房里，忙了一天，正打算休息。枪声起时，李飞正在司令部附近的一栋民宅后边散步。子弹打在附近的岩石上，发出尖锐刺耳的砰砰声。然后他听到军号，大家衣冠不整，冲进冲出。一弯眉月在峭壁顶的上空惨笑着，隔着薄暮的微光，他看见山边有一大群移动的黑影。屋里的灯光熄了，四周净是军人在上方就位的脚步声。远处有马蹄嗒嗒响，起先低沉沉，继而像雷雨交加，敌人的骑兵已出现在山区的峡谷四周。

骑兵冲下谷地，李飞就往山上跑。一排排子弹开始攻击他栖身的房舍，本能告诉他，他应该逃出谷地的中心。他跑着跑着，看到一间民房着火了，红光照亮了山坡。四周都是炮火声，集中攻打下面的骑兵。凭着间歇的火花，他看见钢铁的白光、竖立的马匹和奔忙的人体。骑兵受到密集的攻打，开始四处分散，有一队直接穿过燃烧的补给品，登上他们来时的山脊，想切断回军的退路。月亮躲进薄云里，只有枪火的闪亮照出了难以形容的乱状。除了枪声，他还听见附近垂死者的呻吟和活人的诅咒。敌人找不到他们的藏身地，所以他们不那么容易中枪，炮火就缓下来，有条理多了。

李飞发现自己伏在一块岩架上，身体向前屈，可是完全露在外面。他爬到一个比较隐秘的位置，手碰到一件暖暖湿湿的东西，那扭动的躯体发出一阵呻吟。突然强光一闪，照见一个十六七岁小男孩的面孔，和他那对惊慌过度的白眼睛。"你哪里受伤？"李飞问他。男孩子哼了一声。李飞想翻动他，他大叫一声。他的膝盖已经砸烂了，血肉模糊。下面射来的子弹在空中呼啸而过，打散了上面堆下来的岩石和泥土。李飞背起少年，冲向上面幽暗的地点。走了还不到五步，一颗子弹击中他的脚跟。他膝盖一弯，不自觉摔倒在地，背上的人体随他摔下，砰然落在地上。他想站起来，右脚却抬不动。到处都是弹药和泥土的气息。他面孔朝下，静静躺着，感受地面附近的冷风。他伸手摸摸少年的身体，那少年已经不再呻吟了。他慢慢爬向幽暗的凸岩架，以免被落石击倒，也免得直接被子弹射中。他看见头顶树枝交错蜿蜒，在灰色的天空中依稀可见。他神志非常清楚。燃烧的屋舍和补给品火光渐歇，留下一片灰烟，在夜里就像白雾似的。最后他只看到骑兵在对面巉岩上走动，然后猛撞了什么东西一下，他就什么都不知道了。

等他醒过来，只觉得有湿草的味道，还有一串凉水滴在他脸上。他睁开眼，心中马上忆起战争的模糊景象，知道他还活着。他摸摸头，摸摸脸，才发现一棵树干压在他腿上。他想坐起来，两腿却发麻了。他拼命推开树干。水滴由树顶落下来，地面温湿的。天空昏昏暗暗，浓云密布，近得分不出是晚上还是白天，山谷一片死寂。他把眼睛的焦点定在远处，扭曲的形状才化为固定的形状和图案，雨水味和弹药、焦炭的气息融合在一起，他知道天亮了。

他眼睛慢慢适应了四周的光线，看出下面的旗帜不是回教旗，而是汉军的青天白日满地红国旗。他以为自己晚上跑了很远的路上山，现在才看见谷底房屋的残骸就在他下面，距离仅有两百尺。他不时听到远处孤零零的枪声，入侵的军队不是搜救自己的伤兵，就是处决残余的敌军。他在吐鲁番买的羊皮短袄外面都湿透了，衬衫也湿了好几块。他的腰部被碎片擦了一下，幸亏没有受重伤。也许落石把树干击倒，砸到他头部，然后才倒在他脚上。他舒展全身，仿佛死中复活。双手沾满黄泥，不过说也奇怪，他昏倒的时候雨水却把他的脸孔洗得干干净净。

他再把交缠的树枝推开，奋力站起来。脚踝痛入心脾，但是他挣扎到岩架边，倚石而立，研究下面的大屠场。下面尸体成堆，死状千奇百怪。回军显然逃走了。他正不知所措，突然听见后面有沙哑的喊叫声。

"你是谁？"

二十步外有一杆枪对着他。他知道对方如看到回人，早就开枪了。他立刻举起双手说："别开枪。我是汉人，上海来的记者。"

那个穿军服的汉子走上来，后面跟着三四个兵丁。李飞立刻扯下衬衫上的白布，偷偷丢掉。那个军人打量他，看见他穿着老百姓的衣服。摸摸他全身，然后要他证明身份。李飞由黑皮夹掏出名片，上面有报社的名字。

"算你好运。"士官说，"我正要开枪，才发现你没留胡子。你跟我来。"

现在别的士兵也上来了，大家扶李飞走下山谷，他用一只脚跳跃前进。

一个军官坐在小火堆附近的岩石上，研究报馆的名片说："你为什么和回教叛军在一起？"

"我是记者，报道战争的消息。这是我的任务。我是完全中立的。"

军官蹙蹙眉，摇了摇头。

一小时后，天亮了，伤者都慢慢找到了。他和别人一样，也分到一杯茶。直到中午，军方才组成担架来抬伤者，并找了骡子和草驴来送能骑马的人。

一行人来到迪化，李飞被带到主席的弟弟跟前，他似乎是本地的指挥。李飞的身份太特殊了。金司令也和他哥哥一样，生就一张浓眉、细目的长脸。眉毛和嘴巴间特别长，就是一般人所谓的马脸。他下令拘留李飞，没有商量的余地。记者的身份似乎决定了一切。金主席对一切新闻采取检查措施，不准记者离开这个区域。何况，他又是和回军一起被抓的。

"你知不知道你没有当场被枪毙，已经够幸运了？你应该庆幸自己还活着。"

他被送到省立监狱。在迪化所见的只是陆军总部到大狱场之间的一两条路而已。

监狱挤满各阶层的人民，他们都为了某一项原因而得罪了当局。两天后，军方发现他就是身上带信，和马仲英办事处有关，又逃出哈密牢房的人，就把他转送到西大桥附近一个关回人的监狱去。他要求发信给报馆，军方严词拒绝。以前他曾听过不少主席专断的传闻，如今总算亲身体验了。

他想，唯一的办法就是听天由命，在监牢里等战争结束。他为柔安和母亲担心，但是一接受了现状，他就决心好好保重身体，他毫无办法。当局准他看书用纸笔，已是很大的享受了。狱卒看出他是学者，尽量供他纸张。光线很差，不过他最快活的时刻就是提笔的那几个钟头。

报馆打电报到主席公署追查他的下落，李飞根本不知道。金主席客客气气却置之不理。

柔安见过哈金，又蒙他答应两头设法，心里又恢复了希望。她多次到贝格少校的办公厅，探问上海的报社有无消息。然而音讯全无。她愈来愈觉得，她可以向哈密迪化班机的旅客打听消息，星期三傍晚她一再到飞机场去。

飞机通常要停一两个钟头，才继续飞到上海。往往有几个乘客会来招待室，大多是军官和政府官员。这些人太重要、太匆忙了，毫无时间答话。有一次她鼓足了勇气，拦住一个平民老头子。

"迪化的天气如何？"

"冻死人。情况很糟。吃的东西贵极了，补给品不来，价钱渐渐高涨。军队掌握了一切。"

"容不容易进去？"

老人苦笑了一下："大家都想出来。"

黄包车走了半个多钟头才到飞机场。路很黑，又冷得要命。她裹紧身体，及时去喝一杯咖啡，吃了一个三明治，然后到栏内的走廊上，看飞机盘桓、降落、滑行，最后终于停下来。机场的例行公事深深迷住了她，白帽白衣的飞行员常常随旅客下机，进来喝杯咖啡。这些飞行员对哈密和迪化一定很清楚。

柔安进屋，找了个餐桌台坐下，再点一个三明治和咖啡。两个年轻的飞行员坐在她邻桌。他们曾多次看见这个红衣少妇孤单单坐着，满脸沉思的表情，眼睛也如梦如幻。

"等人？"其中一个问道。

"是的。我来接一个朋友，他还没来。"

柔安假装看窗外灯火通明的跑道，却不时回头望望那两个机员。一个飞行员站了起来，戴上帽子，走到她身边。

"我能不能送你回市区？"

"你不是要继续飞上海吗？"

"不。你以为我们是铜墙铁壁？到上海要飞一整夜哩。"

"那你是留在这儿喽？"

"是的，等星期五再飞出去。我可以用我们的车子载你回城，天气太冷了。"

这个年轻的飞行员很乐观，很讨人喜欢。他说他名叫包天骥，家住上海。一路上柔安听到不少新疆战况的消息。

"你是停在迪化，还是继续飞更远？"她问道。

"不，迪化有德国飞行员接班。我留在那儿，下周三飞回来。"

车子进入市区，她要他在广场停车，然后尽量露出和煦的笑容，向这位机员表示谢意。

发现有人每周来往于迪化和兰州之间，也许能带回千里之外异乡的消息，简直像天赐的洪恩。他曾表示要帮忙，她知道认识这个朋友意义太重大了。

星期六她接到贝格少校的通知，要她去一趟。已经开始下雪了，太阳一出来，除了街道上雪块泥泞，四周的山上都呈现一片耀眼的白光。但柔安无心观赏银白的美景，她走了一段路，到少校办公厅。雪花在空中飞舞，悄然落在她头发、面孔和颈子上。她走进办公室，心七上八下跳个不停。贝格少校看看她发红的面孔，他嘴唇绷得紧紧的，眉毛也皱起来。她被他的表情吓呆了。他手上拿着一份电报。

"快告诉我，有什么消息？"

"我们已查到李飞的下落。他在迪化，"又慢慢说，"正在牢中。"

他把电报递给她。她看看那张纸片，尽量了解其中的含意。是《新公报》拍来的。报社一再发电报，终于收到主席公署的回音。李飞在战役中被俘，正和回军在一块儿，为了公共安全，他已被拘留了。内容正式而简洁，和所有官方的通讯一模一样，一句话也不多说。

她跌入一张有坐垫的藤椅中，不断喘息："他还活着。"

"可以算好消息。这种事稀松平常，很多人为更小的事情就坐了牢。我们也没办法，对不对？"

她嘴唇颤抖："说不定我们能和他联络，至少让他知道我在这儿。"

"恐怕不能由这个办事处发消息，我们这一边送去的东西只会对他有害，我们得特别小心。他必须维持中立记者的身份，他只能慢慢熬。等战争过去，相信他们会放他回来的。"

她走出少校办公室，只觉得头昏眼花。她曾担心最坏的结果，还好他还活着！这个消息令人沮丧，但是却让她知道他总有一天会回来的。这消息像一道银光，拨开她满眼的乌云。她来到兰州，觉得很自傲。

回到家，她立刻想起姓包的飞行员。她必须见他，要他找李飞，带一封信给他。她有多少话要说啊！就算只是一句话，他也会欢喜欲狂。她要高高兴兴的，告诉他孩子快出生了，告诉他自己在这等他——还有祖仁的死讯。她要寄点钱去，他一定缺钱用。

她坐立不安等到下星期三。那天雪下得很大，街道黏糊糊的，她手指都发麻了。差一刻七点她就匆匆离开住家，希望飞行员进站时，她能准备妥当，舒舒服服，显得红光焕发。

小包进入机场接待室，把帽子往桌上一丢，跨坐在一张椅子上。他打开烟盒，这趟路好辛苦。他点上香烟，一眼瞥见穿红衣的女子正向他微笑呢。

柔安走到他桌旁。

小包向她笑笑："你还想搭便车回家？"

"并不尽然。我有困难，不知道你能不能帮我。"

"坐吧。我愿意尽一切力量来帮助你。"他抗拒不了柔安的笑容。

她坐下来："我不得不找你谈，因为我认识的人只有你去迪化。你能不能到迪化监狱去找人？"

"监狱？"

"是的。他是我丈夫。"

他匆匆把咖啡喝完。"等一下。"他站起身，大步走向办公室。她双目送他，心中充满谢意。他是一个下巴宽宽、眼神机警的人。他低头在柜台上涂涂写写，一撮发丝落在前额上。他动作很快，回到餐台说："你何不陪我去吃饭？我饿得发慌。我很愿意帮忙，但是你得多谈谈你丈夫的一切，我才好找他。"

她眼中露出欣喜的光芒。

在饭店里，她把拜托他的事情一一说出来，小包听着听着，对她的故事愈来愈有兴趣。

"你务必告诉他，你见到我了，我在这儿很快乐，就是一心等他回来。小孩再过两个月要出世。你若有幸找到他，问他需要什么，或许你可以帮我带几件衣服给他。"

柔安觉得，小包既然要帮这么大的忙，她必须全心信赖他。她把一切全告诉他，只没有说他们未婚，她是前市长杜范林的侄女。小包知道《新公报》，但是没听过李飞的名字。

"星期五以前，你交一封信给我。我下星期就回来，看看我们的运气如何。"

饭后柔安说："你何不到我家去？你可以告诉他，你看到我住的地方了。"

于是小包陪她回家，发现衣着这么考究的女子却住在一栋破屋里，不免十分意外。她把房里新买的婴儿床指给他看，又拿出她打的灰蓝色毛衣和一百块钱。但是他说："钱暂时留着，我还不晓得能不能找到他呢。如果他需要钱，我再通知你。"

临走前他说："我劝你别去机场了。这个月气候多半很差，飞机也许要慢好几个钟头。我会来这儿。"

他走后，她舒舒服服跌进椅子里。她很感激，也很高兴，她早就知道，只要努力去试，总会有办法的。

27

柔安写了封长信给文博，告诉他这个消息，并要他转告李飞的母亲。她依照文博的吩咐，把信寄给用人老陆，其实她也不知道范文博目前在什么地方。好久没有遏云的消息，她非常担心。遏云已经走了好几个星期，现在该抵达西安了。文博自己行踪隐秘，又怎么救她呢？她觉得一点办法都没有。她心中充满对叔叔、婶婶的恨意，不知道祖仁死了，他们有什么感想。她余怒未消，简直觉得这就是他终生贪婪、无情、自私的报应。

天气冷冽刺骨，即使在兰州也很罕见，她只得在小卧室的炉里烧炭取暖。只有这间房子暖和，她和唐妈大部分时间都待在这里。夜里炉火逐渐熄灭，早上醒来真冻得要命，窗上老是结一层厚霜。柔安经常起得很晚，唐妈先起床，端进一炉红的炭火，炭土相混，燃得很慢很匀。等炉子上茶壶嗞嗞响，热水烧好了，柔安才起身。她在房里漱洗，不去厨房了。黄河结冰，行人可以安安稳稳步行到对岸，有时她从窗口看见儿童在冰上玩耍。公路上车水马龙，士兵和骡车一群群通过。

孩子一天天加重，她走路也愈来愈吃力，偶尔爬起来就腰酸背痛。

路上到处结冰，极难走。她出门到陈家教课，唐妈老是替她叫车。陈太太留心她的状况，就问她："你什么时候要停课？"

柔安想赚那笔钱，十元在她眼里不是小数目："我可以再教一个月。现在才十二月初呢。"

"我和孩子他爹商量一下，"陈太太说，"也许可以把时间缩短。"

翌日，天气阴寒。北风由蒙古沙漠穿过城东的峡谷，吹得大地冷冰冰的。柔安指节发红，嘴唇发紫。陈太太说："我和孩子他爹说过了。天气太坏，你若愿意，现在就停课。"

"哦，不，我喜欢继续教。也不是真的受不了，何况我又坐车来。"

"我只是替你着想。你若愿意，可以把课程减到一周三次。他们的父亲说，如果是钱的问题，我们很乐意照常付给你。"

柔安很喜欢这个主意，尤其希望每周三能空下来。

"你真好，陈太太。等孩子出世，我再补回来。"

她们讲好，柔安星期二、四晚上来，另外星期六下午来教一堂书法课。

到陈家也有好处，使她能在户外走走。她觉得工作轻松愉快，收入又足以应付大部分的开销，经历最初的兴奋后，她静下心来等候。她也许要在兰州住一段很长的时间，李飞说不定会缺钱用。就算他家人会寄钱给他，她也要为他买点东西。钱对她太重要了！冬天那几个月比较辛苦，但是春天一来，事情就轻松了。她打算孩子出生后，再找一间比较好的房子。

"唐妈，我羡慕你，你没有烦恼。"有天晚上，两人坐在火炉边烤火，她说。

"还说没烦恼！你给我的烦恼够多啦。"

"不过，你不必担心钞票和衣食。"

"那倒是真的。我存了七十块钱。自从到你家，就不愁吃喝。我在故居的村子里买了一块地，等我老了，不能跟你，我就回村子去。"

几天后，文博拍来一份电报，通知李飞的母亲，亲自来商讨对策。另一行写着："遏云事已决。如水已返，将亲自说明一切。"她知道范文博最喜欢故作神秘，不过却放心多了。

星期三那天，她神情紧张地等小包回来。她一直计算小包若能见到李飞，李飞几天前就该收到她的信了。

刺骨的寒风吹过谷地，在山顶发出呼啸声，摇落了树上的雪块，也吹断了冰柱。每次暴风雨来袭，跨河的铁桥就呜呜响，她在屋里都听得见。今晚她不必在风雨里奔波，真谢天谢地。她叫唐妈煮一碗鸡肉面，等飞行员来吃。

八点开始，她静候飞机的嗡嗡声，并凝视窗外的夜空，寻找飞机的灯火。不出所料，气候太差，飞机晚了两个钟头，好不容易才通过甘肃的暴风雨。

又过了三刻钟，她听到一辆汽车驶近屋前。小包冲进屋，雨水也打进来。唐妈连忙引他到卧室，屋里又暖又亮，正等着迎接他呢。

"我看到李飞了。"他挂起雨衣，笑喊着。

柔安兴奋得张大嘴巴。"真的！他拿到我的信啦？"她满脸乐得通红。

"嗯。"小包走向炭炉，伸手烤火说。他的皮靴在草席地上刮得沙沙响。

唐妈出去热面，小包打开他夹克的袋盖。"这是他的回信。"他说。柔安接过手，拆开来看，里面还附了一封给他哥哥和母亲的信。小包望着她，心里很满足。信是李飞用铅笔匆匆写的，她读到一半，眼睛就模糊了，简直看不清下面的字句。有一大段描写他这几个月的经历，她马上跳过去，还有他诉衷情的段落也很美，不过她可以待会儿再看。

"告诉我他怎么了？他好吗？"

"身体还不错。迪化有两个监牢，他关在第二个，他和另外三个犯人同房。他没想到会有人去看他，我是第一个访客哩，当然我说是你叫我去的。他问起你的一切，我把我所知的都告诉他了。"

"当然你也把毛衣交给他了。"

"嗯。牢房很冷，不过还很干燥。我问他缺不缺钱，他大笑说，钱对他几乎没什么用。我替他买了一张羊皮褥子和一件新棉被，他说他只需要这些。你知道，他们只有肮脏的灰毯子，一人一条。"

唐妈把鸡肉面端进来，小包吃面，柔安再度看信。

"我看了他两次。"小包说，"我现在和典狱官交情不错，一张五块钱的南京钞票用处可大呢。你还是把你要通知李飞的话告诉我吧，我不知道你是西安市长的侄女。"

柔安迅速瞥了他一眼。

"他说他已自认是你的丈夫了，他随时想念你。我见过你，可以了解他的心情。"

柔安直挺挺着，眼睛注视炉火，火光映在她脸上，红扑扑的。悲哀的沉思表情使她看起来像一个年轻妈妈，她开始介绍她的家庭，以及她来这儿的经过。

"李飞和我团圆后，"她说，"我们一定送你一份大礼。"

"你们会团圆的。"

"回军攻入迪化的机会多不多？"

"谁也不知道。他们已逼近了，势力又一天天强大。主席人缘极差，手下的汉军和白俄人都不喜欢他。回人要他辞职，并答应他下台就不打了。汉人军官或白俄人有一天也许把他干掉，上一任主席就是在宴会上被杀的，那边很容易出这种事情。"

第二天柔安出去，花七十五块钱买了一件带深棕绒线的黑羊毛外套给李飞，又写了一封长信给他。第二天她把包裹送到小包的旅社，庆幸自己交到这么一个朋友。

第二天十点，范文博来了，围巾裹到颈部，黑长袍外面罩了一件大衣。他打量这栋小房子。床铺还没有收拾，房里乱糟糟的。柔安看出他不以为然的神色。

"如水不该把你安顿在这么邋遢的地方。"他说，"这里冷得要命。"

柔安叫唐妈添几块木炭，炭火噼噼啪啪燃起来，发出一股浓烟。"还不坏嘛。"她说。然后她瞥见他袖子上的黑布，面色不觉一凛。

"你为什么要戴这个？"她指指黑孝布说。

"为我干女儿。"文博只说了一句。

他面孔突然收紧了，嘴巴也抿成一道直线。"我没成功。"他说，"没来得及救她。上星期我把她葬在亭口附近的河岸边。如水已回西安。我们还请了她父亲来。"他戛然止住。柔安从来没听过他的声音颤抖得这么厉害。他显然说不下去了，立刻改变话题："我来看看李飞的事情有没有办法。"

她想问遏云的死因，停了半晌说："我和他联络上了。那个飞行员带回他一封信，他已经见到他。他昨晚又飞向迪化，一定就是你搭来的那班飞机。"

她把李飞的信和写给他母亲的信都拿出来，又说出小包告诉她的一切。

文博一直眨眼睛："你怎么认识这位小包的？"

"我一次又一次去机场，这个飞行员注意到我了。我们搭讪起来，就这么开始的。"

文博鼻孔大张，笑笑表示赞许："你真不错，柔安。你怎么想得出这个办法？"

"不是我想出来的。我只觉得，飞机是我唯一沟通的希望。我徘徊太久了，小包是好人，他说要帮我的忙。"

"很多飞行员都乐意替你这样的小姐服务。"

"现在能不能谈谈遏云的事情。"

他取出一根烟点上。"她跳河了。"他终于说,"她以死来保护大家。如水和我已经回到西安,我得到情报,押犯人的老路是用官船走泾河。遏云想必在解差押送下走了三个多星期才到陕西边界,然后交给宪兵队看管。我得到情报,就找了几个人,登上一条小舟。不,不算是救遏云,只是救我自己,我必须让她脱出法庭的掌握。她若屈打成招,我就完了。我对她信心不够,我看错她了,早知道我该在边界等她。"

"你原来有什么打算?"柔安看他这么伤心,想安慰他。

"我本来可以救她的。我带了几个最得力的人手,都是游泳的健将。官船有红旗,一眼就认得出来。两天两夜的航程,我们可以找机会下手。那些卫兵根本没有用,我相信他们不会游泳,我打算找机会撞船。"

"后来又出了什么事?"

"我迟了一天。我估计我们会在亭口下方和官船相遇,结果不见官船来。船到亭口,卫兵的小船已泊在岸上。她早就溜出卫兵的掌握,在附近跳河了。他们在桥边找到她的尸体,捞出水面……我到司法官那儿去认尸,把她埋了。"

过了一会儿他又说:"她瘦了不少,体重大概不超过九十磅,她想必走了二十五天的长路。"

"如水呢?"她换个话题说。

"他回到我家,悲痛欲绝,我不要他陪去河边。我回来后,他去安排迁葬的事宜。是的,他自由了。她不会说话,我们都自由了。她现在什么也不会说了。"他用尖刻、苦涩的口吻说。

柔安看出,遏云去世使他悔痛交集,手臂上的黑布正表达了他的悲哀。遏云不让法庭有机会审问她,却也让朋友们没有机会救她了,说不定这样也好。她决定自己免掉一场苦刑,她早就说过决不招供的。柔安两个月前还看到遏云开怀大笑,这消息有如棒喝。她喉咙一紧,就对着手绢哭起来。

文博此行既然是商讨对策而来，柔安就劝他等飞行员回来再走，他也想和小包谈谈。

文博一来，柔安不再像前几个月，觉得孤孤单单、独自奋斗了，最意外的是文博居然带了几件婴儿的衣服。

"是春梅送的。"

柔安目瞪口呆。

"她怎么会送去给你呢？"她难免为自己怀疑春梅而觉得罪过。

"她一个人来看我。柔安，你不知道你有一个了不起的嫂嫂，她也许是我见过的最出色的女子。老陆说有一个大夫邸的少奶奶来看我，你可以想象我多么吃惊。"

柔安插嘴说："她穿什么衣服？"

他的语气充满少见的热情："好像是一件棕色的绸衣吧，反正她显得很优雅，我从来没听过谁说话像她那么得体。她先为自己的冒失而道歉，然后说你曾告诉她，我是你的朋友，也是李飞的朋友。后来她显得有些腼腆，又不像是真的害羞。'范先生，'她说，'你也许会误解。我是杜家的一分子，说话应该也像杜家人。我是以杜家女子的身份发言，但是我不愿意说，杜家一切都是对的。柔安是我三姑，我直叫她柔安。我也不能说柔安的一切都没有错误，她和李飞怀了这个孩子，当然对家里不是一件体面的事。不过老头子赶她出门，我一直很不安。家务事最复杂，我不想麻烦你。不过她毕竟代表她父亲那一房，老头子真该尊重他哥哥生前的回忆。父亲一死，她就被赶出门，实在不应该。祖先的遗产有时候是福，有时候却是祸。我看她出门，觉得年轻轻的少女孤零零一个人出外，实在很不好。她说要跟你去兰州，我觉得安心多了，所以我现在才来找你。我得说明一件事，有一天老头子向我要柔安的地址，他听婆婆说，柔安正和那位大鼓名伶在一块儿。都怪我不好，是我告诉她的。老头子坚持要知道她住在哪儿，我没有说，可是他找到了我收藏的那张地址。没想到他会掀起这件大祸，你得相信我。'最后她把替你宝宝准备的一包东西交给我，要我向你解释。'我交给你。'她说，'你送去给柔安吧，我不想听她的新址了。'"

柔安热泪盈眶，沿面滚下："没想到落难时期，姻亲比血亲更周到。"

"我想杜家有这么一个女人真幸运，你叔叔那混账才配不上她呢！"

"很高兴你欣赏她。"

"欣赏她！你不知道，那么迷人的少妇用那种口吻说话，对男人有多大的魔力。老天无眼，那老狗根本配不上她。"

有时老范的口气浪漫得吓人。柔安忙把歪念头推出脑海，问起香华的现况。文博说，他没有参加祖仁的丧礼，所以没见到她，不过听说香华打算回上海娘家去。"

柔安把李飞写给母亲的信交给他。

"你没有问起李太太？"他说。

柔安低下头："我觉得不好意思。我猜你已经告诉她了。"

"是的。"

"我想她现在一定瞧不起我，我没脸见她，你知道我没有去向她辞行。"

"我得对你说实话。她的确很伤心，她问我你为什么匆匆离去，我只好告诉她。"

"她说什么？"

"她说她不知道作何感想，接着又说，没想到她儿子会做出这种事来。"

"你想她会原谅我吗？她对我真好，不过我猜她现在一定对我完全改观了。"

"她是个慈祥的女人。你肚子里毕竟是李家的骨肉，我回去再找她谈谈，你为她儿子也尽了这么多力。我收到你的信，会去看她，把你来这儿独自找她儿子的经过告诉她，她好像说了一句'可怜的孩子'，毕竟，你们是最爱李飞的两个人，苦难会把你们联结在一起。"

"李飞不回来，我可不敢见她。"

范文博待到星期三，等飞行员回来。柔安要文博到她家，给他们介绍。文博听完李飞的消息，又问起新疆的战况。大体说来，战局似乎对回军有利，他们正招兵买马，打算进攻迪化。满洲将军盛世才在战场上是一个优异的将领，但汉军高级统帅部软弱无力，决断不足，内部又自相猜忌；回军却愈战愈勇，因为他们不战胜就有灭种的危机。手下人才济济，主席只信任他弟弟。也不能怪他，幕僚和白俄军团部都怨声载道，忠于他的人没几个。

范文博第二天走，一切可行的办法都试过了，他觉得很满足。李飞只好乖乖等局势改观。文博给了柔安两百块钱，叫她需要的时候再写信给他。他曾陪她去见回军少校、她的医生，也去过她打算生产的医院。

28

小母亲产期将届。婴儿的一切都准备妥当，连毛线被都钩好了。

现在她每星期收到李飞一封信。他甚至拿狱里的伙食开玩笑，又介绍不少狱友的故事，自夸他学了多少多少回语。除非情势剧变，他不敢有出狱的奢求。小包跟他提过一些战争的消息，但他似乎一心一意研究狱中的小世界，此外只关心他的家人。他抱怨吃不饱。柔安认为，这是他身体健康的表现。给他的信里总夹着他写给母亲和哥哥的信，柔安就按时转给他们。

除夕前几天，有不少汉族回教军官到兰州来度假。暴雨时节过去了，兰州晴朗宜人。空气虽冷却干燥，山上林间都盖着白雪。柔安到办事处去看哈金，问起战况，哈金开怀大笑："金主席落在老鼠笼里了。"她问马仲英何时进军，哈金不肯透露。

第二天，蛋子意外来访。灵活的身子罩在棉布制服中，毛边帽像光圈套在头上，使他看起来更高了。

"你是一个英俊的士兵。"她看看他领子上的三个铜三角说。除了李飞，蛋子是她最高兴见到的人。"官阶是什么？"她问他。

"上尉。"蛋子骄傲地说。

"你怎么知道我的地址？"

"我向哈金要的，我是他的幕僚之一。"他正色说，"我最近才知道你父亲去世了，我为他戴了一个月的孝，我这条命全亏了你爸爸。米丽姆还写信告诉我你堂哥的死讯。"

"是意外，是不是？听说有一条狗扑向他，他掉在水闸底。"

蛋子以有趣的神情看看她："是的，他摔在水闸底下，不过并没有摔死。你猜出了什么事？"

"说嘛，告诉我嘛。"

"出了什么事？密兹拉捡起一块石头，轻轻甩在他头上。我想阿扎尔他们也踢了几块石头下去，才把他压死的。警吏一来，全村都发誓说是意外。他们有什么办法呢？你现在明白真相了吧？"

两个人又交换了不少新闻。

"你除夕有什么计划？"蛋子问她。

"我教书的那家人约我一起吃饭，但我还没决定。"

"留下来陪我吧，好不好？"

他眼睛闪亮，唇边挂着她童年所熟悉的天真无邪的笑容。

"乐意奉陪。"

唐妈一直站在旁边。"柔安，"她说，"你老说要搬家，趁蛋子在这儿，何不叫他帮忙？"

柔安说明一切，能帮她做事，蛋子最高兴了。他跑了两天，寻找合适的房子，第二天下午他带柔安和唐妈去看一间光园门内的住宅。住在闹区，四周都是邻舍。不过房子很干净，地上铺了木板，窗户和木器都是上好的质料，还有御寒的设备。房子只租半边，他们去看的时候，太阳正照着小小的内院。房东太太答应她地板铺上一层旧地毯。柔安马上就决定了。

十二月二十八日，她们迁入新居，蛋子帮忙打包和搬运，傍晚就弄好了。婴儿床放在阳光充足的角落，唐妈也有了自己的房间。

除夕那天，大伙儿在家吃了一顿丰盛的晚餐。柔安听说小包在城里，也请他来参加。她刚收到文博和春梅的信，小包又带了一封李飞的信来，信里建议小孩取名叫"兰生"，表示"在兰州生的"。

爆竹声响彻四方，他们饭前也点了一串。大家站在院子里，仰望天上的星星，一颗流星滑过天际。

"蛋子，"柔安说，"你还相信流星的故事吗？小时候你告诉我，精灵总想冲入天空，流星就是天使派来挡他们的。"

"我还相信。"

他们喜气洋洋地进去吃晚饭。桌上点了红烛，使房间充满过节气氛，李飞的照片就搁在桌子中间。

饭后柔安问蛋子："马仲英军队攻入迪化的胜算有多少？"

"我打赌春天迪化会落入我们手中。"

蛋子接着说起同村的乡亲。他见过索拉巴和米丽姆的哥哥哈山，大家原以为他早就去世了。阿魁应征入伍。蛋子还透露一条消息，马仲英自己的七千多军队虽然还没有上战场，很多回教新兵都已加入前线的军团，马氏正由南径经库尔送弹药来。

"蛋子，我想军队前进，你也会跟去，你可以替我办一件重要的事情。你和哈金务必要设法救李飞，"她转向小包说，"你把监牢的位置告诉他。"

小包告诉他，监狱靠近西大桥，是回人住宅区。

"根据听来的消息，"小包说，"李飞在狱中比外面安全。城中战事一暴发，死伤一定很惨。我相信马世明会冲入牢狱去救回族犯人。"

"我和哈金谈谈，"蛋子说，"也许我们还没到，马世明就攻下省城喽。"

范文博回到西安，对柔安十分佩服，就去看李太太。自从李飞去新疆，李太太无时无刻不为儿子担心。十月和大半个十一月，她连范文博都找不到。等范文博告诉她，她儿子正在坐牢，她觉得好难过。

"可怜的孩子，"她对文博说，"我日夜担心，怕寒冬在牢里会受凉。"

文博抬起三角眼，叹了一口气。"柔安才是可怜的孩子。她省吃俭用，给他送了一件皮袄去。兰州已经是严冬了。我发现她住在一间月租十二元的小破屋里，卧室挤了两张床，只靠一个小火炉来取暖。唐妈和她同房。她为你儿子省得要命。"

母亲的眼睛不觉一亮："真的？她叔叔那样赶她走，真是太无情了。"

"李太太，"文博正盯着李母悲哀的面容，"你上哪儿去找一个对你儿子这么坚贞的姑娘？首先，她宁愿住在那儿，离消息的来源比较近，好找他。她找到那个飞行员真不简单，连我都想不出来。每次飞机进站，她就冒着寒风夜雨到机场去，好听人谈起新疆的消息。去的次数多了，大家都注意到她，她才认识那个飞行员。其次，她上三十六师办事处，找到一个回族中校，请他发电报找你儿子。再次，她由回军方面没有找到他，又请他的报社帮忙。所以她才查出李飞在迪化。她为你儿子所尽的心力，比谁都来得多，我想现代这种女孩子很少了。她爱李飞，千辛万苦也不变心，这才是所谓的矢志不渝。"

文博的一番话达到了预期效果。"亏得她！"做母亲的大叹一口气。意思是说，柔安做出了可敬的大事，很少人办得到。"我想起这些，总觉得是我儿子不好。"

"她什么时候生？"端儿问道。

"下个月。"

"不管怎么说，孩子总是我们的骨肉。妈，我觉得你该想想办法。"

"你说得对，端儿。如果她早来告诉我，我会谅解的。"

"妈，她那种处境的女孩，怎会对爱人的母亲说这种事？我们应该先采取行动。"

正月的第一周，母亲收到柔安的第一封信，她以李飞最近的消息作为提笔的借口。她的信很拘谨。

亲爱的太太：

您一定收到范先生转告的令郎消息，他必定把一切都告诉您了。我转了几封令郎的信，相信您已收到。飞行员小包人很好，我元旦前夕约他来吃饭，表示感激。他十天前才见过令郎，我特地写这封信告诉您，李飞很好，不缺什么。他这星期没有附信给您，所以我代他写。战况的消息使我们有了一线希望。我正和几位三岔驿来的回教军官联络，他们都是我的老朋友。回军好像不久就要攻入迪化，我要中校打电报给回军司令马世明，马世明是李飞的朋友。哈金中校已答应用他自己的名义来发报。如果马世明能攻入迪化，他会救出回族犯人，也会特意解救令郎。我能做，能祈求的也就是这些了。然后只好静待时机。

我再过三个星期就要进医院，希望一切顺利。

太太，您一定以为我忘记您了。我随时想念您，记得您对我的好意。多保重，问候嫂子。

柔安

母亲叫长子替她读信。

"平儿，你看法如何？"

"我觉得她命运不错。"

"我是想，"母亲说，"小孩快要生了，那是我的孙子。不管别人说什么，亲骨肉总是亲骨肉。如果她有家可回，我们可以慢慢再说。但是自从她被赶出家门，让他孤苦地在那儿受苦，实在不太应该。看来她是个坚贞的女子，就算她犯了错，也怪我儿子不好。如果飞儿回来之前她能到我们家，我至少可以帮忙照顾婴儿，给她家庭的温暖。这件事非比寻常，你们说说你们的想法，我是说你们两个。"

"我当然觉得该邀她来，她接不接受又是另一回事。"端儿说。

"你说呢，平儿？"

"我觉得这也没什么不平常嘛。童养媳是自古通行的风尚，你就把她当做在我们家长大的童养媳好了。照目前的情况，这似乎是唯一的办法。她也许不好意思接受，不过我们至少应该提提看。"

柔安收到一封李母署名的来信，除了表示同情和感激，末尾还建议，等婴儿适于远行，要她搬去和他们同住，李平很乐意来接她回家。柔安非常感动，这份邀请表示她已被李飞的家人所接纳。但是他们要怎样向邻居解释呢？她知道不是李飞提出的。她要马上写信给他，问他看法如何。她总觉得该等李飞一块儿回去，那时他们怎么说都无所谓了。

正月的第三周，她住进医院，以"李太太"的名义挂号，还填上父亲、母亲的名字。她不再介意这些了。她随身带了李飞的照片，得意扬扬拿给护士看。有一个护士读过李飞的文章，对她特别多礼，特别殷勤。

她三点入院，晚餐时分，阵痛逐渐加强，晚上十一点进产房，午夜一过，孩子就生了。

凌晨她醒过来，唐妈坐在她房里。"男的还是女的？"柔安心急地问她。

"男孩子，"唐妈说，"重七磅半。"

小母亲半睡半醒笑一笑，又睡着了。

后来那几天，她一直有大功告成的喜悦感。她几乎相信，一切都是她有心计划的，因为和自己所爱的男人生孩子，实在是天经地义的好事。

小兰生头发密密的，眼睛像他父亲闪闪发光，嘴巴又小又漂亮。听到孩子嘹亮的哭声，她觉得自己所受的一切羞辱和痛苦都已一扫而空。

她一边喂奶，一边摸他的头发，对唐妈说："唐妈，你记不记得我们曾想做一件蠢事？"

"不记得，你是指什么？"

"你还记不记得我服了那帖药？幸亏没伤到我的宝宝。"

她叫护士寄一张照片给李太太。说来意外，她不但收到了她的贺词，也收到了范文博、蓝如水，甚至春梅和香华的贺信。

"唐妈，你觉得我们该不该回西安？"

"很难说。这边离孩子他爹比较近，你也许可以帮他。但是时间若要拖久，你住在他家就好多了。反正娃娃这几个星期还不能出远门，所以也不忙着决定嘛。"

第六部
归　来

29

　　小包下一次来，带给柔安一个令人惊讶的消息。迪化当时处于军法管制状态中。汉军的一位熊旅长对鄯善人展开可怕的报复行动，屠杀所有加入叛军的涉嫌者，结果点燃了导火线。而满将盛世才杀人不计其数，使回变愈演愈烈遍及整个新疆。盛世才收复鄯善和吐鲁番，回人被赶到山区去。

　　战事已转变为民众之争，爱好和平的回教首领已被怒火与恨意所摧毁，变成可怕且混乱的洪潮，眼见就要吞没欺压者了。西至阿克苏，东至哈密，汉人的回教徒和回人团结起来，汉人和回人都害怕自己城中发生种族暴乱。盛世才将马世明赶到焉耆，但他一撤退，回人又收复了吐鲁番。

　　"街上一片死寂。"小包说，"我刚降落飞机场时，被警告不要进城。不过我还是跟一个飞行员进城去，我们的欧亚航空局的制服及帽子就是最好的安全保障。"

　　"有没有看到李飞了？"

　　"看到啦。不过我告诉你，除了东门，所有的城门都已关闭。我们还是靠这身制服才能混进的。商店全关门，志愿兵在街上巡逻，大多数的军人都出动，有公告禁止人民散播谣言及到处走动。听说很多人为了安全由郊区搬到城里去。我们经过公园到欧亚航空局，途中看到县衙门外停放着四具尸体，听说这几个'包头'（回人）是因涉嫌杀死乡下一家五口的汉人而被捉来判决的。我们还看到一些制服邋遢的白俄兵，每个人脸上显现惧色。然后往西大桥李飞的监狱去。西大桥是闹街，大约半里长，居民大都是回人，汉人很少。每一个人——汉人、回人、白俄人——都怕种族暴乱的发生，没有人希望它来，但是人人都觉得它不久就要发生了。我到监狱去了。"

"监狱的情况如何呢？"

"一位大约四十岁的汉人军官当领头，也正为自己的生命担忧呢。回人随时会进攻监狱，解救他们的同胞，可能会造成一触即发的情况。"

"李飞知道将发生什么情况吗？"

"知道一点。我叫他不可轻易地逃狱，待在里头可能比较安全些。我告诉他马世明受托照顾他，他应该在狱中等待回教军官来找他。他不断地问我有关你的情况，问我是否还会去看他，我答应他尽可能办到。那晚宿于欧亚航空局，第二天就离开了。我喜欢外面自由的空气。食物很贵，且物价高涨，食米几乎买不到，我们办事处的职员都吃麦饼及咸萝卜。除了少数地带，整个乡间几乎被回人占领了，他们烧毁了许多城市的军粮仓库。迪化正在被围攻中，不久他们企图直接攻入。"

小包只在下一周见到李飞一次，这回他不能带任何信件。邮件信件实施严密检查，公园里曾发现炸药隐藏，当局发现回教商人将消息传出去，干脆将一切信件没收或扣留。有些商人寄出买布的订单得用各种颜色——蓝、红、黄、绿等——来代表各个城市的名字，有些人寄出空信封，代表没军人把守。小包为柔安带口信给李飞。她现在主要担心李飞没钱回来，她托小包将三百元带给李飞，自己只留下一百多元。

小包到达的前一天，吐鲁番被回军攻克。盛世才一路在种族仇恨中进发，所向无敌。但是他只有几千人马，就连新疆省的哈密—吐鲁番—迪化区的一小块地盘也守不住。他一撤退，回人赶紧跟进。达坂城得而复失，昌吉的邮局和县长公署也被烧掉了。地方暴动很快被镇压下来，很有秩序的样子。但是民众倔犟，很多官员及地方首长也不可靠。据说张培元将军已奉命由五百里外的伊犁调兵来。他会来吗？若来会支持哪一方呢？此外阿克苏和库车的情势也不稳定，变乱眼看就要扩延到天山南路了。盛将军把马世明赶到迪化和焉耆之间的山区，只不过驱散祸火，结果造成更大的一场火，第二年渐渐烧到新疆的最西边俄国边界。

飞行员是具有特权的少数分子之一，可以进出城门，毫无问题。卫兵尊敬飞行员，也是自然现象，迪化的高级官员没有一个不想和欧亚航空局的人打交道的。

事实上小包是硬逼典狱官让他进去的。狱方曾被严格限制，禁止任何人与囚犯联络，因为犯人中有几个回族军官曾在哈密王的朝廷担任要职。典狱官想阻止，小包说："老实说，我是去看我的汉人朋友，不是回人，你帮个忙，他日也许我可以帮助你，你说不定也要离开这个窝囊地，回内地去。你可以跟着我，在一旁监督我和他说话好了。"

狱官领他到李飞的牢房。小包很简短地说："你太太生了一个男孩子，我看到小孩了。"

"她好吗？"李飞大叫。

"她很好，现在已搬到一间较好的房子。这是她的新地址。"

"请告诉她搬去和我母亲一起住，我会较放心些。"

小包把三百元交到他手中，他默默地握着小包的手掌。窗外斜光照在他的脸上，他似乎比小包第一次见到时瘦了一点。两人互道再见，他声音哽咽了。

小包下一趟来，根本没法进城去。附近有战事发生，昌吉和德化一片混乱。飞机只能停下来加油，换驾驶员，小包只得留在飞机场。

二月二十一日，开始长达四十六天的迪化围城战，一大早炮弹的声音就震撼了屋瓦。几天前，有六百多名回军从南方逼近本市，他们到城墙外，又被白俄兵打退了。另外有军队由焉耆来，回族志愿军纷纷加入，偷偷开往山渠。人数超过一千五百人，骑在马上，备两门大炮，一些机关枪，及六百支步枪。回族骑兵大都佩着弯刀、军刀和长矛。红山渠就在城市顶端，卫兵战术技术差，又缺乏训练，晚上睡得正熟，被杀得好惨。其他军队攻克了妖魔山和蜘蛛山。天未亮，城外小教场的电台已落入对方手中了。

李飞关在牢房里，整天听到炮弹的轰炸声及机关枪不断扫射的声音。牢中的难友都是回人，正兴奋得跳来跳去，叫骂着，狂笑着，大家都希望恢复自由。李飞知道他的生命与回人息息相关，他知道本城十分之九的居民都是汉族回教徒或回人。他已学了不少回语，必要时可以顺利通过乡间。

到了傍晚战火停止了，他没脱衣服就上床了。翌日清晨枪声愈来愈近，政府军由城墙射出一排排子弹，企图收复红山渠。远处传来炮弹的反击声音，几颗炮弹击中附近的民房，地面都震动了。下午机枪声似乎来自另一个方向，战场大概移到电台那边去了。大约三百个白俄人攻上红山渠，把它收回来，攻城者失掉山丘的据点，就转向郊外。西大桥的回族社区闹哄哄地欢迎回教骑兵光临。满洲将军被挡在六道湾，守城的士兵连白俄人在内，只有七百人。李飞听到狱外的马蹄声、男人怒吼声、女人尖叫声和步枪子弹的嗖嗖声。有几栋房子着火了，由牢房的窗口可看见一股股浓烟。一颗子弹穿过房顶，跟着是一片沉寂，偶尔传来阵阵的枪声。回军已攻下西大桥，用民屋和附近一间棉花厂做据点。五点钟骑兵已向公园方向前进。

现在监狱里很混乱，有些犯人想闹事，故意尖叫及发出怪声，企图引起狱官的注意力，引他们到牢房来，但狱官不见了。群众开始把门撬开，李飞附近的一间牢房的厚木门松脱了链条，七八个犯人往外冲出。其他的门也陆续开了，一挺机关枪在外面横射，狱官已在石制门中找到据点，三四个犯人横尸在庭院中，其他人连忙撤退。愈聚愈多的犯人占据了整个走廊。年纪大一点的人正抚须，将手放在胸前，忙着祈祷，年轻的想靠人多势众，冲出去攻打门厅，五六十个人在附近乱成一团，有五六个女犯缩在墙角。

一个戴小帽、穿宽袍的老人开口说话，他劝大家等天黑再说。再过一个钟头，大阳就要下山了，老人沉着、坚定的口吻，给人留下深刻的印象。

暴乱稍微平息下来，有人蹲在墙边等待，有人不安地走来走去。狱官守在外面的据点，机枪对着牢门。有些人拿着桌脚、铜门环和椅子，任何能当武器的东西都派上了用场。

牢房距离石制门厅约有三十尺，如果一大堆人冲出去，总会有人到达大门口。监牢的庭院有个三十尺高的围墙，监狱大楼的顶端有一个小碉堡，由窗口可监视院内的情况。现在碉堡上没有卫兵，由碉楼可看见狱官在大门口的动静。四个人组队占上据点，大家纷纷把千奇百怪的物品送上去，放在碉楼地板上。同时有队年轻人由后面的天井溜出去，由屋子末端绕出去，沿两侧墙边的窄道偷偷贴近前院。

李飞攀上小碉堡。西南火焰满天，有几栋房屋着火了，火花不停地射入空中，监狱的院落横在薄暮里。门厅有一盏灯，他能看见两个狱官的头，及几个士兵低着头坐在那儿，另一个卫兵站在外面，用白色的灯光照着院子。

信号一闪，一个重的门环丢入门厅。狱官在惊吓中跳起来，机枪开始扫射。桌脚、木条、皮靴和砖块到处乱飞，手电筒向庭院里乱照一通。突然一顶燃烧的帽子掉落在黑院中，信号一发，二十几个人就由大楼两侧的巷道冲出来，奔向门厅。他们用大楼扯下来的木棍和砖头猛击狱官，有一个人头破流血，倒在地上，另外几个人被双手反绑起来，口中塞了东西。其他犯人走上来，拳打脚踢，怒冲冲地把他们踢死、打死。李飞看到十一二个人躺在庭院内，静悄悄地，机枪斜在一角，只有一小股烟柱在灯笼的微光下冉冉升空。

现在所有的男女囚犯都冲入院中，每个人带着随身的包袱。领头的人由狱官身上搜出钥匙，把门打开。有些人趴在死者身上痛哭，有些人救助伤患，其中四五个还活着。

李飞随人群冲出去。他第一个反应就是到门外求安全，然后又折回来，从死者头上抓到一顶帽子。灯笼照出卫兵俯卧的尸体，头部和颈部伤痕累累，血淋淋的。

二月寒风刺骨。他戴上小帽，把领子拉拢走了出去。地面下斜，通往一个古墓场，夜色静悄悄的，狙击声完全停止了。他不知身处何处，只看到小溪边几棵老柳树模糊的外形和一个亭子般大小的方形岗哨。左边是一条市街，灯光由房子里射出来。他走向柳树边，坐在地上，觉得不上街最好。然后他想起有人叫他留在狱内，等人来接他，他怎么找那位回族军官呢？那个人会来吗？

老树荫下没人看见他，他在考虑下一步如何做。他看到几个穿高靴的人走进大门，过了一会儿，拖着机枪出来。他们刚出门，就碰上十一二个士兵，由一位骑马的军官带队。由他们的白头巾看来，李飞判定他们是回人或汉人回教徒。他们一声喊叫，弯刀齐发，汉人巡逻兵应声倒地，尸体躺在街道上，那队士兵就转向狱中去了。

李飞趁机走向监牢，两个包头站在外面。他用回语大喊，他们命令他止步。他举起双手，慢慢走向他们。经过尸体旁边，他注意到他们都没穿军服。

李飞向他们解释说，他是牢里逃出来的。他正在说话，一个满脸络腮胡须、矮矮胖胖的回人出来了。

"我是马世明将军的朋友。"他即刻说，同时拿出名片。

"啊，你就是我要找的人，我奉命送你到马世明那儿。"

"他在哪里？"

"离这儿三十里的地方，在南山上。"

李飞长舒了一口气。

大伙在夜色中穿过寂静的街道，前往西大桥区，进入回军占领的棉花厂。领头的军官对他说："我的任务到此为止。我没法派人跟你去，但是我保证你的安全。你如果向南走，包你没事。我会给你一张通行证，你随便碰到我方的任何一个人，他们会告诉你马世明在什么地方。"

第二天李飞准备要走时，炮击又开始了。炮弹落在西大区，烧毁了不少房屋。然后是一个难以置信的破坏场面，整个回人社区都起火了。房子起火倒塌，冒出一股股蓝色的烟柱。弹如雨下，壁垒的机枪开始扫射奔逃的男女和小孩。回人知道他们的据点守不住了，连忙撤到城外。通向南山的道路挤满了人。一天下来，西大桥的战火已害死了两千平民，数目是两方战死军人的十倍。全区烧成焦土瓦砾。

李飞向前走，一整天陆陆续续看到大批军人和难民往南山撤退。

"你这样来来去去太不安全了。"马世明说，"我给你一件汉人回军的制服。战火正沿天山南麓向西扩展，你最好去吐鲁番等机会，我堂弟负责统领那儿的回军。汉城里只有少数蒙古兵，由焉耆的蒙古王子率领，那边很少打仗，哈密还不能进去，不过马仲英将军准备出动和我们会师。我要走了，迪化已被包围，我们若不能凭武力攻下这个城市，也可以切断敌人的粮源，逼他们投降。"

李飞一到吐鲁番，立刻请马福民族长拍电报给哈金，把自己逃脱的消息转给柔安知道。他说局势未变，哈密的通路未清，他恐怕还回不去。

白天寒意逼人，晚上沙漠的大风在平原上呼啸而过。水井枯死了，居民都由院子扫雪来烹饪和洗涤。李飞疲惫不堪，衣衫褴褛，却很高兴找到一个暂时的安身所在，再一次地呼吸到自由的空气。

他回想柔安为他所做的一切，感触很深。他亏欠她太多了！他不仅强烈体会到此爱情的深度，也了解了自己一年前认识的这位文静孤独、心不在焉的少女许多可贵的特质。"爱情会是一件美事。"她曾经说过。

他现在完全明白这句话的意思了，爱情是优美、无私、勇敢的事情。他好几个月没看到她了，他心中存有她美丽秀气的肖像，却经得起大牺牲，他觉得过去这一年来她所表现的爱情简直不是人间能有的，漫不经心的狂放，全心全意的奉献，就像白色的火焰包围他，照亮他的道路，也给予他无限的温暖。他什么时候也能像她一样，证明自己永恒的爱心呢？他渴望能即刻回到她身边，看她的脸，听她的声音。

他不在乎艰苦的生活。他已经好几个月没尝到米饭了，渐渐习惯于喝马奶、吃羊肉当三餐。他甚至入境随俗，和回人一样，不用脸盆漱洗。早上他到院子，抓起一把雪，就往脸上擦洗。热水澡是他梦寐以求的大享受。

怪得很，吐鲁番虽然陷落又收复了好几回，倒没有遭受劫难。马世明在这时严禁种族暴乱，这边没有野蛮的报复行动。街上挤满了难民，很多人在市集亭子过夜。本省的币值已降到五十两换国币一元的地步，李飞发现他不需花很多钱，因为一块钱可以用很久。

他到吐鲁番的第二周，在司令办公署遇到一个身穿皱巴巴灰棉制服的年轻英俊军官，面孔很熟。他和司令讲话，那位年轻军官向他看了好多次。等他们谈完，他带着相认的表情走向李飞。"咦，是你呀！李先生！我是蛋子。"李飞马上想起他们在三岔驿见过面，立刻惊喜交集站起来。

"你来这里做什么？"

"我从马仲英将军那儿带一个口信给马司令。"

"怎么来的？是从哈密那条路来的吗？"

蛋子笑着说："我二月到哈密。"他的眼光跳跃着，"真高兴见到你，我在兰州见到柔安了，除夕那天我和她共进晚餐。"

马福民走过来说："李先生想回兰州，也许回程你可以带他一块儿走。"然后又对李飞说："他知道如何通过。"

两人走出办公室，蛋子说："跟我来，我们一起吃午饭吧！"

他们进入新城闹市区的一家餐厅，那边有几家中国店铺，和几家俄国人开的商店。他们坐下来吃大麦饼和炸羊肉，李飞说出自己逃出迪化的经过，蛋子则述说他在兰州的假期，及帮助柔安迁入好一点的房子。"我走的时候，她即将生产。"

"孩子已生了，是男孩呢！"

"我不知道哩！元旦一过，我就回肃州了。"

"你怎么通过的呢？"李飞问他。

蛋子甩头咯咯笑："你若是回人，又会说回话，那就很简单了，整个乡村都是我们的人。汉军住在营房里，他们根本不敢出城，出城总是一大堆人集体行动。恰好有不少我们村子来的乡亲，急着回去。他们不敢靠近哈密，都待在一个村子里。没有骆驼，他们不敢通过沙漠。他们已经来了一年左右，有些人在鄯善附近受了伤，我答应带他们回去。"

李飞心中燃起了希望："你要亲自带他们走过大戈壁？"

"走沙漠只要十天左右，路上有三四个停留站，过了第一站就没有汉军岗哨了。我希望哈密马上可以通行无阻。十天前我离开哈密，汉军正在拆电台，我看到不少他们西迁的征兆。"然后蛋子笑着问他，"你跟着我走，肠胃受得了吗？"

李飞说，如果蛋子是指残杀不仁的场面，他已经看多了。

"你会看到男女老少的尸体躺在雪地上的场面，有时一堆七八十人。我第一次看到，也很不舒服。现在我可以若无其事地走过去，这场战争愈来愈没意思了。我是回人，我知道汉人妇孺也被我方杀害。但汉军更残忍，这些有何意义呢？我看够了。拉门、阿魁和索拉巴——他们都想回家。"蛋子说。

"他们可能被准离开吗？"

"你知道一役打完的情景。在这种战争中，没有人会调查你的下落。他们是去年夏天来这儿的，他们跟了马福民六个月，见过最惨烈的战争。我去和马司令谈谈，他会放他们回去。他需要的是子弹，不是兵。我只是正式些，给他们一张证件，他们可随军队旅行团一块儿走。"

蛋子带李飞去看一间回人宿舍，也是部分军官的营房，又带他看自己那间又干又暖的地下卧室。吐鲁番的住宅大都有地下室，夏天可以避暑。吐鲁番盆地低于海拔，在这肥沃的山谷中，气温可达华氏一百二十度。如今乡村一片雪白，但气温渐升高，积雪渐融，淹湿了某些街道。

第三天蛋子拿到所有证件，两人动身前往哈密。他们走在古老的商路上，话题老是回到柔安身上。

"她是一个好女孩。"蛋子说，"我发现她住在河边一栋破房子里，后来才替她另找一间住宅。"

李飞聆听每一句话，柔安信里从来不告诉他这些。飞行员告诉他一点消息，但他想要知道柔安所经历的一切。她住在哪一种房子，教书赚了多少钱，样子变成怎样。

"她有一个王八叔叔，竟然在她父亲死后把她赶出家门。他一定很高兴把她甩开，可以占有她父亲的财产。"

蛋子又谈起有关祖仁的死讯。"我偶尔会收到家乡来的信。"蛋子说，"米丽姆写给我。我们谁收到信，就互相分享新闻。"

"发生啥事了？"

"祖仁被杀后，警吏来了，不过当局也没办法。后来士兵到湖畔巡逻，保护水闸。上回我听说两个士兵失踪了。"蛋子压低声音，"怎么失踪的，你也猜得到。家乡情况与这儿差不多，只是规模小点，血债还是用血还。当我们回乡，恐怕会干一场。现在村子里的壮丁都不在，军人可以为所欲为，我们回去就不同了。拉门他们急着回去，这也是原因之一。"

鄯善市一片断瓦残垣。汉军占领期间，居民大多是回人，都逃到鲁克沁、喀拉和卓和南方的村落。鄯善是个热闹的小城，辟展酒很有名，"辟展"是当地人对鄯善的别称；葡萄、棉花、羊毛也是当地的名产。百姓听说军人北迁，向天山隧口进攻，都赶紧回到没有屋顶的家园，尽力抢修花园和家具。一大片街道还立在水泽里，不过有些家庭已开始安放床铺和克难灶，几个烟囱的残骸又开始冒烟了。

李飞和蛋子走了两天，精疲力竭，决定在鄯善停留一天，再尝试艰辛而危险的哈密之旅。

30

小包说，他上一次飞行，根本没办法进入迪化，柔安整个身体都僵了。她一直希望回军攻入迪化，现在却害怕万分。

她给宝宝做满月，李飞刚好也在那天获得自由。她大约三星期没收到他的音讯了。报上的报道不很明确，令人不安，大部是政府军胜利的报道，再报只知道战况很激烈，没有明白指出"惩乱"的战役正朝哪一个方向进展。报上曾报道西大桥之役，但柔安根本不知道西大桥在何处。

二月末，她实在受不了满心的疑虑，就去看贝格少校。出乎意料，听说迪化正在被围中，回军一周前曾进入市中心，后来又被赶出来了。

李平曾到兰州，送礼物给宝宝，也代表母亲邀她回去。她不想回西安，希望向军方直接打听消息。

她说："我一定留在这儿等消息。"

李平说："你可以带宝宝坐飞机，到西安只要两个半钟头，唐妈和我坐车回去。"

但是柔安很坚定。李平为了生意上购买皮货，要在兰州待一周，但他仍希望她能改变心意。

三月的第一周，兰州寒意正浓，贝格少校送来一份通知，里面附有马福民吐鲁番办事处的电报，说李飞已逃出监狱，要等时局改变再动身。李飞终于要回来了！

自从她得知李飞入狱，这是半年来第一个大好消息。她满面流着欢喜的眼泪。她把宝宝的面孔贴在脖子上，高声喊叫："兰生，你父亲要回来啦！"孩子静静地看着她，似乎懂得她的意思，微笑着。李飞得到自由了。她手抱着孩子在房间走来走去，拍他入睡，双腿忽觉壮起来，步履也轻快不少。

她叫唐妈到李平的客栈，告诉他令人兴奋的消息。李平立刻到她这儿，柔安把电报拿给他看。李平手握电报，沉思了半天。

"据说他要等时局改观，可能要过好几个月才能动身回来，我想你现在可以不必担心了。"他停下来看她一会儿，"母亲和我对于你为弟弟所做的一切，非常感激。母亲急于见她孙子，我们都是一家人，跟我回西安，也许会觉得不自在，但是你总听过'童养媳'吧。你不必担心邻居的闲话。"

柔安机灵地看他一眼："我不在乎邻居说什么。"

"那你没有理由不回去呀，我们都希望你和我们在一起。至于弟弟的消息，他们可送到这儿，也可送到西安哪！"

唐妈说话了："柔安，李飞自由了，又打算动身回来，你应该到他家去等他，你来这边够久了，我陪你过了这一个冬天，我也想回去。那边会更舒服点，且更像家。李飞心里也会好受些，他不必替你担忧。"

最后柔安决定了："你母亲真好。如果你们家收我做儿媳妇，我不在乎别人的看法。"

李平一走，她突然觉得精疲力竭。几个月的挣扎过去了，她似乎没有力气再为其他事操心。她倒在床上，希望有人来安慰她，卸下苦等的担子。她眼睛转向宝宝，坐起来靠在他的小床边说："兰生，我们要回到你祖母身边了。"

柔安坐在飞往西安的飞机上，脑子乱纷纷的，心情很紧张。李平送她上飞机，自己和唐妈搭车回去，好节省些路费。大件的行李都由李平照料，她只带了一只手提箱。她怀里抱着孩子，不免想到自己的处境。无论家人有多和气，她难免要发窘。他们是不是同情她才接纳她的？他们会不会嫌她不清白？如果端儿问起事情的经过，她真要羞死了。

她也怀疑，谁会到机场接她，她进李家大门会受到什么样的待遇，她要如何称呼李飞的母亲。她希望飞机晚点到，没有人看见她，她可以偷偷溜进门，第二天早晨手抱娃娃出房间说："妈，这是你的孙子。"她曾叫李平通知范文博，因为机场上需要男人帮忙。她不介意范文博，说不定蓝如水也会陪他来；她对李飞的好朋友，倒没有什么难为情的。

飞机即将着陆了，她小心把婴儿抱好，拂拂自己的头发和衣服。飞机在地面上轻轻进了一下。五点整，太阳还高挂在天空。她心脏跳个不停。她静静坐着，等别的旅客先下去。最后大家都走了，她站在门口扶梯上，看见范文博离她只有十尺远的距离。她笑笑，又恢复了勇气。范文博总能够违例办事，这次他告诉守卫，有一个少妇要带婴儿来，他必须进去扶她。

她小心走上扶梯。范文博已经在梯脚，等着帮忙。

她抬头一看，端儿正在栏杆后面微笑，一条白色的手绢猛挥个不停。孩子们都站在她身边，手抚栏杆，后面是李母娇小的身影。端儿冲出大门，把婴儿接过去，小英、小潭和小淘都跑上来看娃娃，又跳又笑的。

母亲站在一旁揉眼睛，用细弱颤抖的声音说："柔安，你回来啦！"

母亲伸手表示欢迎，柔安把手递上去，她连忙抓住。柔安心里有一种说不出的感觉。端儿忙把娃娃抱给母亲看，她伸手接过来，低头亲他。

"飞儿有什么消息？"母亲面色凝重说。

"自从那天收到吐鲁番的电报，就没有进一步消息了。"

她正和母亲说话，突然发现春梅漂亮的双眼正含笑盯着她。她看到香华也来了，站在如水旁边，简直吓了一大跳。咦，他们都来啦！

春梅额上蓄着鬓发。她再见到柔安，掩不住满脸的喜色。香华有点消瘦，不过脸上化了妆。

"我听范先生说你要回来。"春梅说。接着香华、如水都上前和她握手。如水瘦多了。

这样的欢迎场面，完全出乎她的意料。她不但没有受窘，这次带孩子回来，朋友们对她完全和以前一样。

现在端儿又把孩子抱过去，柔安陪母亲走。后者步履蹒跚，柔安扶着她的臂膀。柔安心中充满了喜悦。

走到门口，春梅说："我得回家了。老头子不知道，我还没告诉他你回来的消息。明天我再抽空来看你。"

"婶婶好吗？"柔安问道。

"自从二弟死后，她整天诵经念佛。"

香华正要告别，如水说："我要陪他们回家，你何不一起来呢？"

"好吧。我真想和柔安谈谈。"

黄包车很快来到李飞家门口，柔安抱孩子下车。她穿过小小的外门，简直像走入梦境中。她确实梦见过自己进门当新娘，不过梦中有李飞在身边。她知道这是她的家，她就属于这里。

客厅桌上摆了鲜花，母亲立刻带她到李飞的房间，一个铺白被单的婴儿床早就准备好了。房里备有炭盆取暖。柔安把婴儿放在小床上，脱下红外衣。她弯腰放婴儿，有心展示金镯子给他母亲看。然后坐在椅子上，喉咙仿佛有东西哽住，说不出话来。

"柔安，这是你的家。"李太太说。

"妈！"柔安不假思索叫出声。

出了客厅，大家聊个不停，都有很多话要问柔安。小英起初不好意思，现在站在柔安身边，小弟们还记得她，觉得她带一个娃娃回来，实在太棒了。在场的人只有小孩子用真实、自然的眼光来看这一件事。他们始终觉得，女孩子带一个娃娃回家，实在是一件伟大、奇妙而又神秘的事情，事实也正如此。

柔安为祖仁去世而安慰香华。

"我打算回上海。"香华心平气和地说。

"我劝她留在西安。"如水说。

范文博默默对柔安递了一个眼色。

"我目前住在大夫邸。"香华说，"我把那间屋子放弃了。你应该回来看看你的小院落。"

"你明知道不可能，我不能回去。家里怎么样？"

"照样那么空虚，阴沉，烦闷。祖仁死后，老人家心情很不好。他年纪大了，没法照顾生意，吃饭的时候从没看过他笑过。我婆婆靠佛教来逃避现实，常常召尼姑到房里去。你会以为我们家遭到了什么诅咒。五月我就要走了。"

她起身告辞，如水说要陪她走。他们走后，柔安对范文博说："如水似乎比以前更静了。"

"可真苦了他。"文博答道，"他亲自将遏云的棺木运回来，葬在城外。"

柔安想问一句话，又忍住了。文博说："这些日子他常和香华见面，同病相怜嘛。我鼓励如水去找她，整天坐在家里闷闷不乐，对他也不好。"

"香华觉得怎么样?"

"我想她对他颇有好感。他们似乎很配,年龄相当,志趣也很相投。祖仁的死,她好像不太伤心。"

"她并不怎么爱他。她告诉我的。"

"最好两人都忘掉过去。"文博简短地说。

他站起来告辞,说她若需要什么,随时可以找他。

家人准备了简单丰盛的便餐,柔安看到桌上有酒杯。

"我不知道该如何做才恰当。"母亲说,"这是你到我们家当儿媳妇的第一餐,我备了一点酒应应景,等飞儿回来再好好庆祝。"

"妈,"柔安叫得好顺口,"回家我就很高兴了。"她庆幸桌上只有母亲、端儿和孩子。她早就知道会这样,只有简简单单的一家人,母亲慈祥,孩子又带来温暖、轻松的气氛。

母亲举杯说:"来,我敬你,也预祝飞儿回来。"然后她又说,"我会提醒飞儿永远记得你对他的好处。"

端儿笑笑:"飞儿才不需要别人提醒呢!"

"我不会说话,不过我就是这个意思。他必须永远记在心底。"

柔安说:"我只是照内心的愿望去做。"

"很高兴他找到了你这样的女孩子。你对李飞有很大的帮助,母亲心里也很高兴。至于别人的批评嘛,我会告诉他们,你们是先在兰州结婚,他才出远门的。"

饭后,三个小孩说要再看娃娃一眼,才肯上床睡觉。两个大的站在一旁静静看,小淘对小弟弟兴趣很浓,大人拖了半天他才走开。婆婆问柔安奶水够不够。柔安说:"还够。"

"那很好。我们会煮些当归来给你补奶。"

柔安不想学一般中国式的母亲,当着全家人面前给婴儿喂奶。这是她来的第一夜,她觉得不好意思,她一直坐到婆婆走开才喂他。

那天晚上她睡李飞的床铺，觉得自己是一个已婚的妇人了，是这个家庭的一分子。

等李平和唐妈回到西安，柔安已经住惯了，和他同桌吃饭也不觉得难为情。而且，他们到家前一天，柔安收到三十六师办事处转来的一封电报，日期已过了好几天。

"随蛋子离吐鲁番。不难抵哈密。或能由哈密发讯，或不能。与哈金联络，问候全家。"

是李飞亲自署名的！

这个消息使全家欢欣鼓舞，也引起不少猜测。哈密在哪里？蛋子是谁？哈金是谁？家人都不晓得其中的关系。提到蛋子，柔安特别高兴，因为她知道蛋子和哈金的关系很密切，可见李飞会得到三十六师的帮助，乘他们的工具回来。

柔安回来的第二天下午，春梅来看她。不是空手来的，她带了一个小玉坠给娃娃。

"叔叔知不知道我回来？"柔安问她。

"知道，我告诉他了。"春梅没有说下去，柔安明白叔叔还没有原谅她。春梅又说："他慢慢会忘掉这些的。"

"我并不惋惜什么。"柔安傲然说。

"我告诉你，你走后，你父亲的坟墓造好了。当然你要去看看，清明快到了。我们把你的名字刻在墓碑上，女婿位子空着，以后再补。"

"我知道香华现在搬进府了。"

"是的。她住在你的前院。她常叫人把饭送到房里吃，她觉得那样比较自由，餐桌上大家都闷声不响。老头子多半不吭声，家里很沉闷，她打算回南方去。只有我不能走，我尽力而为，吃我的饭，管我的家务事。香华对家务不感兴趣，可以说她心不在家里。老头子气她穿白孝服连一年都穿不满，她不在乎，三个月就脱掉了，说现代妇女不重视这些习俗了。当然啦，我觉得她对她丈夫没有什么情感。"

"她不是常和蓝如水见面吗？"

春梅笑笑："你回来一天就有不少新发现嘛。这是情感的问题，如果她要再嫁，谁也拦不住她。我的看法是，年轻的寡妇想要改变生活，有自决的权利。就是古代，皇帝老子也不能逼寡妇守寡呀。必须是自愿的，所以才受到推崇。二弟也不是秀才或粗人，他受过外国教育。我想香华再嫁，他在天之灵也不会生气才对。你看这个家已经四分五裂了，二弟连一个继承香火的后代都没有。要是老一辈去世，你想这个家会变成什么样子？"

"叔叔为什么那么消沉呢？"

"事情不太顺利。祖仁死，对他的打击太大了。生意由员工照管，没有一个人靠得住。去年除夕我听说很多账都收不回来，我找了经理来问话，但也只能暗示他不要太过分。我是年轻的女子，总不能到办公厅去查询每一件事情呀。老头子最担心的是三岔驿的局面。"

"怎么啦？"柔安关心地问她。

"二弟死后，我尽力劝老头子别去管水闸了。大湖给他带来财富，最后却付出了他儿子的性命。你也许会说我迷信，我相信如此的大湖一定有神明掌管。也许湖神不高兴了，他不高兴水路被切断。但是老头子不听。水闸是二弟的主意，老头子似乎觉得，祖仁已为它牺牲了性命，他坚持要修复水闸，还从漳县调兵来看守。后来两个士兵失踪，其他的人纷纷逃命。我怀疑是回人干的，老头子也这样想，就写信叫县长采取行动。县长不答应，说他不想再派兵到那个充满敌意的地方去送死。没有尸体，没有证人，他又不能起诉。所以水闸建了一半就搁在那儿，听说崩垮的石堆愈来愈多。老头子担心他的鱼，他想建一个水泥闸，就没有人能拆，也不需要看守了。我觉得人是违抗不了湖神、山神的，你同意吗？你若冒犯了神明，就会受到天谴，不管你多聪明都没有用。我说得对吗？"

"你说得对，我想他老人家从来没有替山谷的回人着想过。春梅，坦白告诉你我的感觉，湖神、江神也许存在，也许不存在，但是让邻居有水灌田绝不会冒犯神明的。我们订婚那天，父亲告诉我和李飞，除非我们和回族邻居做朋友，否则三岔驿住起来就不安全了。我父亲拥有一半湖产，叔叔也许想剥夺我的继承权，但是我和他都姓杜，我不希望谷里的人诅咒杜家。就是婶婶念一千遍一万遍佛经，也不能帮助他抵挡回人的怒气。"

"你若能阻止你叔叔，或者让他改变心意，你的成果就比我大多了。男人都觉得自己比女人聪明，他们不肯听我们的话。"

柔安听出春梅话里有怨恨的口气。

"如果由你做主，你会不会把水闸拆掉？"柔安问她。

"我会的。我要说的就是这句话。"

"那么，至少你和我父亲的看法是不谋而合。"

31

在吐鲁番和哈密之间的大道上，有一个名叫恰丹的小村庄，位于天山脚下，住有一百多户人家。街道一片泥泞，风夹着沙漠吹进来的黄沙，积留在通往吐鲁番盆地的灰谷中，行车在路上刻出一道道沟纹。大家都很烦躁。三岔驿来的一群回兵又憔悴又褴褛，满身污泥，看起来就和东面的沙丘一样，灰蒙蒙的。他们已经在这待了一个月左右。他们在街道上踩泥前进，泥土渗入软皮靴中，使他们步履维艰，简直像踩在蜜糖上。

一周前，他们看到汉军和蒙古兵穿过村子，退出鄯善向北迁。回人沉着脸默默观望，汉军也和他们一样愁眉苦脸，疲倦不堪，散散漫漫向前进。回人站在街道旁，他们和敌人相望，双方都无精打采，汉军径自走过去，简直像伐木人和老虎擦肩而过，老虎吃饱了，所以两方都漠不关心。回人不怕小冲突，却也不想多事。他们互相残杀真是杀够了。他们无须互表敬意，也不必冒充朋友。恰丹这个地方，汉军和回军来来去去，居民逃了又回来，回来又逃走，反反复复好多回。

殿后的汉军队长掏出一根香烟，向一个高个子留胡须的回兵拉门走过去。

"有没有火？"

拉门拿出火柴，替他点上，问他："能不能来一根烟？"

他还剩三根，就客客气气拿一根给他。

"你们要去哪里？"拉门问道。

"到奇台去。我们会不会在那边碰到你们？"

"说不定呢。"

汉军队长笑笑，就跟着队伍走了。

北面遥远的天山上，蓝白色的冰河在阳光中闪烁。这条路通向一道泛蓝的峭壁，峭壁由矮低的平原上耸然升起。南面的乡村矗立在低矮的荒丘内，有不少蜿蜒的沟道、木桥和树林。

现在这一群回兵缩在客栈里，客栈前门敞开。蛋子隔着空空的餐台向外望，指着东面远方灰黄的沙丘带，对李飞说："我们走那条路去哈密，四五天就能走到，只有一百二十里左右，大部分是沙丘，有些绿地长满芦苇和矮树。我就从那条路来的。"

"我们怎么得到食物呢？"拉门一只脚架在另一只脚说。

"有几个停留站。向南几里有一条小河，我们可以沿河到犹尔，然后就到那一边啦！"

通往七角井的公路上，路边有山丘环绕，很可能会遇到汉军。他们不知道七角井和哈密之间现况如何，蛋子猜汉军会由那边来。穿过大戈壁边缘的沙村，路比较难走，却不会碰到士兵。

大家都急着出发。他们精神抖擞，手上又带了蛋子向马福民申请的荣誉退伍证。三岔驿来的人约有二十个，其中十二名获准还乡。

"我们得在河州停留一段时间。"阿都尔阿帕克手拿着文件说。他又高又瘦，穿着一双由死人身上接收的新皮靴。事实上，很少人没有换过衣服。十八岁的罗西穿一件毛边的外套，长及膝下，比他的身材大了两号，但是毛料很好，还相当新呢。

他们动身的时候，碧空如洗，天气转温了。以战时的标准来说，这一群杂色民军的设备和武器都算不错，每个人带了一把尾端翘起的阔弯刀，大伙儿一共还有十支步枪。阿魁扛着拉门三天前猎到的一只冷冻鹿。李飞觉得这是一群喧闹的好伙伴，大家结伴回家。

在沙路上走了四天四夜，他们终于到达哈密。李飞记得那一夜他摸黑逃出城的情景，现在他第一次看见四周这么美丽的乡村。回城在汉城西边一里处，只剩下一堆没有屋顶的房舍和摇摇欲坠的残垣。但是南面丘陵脚下有一大片沃野，不少葡萄园、棉花田和草地点缀其间。

不出蛋子所料，汉军已经西迁了。汉人店主都很紧张，半数的铺子都关了门。哈密陷于真空状态，没有军队把守。电台和电报局的人都撤走了，只有邮局照常营业。

李飞到欧亚航空局，打听飞行员小包的动态，局里的人告诉他，他下星期三会回来。他的盘缠不够买一张到兰州的机票，登记的人又很多，楼上坐满欧洲到上海的旅客，看样子他得等一个月。迪化和哈密很少有人下飞机，通常只有四五个空位。

李飞回到得胜街的客栈，那离欧亚航空局只隔一两条街。他写了封长信回家，叫哥哥在西安替他买机票，空邮寄来。不过第三天电信局重新开放，他又拍了一封电报去，并注明地址。

已经四月了。蛋子和拉门一伙人先跟骆驼商团动身，要走十天的沙漠。沙漠中虽有路可走，但是春天往往有飓风，很多旅客都会迷路。

下一周他收到哥哥的电报，说机票已经付了款，要他到航空局去订座。听说柔安已经住在他家，他大大松了一口气。现在他有了舒舒服服的安全感，而且能和家人联络了。他拍了一份电报给哈金，谢谢他帮忙，第二个星期三又和小包见了面。多亏小包相助，他获准在五月的第一周订了一个机位。办完这些，他就专心等待，替报社写稿。

当时正是春天，哈密城原来两万人口，如今恢复正常的商业生活，听说战争移到奇台—迪化区，连回教徒也纷纷回家。李飞时间很充裕。他来新疆，只有这一个月没遭到麻烦，心灵很平静。美丽的苏巴什湖就在城外，湖岸弯曲，有两座亭阁，以杨柳成荫的湖堤和岸边相通。风平浪静的日子里，水面映出山峰的侧影，由湖心可以窥见汉城与回城的全貌。

四月中旬，他听说政府军正在吃瘪的时候，七千满洲兵获得俄国的许可，突然由西伯利亚入境，解除了迪化的危机，回军又被赶到山里。几天后，他听说金主席被自己的手下驱逐了。

李飞眼看这场人生大戏剧的第一景落了幕，但是他知道自己不在家的时候，家里演出过一场更伟大的戏剧，他是一切事件的主因，却被一个女人的力量挽救了。很多学者、作家大半生与文字为伍，重复别人说过的内容，在抽象的讨论中乱挥羽翼，借以掩饰自己对生命的无能，他对这些人向来就不敢信任。现在他深深学到了有关男女的一课，女人比男性更能面对生命的波折，而这种生活随时在他四周出现，那些玩弄抽象问题的人往往忽略了渺小而真实的问题，他身为男人，也算得上作家，在生命中却扮演着微不足道的角色。

五月的第一周，他抱着这些想法登上飞机。马仲英正开始冲过哈密沙漠，重新领导回教界，准备打一场遍及全新疆的大仗，后来才被俄国飞机的炸弹轰垮。

飞机早上八点起飞，途中遇到大雷雨，晚了两个小时才到兰州，不到八点不可能在西安降落。

西安整天小雨不断，低暗的云层挤在天空，飞机进站的时候，天完全黑了。李氏一家人打算到机场去接李飞，傍晚雨势渐大，最后决定母亲和端儿在家里弄晚饭，李平和柔安去接他。

范文博和蓝如水开车来接他们去机场。不到八点，他们听到飞机在头上嗡嗡响。云层太低，飞机不能降落。嗡嗡声停止了，飞机似乎开到了别的地方。二十分钟后又听到机声在云端出现。城南有太白山的高峰，驾驶员不敢冒险。云端的飞机和下面的人群足足捉了四十分钟的迷藏，柔安简直等得心力交瘁。最后飞行员由渭河的火车桥认出了十二里外的咸阳，才直接飞进来。

柔安和文博、如水站在栏杆附近。她穿着一年前和李飞在茶馆相遇时所穿的黑缎袍，加上红围巾。她身材还像个少女一样纤秀，只是颊上有一种喂乳妇特有的光泽。一切等待和相思都过去了，今天是她胜利的日子。

在机场探照灯的映照下，李飞高高瘦瘦结实的身子出现在飞机甬道上，他面带微笑，眼睛张望个不停。他们站在暗处，他面对强光，根本看不见他们。他提着行李走向大门，只听到柔安叫他："飞！飞！"

他还没看清楚，她已经冲上来拥抱他。他拥她入怀，喃喃叫着："柔安。"她眼睛湿湿的，但是仰脸对他微笑。他弯腰吻她，四片嘴唇紧贴在一起，直到彼此的思念稍稍平息下来，才暂时分开。他搂着她，他感受到她身体的气息，知道爱情把他们紧紧联结在一块儿，彼此是一心一体。文博和如水退到后面，不打扰他们，后来柔安憋不住喉咙里的热气，低头说："你哥哥和如水、文博都来了。"

文博、如水和李平上前欢迎李飞，不那么露骨，却也热情洋溢。

"宝宝呢？"李飞问道。

"在家。下雨，我想还是不带他出来的好。"

文博和如水说，他们要让李飞和家人团聚，晚饭后再去看他。

李平的孩子在家门口，看他们回来，爆出一声尖叫。小淘直拉李飞的裤管，要他注意他，他弯腰把小家伙抱入怀里，然后快步上前，搂住母亲颤抖的身子。她抬眼看他说："飞儿，你气色不坏，有没有受伤之类的？"

"没有，妈，我很安全，很健康。在哈密足足休养了一个月。"

"你可让我们担心了整整一年哪。"

"我不会再走了，妈，你放心。我给你和柔安带来不少麻烦。"他的话很简单，说也奇怪，不像往常那么激动了。面对这两个女人，他打从心里自惭形秽。

唐妈把娃娃抱进来，柔安接过手，抱给他父亲看，眼中充满了自豪。"他四个月大，已经会笑了。"她说。

李飞抱起孩子，低头亲他，孩子被陌生人一吓，放声大哭，柔安高高兴兴地把他抱回去。

晚上吃饭，柔安和李飞坐一边，端儿和大哥坐一边，母亲坐在上首。李飞不大说话，一直看着柔安。倒是她谈锋很健，眼睛比平常更亮了。

"飞，你还没有谢谢妈把我接到你家来。"

"我要谢的。"李飞用低沉、收敛的声音说。他尽量压制高昂的情绪，举杯说："谢谢妈接柔安来这里。谢谢你们大家。至于柔安，我不必说了。来，大家敬柔安一杯。"

李母清了清喉咙："孩子，我要当着全家人说几句。你走了以后，柔安接着去兰州，好离你近一点。她怀了娃娃，为你熬过许多艰苦的日子，找朋友去看你，又给你送钱送衣服。你有一个这么忠贞的太太，算你福气。我要你随时记住这些。她吃了不少苦，现在你必须爱她，保护她，使她快乐。如果你们闹别扭——年轻人免不了的——我要你对她好些，要让着她。那你的老妈妈就高兴了。”

"妈，"儿子回答，"我深知柔安所做、所经历的一切。你说的事情我一定办得到。你看着好啦！"

"那就干这一杯吧！"母亲说。

端儿替柔安和李飞倒酒，他们互敬对方。然后全家敬他们，像平常祝福新郎、新娘一样。

"这有点像新婚酒嘛！"李飞说。

端儿忍不住笑出来。"但是你已经结过婚啦！"她大叫。

"真的？"

母亲和哥哥都笑得合不拢嘴。

"还有证人哩！"端儿又说。

他转向柔安说："这是怎么回事啊？"

柔安只说："你待会儿就明白啦。"

李飞没有再说话，以为柔安对他们说了些什么话，还没有时间向他解释。

饭后如水和文博来了，家人端出龙眼茶。

过了半个钟头，春梅和香华也来了，现在李飞真的吓了一跳。

"她们是应邀来的。"柔安低声说。

客人问候了李飞，大家就叫春梅坐上一个特别的位子，香华则坐在如水旁边。春梅环顾室内说："我以为你们会点两支红蜡烛。"

"我去拿。"李平说。

李飞看看如水，又看看文博，一副傻愣愣的样子。端儿拿龙眼茶给春梅和香华喝，李平则由屋里拿出两支红烛，在桌上点着了。

"这是干什么？"李飞问道。

"你等会儿就明白了。"

文博问春梅："你带了图章没有？"

"当然带啦。"

文博由袖口抽出一份系红缎带的纸卷。他慢慢走向李飞，摊开卷说："看这个。你已经结婚了，自己都不知道。"

李飞睁大了眼睛，面孔泛出有趣的笑容。那是普通的结婚证书，两旁印有红色的龙凤，日期是一九三二年八月五日，地点是兰州。除了新郎和新娘的名字外，还有证婚人范文博；女方家长杜春梅，男方家长李太太；证人蓝如水和遏云的父亲老崔。在钢笔写的名字下，每个人都盖上私章——只有新郎和春梅没有盖。

"这是我们和令堂送给你和柔安的礼物。"文博说，"柔安父亲不在。根据辈分，我们觉得应该请春梅代表女方签名。"

"我不懂，"李飞诧异地说，"那天我不在兰州，我已经走了三个月。"

"只是形式嘛，没有人会问的。柔安已经在这儿盖了印。你看你母亲和春梅的名字后面都加上一个'补'字，表示她们同意，却无法参加婚礼，印章是后来补盖的。至于你，我们总不能说新郎不在场吧？"

李飞看看柔安，柔安正用好玩的神色打量他呢！"真是好主意！"他热心叫道，"你们女人似乎有满肚子的主意。"

"这回可不是，"柔安说，"是文博建议的，妈也坚持要这样做。新郎不在场的婚礼，这恐怕是破天荒头一遭哩。"

李飞进了房，高高兴兴拿出他的小象牙图章。证书方方正正搁在高桌的红烛下。大家静立一旁，李飞小心翼翼把图章盖上去。

然后他退立一旁，春梅也拿出私章，盖在她名字下面。

他回头一看，端儿和他母亲正走出房间。两个人都变了。他母亲穿一件深紫色的缎袍，裤子外面加了一条褶裙。李飞懂得大家要他干什么。

母亲坐上一张椅子，在桌边就位。不用人吩咐，李飞自动拉起柔安的小手，站在母亲面前。李平和家人排一边，春梅等人站另一边。文博稍微跨前两步，担任婚礼的司仪。他连续唱道："一鞠躬，再鞠躬，三鞠躬。"李飞和柔安遵命行礼。

母亲欢欢喜喜望着一对新人，她伸手去擦干眼泪，想起李飞的父亲，觉得自己为娘的任务已经完成了。

文博叫新娘新郎谢一旁的"亲属"和另一旁的"来宾"。

"我们站错边了。"春梅对香华说，"我们不是来宾。"

"没关系。"范文博说。

春梅走向柔安说："我很荣幸代表杜家，接替你父亲的位置。我知道他是赞成这门婚事的，我们是执行他的遗嘱。香华马上要离开我们，我自己也快变成老太婆喽。你一定要回娘家走走。"

"我在这里很快活，不想回去。"柔安说。

大家坐定，春梅又说话了。

"你别太死心眼。老头子不准你回家，你就让他如愿。你来嘛。房子是你的，老头子又能怎样呢？而且，你现在已正式完婚啦。前几天我对婆婆说你回来了，当然她不会干涉。我不喜欢家里有尼姑出入，她们两三天就来念一次经。房子显得阴沉沉的，如今香华要回上海，家里会更沉闷。你若肯来看我们，免得我来看你，那真是帮我一个大忙哩。"她转向李飞说："你认为如何？我说得对不对？"

李飞看看柔安，她说："我不想去，太不愉快了。"

"三姑，"在别人面前，春梅正式叫柔安，"我见过不少世事，有时候你不争取就什么也得不到。你父亲的遗物还在那儿，你祖父的书阁还在，祖先的画像也还在。现在你已完婚，老头子不能禁止你来了。为了杜家，我求你来看我们，把那边当做你的娘家。如果你不为父亲的权利而奋斗，又有谁能办到呢？"

"你嫂子说得对，"李飞说，"你还是听她的劝吧！"

"你总得来看我吧?"香华说。

"你什么时候走?"柔安问她。

"我们只等李飞回来。如水好心要陪我去上海,但是他要等着见李飞一面。"

"你若想参加你好友的婚礼,最好到上海去。"春梅对李飞说。他看看如水,如水直点头。

李飞笑了:"就是如水结婚,我也不离开家了。不过你们婚后一定要回来哟!"

大伙儿走后,李飞和柔安回房休息,觉得今天确实是他们的洞房花烛夜。

32

如水和香华动身的前一个星期,柔安和李飞到香华的庭院去看她。杜范林很生气,儿子的孀妇竟完全不顾老规矩,祖仁死了才六个月,她就要改嫁了。杜家的财产留不住儿媳妇,他觉得更屈辱。香华已明白表示,她不要丈夫的遗产。

柔安听春梅的劝告,到正院去请安。春梅已经劝过叔叔,并且对柔安说,她身为小辈,理应先有表示。不出他们所料,气氛很冷淡,仪式简短而拘谨,柔安看到叔叔和婶婶,不由得觉得恐怖。杜范林似乎元气大减,下眼凹陷成深沟,多肉的面庞而今皮肤也松了,彩云婶婶的灰发已转成白色。

大约十天后,春梅来电话,说她要去三岔驿。

"你叔叔要去解决水闸的大事,"她说,"他执意要去。"

"你要陪他去?"

"是的。我得陪他去，看能不能作一番安排，总有办法协商吧！"

柔安告诉李飞，他说："你叔叔会陷入蜂巢里。"

一个星期过去了，李飞请范文博来便餐，饭后他谈到三岔驿可能会发生的问题。

"我和那些返乡的三岔驿回兵一起穿过沙漠，对他们相当了解。我想拉门、阿魁和阿都尔阿帕克看到水闸复建，一定不会甘休的。"

范文博眼色凝重。"你叔叔要去修复水闸？"他问柔安说。

"是的。"

"我想他会带兵去。"李飞说。

柔安说："春梅没有说他要不要带兵去。她说她要尽量想办法，看能不能和平解决，所以她才陪他去。"

范文博差一点由座位上跳起来："她去啦？"

"嗯，她已经去了一星期左右，她要阻止我叔叔鲁莽行事。"

"你知道这表示什么？"范文博声音沙哑。他转向李飞："我们至少得去一个人。天知道战祸一起，她会遭遇到什么结果。李飞，你了解那些军人，我们得想想办法。"

"李飞这次可不去。"柔安说，"原谅我自私。但是我关心春梅，我们能不能送个口信去？"

文博把香烟压熄。

"你们正在度蜜月，我若要李飞去，未免太不公平。你们俩都认识回人，如果你们写一张条子，我负责送到他们手中，我打算亲自去。"

"你一个人去？"李飞问他。

"这是最好的——不依靠别人。"

"我写一张字条给蛋子，叫他保护春梅就成啦！"柔安说，"飞，你写信给拉门，说春梅是站在他们那一边，要劝我叔叔的。我们得说清楚，她是我们的朋友。"

　　文博说:"我带这两封信去见海杰兹,他还记得我。"

　　那晚,范文博来拿信,然后搭车去宝鸡。两天后他到达三岔驿,马上去见海杰兹。他没有找春梅,因为他不想与杜范林碰面。

　　"我带来一封柔安给蛋子的亲笔信。这里的局面还好吗?"

　　海杰兹大叫:"还好!好得叫人担心。"

　　范文博在海杰兹的门廊上俯视水闸。闸长六七十尺,以水泥柱撑着,中央呈直线,但是两端向内弯,湖水由中间的一个大洞和两边的几处小裂口徐徐流出来。岸上堆了几桶水泥和几个木制的弹药箱。范文博听说这两样东西都是最近三天运来的,有两个士兵看守。村民已经知道杜家要建一道永久的水泥闸,代替原来的一篓篓石堆。湖畔有六个士兵轮值,等工程一开始,还会再派兵来。

　　海杰兹说:"士兵只会把局面弄糟。前几天阿扎尔和老杜商量,求他作一番安排。照目前的水位,山谷还有水可用,勉强能灌田。我承认我们族人曾经撬坏三个石堆,把裂口扩大,不过只要水位不降,我们就心满意足了。"

　　"老杜说些什么?"

　　"阿扎尔白跑一趟。老杜说大湖是他的财产,他的咸鱼生意全靠大湖,他爱怎么做就怎么做!"

　　"阿扎尔有没有看到一个少妇?"

　　"有。听说是他的儿媳妇。"

　　"阿扎尔该去找她谈谈,不该找老杜。这个女人比我们都有脑筋。"

　　范文博要找蛋子。蛋子回乡后,已经娶米丽姆为妻,和索拉巴母子住在一起。

　　蛋子看看柔安和李飞的信件。"你是来和解的?"他问。

　　"不,我只是替柔安带信来,万一有纠纷,千万别伤害春梅。"

　　蛋子回复他说:"我不知道会有什么纠纷,一切全看对方。我打仗打烦了，不想在我的村子里再惹起战端。我想柔安的叔叔带兵来，简直疯了，只会激怒大家。水泥闸有什么用呢？五十磅的炸药就能炸一个大洞，我们有的是炸药。阿都尔阿帕克和拉门都坐立不安了，有些人想等水闸完成，再用炸药去破坏，他们总不能一年到头都派兵把守哇。也有人主张现在就出面阻止建闸。村民都很不高兴，等工事开始，任何小事都会害村民和士兵干起来。"

文博告诉他李飞归来和婚礼的情形，蛋子很感兴趣。他说："柔安父女是我们的朋友，我愿意为她做任何事情，就是不能救她叔叔。"

"这位春梅她是你们的朋友，她和柔安的意见相同，也反对造水闸。她是来替你们说话的，你能不能答应救她，并且对你们族人说说看？"

"我保证亲自负责她的安全。你要留在这儿？"

"我只留一天，看看情况。我会在海杰兹家。"

那天下午，村民报告说，有十二个汉兵由东山脊过来了。阿扎尔三四点到驿宅去见老杜，求他撤兵。阿扎尔争了半天，没有结果，老杜不肯妥协。士兵驻扎在渔人村。

阿扎尔乘船回家，已经傍晚了。他经过河岸，停下来看看那一堆水泥桶。

"你在这边干什么？"一个士兵前来挑衅。

"我是路过。"阿扎尔回答说。

阿扎尔上前数水泥桶。士兵揪住他的肩膀。阿扎尔把他甩开，径自向前走。

"站住！"士兵大喊。另一个士兵上前阻挡他的去路。

"我们奉命不准任何人靠近这儿。"

阿扎尔把第二个士兵推开，他们揪住他的肩膀，抓得他四处摇晃。

"你还是跟我们来吧！"其中一个说。

阿扎尔抵抗，但是敌不过他们。手被反绑在后面，推进小船里。他们上船的时候，有几个村民看见了。

阿扎尔被捕的消息像野火烧遍了全村。海杰兹从躺椅上站起来，高大的身躯气得发抖，神情很吓人。"如果阿扎尔再过一个钟头不回来，就要不惜一战了。"

黑黑的人影在山谷中流动，奴莎姨和孩子们都吓得发抖。不久，阿都尔阿帕克来到花园中，肩上扛着步枪。

"大家都聚拢了，"他说，"再过半个钟头就到方场集合，与其日后再阻止他们，不如现在行动。"

海杰兹走到方场，文博也跟了去。一大堆男女在夜色中咒骂、狂喊。拉门来了，蛋子和另外五个人跟在后面，都骑着马，宽刀在腰上闪烁。另外还有七十多个人手拿锄头、短刀和长矛。

"我们再等半个钟头，看阿扎尔回不回来。"拉门说，"如果不回来，只好去救他了。最要紧的是阻断士兵的退路。我们到山顶的松林去，最好偷偷爬上山脊，在暗处攻击他们。我们有三十匹马，一部分人到另一山头，切断他们向东的退路，另外一些人打驿宅和渔村，搜救阿扎尔。我们要给他一个教训，以后再没有汉兵敢来三岔驿了。"

几颗星星在暗谷的天谷上闪烁，头上的清风吹过松林。有两个人上山看阿扎尔回来没有，如今正是走下坡的小路。

"没啥动静。几间渔舍和三岔驿宅灯光都很亮。"

大家决定等到半夜。八十个人整装待发，武器也分好了。还要足足等两个钟头。有些人把马系好，坐在草地上升起火来，还有人回家磨刀磨剑。他们派人到斜脊站岗，注意另一面的灯光。渔村的灯火熄了，不过杜宅的窗口还很亮，可见屋主还没有上床睡觉。

文博走向火边的人群，要蛋子救春梅。

"别担心。我带的那伙人负责攻杜宅。我已经叫手下找她，带她来这里。"蛋子说。

"你们要怎么样对付杜范林？"

蛋子伸伸舌头，眼睛在火光中亮晶晶的："那就看他的运气了。我猜他会抵抗，我可不喜欢和命运作对。"

在沉寂的星夜里，阿都尔阿帕克带一批骑兵走向回村和汉地交界的山口。一上山脊，地面就向南岸缓缓倾斜。大家穿过密密的灌木，无声无息往下走。下面的渔村灯火全灭了，通向平地的三百码距离倒不难走。

一到平地，拉门所带的主队就要包围村庄，寻找阿扎尔。阿都尔阿帕克领导的骑士尽量靠近外围区，枪火一起，立刻奔上东山脊。蛋子所带的第三路人马则包围三岔驿杜宅。

巡逻队先走。两个汉人哨兵蹲坐在码头上。

"没有办法啦！"巡逻队长说。

巡逻队离第一栋村舍二十尺的时候，声音惊动了哨兵，他们立刻站起来，四处搜索。

回人爬到屋墙附近，猛然跳出去。一场混战，两个哨兵都被杀了，临死还射出一颗子弹，在空中嗖嗖响。

其他各小队知道事不宜迟，连忙由暗处往外冲。夜里到处是马蹄声和脚步声。

蛋子率队走上杜宅的沙石小径。还没到目的地，突然听见一声声尖叫，在静夜里非常清楚，接着是渔村噼啪的枪弹声。

杜范林睡在驿宅的前厢。他听到第一声枪响，连忙起身，窥视下面的山谷，由窗口可以看见奔忙的人影。过了一会儿，一个士兵用力敲门，说下面有人。他立刻披上长袍。

脚步声已踏上小径。驿宅只有四个卫兵，其他的人都在渔村里。已入梦乡的卫兵刚刚爬出床铺，阳台上枪声就起了。

杜范林冲出房间，大叫春梅："回人来啦！打起来了。我们还是由花园逃走吧。"

外面发出一连串的枪响，卫兵四处乱窜。

春梅穿着睡衣跳下床。房里没灯，杜范林不等春梅，径自跑到屋后中。蛋子刚好带电筒冲进来，他开灯，叫大家搜索驿宅。

房门打开，春梅躲在角落里发抖。电筒一照，照见她缩在床铺附近。来人退出，蛋子进来了。他扭开桌上的台灯。灯光照见春梅半露的身子，黑黑的大眼睛充满惊慌。

"你是谁？"蛋子问她。

"我名叫春梅。"

"穿上外衣，不用怕。"蛋子说，"老杜呢？"

"我不知道，他正和我说话，听到外面的枪声，就跑出去了。"

蛋子转向一个部下说："看守这个女人，别让人伤害她。"他用安详、稳定的声音对春梅说："不用逃。这个士兵是留在这儿保护你的。"

他走到屋后，碰见一群人。

"老杜逃了，"其中一个说，"他们正往小丘追去。"

屋后有一个斜坡，长满灌木、竹子和高树。杜范林逃出驿宅，连忙向斜坡奔去，想爬上山脊。后来他听见下面的枪声，知道那条退路已经受阻，就开始爬上后面的矮丘。有人追来，他知道自己被包围了。他唯一的生路就是爬巉岩，由另一面下山。但是他岁数大了，追兵愈来愈近，愈来愈多。他跑下斜坡，前面是一片沼泽，没有别的出路。他听见后面有人追来，就继续摸黑往前跑，脚下的泥土陷下去，他双脚湿淋淋的。他想爬上来，但是愈陷愈深，泥土到达他膝部——最后淹到他的肩膀。大家听到他可怜、发狂的求救声，微光下他们看到杜范林的头颅慢慢沉到泥沼中，两手高举，猛挥着不停，最后终于消失了。

大家回头，在崖边碰到蛋子，把所见的情形告诉他。他回到驿宅，对春梅说："老杜死了，淹死在沼泽里。"

"你们要把我怎么样？"春梅满眼怒火说。

"我名叫蛋子。柔安和你很好，对不对？"

"嗯。"

"她也是我的朋友。她派一个友人来，叫我保护你。我马上带你去见他。"

春梅露出怀疑的神色："那个朋友是谁？"

"他姓范，就在我们村里。"他由口袋里掏出柔安和李飞的信件。春梅认出柔安的笔迹，知道老范是专程来救她的。

村里还有一场战斗。熟睡的士兵不声不响就被干掉了，四个人逃出去，刚到东山脊底部，就被阿都尔阿帕克的手下射死。不幸有一两个渔人在暗夜中丧生，阿扎尔关在一间村舍内，安然无恙。

蛋子带春梅走下斜坡，到了下面的村子，他牵一匹马给她骑。

"我不会骑马。"她抗议说。他轻轻把她扶上马背，自己跳到她身后，阿扎尔骑另外一匹马，跟在他们后面。

来到海杰兹的住宅，范文博早已等得焦急万分，正和海杰兹翁媳说话呢。他看到蛋子走进花园，眼睛不觉一亮。房门开了，由屋里透出来的灯光，他看到春梅坐在蛋子前面。他冲出去迎接他们。蛋子滑下马鞍，伸手给春梅抓，另一只手扶她的腰部，拉她下来。

她看到范文博，心跳不已。虽然听人说了，还是很难相信他会真的出现在这儿。

蛋子对老范说："我守信用，把她平平安安带到你面前。"

春梅满眼激动和困惑。杜范林暴死，她第一次随男人骑马，范文博意外地出现在回村，现在又看到陌生的回舍内部，海杰兹和奴莎姨都在，后者身穿回衫、灯笼裤和翻起的靴子，这一切使春梅产生奇怪而混乱的印象。

奴莎姨端出马奶、葡萄干和甜饼来待客。已经一点半了，文博对春梅说："今天晚上你一定吃了不少苦头，你得好好休息一下。明天我们要参观村子，然后我就带你回家。"

奴莎姨带她进房。她睡不着，对自己生命中突来的变化感到十分不解。

今后她要独力掌管杜家的产业。杜范林死了。杜太太生病，对家里的事情不感兴趣。柔安嫁人，香华已经回上海再嫁了。她没想到一年之间，变化这么大。她想起自己的孩子祖恩和祖赐，年龄还小，知道自己责任重大。她不明白，有些人远不如她能干，却好像无须计划就能过得很好——香华就是一个例子——而她的忧患总是一天天增加。柔安曾经有一番苦斗，勇敢地撑下来，如今雨过天晴，正和年轻的丈夫过着幸福的日子。她忍不住羡慕她们。

第二天她很早起床，屋里已充满男人的喧闹声，有些人在花园里，大家都讨论前一夜的事故。阿都尔阿帕克和拉门商量炸水泥桩的事。

吃过早饭，阿扎尔和蛋子来了。阿扎尔建议大家去埋尸体。

"我们怎么办？"他看看海杰兹，又看看蛋子，"政府不会放过这件事。"

蛋子说："我们已经做了，只好担当一切后果。政府派兵来，我们可以在湖边打一仗。我们还构不成一支完整的军队，只好在山里对付他们。北面都是回人的领域，西面的高山和溪谷很适宜埋伏。"

文博一直低头默想，现在说话了："我若能表示意见，我可要出几点主张。"他从容的声音吸引了大家的注意，大家都面向他。

"情况并没有糟到那个地步，其实还有了转机。"范文博说，"杜范林死了，三岔驿产业现在掌握在两个女人手中，她们都是你们的朋友。我是指杜大爷的女儿柔安，和蛋子昨天晚上救来的春梅。我相信她们俩都不想留住水闸，至少柔安的父亲主张拆掉，所以一切纠纷的成因已经不存在了。

"第二点，县长派兵来，是受了杜范林的压力，我相信他不愿意再派兵来惹麻烦。我们回去后，春梅和柔安可以拟一份正式的请愿书，以三岔驿继承人的身份告诉县长，事情已经和平解决，叫他不要再派兵到本区。这种事件应该立即停止，再闹下去会演成回变，连甘肃南部也会发生一场汉回小战争，像新疆的回乱一样，这一点是不难明白的。如果柔安和春梅肯签下这样一份请愿书，县长高兴都来不及呢。

"第三我想你们族人太多虑了。县政府受了私人的请托，派几个士兵来，你们就吓得半死。你们忘啦，本省主席马步芳是汉人回教徒。阿扎尔该跑一趟，把事情说给马步芳听，要他主持公道。他是回教徒，他下一道命令，什么事都解决啦，别为这些小县官担忧。"

文博说完，海杰兹眼睛睁得大大的，双手由颔部落下来。阿扎尔皱着眉头，但是他一面抚须，一面点头赞许。奴莎姨深棕色的眼睛投出一道佩服的眼神。蛋子心上的石头落地。春梅笔直坐在躺椅的角落里，用心听。她忍不住赞同文博的看法，他的话使大家惊喜交加。

"你看法如何，春梅？"文博问她，"你和柔安都是继承人，你可以替自己说话呀。"

"范先生的话我赞成，"春梅说，"我希望我们能使本区和平共存。至于水闸，你们何不现在就派人去炸呢？"

阿扎尔站起来，双手摸摸胡子，对这位汉族少妇说："我献上全村的友谊，你不必怕我们。"

他伸出手，春梅站起来握住。"你不愧为杜恒大夫的继承人。"阿扎尔说，"杜大夫生前，就是他和我的前辈握手，才挽救了三岔驿的命运。"在场的人都瞪大眼睛，这样简简单单握一下手，就保证村民不必受到战火的威胁。

外面的阿都尔阿帕克等人正把炸药捆在水泥桩上，全村都出来看热闹，和柔安她爸爸领大家拆水闸的那一天一样。男男女女站在安全的地方，看火药爆炸。

十一点火药爆炸，溅起一股浪花，把水泥柱和石堆冲垮了，沙石滚下河床。大水冲过破闸，岸上的男女和小孩都发出高兴的欢呼。

第二天春梅和文博离开了三岔驿。他们回到西安，把一切情形告诉柔安和李飞。文博帮着柔安和春梅写了一份请愿书给县长，信中所提一切都被照办了，他们收到阿扎尔热烈的谢函。

七月到了，三岔驿呈现山区胜地的美景。李飞划了一条船，柔安抱着六个月大的娃娃坐在里面。春梅也在湖上，带着孩子，和范文博同船。

文博划入湖心。他停下船桨，让船在水上飘着，眼睛注视着半里外李飞和柔安的小船。

"三岔驿真是个美丽的地方，对不对？"文博说，"从现在起，我们每年夏天都应来一趟。"

"真可惜，我到杜家十一年，今年才看到这个地方。"

"为什么你穿孝服呢？"他问道。

春梅斜眼看他："你怎么问这种话？这是规矩嘛！"

"因为香华只穿了三个月，规矩已经变啦，你知道。"

春梅是个聪明人，当然猜得出他的意思，她忍不住满面羞红。"三个月还没到哩！"她说。

"你对香华再嫁有什么看法？我不再信那些老规矩了，你呢？"

春梅低头摸祖赐的头发说："看情形而定。"

图书在版编目（CIP）数据

朱门 / 林语堂著. —长沙：湖南文艺出版社，2012.1
ISBN 978-7-5404-5267-4

Ⅰ.①朱…　Ⅱ.①林…　Ⅲ.①长篇小说—中国—现代　Ⅳ.① I246.5

中国版本图书馆 CIP 数据核字（2011）第 248762 号

上架建议：名家经典·长篇小说

朱门

作　　者：林语堂
出 版 人：刘清华
责任编辑：丁丽丹　刘诗哲
监　　制：吴成玮
策划编辑：耿金丽
装帧设计：利　锐
出版发行：湖南文艺出版社
　　　　　（长沙市雨花区东二环一段 508 号　邮编：410014）
网　　址：www.hnwy.net
印　　刷：北京新华印刷有限公司
经　　销：新华书店
开　　本：880mm×1230mm　1/32
字　　数：280 千字
印　　张：11
版　　次：2012 年 1 月第 1 版
印　　次：2012 年 1 月第 1 次印刷
书　　号：ISBN 978-7-5404-5267-4
定　　价：28.00 元

（若有质量问题，请致电质量监督电话：010-84409925）